陈集益

著

金翅鱼之歌

北京十月文艺出版社
作家出版社

又西百八十里，曰泰器之山。观水出焉，西流注于流沙。是多文鳐鱼，状如鲤鱼，鱼身而鸟翼，苍文而白首，赤喙，常行西海，游于东海，以夜飞。其音如鸾鸡，其味酸甘，食之已狂，见则天下大穰。

——《山海经·西山经·西次三经》

第一章

1

第一次接到高乡长电话，是二〇〇七年十一月三日，陈集科正准备撰写一篇关于河流保护的文章，内容涉及金塘河上游建设引水式小水电站对自然生态造成的破坏。金塘河发源于金华、遂昌、龙游交界的深山区，由一股股清澈的山泉汇聚而成。集科出生于金塘河上游一个叫吴村的地方，金塘河日夜奔流贯穿了整个山乡，也贯穿了他的童年少年。在这条河流上，他曾经捕鱼抓虾、游泳嬉戏，也曾在河畔的土地上劳作、哭泣。那时候的他没有想到，有一天会在大城市立足并成为一名工程师，更没有想到，千万年来自南向北的金塘河会枯竭断流，成为一条垂死之河，他的命运在而立之年后，也因为金塘河而发生改变。

集科是通过刻苦读书，于一九九一年考上浙江某工程技术学院离开家乡的。毕业后分配在杭州一个国营企业从事工程测绘工作。他自知出身卑微、无人依靠，能分进一个正式单位实属幸运，从上班第一天就跟师傅努力学习、虚心求教，先考取了注册测绘师，后来又考取了注册建造师，几年后最终取得了建筑工程师职称，从此有了安身立命的一块招牌。不过，取得建筑工程师职称那年他已不在手捧铁饭碗的国营企业了。由于政策调整，他于二〇〇一年下了岗，之后有过一段在多个城市颠沛流离的生活，直到二〇〇四年辗转来到"非典"刚刚结束的北京，进入房地产公司从事土建施工管理工作，后调入设计部。那之后，他的确有时来运转的迹象。不仅仅在北京有了固定工作，还为山乡成全了两件很体面的事：一件是他为山乡政府设计的办公大楼终于竣工，该楼成了山乡一道亮丽的风景；还有一件是他用汤溪方言创作了一首思念家乡的歌，叫《金翅鱼之歌》，由于金华本地电台的大力推广，成了当地家喻户晓的歌曲。

如果说，土建施工和建筑设计是他的本行，那么创作《金翅鱼之歌》就纯属偶然了。他下岗后有一段时间心情郁悒，某天跟人去一家酒吧听校园民谣，在一个驻唱歌手于台上自编自唱的启发下，萌发了为家乡写一首歌的冲动。他把自己比作家乡的金翅鱼，把对家乡的思念、激励自己重新振作起来的心情写进了歌曲。

这首《金翅鱼之歌》中所唱的金翅鱼，是一种长相奇特、胸鳍发达、鱼鳍呈鲜红色的濒危鱼种。时间往前倒推几十年，它还是钱塘江流域比较常见的洄游鱼类之一，主要生活在东海与钱塘江交汇的咸水区，每年春季往内陆河流洄游。金翅鱼不仅形状漂亮，而且肉质鲜嫩，含有丰富的蛋白质。不过，由于神话传说的教化作用，山里人深信：如果有饕餮之徒食之必将遭祸。事实上，以今天的眼光看，有人食金翅鱼死亡是食物中毒而非遭报应。金翅鱼有毒，贪食后会出现呕吐、腹痛、四肢麻木等症状，尤其洄游期间毒性最大，最快十分钟致人死亡。因此，历来捕食它的人少；即使捕到了带回家，也只敢夹一筷子尝鲜，而不敢放心享用。然而即便如此，金翅鱼同样走到了即将消亡的境地。集科正在撰写的这篇文章，所涉及的自然生态保护内容，主要针对的就是保护金翅鱼。他相信，包括高乡长在内支持金塘河上游建设引水式水电站的决策者们，其实都具备这样的常识：很多野生鱼类有洄游产卵的习性，比如著名的大马哈鱼，到了固定季节就会按一定路线从海洋游回江河产卵，在此期间，必须保证鱼类洄游通道的畅通；因此，如果有拦水坝阻碍金翅鱼回到龙井，这一物种将会在山乡消失。

　　集科记得爷爷说过，在"大跃进"运动之前，在"棺材坑"的险滩附近有一座龙王庙，庙里供奉着龙王和金翅鱼。供奉龙王是为了求雨和避免洪灾，供奉立于龙王两侧的金翅鱼是因为每隔一年时间，即金翅鱼洄游季节，所有金翅鱼都具有让人类多子多孙的神力。因为金翅鱼产卵多，繁殖能力强，符合古人对于人丁兴旺的期待诉求。爷爷还说：在古时，金塘河流域只要遇到鱼群洄游，渔夫歇业，竹排、木筏、蚱蜢舟停止营运，木材商不再借用河道运输木材，村民会将溪石筑就、用于灌溉的石堰打开缺口。因为那时候，老一辈人除了遵守古训，还相信龙井深不见底能通到东海龙宫。"鱼群为什么要不辞辛苦游到龙井产卵？因为龙井里有龙王保护着它们，保护着金塘河中的所有生灵，如果有谁在鱼群洄游季节下河捕鱼，龙王将发洪水惩罚两岸居民……"
　　但是这种禁忌慢慢被打破了。一九五八年，人们为了大炼钢铁，将龙王庙里的神像拆了，在庙内砌了两个炉子，昼夜轮班干活。那年夏天就发了一次大洪水，金塘河两岸的稻田遭到了严重损毁。第二年秋天又发了一次大洪水，就连庙屋都冲走了。村里人害怕了，有人提出重修龙王庙，但遭到了强烈反对。到了第三年，当又一次洪水来临时，村里淹死了三个人。第四年，每逢下雨山里人就惶惶不安。然而，意想不到的是，就在那年，金塘河里的洄游鱼类遭遇了致命的一击：政府下令在山乡的狮虎山动土修建水库。在人们的担忧声中，在建设大坝期间，金塘河再次发怒了，如蛟龙翻滚，洪水泛滥，水库工地上死了不少人。

爷爷曾经是山乡水库的建设者，他说当无情的洪水退去，全公社的人日夜奋战，大坝一期工程完工并且开始蓄水后，大坝下游受阻的洄游鱼类塞满了临近大坝的河道，其中多半是从衢江溯洄上来的草鱼、鲢鱼、鳙鱼等半洄游鱼类，它们因为大坝横亘回不到龙井而密密挨在一起，使得大坝下游的河道暗了下来。"简直疯啦！大坝附近的大立元大队首先组织人力捕捞，接着工地食堂加入，再接着工地上的人都拥来了。大伙儿拿着形形色色的渔具奔呀跑呀，等我赶到时抢鱼的跟抢鱼的打起来了，人掐着人脖子在泥地里打滚。方圆两三里，鱼腥臭铺天盖地，到处是鱼肠子、鱼鳞、鱼卵。河水是红的。公社书记看到每天都有鱼从下游自己送上门来，就一声令下：除了公社罐头厂，其余人都不准捕鱼。之后好几年，罐头厂都在生产鱼罐头、咸鱼干！"

集科生于一九七三年，自然没有见过棺材坑附近的龙王庙，没有经历洪水成灾的非常年月，也没有见过爷爷说的疯狂捕鱼的惨状，但他见过水库建成之后高达一百八十三米的大坝。那是一九八七年，他挑着铺盖卷去山乡初中读初三，第一次从大坝上下来，看到三米宽、十五米长、十多米深的泄水渠，白花花的水从几台发电机组下奔泻而出，在不远处的河道里汇合。那时河里已没有多少洄游鱼类可捕，原公社罐头厂也被人承包了，他们每年雇人捕捞水库里养殖的鱼制作罐头。大坝下的金塘河成了一条水量稳定、再没有发过洪水的河流，河床上积了厚厚一层泥污。

集科得知金塘河再次遭到重创即上游造了第一座引水式小水电站，在二〇〇六年九月，他在北京工作两年了但还没安稳下来，正发奋努力，每天忙得焦头烂额。那时的他不关心金塘河和金翅鱼，只想着不要被公司辞退。金塘河部分河段突然断流的事，是姐姐集兰给他寄了茶叶在电话里顺便提到的，说有一个小型水电站建在了东坑村上游，用于引水的拦水坝建在流沙坑，坝下大概有三里地的河几乎没有水了。他得知这事后脊背一阵发凉。这岂不是将金塘河又一次一分为二？那些从水库深处洄游上来的金翅鱼，将怎么飞跃这三里干河道回到龙井产卵？

　　那天夜里他一直想着这事，想着小时候曾经模仿爷爷的做法，组织小伙伴们一边在河边巡逻，一边焦急地等着金翅鱼群通过。他们喜欢看金翅鱼从下游结群而来，时而徐徐而行，时而游动迅速。记得六岁那年，他是全村第一个看到金翅鱼从棺材坑蹿上吴村河段的。所谓棺材坑，位于井下村与吴村交界，那里有一道高四五米的急瀑，瀑下有一条长长的深坑。当第一条金翅鱼出现在瀑布的白练中时，水中就像出现一根闪光的金线，梦幻而耀眼。集科断定这是金翅鱼飞上来了，再看时恰好看到它蹿至瀑布顶端，红色尾巴甩出一串水珠子。紧接着，后面的鱼群前赴后继地迎着瀑布冲刺，瀑布中出现了一道道金色的弧线……集科不敢想象，如果金塘河里没有了金翅鱼，他还能如此热爱家乡的这条小河吗？

　　第二天他抽时间打电话至吴村代销店，让父亲陈标光来代销店接电话。让集科不解的是，父亲支支吾吾的，说："你不要管这事啊阿科，你安安心心工作吧。"

　　"爸，到底发生了什么事?!"

　　"没什么。真的……"

　　集科急于知道水电站建设情况，电话那头却传来几声咳嗽：

"喀喀……阿科，有些事情你不要参与，胳膊拧不过大腿的，我们啊……都别把自己看得太高，小老百姓罢了。我现在想明白了：你能在北京立足，能把自己照顾好，是最重要的。其他的嘛……"

集科沉默了，他搞不清父亲为何这样说。父亲的变化太大了，与几年前那个斩钉截铁打电话叫他赶回去保护祠堂的父亲判若两人。不用问，自己这两年混得不好可能让父亲失望了，父亲在村里不得不夹着尾巴做人了，但是也不至于连说句真话的勇气都没有吧？这说明，能进山乡做这种伤及河流的工程的，不是等闲之辈。再想想自己，刚刚在北京落脚，回去也不一定有能力去制止事情发生，他就没有多问。

可集科始终忘不了在他长大成人之前，每年到了清明前后金翅鱼身披金光，身体仿若燃烧一般，从吴村河段经过的景象；想起那个高高举起手臂，奔跑在河边田埂上挥动拳头的孩童，他跳跃着，奔跑着，要把金翅鱼到来的消息告诉全村人……那时候，龙王庙虽然不存在了，惩罚人类的洪水不会频繁暴发了，但是山里人仍然把金翅鱼看作一种祥瑞的神鱼。至少老一辈人格外珍惜水库大坝之上的水域里这最后的洄游鱼群。居住在离水库码头最近的学岭村人，一旦发现金翅鱼在水库码头聚集，就会把消息告知上游村庄。很快地，沿岸村庄组成护鱼志愿队，等着金翅鱼从自己的村庄通过。

吴村护鱼队的队长正是陈集科的爷爷。那时他七十来岁，精瘦，精神矍铄。在金翅鱼到来之前，他爱带着集科给每户人家送去"告村民书"，上面有他亲自誊写的内容，包括金翅鱼洄游期间不得毒鱼，不得捕鱼，不得放鸭子，不得放鞭炮，不得去龙井游玩，等等。村民们都遵守着这劝告，有人家婚丧嫁娶也不放鞭炮，唯恐鞭炮声吓跑洄游鱼群。爷爷常跟村里人说，这些规矩都是老祖宗传下来的。老祖宗敬畏天、敬畏地，不像现在的人，逆天叛道，什么伤天害理的事都敢干……

　　让人没有想到的是，当年侥幸生存下来的金翅鱼，它们中的一部分因回不去下游河道而滞留在了上游水域，后来水库蓄水，它们竟然适应了环境变化在水库深处生存下来，成了金塘河上唯一还生存繁衍、保持按时洄游到龙井产卵的鱼类。"嘻！整个钱塘江都没有发现金翅鱼了。我还听说近十年衢江中的鲥鱼、刀鲚也已经绝迹。可在咱这儿，竟然还有这种长着鱼身子、鸟翅膀的鱼活下来，这难道不是上天对我们这块土地、这条河流格外的看重吗？老一辈人说，金翅鱼是龙身上掉落的鳞片变的，即便不能像龙王那样呼风唤雨，但它能游到海、飞上天。作为能沟通龙宫和天宫的神鱼，最重要的，它至今护佑着我们山里人，风调雨顺，灾厉不起！这样的鱼我们不保护，谁来保护呢？！"

　　爷爷可能永远不会想到，他去世十五年后，在金塘河上游的大山深处，会有一座座截断河流的拦水坝建成。尽管就体量而言，拦水坝好比水库大坝的一个个小零件，但其可怕之处在于它将河流引入隧道，河流经隧道而注入飞快运转的发电机组，被其榨尽利用价值后才能重见天日。在拦水坝与水电站之间，河水将被迫与河道分离，所有鱼类无法从这段河道游过……

2

　　二〇〇七年一月二十四日，集科没有等春节放假，就以身体不佳回家休养为由，早早地坐火车抵达金华。他汲取了四年前眼睁睁看着村两委将陈氏祠堂和五家楼变卖拆毁的教训，决定挺身而出——哪怕最后拦水坝不能拆除，哪怕再次碰到钉子，他也要为金塘河呼吁，也要让更多人知道在金塘河上游存活着珍稀的金翅鱼，告知天下人金翅鱼正因为河流被肢解无法完成洄游而面临消亡。所以他到了金华没有急着回山乡，而是提着两只北京烤鸭和一盒景泰蓝，先去拜访了在本地媒体供职的高中同学夏炎，想让他跟着自己回吴村调查一番，希望他能将金塘河断流写成一篇新闻报道。

夏炎是衢州市龙游县人，当年不知怎的跑到汤溪中学来念书，瘦瘦高高的，满脸糟疙瘩，爱好写诗。如今那些疙瘩没了，人圆了，脸干净了，诗不写了，但是同学情谊依旧。"你这事不好办啊集科同学，我实话跟你说啊，你知道水电站每发一度电都会有经济效益产生吗？这些水电站不仅仅山乡，现在全国各省都在兴建——'以林蓄水，以水发电，以电促工，以工富县'，是很多地方政府提出来的水电开发思路，符合政策要求。"

"哦。"集科张了张嘴。

"据我了解，水电站发电产生了利润，除缴纳正常税收外，行业特殊性决定了它还要向当地税务部门缴纳水资源费。你想想……虽然这税那费的没法跟工业园区比，但对于那些没有工业基础的贫困乡镇而言，在河上多建几个水电站，积少成多，就不是一个小数目；河水日夜奔流，一般七八年就能收回成本……"

集科张着嘴，他有些理解父亲为什么劝他不要管这事了。

"更何况，所谓的揭发新闻我写出来，能否见报、见报后效果如何，是一个未知数……"夏炎说得很认真，因为很多事情不是一个记者能解决的。见集科垂头丧气的，他又说了一些安慰的话。"你是几个同学里走得最远的，不容易啊，能在北京找到位置！今天让我尽尽地主之谊，也看看同学中有没有跟市领导关系好的……"

同学分别十余载，每个人的变化都很大。

他们有的是小科员，有的是商人，有的是医药代表，也有的是教师。

做小科员的是赖伟楚。他的发际线上移得厉害。他本来脑门就大，现在差不多快秃顶了，但是胡子长得很浓密，尽管刮过，胡楂子满下巴都是，看着有些别扭。做商人的是张航，他胖了，爱说爱笑，说是做外贸生意的，一年里有一半时间在义乌。他变着法儿夸集科，灌他喝下啤酒。集科酒量小，没一会儿头就晕了，浑身燥热。同学们都很关心他在北京的情况，半玩笑半认真地说他是"汤溪中学八八届的骄傲"。集科越发感到自己无权无势无钱，徒有一腔热爱家乡的感情。不觉间，他多喝了两杯。

集科本质上是个随遇而安的人，要不是当初学习成绩好考上浙江某工程技术学院，他愿意跟同学们一样在小城市安逸地活着。他们在本地都混得挺不错，好几位是开着车来的，穿戴时髦，对目前的生活自我感觉良好。做了医药代表的辰前说他开了三家药店，房子也买了两套了。集科不敢接着说他在北京的工作和收入，自从离开了杭州的那家国营企业，他在异乡漂泊，体会过真正的饥寒交迫。更可悲的是，家乡的河流遭到破坏，他没等春节放假提前回来，却发现自己做不了什么。

"同学们啊！看到你们我很高兴，真的，你们在金华多好啊，一个电话就能聚在一起……实不相瞒，我这次回来，希望你们能帮帮我呢……金塘河你们都知道呀，它从山乡流到平原，经汤溪在赤骑镇汇入衢江。可会飞的金翅鱼，你们有听说吗？"他神情悲哀地看着大家，自言自语起来，"目前在山乡水库和龙井之间，是金翅鱼最后生存的一片水域，可它们就要回不到龙井去产卵，就要灭绝了啊！唉，我救不了鱼，救不了河，甚至救不了祖宗留下的祠堂！"

同学们停止了嬉闹，都诧异地看着他。印象中，集科是个性格偏冷、患有轻度社恐症的家伙，在班里只顾埋头学习，两耳不闻窗外事，不管得了多少荣誉，都一副不死不活的模样。要不是学习好，他活得简直像棵与世无争的草，默默生长默默枯萎。夏炎见他这样，显得有点尴尬，想解释一下集科内心为什么痛苦，顺便也表达一下刚才在办公室婉拒了集科的歉意。不料集科的声音盖过了他："没有金翅鱼的金塘河，还他妈的能叫金塘河吗?！一条河要死了啊！"集科两眼发红、发直，"我不能不管！！我是一个建筑工程师，我他妈的不是人啊，早几年眼睁睁地看着村里的大规模古建筑群被人拆毁、变卖！这一次，我不能不管，不然死后，没脸去见爷爷……可我能怎么办呢？"

集科已经完全被酒精拽进他自己的那个世界："这几年来，我恨自己懦弱无能，我他妈的连跟村主任国羊翻脸的勇气都没有……要是再坚持一下，到相关部门奔走一番，说不定我们村的古建筑群就不会被拆……"

同学们一脸蒙，没明白怎么回事，只见集科已经站起来，走到包厢的沙发那头，拿起麦克风，大声唱起一首咿咿哇哇的汤溪方言歌。这歌大伙儿没听过，刚开始以为集科喝多了胡闹，是山里人的匪性暴露了，不料听着这歌既像山歌又像民谣，倒不难听。再一听，竟然是一首表现游子思念故乡的歌，几位同学大声地鼓掌，觉得新奇。现下流传的汤溪方言的民谣、山歌，曲调都很简单，歌词更是粗陋，这一首则要复杂得多。

夏炎后来发表在《金华日报》的一篇文章说："这首以汤溪方言演唱的歌曲，词曲作者以金翅鱼听到故乡的召唤逆流洄游为主旋律，声调浑重、粗犷而不失清幽，硬朗中充满哀伤，旋律古朴苍凉。可以说，这雄浑、悲壮的独特唱法，是古越谣歌的复活，表达的则是汤溪游子发自内心对故乡的思念、眷恋……"

这确实有点"着意栽花花不发，等闲插柳柳成荫"的意思。集科因为在同学聚会上唱了《金翅鱼之歌》，第二天晚上和夏炎同时被邀请到交通广播电台春节特别节目现场，与主持人畅聊游子归乡的话题。集科千里迢迢提前回家过年，本意是为了保护金翅鱼，可引起做记者的老同学兴趣并且决定推而广之的，却是《金翅鱼之歌》——原来，同学聚会那晚，待集科酒醒之后夏炎把他带回家中，用录音笔录下《金翅鱼之歌》的清唱，待第二天一早就将它推荐给了交通电台的主持人白冰。

白冰是金华城里人，是这座小城的公众人物。春节临近，白冰正为找不到春节特别节目的嘉宾与合适的话题苦恼，这首歌的出现真是太应景了。"从二月一日起，春运大幕已经正式开启。听众朋友，不知归心似箭的你是否被堵在春运的洪流之中？不论是奔驰在公路上的摩托大军，挤在汽车站火车站飞机场的旅客人群，还是堵在高速路上的驾车一族，回家过年，是我们每个中国人共同的心愿……"白冰长得稍显普通，但是声音甜美、自信，几句开场白便把原本神经紧绷的集科带回到了车站人潮涌动的现场。

"今天，我们有幸邀请到刚刚从北京回金华过年的陈集科先生，还有老家在龙游现在金华工作，也是我们节目的老朋友夏炎先生，与我们分享回家过年的心情……"

"听众朋友们好，我是陈集科，家在汤溪镇山乡。我坐卧铺火车回来的，二十六个小时。对，K102，从温州到北京的那趟车，往返都路过咱金华……说实话，我挺想回家的，录完节目，明天一早我就准备回山乡吴村。虽说已经回到金华，但是只有回到自己的村庄，回到父母身边，才算真正回到家了……"

三人你一言我一语，聊过春运，主持人又引导集科"能否说说这些年在外闯荡难忘的事情"，集科开始有些犹豫，人生不如意几个朋友知道就算了，可想想不幸的金翅鱼如今回不到咸水区也回不到产卵地，它们命运如此悲惨，又觉得自己那点事不算什么。毕竟自己下岗以后现在已经有了新的开始。这么想过他就说开了，说了一些在外找工作受的挫折，然后，他提到自己写过一首歌，歌曲借用金翅鱼的洄游现象把游子思念故乡的情愫写进去了。说着说着，夏炎已拿来一把吉他，鼓励集科弹起吉他演唱了《金翅鱼之歌》。他唱得很投入，唱着唱着把自己唱哭了，也把白冰和夏炎唱得热泪盈眶。

节目播出后，事情的发展出乎节目制作人的预料，由于节目内容与春运这一"人类规模最大的周期性大迁徙"特别贴近，听众热线打爆了，有讲汤溪话的，有讲普通话的，也有讲四川话、贵州话、湖南话、安徽话的……因为有了之前三个人的对谈做铺垫，《金翅鱼之歌》唱响时，不但唤醒了讲汤溪方言的本地人对金塘河的感情，也唤醒了很多在金华打拼的外地人对故乡的思念。这首歌迅速蹿红。

3

那个春节，集科难以形容自己的心情。一方面，连村头的有线广播里也响起了那首《金翅鱼之歌》——当然已经升级为由专业歌手进录音棚录制的版本了，可听起来华丽的唱腔、喧闹的鼓点、咬字不准的汤溪方言，让他觉得别扭。另一方面，《金翅鱼之歌》虽然引发了媒体和大众对金塘河、金翅鱼的关注——在夏炎的推动下，金华多家媒体以《〈金翅鱼之歌〉诞生记》《金翅鱼来源和现状》《循着歌声，金塘河探源》等为题，评论、报道了这首歌背后的故事，但是，这些都无法改变金塘河被拦腰截断、金翅鱼面临消亡的事实。

集科在东坑村上游看到，昔日河水湍急的河床上只剩下细细的水流，有的河道干了，裸露着大小不一的石头。河道两岸，昔日半米高的水位线附着在河岸上，就像蜗牛爬过留下的干黏液。在被称为"流沙坑"的地方，拦水坝不放一滴水，石缝中的细水是从沙石里渗出来的。河道里已经看不到鱼，连螃蟹、泥鳅都很难看到，只有一些叫不出名字的硬壳虫，吱溜吱溜爬得飞快。——这是敲骨吸髓的行为！集科心急如焚，因为他知道随着春节结束，金翅鱼洄游季将如期而至。

　　另外，他还得知金塘河上游的水电开发刚刚开始，未来三年内投资者将在山乡水库至龙井瀑布之间建成七座水电站，可能造成十多公里河道断流。最可怕的是，他们还计划对龙井瀑布下手。想到大张旗鼓的小水电站建设势不可挡，除了对岌岌可危的金翅鱼造成灭顶之灾，还可能对大山中其他动植物的生存和繁衍有严重威胁，集科丝毫体会不到春节回家的暖意、回乡的愉悦了。

　　而且春节期间，集科还深刻认识到他与家乡人之间有着一层特殊的关系：多年以前，他考上大学留在杭州工作，村里人曾对他客客气气的，他的"农转非"让人羡慕不已；而今情况悄悄发生了变化，自从村里的年轻人纷纷到城市打拼，走得比他更远，挣钱更多，他作为村里第一个大学生被人谈论时，已不再是个励志人物。相反，得知他工作不稳定，没有谈上女朋友，倒有了不少冷嘲热讽。因此，他还没有去找投资者、村干部、乡干部论理，父母就恓恓惶惶的，一遍遍地劝："他们会听你的吗？祠堂不照样被拆啦？"又说："水电站修成，逢到重阳节，雷老板给所有老年人发大米和油；冬至，给每户送了一箱牛奶；春节也是……他们要造就让他们造吧，这山这水又不是我们家的……老祠堂和五家楼拆了，日子不照样过！"

集科听不下去，回了一嘴："哼，我不认为拆了祠堂生活没有变化，要是没有拆，过年还可以家家端着猪头、鸡鸭去祠堂祝福……子子孙孙得祖先庇荫！"集科心里急，声音就大了，"祠堂历来是供奉和祭祀祖先的场所，办理婚、丧、寿、喜等活动的地方，家族繁盛的象征；而五家楼是依傍宗祠而建的五个支祠，这些连体建筑是我们这个村子的灵魂啊……"

看到儿子生气，父亲显得心虚起来："你常年不在家，不知道很多事。你一个工程师，反正不会回村里种地了，村里的事你犯不上……你知道族人怎么说的？那次我倒是把你这尊大神请回来了，都觉得陈姓后代里就你还有出息能说得上话。可你呢，连那个姓国的退伍兵都镇不住。拆宗祠明摆着是村里杂姓欺负大姓嘛。"父亲说着说着激动起来，"以后，你就在北京扎下根，好好做你的工程师，把女朋友找了，把房子买上，争口气吧……"

"爸，有些道理跟你说不清，你想的还尽是跟人攀比。"

"哼，难道你要我这么大岁数了，跟你一起保护跟你屁关系没有的金翅鱼？再说保护它有什么用呢！告诉你，没有金翅鱼天不会塌下来！要说它的未来，我比你明白，金翅鱼今年不消亡，明年、后年也会消亡，反正谁也保不住……"

"保不住也得保，这金塘河不能这样被榨干！"

"你说得轻巧，有本事你去拦试试！不要寻蜂找蜇！"

"我要让世人明白，他们到底做错了什么！"

"哼，要是当初你保护祠堂，有这份决心就好了……"

父亲再次提到拆祠堂，集科低下了头。

那是集科下岗那年，他应聘到杭州萧山某电信工程公司，基本在野外跑。一天，工棚里变得极为冷清，工人们都回家过年去了，只有保安和几个"无家可归"的工友凑在一起喝酒。他被工友逼着灌了半瓶啤酒，头昏脑涨地躺下，别在腰间的 BP 机振动起来，一看是 0579 的区号，立刻清醒，爬起来用工地上的座机回电话。电话那头，父亲劈头盖脸就问，集科你过年不回来了吗？他敷衍说，不知能不能买到票。其实心里想着不回了。他虽然有了份临时工作，毕竟签的是劳动合同，工程完成就得另找去处，不想被人问起这个。

父亲气咻咻地说："这个电话我跑到井下村来打的，陈氏宗祠、五家楼都要拆掉啦！"

"啊?!"集科握着听筒的手哆嗦了一下，"为什么？"

"你回来再说吧！这事大概就你能说得上话啊！赶紧回来！"

集科无法推托，凌晨时赶到萧山火车站，买了一张绿皮火车的站票，在密不透风、充溢臭气的车厢内站了四个小时，到达金华火车站，又改乘汽车，到汤溪又改乘农用车，在学岭村下车后又走路，到吴村天色将黑。一进家门，父亲就召集几个族人商议怎么保住祠堂。"我们都反对过了，屁用没有，说是市里推行的一项整治村容村貌的运动，说宗祠和五家楼都属于危房，必须拆！这个宗祠至少有四百年了，象征着我们家族的历史啊。可陈姓的子孙团结不起来……"族人眼巴巴地看着集科，希望他出面。

次日，集科硬着头皮去找村主任国羊。他是集科当年一起玩耍的小伙伴，也是儿童护鱼队的组织者之一。那时候，他们一起做过很多自认为有意义的事。集科还没有走到国羊家，就听到一阵咩咩的惨叫声。国羊正在宰一只羊。他已经长胖，像个北方大汉。集科摸了摸口袋，进了院子，打过招呼，掏出烟来。国羊接过，看看烟嘴上方的字，点了。

集科得到的回答是：整治村容村貌是一项现行政策，包括街上的危房都要拆除，旧房要粉刷，石头路要浇灌水泥，厕所要改造做化粪池。并且说：解放后，祠堂和五家楼一直归公家所有，当过仓库，做过食堂、办公场所，后来村委撤出祠堂就没人修了，这段时间雨雪多，房屋可能会倒塌，万一出现伤人事故，谁也担不起责任。

"还有一件事，拆除是前阵子召开村民代表大会，经过投票决定的。"

"自古宗祠只有自己倒掉，没有后人动手去拆掉的呀！"

"自古是自古，现在是现在。如果不是太破烂了，谁愿意揽这种事！"

"我不理解为何一定要拆。'大跃进'那年毁了棺材坑的龙王庙，也没把祠堂拆了。"

"谁不想保住它啊老兄！不是刚说过吗，老房子年久失修早已破败。祠堂和五家楼整体修缮我请教过专家，没有二十万修不成。这钱由你来出?！"

提到钱，集科一下子矮了半截："就不能争取政府拨款，村民集资?"

"我看你书读呆了吧? 修缮报告村里打了三年，等来的不是拨款，而是整治村容村貌的通知。至于集资，你不了解咱村人? 连修公路的钱，到现在都集资不上来……"

"目前这么大规模的明清建筑，在汤溪范围内都不多了……"

国羊把咽气的羊提溜起来，扑通一声扔进盛有沸水的大木桶里，拿根木棍捅了几下，理直气壮道："没钱修缮还不如拆掉！现在拆掉还能卖上一笔钱，用来给村里老人建一个亮堂堂的老年协会，既能做点实事还能响应刚出的政策。哪天真塌了就一文不值了。"

集科想说自己愿意出三千元修缮，可想想这三千元是当时银行卡上二分之一的存款，而且也修不成什么，就三缄其口了。正所谓人穷志短，一分钱难倒英雄汉。

那天他回到家，面对父亲期盼他保护宗祠的迫切眼神，低头不语。

"难道就这样拆啦？没一点门路？"父亲问。

"有什么门路呢，这大过年的去找人，不知道人家会不会帮忙。我下岗后，就没有跟他们联系过。工作这么些年，平时都是跟图纸打交道。国羊说，整体修缮要二十万……"

"唉，现在大家都各顾各的，筹一万块都难！倒了就倒了吧。你当初买断工龄的钱倒有几万，可我们帮你存了死期，准备你结婚时，在城里买房用……"

这样聊过，他又匆匆回到萧山。这几年在外地，他同样看到类似的古建筑被拆掉，高楼大厦正大规模地代替传统民居，这是没有办法的事情。他以此自我安慰。一年后，他再回家，陈氏祠堂、五家楼已经被永康一个收藏古董的杨老板拆走了。对方拆走后，据说按原样建在了一个卖门票的公园里，建成了一个摆满古董、供人参观的博物馆。

4

这次回家，集科的心情比看到祠堂被拆还要糟。不仅仅因为村里人开始拿他作为教育孩子"人太老实读书好有什么用"的反面教材，也不仅仅因为村里人知道他竟然会写歌，跟他说话阴阳怪气的，好像他瞒着村里人做了一件难以启齿的事，而是他在犹豫该不该与水电开发的既得利益者对立起来。农村是熟人社会，自己要做的事一旦与乡村权力体系发生冲突，势必影响父母未来的生活。他的堂哥集宝见到他，直言不讳道："你管这些事干吗，你在外父母在家，你跑回来得罪了人，他们还怎么在山乡生活？村里那么多青壮年外出务工赚钱，是为了一家人在村里有面子，而不是让父母感到丢人！"

集科当然知道这其中的利害关系。他想以后若真有人找父母的碴儿，把他们接到城里住就是了。让他拿不定主意的是，由于交通不便山区经济发展滞后，山乡需要加强经济建设是不能回避的事实。如今鱼与熊掌不能兼得，该如何在兼顾生态保护的同时，处理好经济发展与河流开发的关系呢？他并不知道。他在家里熬过矛盾重重、口燥目赤的四五天，一等过了正月初三，就跟父母提出要回去上班。父母其实也知道，他在家里待得不舒心，就准备了米粿、年糕、茶叶之类，让他带着。

正月之初，出门的人还不多，集科到了金华，整座城市宛若打烊状态，街上冷冷清清。集科把东西寄存在汽车站，打了一辆出租车去环保、水利、电力等部门转了转。这几家单位离得不远，有的大门紧锁，有的虽然有人值班，但是不受理上访。在电力局值班室，他跟负责电力抢修工作的值班人员磨嘴皮子，对方烦了，振振有词道："水电是清洁能源，取之不尽用之不竭，总比火力发电好许多倍吧！你连这个都不懂吗？呱呱呱的，大正月跑来放屁！"集科摇摇头，不知该如何让这个蠢货明白，保护金塘河不被破坏，不因建设水电站造成河流源头的生物链发生断裂，其生态价值无法估量。这价值如果折算成钱，该说多少合适呢！

集科在金华几个部门奔走一番，吃够闭门羹，回到汽车站领了行李，傍晚就近找一家小旅馆住下。他想起同学中做了公务员的伟楚上次聚会时留了电话，好像在金北区什么税务所待着。虽然山乡不归金北区管，但是伟楚很可能认识金南区这边的人。集科琢磨了一会儿，给伟楚打了一个电话。伟楚不久就过来了，一定要让集科去他家住。集科不从，很为自己正月里打搅老同学休息感到歉意。

伟楚说："上次夏炎请客，酒喝了不少，但话咱没说够呢。正月里也不见有吃夜宵的地方，你不愿住我家的话，也应该去我那里喝两杯。放心，我再送你回来。"盛情难却，集科跟着伟楚下了楼。

伟楚是开车来的。坐在车上，伟楚给他介绍矗立在街边的建筑，哪栋楼有多少层，哪一年建的，什么宾馆是几星级的，住一晚要花多少钱。可能只有小地方的人，会对高楼大厦这么熟悉，保有这么大的热情吧，如果在大城市，谁有精力去关心这些个呢，集科想。

"金华还真不错哩，这几年建了这么多高楼。感觉档次上去了。"

"那是！金华城区虽然不如下面的义乌、永康发展得快，但是也没有停着不动。"

"要是以后有轻轨列车把金华和义乌连成一体就好了，两个城市协同进步。实不相瞒，我们在外面老听人说义乌小商品城怎么怎么红火，却很少有人知道义乌是我们金华市的。"

"义乌是全国纳税大户呀！哈哈，'鸡毛换糖'的不怕吃苦精神很鼓舞人。哎，张航就在义乌啊！这家伙娶了个袜业集团老总的女儿，穿的袜子要八十多块钱一双！"

"哈，还是你们留在金华好啊，随时可能跻身富豪之列！"

"嗜，不管在哪里，撞大运的人毕竟少。比如我吧，也想娶个有钱的老婆，单位的人纷纷给我介绍，可有钱人家瞧不起咱农村娃呀！"

"你这就谦虚了，你是国家公务员，已经身在上层社会啦！"

"什么上层社会，不过是个小办事员。工作太忙，我老婆天天唠叨，说我不顾家。"

"看来你的工作也挺辛苦的。"

"肯定辛苦呀，年三十还在外面跑税务呢！"

集科与老同学聊得投机，趁机向他询问小水电站发电是否收各种税，伟楚所答基本与夏炎说的吻合，而且他强调，水电站业主主要通过购买增值税票据、虚增人工费用的方式来达到避税的目的。集科又问，像小水电站建设导致金塘河断流的问题，不知道该找哪个部门反映，你有没有人认识这方面的官员。伟楚反问，这事情夏炎报道了还没有得到解决吗？集科嗯了一声。伟楚说他认识的都是些小官员，这些人一个个明哲保身，不会为了一件与己无关的事仗义执言的。集科正琢磨伟楚说这话是为了推托还是实话实说，伟楚又说："个人以为，凭我们的能力想要终止小水电站建设，可能性几乎为零。"

"为什么?!"集科感到心凉了，"小水电站建设产生的生态危害是显而易见的。"

"这跟危害不危害无关，只跟利益驱动有关。因为这类项目为当地经济和能源输出所做的贡献，同样是显而易见的呀!"

到了伟楚家，伟楚拿出了茅台酒，集科坚决不让他打开。伟楚只好温了一壶黄酒。

"我老婆回娘家去了，后天要去接她回来。她是浦江农村的，一般般吧。"

从墙上的婚纱照看，伟楚的女人身材苗条，瓜子脸，大眼睛，上唇微微上翘，一副性感模样。这"脱发患者"能娶到这么漂亮的女人，显然艳福不浅。集科盯着婚纱照看了好几次，心想这位同样农村出来的老兄可真不知足啊。

伟楚谈了很多同学的现况，说其中大部分在金华做个体户，经常在街上遇到他们开的门店；剩下小部分在正式单位上班，当上大官的暂时还没有。同学里最穷的是几个回村务农的，基本成了城市底层的农民工，偶尔会来找他办事，他为他们讨要过包工头拖欠的工资。同学里最有钱的，除了张航和一个忘了名字的女同学，还有一个在永康开了一个五金厂，姓孙，据说有上千万资产。

"但是，我一点不羡慕他们呀，真的，集科，你是同学中唯一的工程师，理工科人才！"几杯酒下肚，伟楚面红耳赤的，一个劲地说他更看重一个人的社会价值，看他能不能为国家做贡献；又一个劲地许诺，他要给集科介绍有文化、有修养的女青年，她们中有他的同事，有远房的亲戚。集科婉言谢绝。

"混在小城市，有关系好办事的观念根深蒂固。酒场上喝什么酒说什么话，都有很多规矩，许多事情都是在场子上办妥的……像我这样的，因无背景晋升无望，而弄得干劲和志气全无，不知不觉就成了温水里的青蛙……所以，我最羡慕你呀！"

夜深了，集科看伟楚喝多了，有点语无伦次了，说什么在他眼里"北上广是中国的幻象，小城市才是中国的底色"，又说什么《平凡的世界》里有一段话：谁让你读了这么多书，又知道了双水村以外还有个大世界。不幸的是，你知道的太多了，思考的太多了，因此才有了这种不能为周围人所理解的苦恼"。集科心想，这个不知装醉还是真在吐露胸臆的家伙，反正是帮不上忙了，就提出要回旅馆。伟楚抓住他，要留他住下，集科未从，他想一个人在夜色里走走路，散散心。

夜风很冷。集科凭着很多年前对金华街道的记忆，在夜深人静的大街小巷漫步，橘黄的路灯与火红的灯笼遥相辉映，这座古老的城市既让他想到在汤溪中学读书期间跟随同学来玩时，第一次见识城市的激动；又让他几次迷路，搞不清是记忆出了差错，还是城市被改造的结果。直到遇见明晃晃的、穿城而过的婺江（婺江是一条同样要汇入钱塘江的江，它穿过金华城区继续往下游流去，将与衢江汇合），他才有了准确的方位感。从江北走到江南，他回到旅馆已经凌晨两点了。旅馆的玻璃门虚掩，老板躺在吧台后的沙发上酣睡。他进了房间，没脱衣服就钻进被窝，呼呼睡去。

第二天他七点起床，冲过澡，想想中午回北京之前还有几个小时，就又去找了夏炎。他去的时候，顺便把父母让他带回北京的东西都送给了夏炎。

夏炎见集科忧心忡忡的样子，宽慰道："集科兄！你得感谢《金翅鱼之歌》啊，没有它，实话说这事压根儿就没法大面积地报道出来。现在这首歌火了，不比登一则豆腐块那么大的简讯效果更好？"

集科吞吞吐吐道："也不知道，还能不能帮我，继续……"

夏炎为难道："嘻！就地方媒体的影响力而言，目前效果已经到达极限。想想这些年除了你们山乡的，哪有什么城里人知道金翅鱼的？现在就算你没有能力再回来保护它，你也已经为这个物种的保护做出过努力了。这是有目共睹的。"

"我并不想让这个物种将来只存在于一首歌中。我希望有关部门能伸出援助之手……"

"在现实社会里保护一个物种，跟在文艺创作中保护一个物种，是两回事。为什么你能用古老的汤溪方言唱出这么好听的歌来？因为文艺创作凭借你一个人的才华，不需要他人参与也可以完成，而为社会做实事就不同了。我们读高中时，有一篇叫作《围墙》的小说还记得吗？……印在一本语文教辅书里的。"

"是说围墙倒塌想重新修建，困难重重的吧？"

"那里面的故事，就涉及办事效率、推诿扯皮。到头来，你都分不清那帮人想建围墙还是想拆围墙！"

"你的意思是，这事也将不了了之？"

"那倒不一定！"夏炎拍拍集科的肩膀，郑重地说，"你得去找比我们级别高的媒体啊，最好找北京的大媒体。明白吗？蛇吞老鼠鹰叼蛇，鸭子不行还有鹅……"

5

集科回到北京就感冒了。事实上，在火车上他就浑身不适，很可能步行回旅馆的晚上病邪入侵了。加上北方天气冷、室内外温差大，导致他发热畏寒、头昏脑涨，一病数天。等到正月初八，他强打精神去上班，发现新的一年工作量已经翻了一倍。

他所在的公司是北京一家著名的房地产公司。总经理姓赵，在房地产界声名显赫。一般而言，如果一个房地产老板特别愿意出名，不外乎三个原因：一是成功了要让别人知道；二是为产品打广告；三是寻求一种安全感。集科不知道赵总属于哪一种，反正这个头发掉得比伟楚厉害三倍的家伙，特别热衷于到处出席商业会议、接受采访，乃至到综艺节目做谈话嘉宾。集科作为大公司下的分公司、分公司下的小部门、小部门里的小职员，一次都没有亲眼见过赵总。只有一次到位于大望路地铁口附近的总公司开会，见过赵总的办公室。可惜那天赵总恰恰不在。

奥运会将至，北京房价屡创新高，如今，赵总在北京建成了多个地标建筑，成了房地产大佬之一，他在竞标会上不断地拿地，集科所在的分公司全体员工每周都要加班，没有一天休息。

"他是风光了，穿着紫红色西装、白皮鞋，笑眯眯的，钱多得花不完，可我们呢？就领这么点钱，迟到一次要罚三百元，怎么不说下班迟了要罚款呢！下班以后还被指挥干这个事情，干那个事情。"有一天，集科去公司人力部请假，想第二天去新闻媒体反映金塘河断流导致金翅鱼无法完成洄游的问题，未获批准。去食堂吃饭时，不禁跟一个并不太熟悉的同事唠叨起来。那人看看集科，说："你们设计部还好啦，不搞狼性文化。我们销售部实行的是末位淘汰制，太残酷啦！"

集科说："问题是，你们的佣金高呀。工作业绩好的，一年挣几十万有吧？"

那人瞧瞧周围，确认没人旁听才说："这个佣金说起来是很高，可是领得别扭，每月领钱时公司不往卡上打，而是现场发现金！有的人领一厚沓子钱，有的人没有钱，众目睽睽，搞恶意竞争，这事特别让人恶心！唉，不说了兄弟！你多保重呀，下午我还要去总公司一趟。"

"又是去领现金？"

"哪里，这个月我很可能面临末位淘汰！"

集科吃完盘中饭，公司下午班的铃声响了，他起身匆匆往人力部门口的打卡机走去，当他右手的大拇指摁上去时，坐在办公室里头的主管跟他招了招手。集科一脸阴郁地走过去。主管拿墨水笔敲敲桌子："你上午说什么来着？要为家乡的事跑一趟信访局？"集科说："没有的事，那地方我不敢去。"

"记住！信访局千万不能去，一旦出事后果自负。"

"我也没时间去呀！"

"时间倒有了。刚接到总公司电话，明天是赵总五十岁生日，放假一天。"

集科回到自己的工位，再也没有心思工作，他偷偷地拿出准备了好多天的材料，去公司复印室复印了二十份。第二天他五点起床，出门时天是黑的。这一天，他马不停蹄地跑了七家媒体，收到的反馈意见令他崩溃。好像约好了似的，接待他的记者都说全国污染或破坏环境事件频出，金塘河只是一条不知名的小河——"这事对你个人和地方群众有重大意义，拦水坝破坏原有河道导致鱼类无法洄游，该问题不是不用解决，而是这类事也同时发生在全国的大江大河上，都很难解决呢。我们之前就曝光过金沙江、雅砻江、大渡河等江河盲目开工兴建小水电站的事件，如果要继续报道相同内容的新闻，就得选择更典型的案例。"

"难道不是越普遍发生的事情越具有典型性吗?"

"直说了吧，你提供的新闻线索我们会做一个备案，但是要成为全国舆论焦点还需等待其他条件成熟。我们毕竟不是地方小媒体，不可能哪里发生一起车祸都派人去采访。"

去媒体反映情况失败后，集科的工作一如既往地繁忙。而金翅鱼洄游季马上就要到了。他算是明白了，正在遭受肢解之痛的金塘河，自己心目中那么重要的一条河，当他千里迢迢将它带到北京，好比带它去京城著名的三甲医院救治，却被拿手术刀的医生漠视，他拿着它的病历，甚至连号都挂不上，他和金塘河被医院拒之门外，他只能眼睁睁看着它躺在地上呻吟，他恼恨又无奈……

他尝试着下班之后去另外几家报纸碰碰运气。报纸不同于一般单位，晚上照样有很多人上班。原则上，所有报社晚上是不允许外人入内的，但是集科总能说服保安见到值班记者。经过坚持不懈的奔走，他的材料终于被一家大型报社一个叫马莉的实习记者收下，做成了一个新闻选题。那记者打电话说，她会送给编辑部周主任看看，不论消息好坏到时都会告知他一声。集科心情焦虑地等了几天，时刻注意着手机铃声，严重影响了工作。下班后，他干脆每隔几分钟就打开手机看看。晚上会突然醒来，以为手机响了。可是他没有勇气拨打那个记者的电话。他觉得那记者说得很真诚，没有告知结果肯定有她的苦衷。

他还发现位于中关村南大街的国家图书馆，其北区要开放到晚上九点。这样，只要哪天不加班他就会去查资料。他深信拯救金塘河"并不需要远见，仅仅需要常识"，他把很多与环保相关的文献资料都抄录或复印下来了。他还利用公司打印室将这些资料装订成册，快递给家乡的相关部门"负责人收"。他想通过现代生态学知识来说服投资建设水电站的老板和相关部门官员，让他们懂得保护金翅鱼的重要性。

那段时间，他像极了恋爱中的人，等待着远方恋人的回信。可是那些他心心念念的恋人，没有给他写信。为此，他猜想那些官员很可能连看都没有看他的材料一眼；以此类推，那个女记者说她要送选题给主任，也可能是应付而已。有一天他在睡去之前，想到自己实在没有能力来管这事，对自己很失望。他翻来覆去不能入睡，想到爷爷更是惭愧。他仿佛看见爷爷在黑暗中，正看着自己："这个世界上，没有人是没有用的。你为什么会对自己失望呢？"

他一骨碌爬起来，摁亮台灯。他干脆不睡了，打开电脑，准备在网上收集一些介绍金翅鱼的资料。"会不会金翅鱼不用回到龙井，老老实实待在水库，也能照样繁衍后代呢？"集科这么想着，正要将关键词输入百度搜索框，自动登录的QQ在电脑右下角一闪，跳出来一封新邮件的提示。点击之后，发现信是夏炎发来的。从信中得知，金塘河上的第二座引水式电站即将开工，引水位置就在吴村上游的上麦畈。

集科盯着电脑屏幕，仿佛坠入一个噩梦。

天蒙蒙亮，集科顾不得时间还早，给夏炎拨去电话。听得出来，夏炎正在催孩子起床。孩子在哭。夏炎劝着孩子，却没有挂掉电话，因为集科的声音比哭还难听，他安慰道："集科兄不要激动啊——你自己穿衣，快起来。——喂，不存在先切断你们村的河道威慑你，可能原本就是这么制订的方案，都在计划中的事嘛。喂，你那边情况怎么样啦？""什么情况？""寻求大媒体帮助呀！""我不知道怎么说，大报纸都嫌金塘河遭破坏的事太小，说大江大河上都在造水电站呢。目前全国范围内已建成的小水电站非常多，据说有三万多座了。"

这时手机那边突然出现骂骂咧咧的声音，是夏炎老婆——那个圆脸盘、大嗓门的金华城里女人——起来催孩子去洗脸刷牙。

集科赶忙说："我晚上再打你电话，你先送孩子上学去吧，别惹老婆生气。"

夏炎说："没事！不用管他们。我告诉你啊，这事你不能急，新闻是要踩着点走的。今年不是要开始宣传绿色奥运了吗，我相信很快会有媒体联系你。"

"但愿吧。"

"差点忘了告诉你，我发给你的照片可不是我自己去你们村拍的。我太忙了。是一个环保组织听了你写的歌去了山乡调查，主动跟我联系的。"

"环保组织？"

"该组织负责人姓李名钢，是一个汽车维修部的老板，他准备投入金塘河的保护……"

"哎呀，那太好啦！"

"那就这样，我要下楼去推电瓶车出来。"

"好的，有事QQ留言吧！"

事情发展到这儿，唯一让集科感到欣慰的，是终于有环保人士主动联系他，愿意和他一起保卫金塘河——这说明在山乡那块被人遗忘的土地上，有着跟他一样热爱母亲河的人。

集科根据夏炎随后提供的手机号码，在公司上班时将它拨通了。

那是一个略带沙哑的声音，听上去好像没有睡醒。当明白集科的用意后，对方坦言他并不是山乡人，而是平原上的赤骑镇人。赤骑镇在汤溪镇下游，很多年前集科是去过的。

"你怎么会想起来成立环保组织的呢？"寒暄几句之后，集科好奇地问。

"都是被逼的呀，因为我亲眼看到河流被污染，从清澈变得浑浊，感到非常痛心。我想我能为金塘河做些什么呢？就成立了一个环保组织，取名'梦之队'。现正在策划，愿为保护金翅鱼开展更多工作。"他又谈到志愿者的情况，大部分是受过教育的年轻人，"都喜欢这件事情，大家的参与热情很高"，又说，"世界上总有一些事，需要有人去做。以前没有人宣传环保，很多人就不知道什么行为对环境是有害的，有害的环境最终会反过来伤害人，保护环境其实是保护我们自己。不是吗？"

李钢话不多，学历也不高，说出来的话却句句入集科的耳。他这几句话的意思，不就对应了恩格斯那句"对于人类的每一次胜利，大自然都做出了同样的报复"吗？

那天以后，集科与李钢隔三天打一次电话，隔一天通一次电子邮件。从频繁交流中得出，李钢是一位值得交往的朋友。虽然两人目前都不过是"草根人物"，一时间还不能策划出什么有效的方案阻止小水电站建设，但是至少身在北京的集科能及时掌握金塘河的变化了，李钢也能跟着集科懂得更多生态学知识了。

后来，集科又利用国家图书馆和首都大型书店多的优势，给李钢寄去一大箱最新出版的环保书籍和自己整理出来的资料。李钢则利用能自由支配的时间，经常带环保志愿者深入山乡考察，拍下了许多金塘河的画面。

随着天气转暖，金翅鱼已经抵达东坑村上游河段，而河流就此中断了。无路可走的金翅鱼在水电站排水渠出水口处奔窜，有的进了水电站内部的涵洞中，均被铁丝网拦住；而后，那些鱼被涵洞内壁的碎玻璃和刀片割伤，从涵洞里流出来的水呈淡红色……

从另一封邮件，集科又了解到：终于有一部分金翅鱼沿着金塘河几乎干涸的河床继续向龙井挺进了，虽然河床上裸露着大大小小的石头，河道几乎是白色的，就像铺陈着无以计数的死龟，但是在石头之间的涓涓细流中，金翅鱼挤满了石缝。

李钢在最新发来的邮件中，这样描述他所见到的景象：金翅鱼明知前面河道断流了，却前仆后继，飞跃干河道，劳累、伤残、力竭，大部分死了……前面的鱼虽然死了，可它们却还在用自己的身体堵住石缝里的水，形成一个个水洼；有了水洼，后面游来的鱼就能利用薄薄的一层水，用力摆动尾巴，往上游蹿；有的鱼甚至扭动鱼身腾空而起，飞得高的有二三米，一下子飞出去十来米。通过这个办法，有的鱼就到上游去了……

又写道：第二天，又有鱼从下游到达，终于看清，都是那些老鱼游在最前面，它们钻进石缝中，堵住石缝……等着年轻一些的鱼从它们的背上飞起来……为了减少死亡率，我们去找来锄头、铁锹、簸箕，在河道里挖了一些深坑，形成一条条水沟和一个个小水塘，让可怜的鱼儿们暂时有个喘息的地方。然而迫在眉睫的，是要解决让金翅鱼回到龙井的问题。我们出钱找人用水桶将它们一担一担地挑上大坝去，挑过拦水坝后它们就能自由游动了；然后又购买了一批水泵，一级一级地往上游抽水……

通过一张张图片，集科更直观地看到很多石头上沾满了金色的鱼鳞，很多石缝里横陈着鱼的尸体，在漫上石头的水洼中，死鱼的嘴歪着，眼睛圆瞪。那个邮件集科没看完就流泪了。他认认真真地回邮件，对李钢的做法心怀感激，又觉得歉疚。如果没有李钢和那帮环保志愿者守在被破坏的河道，如果不是他们携带一个个水桶及时拯救搁浅的金翅鱼，又雇人把它们直接挑过拦水坝到上游放生，可能没有一条鱼能自己回到龙井。为了支持他们这么做，集科给李钢汇去了四千元钱——这要是被父母知道，得骂死他。

"虽然这是笨方法，但是我看到挑上去的鱼还真不少。我代表山乡人民感谢你呀李钢兄弟！真的，"集科在其后的电话里动情地说，"你们就像那一条条用自己的身子堵住空隙的金翅鱼，为了让其余鱼游上去，都快累瘫了吧。这是我的一点心意。"

"不行！这笔钱我不会收的。"李钢在电话那头推辞一番，最后接受了这笔捐款，"那好吧，我存起来，用于明年雇人挑鱼。要说付出，集科兄你比我们多呀。"

"我很惭愧！我是有苦难言……"集科欲言又止，"好在你们用实际行动拯救了今年的金翅鱼，只要它们中有一部分能回到龙井，金翅鱼繁衍就有希望！金翅鱼产卵能力强，一条雌鱼能产上千粒鱼卵呢，总有一些鱼卵会变成小鱼的。我想，它们会在暴雨天气随着涨水游过拦水坝，回到水库……"

"小鱼顺流而下回到水库成长肯定没问题，隧道它们不会游进去；就算游进去了，再从发电站内冲下来，也不会全死了吧……"

"但愿吧。唯有祈求苍天保佑！"

过了几天，集科想起夏炎的来信中，曾提到第二座引水式电站在上麦畈即将开工，顿时不安起来。如果水电开发与保护金翅鱼之间，真正的矛盾没有解决，如果水电站投资者意识不到他们的行为对生态有破坏，或者意识到了还要明知故犯，那么，来年金翅鱼洄游季水电站肯定不会停止发电，金翅鱼消亡是迟早的事。而且，等其他几座水电站都建成了怎么办？他又给李钢打电话，想问问工程开工建设情况。李钢没接。那天集科工作都没心情去做，想着明年他们不太可能消耗更多人力物力去山里蹲着，自己能否继续汇款资助也很难说。

过了个把小时，李钢的电话打来了："集科，我们顶不住了啊！昨天那帮家伙重新开挖河道了，我们赶去阻止，他们说金翅鱼不是都游上去了吗，还要干吗？我们说，我们是反对建设这条拦水坝。领头的哼了一声。没一会儿，汤溪镇上的流氓头头给我打电话，让我滚回赤骑去。我说你管得着？他说在报警之前，先私下告诉我这是犯了'破坏生产经营罪'。我没搭理，在那里守了一天，回去路上遭到一伙人拦截，他们是投资者找来对付我们的。"

"啊？你——现在没事了吧?!"

"现在没事了，我们也不是吃素的呀。就是一个兄弟受了轻伤，现还在医院呢……"

"我这些天一直在想，硬碰硬终究不是办法，我们不过是小人物，嗯，是的。最近你不要进山了，由我再找找京城的媒体吧！我这边给他们施加压力，你们就都回去吧。"

"那好，我就等着你的好消息了啊。"

6

一连几天，邮箱里没有李钢发来的新邮件，也没有接到他的电话，集科六神无主。他想打电话向父亲打听情况，想想又作罢。他说过"给他们施加压力"，不过是安慰李钢的一个说辞罢了，自己压根儿就没这个能力。他果果地坐在电脑前，屏幕上自动播放着金翅鱼在河床上挣扎的图片，那些图片让他痛心。他就拖动鼠标，换了一组他几年前用傻瓜相机拍的吴村街景图。这些图片上还有祠堂、五家楼等徽派风格的建筑，它们一副饱经沧桑的样子，很容易将人带回到过往的岁月。他想起小时候，他爱四处串门，对这些老房子太熟悉了，闭上眼睛，都能想象出谁家的房子在什么地方，桌子摆在什么位置，天井有多大，马头墙多高……

集科就出生在其中一栋门顶上刻有"勤俭恒康"四个字的老房子里，事实上现在这房子还在，堂哥集宝住在里面，但是墙体已经被村委会刷成白色，就像一件刚上过油漆的旧家具。老街被整治、粉刷过后，已完全丧失了故乡的原味。再看看屏幕上，这些在现实中消失了的古色古韵的青砖瓦房，踩得光亮的鹅卵石路，各色各样的窗檐门楣，美得简直让人心颤。"爸！因为祠堂被拆，我才后悔，要吸取教训，保护金翅鱼啊！"在家时他曾这样说。

第二天他起床刷牙洗脸时，决定请病假半天，去报社找那个叫马莉的记者问问。

"哎，好巧啊陈工程师！我也正想跟你联系呢。"

"我还以为，你没有把我的报料上报……"

"没有的事。选题我早就做好了的，周主任最近比较忙，好在他没有毙掉选题，还说我的新闻点抓得好。就等钱总编的意见啦！"

集科不知道该高兴还是沮丧，想让这个接待他的姑娘去催问一下钱总编，又说不出口。隔行如隔山，他不太清楚报社是怎么层层审批新闻选题的。走的时候，他约马记者晚上一起吃饭，表示感谢。其实，最主要的还是想知道这事到底能不能报道出来，他能做些什么。马莉当时在报社是个新人，前几天才从实习记者转为正式记者，但是领导仍然让她做些拆信封、打印、校对、接电话之类的琐事，日子乏味没有成就感，遂答应五点下班后见一面。

饭店是集科挑选的。离报社不远的一个杭帮菜馆——"浙里人家"。集科点了西湖醋鱼、龙井虾仁、八宝豆腐、西湖莼菜汤等几道招牌菜。因为杭帮菜过于精致,集科作为山野长大的孩子并不爱吃。马莉倒是刚好想吃一点轻油、清淡的饭菜。

　　马莉对集科的印象,自然是几个月前集科敲门送材料那次。印象中集科胡子拉碴,忧心忡忡,就像祥林嫂那样说个不停。集科对马莉则没有特别印象,就记得一位年轻女士接待了他。他的心思不在这上面。他当时想,只要有个记者能将金塘河遭破坏的情况听完,就有戏。这次约她出来吃饭,才发现马莉是个开朗直爽爱笑的姑娘,长得清秀,穿衣朴素,看起来顺眼。她说她是湖北屋县人。集科心里一惊,屋县不就是野人出没的地方吗?集科从小喜欢听大人讲鬼怪故事、民间传说,尤其喜欢听大人讲谁在什么山上遇到了野人等经历。那时的集科是真的相信这世上有鬼怪和野人存在的。

　　"很多年以来,在我老家还有人说一九五六年,遂昌那边有个十二岁的放牛姑娘回家路上突然遇到一个野人,吓得惊声尖叫。后来野人被群众打死了,砍下手脚送到公社,做了浸制标本,据说现在保存在丽水什么博物馆里……"

　　"其实从生物学的角度看,目前中国尚存野人的可能性几乎没有。"

　　"你也这么认为?"

　　"现在很多人愿意把家乡说得很神秘,什么都是自己家乡的好,这是不对的。"

　　"哦……"

　　"你想象一下,如果野人真的存在,肯定能够发现野人的化石,或者骨骼、残骸。目前没有一个地方找到过野人存在的最直接证据,包括神农架林区,国家科考队几十人去过多次,找到的毛发、粪便都是其他动物的。"

"嗯嗯，很可能的，在我老家传得厉害的野人据说是一种短尾猴。"

"另外，一个高等动物物种要长期健康地繁衍下去，至少需要有几百个个体，否则近亲繁殖基因退化，也长久不了。如果一个地方真存在几百个野人个体，不至于那么难以发现吧。"

集科有些尴尬，他聊野人之谜，本来是想找个共同话题套个近乎。不料，他发现马莉比自己还较真，只得不住地点头，嗯啊应付，说野人也可能是饥荒战乱年月，从文明社会逃进深山退化的人，如"白毛女"。

"不过，对有些地方来说，能不能找到野人并不重要。甚至包括那些目击者，在事后回忆中都会有意无意地对野人的形态进行加工，让他的描述更符合大众对野人的想象。因为这样的道听途说能够吸引、招徕游客，当地就总有人宣扬。"

"嗯。是。是这样。"

"我想问你的是：你在报料里说的金翅鱼是海洋洄游鱼类，生活在咸水区，怎么可能在深山出现呢？不是上面说的这种情况吧？"

"不……不会不会的。马记者，这个不开玩笑。到时我还要带你去实地调查。鲑鱼洄游你知道吗？它在淡水中出生、咸水中成长，成熟了返回淡水河。其中有一类叫大马哈鱼，一生要一往一返经历两次几千公里路程的远航。黑龙江省佳木斯市的山沟里就有。"

"那就好。那我先跟你说啊，选题一旦通过，光报道金塘河被截流分量是不够的，也引不起关注，还得强调金翅鱼的重要性。"

"那当然。"

"你刚才说的大马哈鱼很多人知道，可这金翅鱼到底是一种什么鱼？我们要在这方面做文章……"

"这么跟你说吧，金翅鱼最初是一种从钱塘江入海口的咸水区溯洄到上游的淡水江河，再分流到金塘河产卵的洄游鱼类。钱塘江有两个源头，一个源头在新安江，一个源头在衢江。金塘河是衢江的支流。洄游鱼类从钱塘江到富春江，到兰江，再到衢江，上世纪六十年代以前还算一路通畅。六十年代以后，富春江上也开始建水电站，加上其他原因，鲥鱼、刀鲚等在衢江就不见了。神奇的是，原本要回咸水区生活的一小部分金翅鱼，在山乡水库大坝建成后滞留在了山乡，竟然被迫适应了水库淡水环境……"

"这个情况有点像孑遗物种，不不，应该说，孤岛物种吧?"

"对的。我们山乡的金翅鱼的鱼鳍是独一无二的，尾鳍能将鱼身弹出水面，胸鳍和腹鳍完全展开后可以等同鸟的翅膀，在空中借助风力滑翔!"

"我看了你打印的图片，确实让我对这种鱼有了兴趣……没人捕捞去卖吗?"

"金翅鱼有剧毒，鱼体中的含毒量在洄游季节最大。"

那天，两人就这样聊了开来，开始气氛比较严肃，不知不觉就放松了，聊了两个多小时。走的时候，集科发现自己基本没有吃东西，当然马莉也没怎么吃。等集科去前台付完钱回来，马莉已经把剩菜打好包递给集科，彼此已经有一种很熟悉的不用刻意"装"的感觉。

"我所在的媒体提倡'光盘'。"

"嗯，勤俭节约是中华民族的传统美德。"

他们往地铁口走去，集科已经很久没有这样心情愉悦的时刻，他想如果去公园散会儿步该多好。可是想到此行的目的，脚步变得沉重起来。

"马记者，你家乡也有小河小溪造拦水坝吧?"

"我家门前小河就建有小水电站，晚上蓄水白天发电，河道反复断流，鱼虾都死光了。"

"啊！"可能出于条件反射，集科一听鱼虾死光叫了起来。

"其实我跟你一样因河流断流心痛。你知道我为什么报这个选题了吧？因为我想报道家乡小河遭破坏却没有勇气。"

"你应该站出来，为家乡河流出一份力。"

"你，不担心……有人找你父母麻烦？"

"这个，怎么说呢……"

"那报不报道呢？"

"当然要报的，我不能看着一条活生生的河死了啊！"

二〇〇七年从北京到金华还没有动车更没有高铁，直达的只有一趟所谓的快车，来金华是K101次，回北京是K102次。集科担心坐这趟火车路上时间太长马莉吃不了这个苦，所以去金华时买的是从首都机场到萧山机场的机票。两人自上次一起吃饭后再没见过面，在机场碰头匆匆登机，虽然座位紧挨着，却奇怪得很，都好像第一次见面。也许各自想着心事，也可能空间狭小与飞机的噪声让人失去说话的欲望，直到飞机落地后，集科对萧山机场的熟悉派上了用场，他带着马莉坐上了直达金华的机场大巴，两人在车上才开始说话。不过，说的都是怎么完成暗访、怎么调查小水电站开发背后的利益链等工作上的事。出于安全考虑，马莉不得不以集科"女朋友"的身份去山乡暗访。这身份让彼此都尴尬。好在回家没几天就会离开，以后被人问起就说已经分手便是了。真正让集科担心的是，等下次回来肯定有人骂他是个奸探，做事不光明磊落。

所谓近乡情怯，集科感受颇深。当年他反对拆祠堂，国羊拿"你户籍都转出去了，你管得着村里的事吗"反问他，他哑口无言。可是他并不认为自己是北京人，因为他的户口在杭州。可是在杭州上班时，他也很难将自己看作杭州人，因为他不会说杭州话。他甚至不认同自己是金华人，因为他从小讲的是汤溪话。进一步讲，不管走多远离开多久，他都认为自己是汤溪山乡人。然而，他带着马莉回到吴村，再次体会到了山乡对他的疏离甚至排斥。

父母倒没说什么，由于集科是带着"女朋友"回来的，他们一边欢喜，一边小心翼翼的，唯恐未来的儿媳妇跑了。但是村里人对此颇有非议。自从得知集科下了岗丢了铁饭碗，他们就觉得集科鼻子很大、背有点驼、模样欠佳，说话办事唯唯诺诺的，也没有存多少钱，怎么看都不像一个能在大城市混得开的人应有的样子。他到北京落脚之前，就有人说这个走了颓势的大学生要打光棍了，不少人暗暗同情他。可是这不死不活的家伙，突然连放几个炮仗吓了村里人一跳：他不但在北京找到高薪工作，当了工程师，而且没有任何预告，带回来一个比他小十来岁的、名牌大学的研究生，看样子还是个黄花闺女……很多人有点发蒙。

"都三十五六了吧，咋还走了桃花运呢……"

"听说湖北的，年纪倒不算小，该嫁人的年纪了……"

"可你瞅瞅他，一个茄子鼻，一张苦瓜脸，还弓背……"

"我看他们好像不怎么亲密呢，走路不手拉手，晚上不睡一个房间……"

"怎么可能？你是不是去偷听啦？哈哈哈。"

山里人凭着天生的敏感与好奇，观察着这一对恋人的进进出出，这让集科很难受。他最不喜欢别人对他评头论足，担心马莉被众人调侃与探问，更加警惕起来。他不得不装着和马莉很亲热的样子，至少走过村街时，要表现出一股"我也求偶成功了"的兴奋劲儿。至于调查与暗访，只能选择到其他村子，且以考察古建筑为由走进农户与人攀谈。其间他们也去过山乡政府。在一个门前飘扬着国旗的大院里，集科终于近距离地看到了由他设计的那栋四层建筑，鹤立鸡群般矗立在山脚下。

作为一名建筑工程师，由集科参与设计的高楼大厦，几乎每年都有建成的。有时在灰心丧气的日子，想到自己不过是个山里孩子，却能在城市街头看到出自自己手的一面幕墙、一个屋顶、一条空中走廊，就会获得一种自豪和坚持下去的勇气。有时路过似曾相识的建筑，他也会捏着几根稀疏的胡须，驻足观望一番。但是他从没有资格说，这大厦那小区房是我设计的。可是由他独立设计的乡政府办公楼就不一样了。这楼是山乡第一栋大型建筑，哪位乡长在任时建成的，是谁设计的，造楼花了多少钱，山里人能念叨二三十年。就算将来楼旧了，陈集科的名字还会与它紧紧捆绑在一起，因为在楼的一角有块砌在墙体里的石碑，上面清楚地记载着关于此楼的信息，刻有建设单位、施工单位、竣工时间，其中有一行写着：

工程总监：高峰

再一行写着：

建筑设计：陈集科

当集科看到这个出乎意料的细节，心情竟然有点激动。他立刻想起设计这栋楼的时候，他还在杭州那家国营企业，有一天接到高峰的电话，让他帮忙设计一栋造价低但实用功能齐备、模样好看的办公楼，他花了不少工夫才设计出来的。高峰是他在井下村上五年级时的语文老师，后来他到了乡政府任职。集科考上大学后，高峰爱把集科看作是他培养的学生挂在嘴上。

集科这么想着，欣赏着办公楼，马莉站在楼梯边等得简直不耐烦。在她眼里，这是再普通不过的建筑，正准备自己先往楼上走，这时一个震天动地的声音在大院里响雷般地炸开来，集科即刻变得拘谨，快步地走向那个人。

"高老师……啊，高乡长好！"

"你小子怎么回来啦？"高乡长见到集科，狠狠地拍了他后背两下，"你到北京当了工程师，我们都听说了啊。"

集科慌忙向高乡长介绍马莉："我女朋友。跟高老师您以前一样的职业，也是做人民教师的。"为了安全起见，集科撒谎道。

"哎呀呀！太好啦，做老师好！"高乡长夸张地叫起来，问马莉，"是教小学还是中学？"

集科抢答："初中。"

又问："教语文还是数学？"

马莉羞羞地答："数学。"

高乡长就哈哈笑起来，指指集科说："我当年教小学语文，集科是我学生。"

集科知道高乡长爱听奉承话，就趁机夸了他一番，说他当年教书如何认真，对自己学习帮助如何大，高乡长听后笑眯眯的："你写的那首歌挺不错，很见语文功底的！"集科愣了一下，很想解释一下普通话的版本不是他翻译的，他并不喜欢，终是没有说。

走进高乡长宽敞的办公室，集科趁他高兴，问及水电站的事。高乡长先谈了山乡的贫困现状，引进水电开发这个项目的重要性；接着谈这两年他为带领山乡人民脱贫致富想了很多办法，比如，种植高山蔬菜、猕猴桃，都不奏效，销不出去，办养殖场又不允许，因为山乡水库作为平原居民的自来水水源，水库上游不准兴办养殖场，最后才决定搞清洁、可再生能源——小水电开发，这是一本万利、能给山乡政府带来实实在在的经济利益的好项目。

"先不说别的，就说去年通到你们村的公路吧，就是著名企业家雷震富来山乡投资后由他修进去的。要是还等着你们村自筹资金，我跟你说，我恐怕干到退休也看不到这一天。"

"可是……"集科鼓起勇气说，"为什么不搞旅游产业呢？"

"呵，呵呵，集科呀，那个太难了。"高乡长递给集科一支烟，集科摆摆手表示不抽烟，他就自己点了，吐出一个烟圈，"我策划过油菜花节，命令全乡的梯田必须给我种上油菜，也为山乡茶叶注册过商标，还亲自去金华茶城推销，还鼓励村村搞农家乐，政府花钱做宣传。妈的，连汤溪镇所有的围墙、电线杆上都刷上了农家乐的电话，可就是搞不起来。咱乡还是太偏远了……"

集科突然想到龙井瀑布，那是值得一看的景观，但是想到龙井在山乡人心目中自古以来就是神山圣水，是有所禁忌的，就止住了口。

"不用说的，咱乡就一个水库、一个龙井算是景点。但是怎么说呢，水库周边不准搞宾馆、游乐设施，批不下来，要保护水源；龙井呢，不说了嘛，公路是雷震富刚刚修到流沙坑的，以前想进去看看得花上一天时间。客人不肯进山去，在水库大坝上玩玩就都走了。雷震富之所以来咱乡投资，主要看中的是龙井瀑布的落差。你想想，龙井这么好的条件、这么好的资源，如果真用来发电，我们山乡政府怎么说都得占有股份。所以为了这个，我们谈判谈了好几个月，最后终于谈成了……"

听着这些，集科感到浑身发冷，他多么想打断他的老师说，龙井瀑布断流了，不仅会破坏具有开发潜力的瀑布景观资源，金塘河也将彻底死去啦！可高乡长正说到兴头上，继续道：

"雷震富——你应该知道啊，就是以前在井下供销站负责收购茶叶，后来在山乡木材检查站待过的那个。他是在我进乡政府工作第二年出去干个体户的。他胆子大，岳父有些背景，曾经在衢江罗埠段承包了三艘挖沙船，不分昼夜地挖沙，沙子按立方米出售，每天能赚几千元。当年承包挖沙船要融资，还想拉我入伙呢，我不舍得丢了这工作。要不是前些年衢江治理采沙，他可不会来山乡搞水电开发。当然，要不是他跟山乡有些渊源，也不会来……"

　　出了山乡政府，集科的心沉甸甸的，就像拖着金塘河中一块巨石走着。马莉也显得疲惫，她隐隐察觉集科的胆怯，这胆怯主要包含对复杂人情关系的退缩与不知所措，但是她又觉得这人很勇敢，他敢于逼着自己去冲破这层羁绊，一心想着保护金塘河。因为金塘河不是他个人的，如果是他个人的，想必他早就自吞苦水、自认倒霉了。在几天接触中，她觉得这男人有点迂，不善交际，但是偶尔也会表现得很灵活、很大胆。总之，这个看似普通、不苟言笑、满脸愁苦的男人，让她觉得莫名滑稽。他身上有一种奇怪的、并不容易被人看到的力量，如静水深流。

　　特别值得一提的是，集科带着马莉实地调查金塘河上游河段，又去了山乡政府、汤溪渔政、市环保局、市水利局等相关部门了解情况，还接触了李钢等环保志愿者，为报道搜集了很多真实素材，当任务结束——从北京火车站出站口走出来时，他们是手拉着手的，就像真正男女朋友那样了。关于这事，马莉事后回想起来都觉得头晕，而最初牵手的一刹那，她显得非常害怕。倒不是特别反感这个鼻子有点大、说话带地方口音的男人这样做，也不是没有一点心理准备，而是她一遍遍地问自己，这就是爱情吗？就因为他要拯救一条河和一种鱼？感情的突然发展，似乎缺少某种强有力的逻辑。所以她的手被集科的手抓住后，很快就挣脱了，不过也没有生气，也没有给他警告，只是隐隐觉得有点后悔，返程不该坐火车回来。

而之所以要坐火车，是马莉自己的原因，因为她想带一条金翅鱼回北京，想把它养在鱼缸里看。而飞机上不要说带活鱼，就是一瓶矿泉水都带不上去，最后她想出了一个办法："陈工程师，要不，我们坐火车回去吧。"集科愣在那里。那是在李钢开车送他们去金华坐机场大巴的路上，集科的双手握着一个大可乐瓶，里面有一条虾米那么大的金翅鱼游来游去。

"不然怎么过安检呢？"马莉补充说。

"坐火车要二十六个小时，你怎么吃得消？"

集科丝毫没有想到，这二十六个小时将改变他的人生，他将得到刻骨铭心的爱情。当然，马莉也没有想到，这二十六个小时会改变她和集科业务上的合作关系，那悄然萌发的爱情会像金翅鱼冲上激流那般从水上突然腾跃，绚烂耀眼。所以当时马莉想的是：我不怕累，不是有卧铺吗？睡一觉就到了。集科想的是：现在打电话退了机票，时间上还来得及，扣百分之十就让它扣吧，那也是坐火车便宜些。所以集科说："李钢，那麻烦你先开车到火车站看看有没有车票。有的话就坐火车。"

他们到火车站售票大厅一问，还真有两张票。不过不在同一节车厢。集科没有犹豫就买下了。进站前他先拧好瓶口，过了安检再打开。上车后，两人基本坐在卧铺车厢通道边靠窗的位置上，中间放着那条金翅鱼。

7

几天野外考察，两人都晒黑了，但是精神很好。回京途中，他们一边看窗外景色，一边看着金翅鱼，聊着感兴趣的话题。也不知道哪来那么多话，怎么也聊不完似的。聊久了，怕影响其他乘客休息，他们就换到另一节车厢继续聊。

马莉说："从水库到龙井一路这么好的风景，搞成今天这样子太傻了，从长远看小水电站不仅破坏河道，更破坏山乡作为整体旅游开发的前景；水库、龙井、古驿道、古建筑综合起来考虑，能搞一条旅游线的。"

集科说："我主要因为龙井的特殊原因，没有跟高乡长强调这个。"

马莉说："也对，如果搞旅游开发，原生态景观肯定会遭到不同程度破坏，但危害比起造小水电站要小得多……"

夜里要熄灯了，列车员催所有人回到自己铺位上去。他俩走到两节车厢的接连处，继续聊。两人都有一种感觉，一旦回到各自铺位，时间就显得特别漫长，火车摩擦铁轨的声音就特别刺耳难听，只要两人在一起，这个世界就变得澄明、柔和，异常安静。

聊着聊着，集科说起了他在大山里度过的似水流年，如何快乐、无忧无虑，可好景不长，他大学毕业工作没几年就下了岗，精神如何遭遇重创，漂泊岁月里一无所有，有个跟他谈恋爱的女孩，因为看不到他的光明前程分手了。集科也知道了：马莉不但是人大新闻系硕士毕业，当年高考成绩还是全县第一，不过由于只知道读书，至今孤零零一人。

"你这两年怎么不谈一个？"集科忍不住问道。

"我其实，不像你想的……一直是学霸。"

"那又怎样？"

"我第一次考研没考上，哭了三天，那时我觉得自己真没用。"

"最终能考上是一样的嘛。"

"可是年纪被耽误了呀。年纪大了不好找男朋友，我父母老催我。"

"你比我小多了，我父母才真急呢。这次你也看到了，见我带你回去，他们乐坏了……"

聊起某些话题，他俩似乎都在试探对方，又总是点到为止，因为都判断不出是否有进一步交往的意愿与可能发生的结果。这时候的男女是最敏感、最脆弱的，随便一个动作、一句话都可能让对方想入非非，也可能立刻划清界限。不过，随着旅程接近结束，车过天津后两人的内心都生出很多恋恋不舍，真希望这火车能永远开下去。

火车在廊坊北站停下了，再启动后，列车员开始提示下一站是北京。时间在哐当哐当地减少，喧嚣、繁忙、空气污浊、交通拥堵的都市生活，正向他们靠近。

"明天要回到单位去上班了啊……"

"还是在大山里好……"

"那以后再回我家玩去吧。"

"好啊，等小金翅鱼长大了，我们带回去放生。"

"这计划真不错!"

"不过，"马莉红着脸说，"这次搞得我挺不好意思的。"

"为什么?"

"咱俩又不是真的。"

也不知哪来的胆子，集科突然问："那——有没有希望……变成真的呢?!"

马莉突然警觉起来："不行!"

"我想——行的!"集科一把抓住马莉的手。这时的他很有些冲动，理智丧失。

"不行。还不行!"就是那时候，马莉一阵头晕，并且非常害怕。她抽手，将手从集科的手掌挣脱。集科猛然清醒，他感觉自己刚才肯定中邪了，真是非常害怕、后悔。

此后，从廊坊到北京他俩没再说话，车厢里闷得集科直淌汗。直到火车在北京站停下，马莉站起来没有力气从行李架上拿下行李，集科帮她拿下行李后，马莉伸手来取，手又被集科抓住。见马莉没有抽手，刚才还可怜兮兮的集科又变得兴奋起来，他就这样抓着她的手下了火车，就这样走到火车站广场，在密集的人流中不断地被人挤开，又不断地手拉住手。

"你累坏了吧?"集科背一只很大的行李包，一只手提溜着那只装着小金翅鱼的可乐瓶。

"不累，这一路我们都在聊，聊得我口渴死啦!"

"呵呵，幸好改了行程，没去萧山坐飞机回来!"

"嘻! 这一路真没想到……挺不好意思的……"

火车站广场上的人就像干河滩上的石头，密密麻麻。马莉往站西方向走去，突然转身说:"就此别过吧集科哥，我要走了。啊! 差点忘了，把鱼给我呀，我回去好好养着。"

集科的声音低低的，近乎哀求:"马莉，我也打出租回家，你坐我的车，先送你到家……"

马莉说:"不用的，你住得远，你快坐地铁回去吧! 我住得近，打车主要是为了这条鱼! 嘻嘻!"见集科还背着行李跟着，马莉几下子蹿到前面。

集科想拽住她之际，马莉消失了。

第二章

1

金塘河因建水电站断流　美丽金翅鱼濒临灭绝

本报讯（记者马莉）近日，记者深入浙江省金塘河流域上游调查小水电站建设对金翅鱼洄游及生存造成破坏情况。记者拨打浙江省农业科学研究院水产研究所电话，据工作人员提供的数据，钱塘江渔业资源种群日渐衰退，许多土著经济鱼类日趋稀少，"尤其金翅鱼，钱塘江中已经完全捕不到了"。记者实地调查金塘河山乡水库至龙井河段，这是目前钱塘江水系中唯一还栖息着金翅鱼较大种群的水域。环保人士陈集科对目前的情况深表忧虑："回到二十五年前，金翅鱼从山乡水库往上游洄游，每天有上万尾分批经过，至少持续二十天。可是自从上游建成拦水坝，金翅鱼大批死亡，目前总存量可能不足十万尾，能回到龙井产卵的不足一万尾。"

农谚有"春潮迷雾出刀鱼，金翅三月来踏青"，形象地说明了这两种鱼的洄游习性。历史上金翅鱼资源极其丰富，目前因地理隔离无法回到钱塘江、被迫滞留山乡水库深水区及上游龙井深潭水域繁殖的金翅鱼，虽已适应新环境，但由于种群萎缩出现分化现象。令当地环保人士和居民担忧的是，金塘河还在继续遭受来自人为的破坏：第一座水电站自建成后已导致东坑村上游河道断流，一旦第二座水电站在吴村河段引水成功，流经吴村的金塘河势必在村外枯竭，不仅仅鱼类无法在该河段生存，村民的生活用水、灌溉用水也将发生困难，河流也将因无法自净而腐臭。因为在山区建设水电站，采用的方式大多是引水式，为了形成落差，瀑布首当其冲……

正如采访路途千里迢迢，采访过程曾遭遇被打的危险（如果不是有讲汤溪方言的集科同行，后果不堪设想），这篇关于保护金塘河和金翅鱼的报道成稿过程也颇多风险。马莉毕竟是第一次独立撰写暗访性质的报道，尺度就不知道该如何把握。据村民反映，在这类小水电项目"跑马圈河"过程中，一些拥有人脉资源的地方官员也成了股东。具体哪些官员成了股东无疑她不能写，一是她担心引起当事人的报复，二是她没有拿到直接的证据，写了涉嫌造谣。再说拿到证据又怎么样呢？恐怕领导那里也未必能通过审读。因此，她略过一些容易引起争议的采访资料，又写了如下内容：

未来小水电站建设对大山中某些水生动植物及相关陆地生物的生存和繁衍，势必造成严重威胁。除了已经岌岌可危的金翅鱼，金塘河源头水域还生存着的小鲵、黄颡鱼、溪鳢、金塘源头鳖、水獭、翠鸟、浙江雪胆等与水源相关的动植物，很可能也将遭受威胁。另有黑麂、黄腹角雉、穿山甲等林中动物将因饮水不便迁居他处。记者以为，河流被切割将造成整体生态面临威胁，造成生物链的断裂，其中包括有人文传说的龙井瀑布将被引流，其生态价值和文化价值损失无法估量。

在我国，因为修筑了葛洲坝，白暨豚再也不能洄游到金沙江、赤石江产卵。人类与河流，什么时候才可以真正相互依存、相互尊重，和谐共处？记者向中科院水利专家阎山博士提交了金塘河的暗访资料。阎博士坦言，金塘河目前的开发程度，放在全国范围内打量，只能算一个小的样本。截至目前，全国仅查出"四无水电站"就有三千多座，哪怕像著名的神农架"华中之肺"的林区内，也同样出现了将近一百座小水电站，林区内的河水大部分出现了断流。

"那怎么办？就没有政策制约小水电建设？或者说，在经济发展与环境保护间取得平衡？！"记者发问。"事情没这么简单。当地环保部门一直在否决大多数水电站的环评，叫停水电开发。但是强烈的致富渴望，让保护与开发的天平逐渐向后者倾斜。现实情况是，当地有些边远山村还没有通电，到了一九九九年点的还是煤油灯，所以村里建起一座四十千瓦的小水电站，女人们在灯下掰苞谷，到凌晨一点钟还舍不得睡觉。"阎博士说。

当采访稿写到这儿，马莉不知道该怎么继续了。首先她意识到自己把情绪带进去了，因为阎博士提到了她的家乡。她家乡的情况要不要写进去呢？其次阎博士模棱两可的态度，并不是报道需要的。可是这些内容不写又觉得可惜。她不禁想起金塘河上游已经建成的水电站里发电机轰隆隆地运转着，一个穿脏兮兮工装的人跟集科聊起了天。他说每发一度电，老板付给他三分钱，他每年预计拿两万块钱，尽管每天与噪声相伴，但觉得这个差事不错。集科把那人说的意思用普通话翻译给她听，她问："因为发电，金翅鱼要死光了，不可惜吗？"那人改用蹩脚的普通话答："可惜也没用啊，大家都要吃饭的。那鱼又不能卖钱。"那人嘿嘿笑着，显得很朴实，"雷老板说过，国家并没有禁止用水发电，中央有文件提出要大力发展农村水电取代火力发电。这河里的每一滴水都能带来利润，也能为国家做贡献呢。"

马莉数易其稿。初稿有一万两千字，几乎是一篇记叙文加议论文，然后删成三千字，里面只剩下了基本事实。送审后，周主任把稿子退还给她说："有些新闻线索是不用理会的，以后每周会有十条线索等着你写，你能跑得过来？只能挑最重要的去跑，知道吗？好了，你直接去钱总编办公室问一下选题情况吧。"回来时马莉垂头丧气的，钱总编还要让她做比较大的修改。

马莉按照钱总编的意思修改了五次，删去了很多关于金塘河断流对特定区域的居民将造成经济损失、生活困难的内容，删去了开发水电背后的复杂原因，删去了一些只是听闻没有证据的投资内幕，而主要从呼吁保护金翅鱼、保护生物多样性入手，最后这则新闻只剩下了八百字。虽然与初稿大相径庭，不过目的是一样的，即希望能引起当地政府的高度重视，防止金塘河断流，保持生态原貌。稿子上交后，发表仍然困难重重，钱总编说："你这小稿再等等，这阵子有几个大的会议正召开，版面不够用。放心吧小马，不会让你白跑浙江一趟的。"

马莉非常焦虑，怕集科和李钢催问这事，也担心金塘河在等待发稿期间遭到更大破坏。因为一旦项目启动，那些投资者将落差巨大的龙井瀑布变成动能、变成钱，是分分钟的事。那意味着之前的努力彻底失败，金塘河将变成一条真正的死河。想到这些，她不敢跟集科联系，怕他寄希望于她却对她失望。

集科呢，正如马莉想的那样，天天担心投资者会加快小水电站建设速度。这次他带马莉回去，尽管别人说是他女朋友，但是他们在金塘河沿岸走访时仍然引起了很多人的警惕，投资者很可能会采取"先下手为强"策略，将计划中的工程提前。当他打电话马莉不接时，心急如焚：一是以为马莉被他的莽撞吓坏，不愿联系他，后悔自己冲动，不该做癞蛤蟆想吃天鹅肉的梦，个人欲念坏了家园大事；二是事不宜迟，如果再过半个月，马莉的新闻仍然不能见报，他势必得放弃报纸曝光这一条路。

半个月后集科彻底放弃幻想。这期间他在期盼、懊悔、无奈、沉痛等复杂情感的煎熬中度过。他本来就黑，这下瘦了一圈，就像北京动物园里的鲸头鹳，呆萌的，头重脚轻，走路多次撞到电线杆。他背着一摞材料去找国家某环保部门投诉，到达目的地时，又突然胆怯起来。他担心这事在这些大部门眼里同样会是"事太小"，说大江大河上的破坏都应付不过来呢。但是既然来了，他决定走进那栋浅灰色的方形建筑去碰碰运气。保安喊住了他，让他掏出身份证做登记，然后他在保安警惕的目光中走进大楼，按照告知敲开了走廊西侧的第一扇门。门开了，里面有一排玻璃窗口，与邮局柜台相像，一个窗口里面的妇女对他说："同志，请你到那边按照表格严格填写要反映的情况，写明已经造成生态破坏事故的单位和个人。反映情况必须属实，不得恶意举报……"

集科坐在一张装有监控摄像头的桌子前，耐心地填完表格，并将手中的复印材料作为证据呈交。之后，表格和材料被工作人员装进档案袋，再之后就被告知回去等待处理结果。他回到公司开始一天天等待，日子漫长如死水停滞不前，工作似河流枯竭不再奔流，经理已经两次找他谈话，问他最近做出来的图纸为何老出错，他做了深刻检讨，承诺一定要拿出更合理的设计方案。可是没等他静下心来，李钢打来电话，说有环保部门与水利部门去了吴村。

"集科啊，这回金塘河有救啦！上面派人来调查监管啦！看来你的举报引起高度重视了。当初怎么就没有想到这个办法呢！"李钢激动的声音震颤着集科的诺基亚手机外壳。集科心里一喜，鼻子要从脸上跳起来。真没想到，马莉的报道没有登出来，自己的实名举报倒是生效了。

挂了电话，集科鼓起勇气给马莉打电话。马莉接了。集科迫不及待地把好消息告诉她，马莉在电话那头高兴得连声喊："太好了太好了，这消息太及时了。"

集科说："这得谢谢你啊马记者！"

电话那头安静片刻，说："现在你遇到了大好形势，全国都在宣传'绿色奥运'呢，所以你得感谢国家环保监管力度越来越大才对！"

集科说："没有你陪着我去调查，我拿不出那么多证据的，举报也没用啊！"

马莉说："那倒是。我的消息还没发出来呢，这阵子愁死我了……这回我知道怎么修改了，我要把你刚才说的当地相关部门及时进山监管的事迹也写进去……"

马莉把根据事情新进展改写的通讯《小水电站截断金塘河责令整改 濒危金翅鱼有望洄游通畅》提交钱总编看后，钱总编微微一颔首，终于签了"同意刊发"。这已经是二〇〇七年国庆节后了。该报道刊出后，迫于两方面的压力，相关职能部门成立工作组，针对金塘河上游流域的生活、生产、生态用水矛盾突出，生态功能下降等问题，紧急召集水电站投资人、山乡干部、沿岸各村干部开会，严肃批评小水电站建设破坏生态环境，明确提出整改指令。

不久，集科盼来了好消息：金塘河上游正建设中的三座小水电站暂时关停（其中就包括要在吴村上麦畈引水的那座），施工现场被拉上了红线，已经建成的"流沙坑水电站"，责令一个月内在坝体上凿出生态孔，按规定下泄生态水，补建鱼类洄游通道……

这个处理结果让集科感到欣喜，看来他的建议部分被采纳了。这是上级部门对乡村两级干部及投资人的追究，也是对生活在金塘河两岸的乡亲们进行的环保教育。只是以后的情况会怎样，他拿不准。那些投资者投了那么多钱会就此罢休吗？他开始担心父母会遭到投资者报复，自己的暗访行为会被乡亲瞧不起。叫停小水电站必然会得罪一些人，造成一些矛盾……

这么一想，他的心中冒出一股寒气。

但是他已经站在了自己家乡的对立面，无路可退了，只能继续走下去。不管怎么说，现在流经吴村的河水不会从上麦畈截走了，村庄仍然能得到河流的滋养，他得感谢环保、水利、电力等部门的监察，也感激马莉、夏炎、李钢等人的帮助。

他抽空给他们打电话致谢。给马莉打电话时，马莉说："好事多磨，保住金塘河才能保护金翅鱼，保住金翅鱼有利于保护金塘河。以后有什么需要帮助的，再及时打电话给我。"

现在马莉已经不会拒接他的电话了，但是每次通话类似公事公办，搞得他想约她出来吃饭却不好意思说。真没想到在火车站两人已经是牵过手的关系，怎么莫名其妙就这样结束了呢？总得有个说法才好。他决定去她报社一趟。去了才知道，马莉最近顶着很大的压力，因为有人给报社连着打了三天匿名电话，要求报道小水电站的记者"公开纠正错误"，否则他们将采取报复性行动。集科劝马莉报案，马莉说这样的恐吓电话在报社每个月都有几起，同事们都习以为常了，只是她第一次碰到罢了。

集科有一种牵累了他人的负罪感，请马莉出来吃饭，但不敢再有任何非分之想，饭吃得拘谨，很累。从饭店出来，两个人默默无语，走了一小段路，集科发现马莉情绪有点不对劲，以为她不敢回家，问，是不是担心有人报复你？她摇摇头。

集科再问，她一副想哭的样子。

"原谅我吧。"马莉轻声说。

"怎么啦？"集科心里涌上一阵难过。

"我……我……"

"没事的，你直接说吧，感情的事我都习惯了。"想到这位牵过手的姑娘可能会提出以后不再见面，集科瞬时有些想哭了，"马记者，以后还是这样称呼你吧，我能接受的……"

"我……我把……那条……金翅鱼养死了……"

"哦，嘿！它呀！"集科松了口气。他早已经把马莉带回一条金翅鱼的事忘记了。

"真的，我再也不会做这样的傻事了。金翅鱼，怎么可能在鱼缸里养呢……"

"没事的，以后我们再去带一条回来养。"他一边安慰她，一边握了握她的手。她未做任何回应，只有眼泪静静地流淌在脸上。她的手是冰凉的，能感觉到微微的颤抖。

"我为它买了一只有氧气泵的鱼缸，它喜欢在有水泡的水中游。吃的是普通鱼食。我每天都换水。没有想到的是，我出了几天差，让同住宿舍的一个同事帮我照顾它……等我回来，她告诉我，有一个晚上停电了，也不知道它什么时候从鱼缸里跳了出来。我想金翅鱼只属于龙井，只属于金塘河……"

他很想用拥抱安慰她一下，终是不敢。他就紧紧地握住她的手，牵着她的手走了很远的一段路，之后，就各自回家了。他久久地沉浸在与马莉短暂的接触中，内心有悔意也有内疚，他设想拥抱一下她会怎样，会不会从此真正确立恋爱关系？又想起自己给她带来了那么多工作上的麻烦，心里很过意不去。那个给报社打匿名电话的人，不用说是水电站投资方的人，建设项目被关停整改，肯定气疯了。

第二天，他给村里打了电话。

"妈，是我。家里这几天没事吧？"

"没事，没事的。你放心，没事的……"

集科只求父母平平安安的。他当时不想让他们知道实情，就是想以后万一出了事，他们是不知情者，受法律保护。不过集科听出了母亲张桂芝的紧张，想到这是借用代销店的公用电话，就没接着问其他。之后，他联系李钢，从银行卡打过去几百块钱，让他帮忙去汤溪镇邮电所为家里申请安装一部电话。三天后，李钢带着安装人员去了吴村。

电话刚安装成功，父亲的大嗓门就像从牢笼里蹦出的猛兽冲到集科的手机上。

"集科！他们都知道是你干的了，很可能要到北京找你事呢。你要多留心啊！"

"爸，他们不可能跑这么远。再说我有理呢。我倒是担心项目停工，他们会到咱家里去找你们麻烦。"

"他们不敢！我虽然年纪大了，真论打架我不怕。我年轻时跟人学过长拳的……"

"反正除了自己村，你暂时哪儿都不要去。要买化肥，打电话给我姐让她送回来。现在有电话了，遇到事情跟她或者跟我联系。"

"好的好的。不过以后你做事，可不能再瞒着我和你妈……"

父亲正说着，母亲的声音突然冲了出来——

"集科，我问你：马莉到底是不是你女朋友啊？"

"这个？当然是啊……如果不是，不会跟我来吴村的……"

"那我就不多说你了。马莉这姑娘好，我和你爸很满意。"

"妈，他们真的没找你们麻烦吗？你们不用怕说。"

"没有，没有的。但是照我说，以后最好不要再做这种事，广播里唱的那种歌也不要写！我和你爸年纪大了，经不起事了啊。"

"你和爸怎么了，没事吧？真是急死我啦！"

"我们真没事，只要你跟马莉好好的，我们就心满意足了。可她好像对你不怎么亲热，你要多关心她啊，男人要主动一点。"

"妈，不说这个了。我挂了。"

集科放下手机，心里很不是滋味。父母说话吞吞吐吐的，可以断定，水电站投资者找过他们。谁能保证报复事件不会发生？就在前几天，他还听李钢说，和尚村有个人反对建拦水坝被投资方打伤了。那人集科见过，是个很勤快的年轻人，好像是职业高中毕业后回乡创业的。他搞的是稻田养鱼，承包了和尚村河畔很多稻田。前阵子，小伙子还打过集科电话，说："我贷了款学了技术，本来计划两年内还清贷款，以后带领乡亲们一起搞稻田养鱼。现在种稻谷收益差，田里养鱼的话，鱼吃虫子、豆饼、麸皮和杂草，还排泄粪肥，稻谷产量高，鱼能卖高价，以后还可以种几亩莲搞'渔家乐'。谁知小水电站会造到我们村来。眼下我真的走投无路了，田里一滴水都没了……"

集科那时候也在等有关部门的处理意见，心里焦躁得很，他没心情安慰小伙子，只说你实在没办法的话，就早点改行吧。心里还想，既然你面临破产，为什么不跟着李钢他们行动起来呢。事实证明，他一个人在行动。既然他的行动遭到报复，这报复就可能发生在自己或者家人身上。集科想到这些，对这次关停整改感到并不乐观。

毋庸置疑，如果保护金塘河不建立长效机制，或者找不到更理想的山区经济发展模式，停工项目随时可能复工。他们不会善罢甘休的。目前的工程之所以被叫停，显然不是出于某些人的环保觉悟，不过是赶上"绿色奥运"宣传，暂时不敢轻举妄动罢了。而他坚持为金塘河的完整流淌奔走，并不是要与山乡的经济发展为敌，这事以后该怎么解决？

2

那阵子，集科的脑子乱糟糟的，一会儿想着父母在家里可能会被欺压，而他鞭长莫及；一会儿想到龙井瀑布能否开发成旅游项目，该不该以这个设想作为反对水电开发的突破口。可是集科知道，龙井是人类禁止踏入之地。集科的思路一直没有变得清晰起来。他发现，在这样一个金钱至上的社会，一条河生出钱来似乎是正确的，否则任何发展都无从谈起。那么，就这样任由水电站一个一个建成？

这么多年来，他只踏入过龙井两次。而这两次，都给他留下了难以磨灭的印象。假如未来真的要开发龙井，游客们可以随意踏入这神秘之地，会不会发生不可预测的事情？

集科第一次见到龙井，是读小学三年级，教数学的张老师怀着对龙井的好奇，带着班里几个男孩去参观。他们走到离龙井二三里远的山谷，听到巨大水声传来，山谷被参天大树包围，显得阴森森的。再往上的山路很陡，水流的落差更大，幽谷中金塘河时而形成溪瀑急流，时而隐没于巨大的岩石之间。当他们爬上一处峭壁，龙井瀑布突然出现在眼前，一道白色的水帘从上百米高的绝壁上直泻而下，瀑流落在岩壁和深潭中激起一片水雾，在阳光直射下隐约可见迷蒙的七色虹桥。而虹桥下那一个有五六间屋那么大的水潭，就是能通到东海龙宫的龙井了，它的颜色接近墨绿，深不见底。具体有多深，有同学猜有十八层楼那么深，有同学问张老师，他说我们爬到那边去看看就知道了。

从峭壁下去没有路，只有可供脚踩的岩块和可供手抓的藤蔓，在平原长大的张老师爬山像只狗熊那般笨手笨脚的，要不是被同学们抓住衣服，差一点就直接摔下去了。大伙只得回到原地，再回头看水潭，刚才攀爬时踩落下去的枯枝败叶，仿佛正被一双巨手轻轻地往岸边拨拉。大伙以为这是涡流的作用，再看就发现有一团暗红色的鱼群聚集在张老师差点落水的地方，其密度之大，让这一块水域几乎变成凝固体。

张老师惊魂未定，鱼群又瞬间不见了。"同学们，刚才这些鱼应该就是来这里产卵的金翅鱼。我感觉它们不是为了吃我，而是为了救我。以后没什么事，最好不要来了，这里可不是随便游玩的地方，难怪有人说龙井里有龙王，金翅鱼知善恶！"回家路上，张老师惴惴不安道，"都说善良的人掉进龙井，鱼群聚集是来救人，恶人掉下去可就被吃掉了。"

没想到第二次去龙井，竟是二十多年以后了，即集科带着马莉去实地考察的这次。他们沿着老路走，发现山谷中的参天古树已经被砍得差不多了，龙井没有了遮天蔽日的森严感。水潭倒是依然墨绿墨绿的，但是攀爬岩壁的时候，下面没有看到可怕的鱼群聚集了。站在从岩壁下到深潭边的洁白如玉的鹅卵石堆上，他们盯着水底看，在潭边的浅水里看见了石板鱼、红车公、鳡鲅、花鳅、小鳈等本地野生鱼类游来游去，却没能看到红色的金翅鱼游动其中。算一算时间，这时候离李钢等人协助金翅鱼回到出生地大约过去一个月了，集科猜测金翅鱼完成产卵生殖任务，很可能来不及看到自己的小宝宝出世就精力耗尽相继死去，成了深潭中的鱼虫或者大山深处鸟兽的食物，完成生命的轮回。

于是他们蹲下身子，沿着深潭边缘浅水下的石头仔细查看，就看到石头底部有细沙的地方，有亮晶晶的东西一闪一闪。集科断定，这是出世不久的金翅鱼，他激动得瞪圆眼睛，屏住了呼吸。

"怎么样？你看到了吗？"马莉走过来问他。集科竖起一根食指，放在嘴唇上做出禁言的动作。马莉蹲下去，她也看到了那一闪一闪的亮光，她想伸手去捞，集科制止了她。

"草木荣华滋硕之时则斧斤不入山林；鼋鼍鱼鳖鳅鳝孕别之时，罔罟毒药不入泽也……"

"你说什么？"

"没什么，我们到那边去看看吧，这是典型的峡谷风光：这边天快黑了，那边崖壁上你看，阳光黄澄澄的，就像镀了一层金。"

集科和马莉分别以金色光影为背景，在龙井岸边拍了些照片。待在谷底湿气大，水声震得耳鼓轰鸣，为了避免走回头路，集科带着马莉沿深潭出水口顺流而下。他们走到一处流水平缓的地方，看到一块巨石上有不少鱼头和鱼刺的碎屑，以及很多鸟粪和羽毛，这里显然是鸟类捕食金翅鱼的地方。集科端着相机想走过去拍摄，突然，在奇形怪状的巨石之间，有婴孩的哭声响起，吓得跟在他身后的马莉尖叫起来："这是什么声音?!"集科后退一步说："不用怕，这深山老林不会有孩子被遗弃。"集科四下观望，想找到婴孩，但终究一无所获。

两人都不敢出声，悄悄地往山谷的高处爬。这时那哭声再次响起。集科捡起一颗石子往哭声响起处扔过去，婴孩的哭声戛然而止。他俩不敢久留，爬了一段距离，集科才想起这东西很可能是山乡小鲵。他将这想法告诉马莉，马莉才安心了些。

"不用怕。小鲵不咬人。"

"小鲵是娃娃鱼小的阶段？"

"不是，它就长这么大，不会长过一根筷子。以前人叫它四脚怪鱼。"

"我还是害怕，我们快点走吧！"

"你走到那棵松树下面等着我。"

"你要干什么？去抓小鲵？！"

"我去去就回来！"

集科噼里啪啦地跑回龙井，把家里带来的装在可乐瓶里的凉开水倒掉，将瓶子伸到潭中去灌水。灌满了，快步往马莉等他的地方跑。这会儿，那奇怪的哭声的确又响起来了，那是一声声凄惨的哭声，他不由得两腿发软。直到见到马莉，他才举起手中的瓶子，自豪地说："想到以后再来这地方，可能又是若干年后了，所以我想装一瓶龙井深潭的'天然纯净水'回家。"马莉眼尖，发现瓶中游动着一条小小的鱼苗，金光闪闪的。

"哇，好漂亮！这是小金翅鱼吗？"马莉盯着瓶子兴奋地转着。

"我看看，嘿！真是金翅鱼哩！"集科举着瓶子跟着兴奋起来，"它像穿了橘红的礼服！"

"好漂亮！身体几乎是透明的！"

就在这时山风吹过，松树发出一阵呼呼声，一只黑色的鸟停在树枝上"嘎"了一声。集科看看四周，天空下，群山庄严肃穆。集科想起爷爷讲过的古训，心里打起退堂鼓。

"我得把它倒回去……"集科说。

"不，不要嘛，"马莉恳求道，"让我带回去养吧！"

看到马莉不舍的样子，集科犹豫片刻，他把瓶子递给马莉，让她先走，并叮嘱千万不要回头。等马莉走到山路拐弯处，他就扑通跪了下去，向着龙井深潭磕了三个响头。马莉等他追上来，见他脸色难看，问他刚才留在山上干什么，他支吾着敷衍过去。

回到村口，天已经暗了。父亲担心他们出意外，已经接到了上麦畈，问见到龙井深潭了吗，没发生什么意外吧？马莉抢着说："我们见到龙井了，真正的高山瀑布呀！还听见了山乡小鲵的哭声，呜哇，呜哇，像小孩哭一样。"

集科发现父亲愣了一下，欲言又止。

"爸，我们还带回来一条小鱼苗。"

"山乡小鲵不哭的，尤其在龙井更不哭。你们真的听到啦？"

"是真的，有点瘆人。"

"我活到这个岁数，也只听到过一次。"

"那，会不会是不欢迎我们呢？"

"回家再说吧！"

那天回到家，母亲听了集科的讲述，跟父亲一样神色紧张。集科问，听见小鲵哭不是好事？母亲把话题岔开了，等马莉不在时劝集科得小心了，不要再去山上，最好不要接着调查。"听你爸说，当年拆了龙王庙，龙井所有的小鲵呜哇呜哇哭个不停，后来就发大水啦！以后只要听到龙井有小鲵哭，金塘河就要发大水！"

——好在任务完成也没有暴发洪水。

如今，由于他和马莉的共同努力，相关部门已经成立工作组，叫停小水电站建设，责令投资方整改，按理说他应该高兴，然而想到金塘河和龙井的未来前景，他又坐立不宁。他决定在业余时间多写几篇以保护河流为主题的文章，贴在一些环保论坛（BBS）上。不管怎么说，他还要继续关注这件事。他想与网友们一起探讨保护金塘河过程中出现的诸多问题，期待写出一篇像《金翅鱼之歌》那样能广泛流传的文章，在互联网上获得支持。于是他像设计建筑施工图一样铺开稿纸，在工作台前逼自己静下来。凭着有限的人文和环保知识，他写出了文章的第一句："自古以来人类就千方百计利用河流、依赖河流生存繁衍，河流是文明的发源地……"

他很久没有这么认真地写文章了，写得有些吃力。这篇文章，他想从民间文化心理角度挖掘保护金塘河的意义"……龙的图腾来源于古人对蛇蜕皮重生与强大繁殖能力的崇拜。而以鱼为图腾的生殖崇拜在中国文化史上同样有着深远的影响。考古资料告诉我们，仰韶文化半坡人彩绘艺术中的鱼纹图像，很可能是图腾崇拜的标志……具体到山乡，这里的先民视鱼为神，认为献祭鱼神便可祈望子孙绵延……"

集科抽抽大鼻子，想着怎么用更漂亮的文字来组织头脑中跳跃的思绪。他很遗憾自己不是诗人，写不出感性的、辞藻华丽的句子。"……曾经，山乡文物古迹与奇山秀水交相辉映，其中最具特色的应数徽派风格的祠堂建筑，以精美的砖雕、狭小的天井、舒展的屏风墙为特色……"他写写改改，发现写了很多祠堂的内容，已经离保护河流有些远了，又从徽派建筑写到山乡的方言、民俗、饮食等方面。这时夜深了，他看看窗外，对面楼群的灯光多数已熄灭，他放下笔，眼睛有点干涩，看看表，快零点了，他伸了个懒腰，向卫生间走去。洗漱时，右眼皮一阵跳动，他想到明天很多工作等着他去做，莫名地烦躁起来。他拉上窗帘，正准备就寝，"丁零丁零——"手机响了，他的脑袋嗡了一下。

这么晚了，也只有家人和熟人会打来电话，而且一般会是急事。

五家楼的旧基上有人搭了牛棚、建了猪圈……我熟悉的村庄，几乎一夜之间变得陌生、荒芜且空洞！这样就好吗？我感觉自己是有罪的，我们都是有罪的……"

"你确实是有罪的，你就是一个罪人，可你别把别人扯进去！你小子终将被家乡父老唾弃！要不是你为山乡政府免费设计过办公楼，大家当你是个乡贤，哼，驻京办事处早就找你了。你说说吧，他妈的干的什么好事！你以为就你聪明，就你懂环保？你站着说话不腰疼哪！你且听着：你他妈的就是山乡最最不受欢迎的人！……"

3

二○○八年春节集科不打算回去了。想到自己为家乡殚精竭虑，反倒受到高乡长的批评，成了家乡最不受欢迎的人，他因之伤心。他的家乡并不需要他自作多情。"你不靠家乡生活，家乡人也越来越不靠金塘河生活。以后谁愿意待在山里种地呢？树挪死人挪活，河干了又怎么的，你去村口看看吧，谁还指望田里那点收成生活，有能耐的都出去打工做生意了，就老人在家种点菜自己吃。"有一次，姐姐集兰专门打电话来劝他，叫他不要当书呆子。

集兰比集科大五岁，弟弟是她带大的。不过成年以后，他们见面的次数很少。她嫁在平原的一个村子里，常年在金华的私营企业打工。丈夫是个小商贩，今天蹲在这个小区门口卖苹果，明天站在那个商场门口卖甘蔗。每次回家，集兰提的要么是整箱苹果，要么是整箱瓜子花生。她和姐夫省吃俭用，租郊区农民家的房子住，破烂的屋子里堆满了货物、捡回来的旧报纸和废纸箱，集科去过一次后就再也不想去了。"你们为什么不选择租一个一室一厅呢？"集科有些嫌弃那地方。"刚来时就住这里，住久了就习惯了。你姐夫说，等攒够了钱就直接买商品房住，现在能节省一点就节省一点。"但是每次回家，集兰都打扮得漂漂亮亮的，完全看不出是个打工女。她还特别爱给父母出主意。

集科很反感姐姐说那些"河干了又怎么的"的话。在他看来，一个人离开家乡并不是要抛弃家乡，相反，当他离得越远，越会懂得故乡的一草一木都不曾远离自己。当然，姐姐也没有错，家乡人已经不需要靠金塘河生活，正如父亲所说"没有金翅鱼天不会塌下来"。但是转念一想，他又不能这么认为：金翅鱼死光了，龙井瀑布消失了，别人认识不到这是难以估量的损失，而自己是知道的；知道，而不敢及时站出来阻止，他会良心不安。

但是想到自己是那个最最不受家乡欢迎的人，他的眼眶就又酸涩起来。

除夕那天，他从附近超市买了一堆东西，切了一盘卤肉，掰了一只扒鸡，下了两斤速冻水饺，开了一瓶葡萄酒。他把东西移到客厅茶几上，打开电视机。

这是一套三居室的房子，平时三个房客各居一室，这天其余两个回老家去了。他摁了几个台，一律大红大绿，有一个台在介绍北京不同公园的庙会和花会，表演项目繁多；有一个台在讲八月八号奥运会就要开幕了，让五个萌萌的吉祥物给大家拜年；有一个台请一帮穿唐装的老人，"忆苦思甜"。

他决定不想念家乡，也不给家里打电话，这个晚上安安心心地看春晚。

他喝了几口葡萄酒，吃了一点菜，把手机关掉了。屋里只剩下了电视发出的声音。

"飞向春天，春光无限祖国好。"

"手机没电了。"

"你一个人在北京，跟马莉在一起吗？"

"我一个人在家呢。"

"在北京过年，也那个……啊，不住在一起吗？"

"你怎么总问这个？"

"过了年，你年纪更大了，我们能不急吗？村里的光棍没几个了……"

集科不说话，想着家里这时候是不是正包完了汤团……

"姐姐没回家吗？"

"另外告诉你，刚才雷老板提了一些东西，向你爸正式道歉来了。"

"道什么歉？"

"实话说吧孩子，前阵子，几个工地停工后雷老板带人来，把咱们家的桌子都掀了，你爸跟他们论理，他们把你爸打了。你爸躺了好几天，不是伤有多重，而是被他们气的。我们怕你和马莉担心，没有跟你们说。当然也不敢跟任何人说。毕竟这不让开工的事他们损失大得很，又跟你有关，你也不算对。所以年前没有催你带马莉回来。没想到今天他会主动来认错，态度很诚恳，并给了你爸一些钱。所以没事了，你们正月里回来玩几天吧。"

集科有一种想哭又哭不出来的感觉，没想到投资方报复家人的事情真的发生过了。"妈！快跟我爸说，这个钱不能收！收了我们就被动了，这个我不能同意的。"

"孩子，应该收，两千块钱吧。不收岂不是还要跟他们闹别扭？你可别说不能收的话，冤家宜解不宜结，这是给你一个台阶下呢。你别把自己看得太什么了……"

"妈，你不懂。等我回去再找他们算账！"

"你这孩子，我看你是要故意气死我！你不知道雷震富是什么人，高乡长跟他什么关系。你要拎清……"

集科吃光了盘中发硬的水饺，喝了一大杯葡萄酒，肚里像塞进了好几斤冰凉的泥巴。多年漂泊在外，他习惯一个人过春节，但是这个春节他感到从未有过的孤独。他想上床睡觉，却拿起手机，仿佛中了魔，想听听马莉的声音，想跟她倾诉一下自己做了那块土地上的逆子的痛苦。他几次想拨通电话，却又收手。他读了马莉的短信，又开始打腹稿，想着该怎么给她回短信，无奈酒劲上来头发晕，最后他豁出去了，只写了一句："我好想你，马莉！！"发完，他想撤回——可那时的手机还没撤回功能，他酒醒一半，无力地瘫在沙发上。

他意识到两人自从在火车站牵了手，关系就不尴不尬的。如果耐心地等待、真诚地追求，或许还有戏，而这一轻佻之举，可能导致以后连朋友都做不成了。他羞愧地摁住手机右上角一个键，想赶快关机睡觉。没想到这时马莉的号码突然伴着音乐跃进手机屏，将他摁在关机键上的手指拨开了。他不知道该接还是不该接，他闭上眼睛，狠狠心，摁了左上角的键。

"喂喂，集科哥你在老家还是在北京？"

"马莉……"汗水从他鼻头上掉下。他紧张得发不出声音。

"喂！问你呢，你在北京吗？"

"是的，我一个人……"他等着挨骂。

"我呀，哈，今年也一个人在北京呢！单位要有人值班，我就……"

马莉甜美的声音瞬间将他的心脏击中，从他怦怦加速跳动的心脏里一下子涌上千言万语，他的喉结上下滑动："马莉，我在北京，我在北京，我那个……"

山乡最最不受欢迎的人"打晕在地，以至于只想逃避崇高只顾小我；得到了爱情又患得患失，至于李钢刚才说到的那种昂扬向上的精神，在他身上冷却了；以至于想到马莉，想的不是如何支持她为鞭挞假恶丑不懈努力，如何帮助她，而是揣摩她适不适合做一个相夫教子的妻子……

这么想过，集科从网上银行给李钢汇走四千元钱，接着就给还在外地暗访调查的马莉发了问候短信。短信内容很长，写了很多鼓励她、关切她的话。

集科发现，马莉是个很传统、很矜持的姑娘。虽然老家父母得知她已找到男朋友，了解到集科的情况后默认了他俩的关系，但是她本人还是坚持住在集体宿舍。而且她还是个正直的、有责任感的人，虽然从事记者这个行业时间不算久，却已经用实际行动践行着记者的职责与使命。多年以后，集科一直记得马莉在那一年，给他打过两个非常重要的电话。正是这两个电话，将他们灵魂的距离拉近，将爱情的基石砌筑得更加稳固。

第一个电话，是那次三聚氰胺调查快结束的时候，马莉和她的同事在河北某奶牛养殖大县被人扣留，她出于人身安全考虑，第一时间给集科打电话报了消息。通话时间很短，不到一分钟，电话就被人掐掉了。回拨已经关机。集科又气愤又担心，立刻向当地公安局报案，告知有记者在某奶牛厂被扣留。为营救马莉等人，集科还与马莉供职的报社取得联系。三个小时后，报社那边给集科打来电话，说当地警察已经赶到现场救出了马莉。整个过程只有几个小时，集科却仿佛度过了漫长的数年。

第二个电话打来在午夜。那天集科工作很累，回到家早早地睡了。被刺耳的铃声打断昏昏沉沉的睡眠，他感觉自己是在梦中接到了从地下十八层传来的电话。

"集科——"是马莉一声带哭腔的喊。

集科胆小，一下子坐了起来："怎么啦？莉莉！"

"我现在四川成都去……"

"啊？你没事吧?!"集科的心缩成一团，害怕马莉又被谁扣押了。

"发生地震了，听说有数万人压在了下面，不知道情况怎样。"

"什么?!"集科大叫一声，随后一只手忙乱地摸着墙壁，寻找着墙上的电灯开关。等咔嗒一声屋里亮了，他才喘着气问马莉逃出宾馆了吗。

马莉告诉他，她这是在去汶川的路上。

"去那里干吗？"

"报社得到消息就派我来了。"

"哦，你一个人吗？是要去地震现场吗？"

"是的，我们报社三个人。还有北京其他媒体的。"

"马莉，发生大地震后会有余震，你要多保重啊……"集科说着就觉得心悸、心慌，担心马莉的人身安全。马莉告诉他，根据最新消息，汶川发生的是8.0级地震，震中位于映秀镇西南方，记者们要在第一时间赶去那个地方。

"我可能要采访十天半个月才能回来。想到那么多人被压在下面需要救援，我忍不住给你打一个电话。不说了，有事我会联系你的。"

没等集科叮嘱几句，那边电话挂了。集科整个晚上都坐在电脑前，查看几个门户网站即时更新的汶川的地震信息。信息还不太多，但是都确证着这是一次"特大地震灾害"，地震最大烈度十一度，地震影响波及大半个中国……集科看着这些消息，想着马莉，哽咽起来。

5

　　不得不说，那是一个不平常的年份：首先，奥运会成功举办，神舟七号飞船载着三名宇航员发射成功，中国的强大和科技的进步举世瞩目；同时，戊子年也是多灾多难的一年，发生了汶川特大地震灾害，由美国次贷危机引发的金融危机如同暴风骤雨般席卷全球……但是从个人视角，这一年留给集科印象最深刻的，是在地震之后，他每天关心着地震灾区的情况，为马莉担心、祈祷。他几乎每时每刻都关注着新闻媒体的报道和救援队及网友们发布在互联网上的消息。随着时间推移，灾区每天确认的死亡人数在增加，那些仍被压在废墟下的人生还的概率在下降。地震发生后的七十二小时是"黄金救援"时间，几乎所有人都希望时间能停止下来，能将救援的可能性增加一些。然而时间在无情地流逝，数以万计的灾民依旧命悬喘息之间，冲在一线的解放军官兵和自发从外地赶往灾区的志愿者队伍二十四小时连轴转，与时间赛跑，与死神争抢生命。

　　下班后，集科没心思吃饭，一面看着电视里让人揪心的画面，难过得掉泪，为灾区和灾民祈祷；一面担心着马莉的安危。也不知是灾区的电信设施遭到破坏，还是马莉无暇回复他的短信询问，其间他没有得到她的消息。

　　他接连数天到报摊购买马莉供职的那家报社的报纸，翻看上面是否有马莉采写的报道刊登出来。如果有马莉的名字，他就放心了，并且收藏那张报纸。其中有一些让他终生难忘的图片，一个大人跪在地上，紧紧地握住遇难孩子沾满泥沙的手，那手是黑的；还有一张图片，痛失妻子的男子用绳子将妻子的尸体绑在背部，他要送她去太平间，他要努力给予亡妻些许的尊严，将她绑得更板正、头靠在他的肩上，就像活着时一样。还有马莉写的文字，一篇报道里记录救援队从废墟中挖出一名幸存者，他得知家属已经全部遇难时当场晕倒，医生再次开展紧急救治，他苏醒后就成了哑巴，不会说话。看着这些由马莉发回报社刊登出来的图片与文字，集科不敢想象马莉在现场如何让镜头聚焦……

"地震是天灾，救灾是人道。在现场是救灾，不在现场各司其职也是救灾。此时此刻，数万军民正日夜奋战在抢救灾民第一线，在后方，我们房产人也应该做些什么来为抗震救灾尽一份力。经董事会开会决定，总公司将划拨出三百万元作为公司捐款汇给中国红十字会。同时，我们也希望各分公司能发动所有人的力量……"

地震发生后的第七天，总公司组织全体员工为灾区捐款，除了董事会决定捐出的集体款项，老总们个人也捐了十万元、五万元不等。虽然这次捐款集科仍然没能亲眼见到赵总——因为捐款是各分公司分别进行的，但是赵总的讲话通过视频传过来非常让人振奋，也改变了集科对他的成见，因为赵总除自己捐了一百万元以外，还通过个人努力与外省一家建筑公司达成"人、机租赁"合作，向灾区派出了两百辆挖掘机、推土机。

集科是普通员工，普通员工一般捐三百元、二百元，集科捐了八百元。捐款时，他想到自己的女朋友正像军人一样冲锋在救灾第一线，记录下真实的受灾现场，感到很骄傲。他当时有了一个决心，等马莉从汶川回来就向她求婚。只是第二天他就冷静下来，因为真要向她求婚，还没一套自己的房子呢。

没房子的男人谁会嫁他呢？连自己都漂泊居无定所，还让老婆孩子也过这样的生活吗？不适合成家最好别结婚！可是，想到马莉他无法克制拥有她的冲动。第三天，他决定敲开分公司牛经理的门。

牛经理是江苏宿迁人，也是理工科出身，五官普普通通，额头偏窄，眉骨比较突出，鼻梁微微内弯，鼻头比较肥大。集科不懂相面术，但是知道眉棱骨高的面相，无论在事业还是在感情上都会经历挫折与坎坷，然而牛经理似乎并不存在这个问题。他是赵总的得力干将，平时他对集科并不器重，在走廊遇见至多点个头，有一次开会还把集科的名字喊错了。当集科敲开牛经理的门时，他正在审核一摞报表，他直愣愣地看着集科，连头都没有点一下。

　　"牛经理，我有点事想咨询您。"

　　"你说吧。"

　　"是这样的，我想给自己买一套房，首付款不够，想知道公司能不能帮忙垫付。"

　　"公司还没有为谁开过这种口子。"

　　"以后从我工资里扣不行吗？"

　　"公司没有这样的章程。"

　　集科有些失落，但是并不想央求他，转身要走时牛经理叫住了他，问他女朋友在汶川救灾，是个记者没错吧？集科点点头。牛经理说你先坐下。集科坐下了。然后牛经理给总公司拨了一个电话，将集科和他女朋友的情况做了汇报。听得出来，接他电话的人正是赵总。两人沟通了不到三分钟，牛经理挂了电话，转而安排集科去通州运河边的一个工地看看。

　　"赵总的意思公司垫首付款没有先例。你想买房子结婚的话，可以给你一个内部价。打六折，怎么样？假如你买一套一百平方米的房，按目前房价能省下二十几万块。现在通州房价还不高，七八千一平方米的样子，趁现在还没大涨，我给你开条子。"

　　集科内心慌乱起来，计算着打折之后还要多少首付款，有没有必要买一百平方米。

"赵总还让我转达对你女朋友的敬意！如果你们领了结婚证，到装修时他个人要送一套好家具给你们。另外，我告诉你，奥运会召开后，房价可能还要涨几年，而且北京市政府以后要搬到潞城镇去呢……"

集科满脸通红，受宠若惊，诚惶诚恐。事实上，他并不关心房价是否看涨、以后市政府会不会搬家，他急的是马莉回来之前，他能不能买上一套房子，给自己求婚的勇气。离开牛经理办公室时，他说跟家里人商量一下，这两天就决定下来。

十多天后，马莉等百余名支援灾区的媒体记者从成都乘包机回到北京，集科手捧鲜花去南苑机场迎接。马莉在锣鼓喧天的欢迎队伍里看到挥动手臂的集科，高兴得朝他奔来，这时集科才发现马莉在其他人的比衬下显得那么娇小——可她的胆子比谁都大，不管旁人目光，紧紧地抱住了他。顿时两人一边笑着，一边热泪滚滚。他抱着她转了两个圈，说："莉莉，看到你平安归来我太高兴了。我为你骄傲！"马莉的神情变得凝重起来："你不知道那种情况下，多少人比我做得好比我勇敢。为了多救人，每个人争分夺秒超负荷工作，夜以继日。在最危难时刻，我一次次感受到人在灾难面前的渺小，爱的伟大。哎，我们赶紧走吧。"

在机场出口大厅，凯旋的京城媒体人在一起合影，有一位领导在工作人员的引领下，走上一个简易台主持了简短的表扬会，激励大家回到各自岗位后，要继续发扬对党的新闻事业忠贞不渝、把党和人民的利益视作高于一切的精神，不懈努力，孜孜以求。然后记者们各自散去。集科拖着马莉的行李，走在散发出汗酸味的人群之中，天气似乎突然热了，大家走得都很匆忙。出租车排队处，空气有些浊重。要上车的时候，集科察觉马莉在抹泪。他假装没看到，将行李放到后备厢，拉开车门让马莉先上。他知道这段经历不会随着任务结束而结束，必将在马莉心里留下抹不去的印痕。

车往北开。那是北京城区的方向。

集科一直忘不了马莉在出租车上，依偎着他的颤抖的身子和压抑的哭声。出租车司机很有眼力见儿，当然也可以理解成多管闲事——他一定以为这是一对即将分离的恋人，特意播放了好几首已经不再流行的歌曲，潘美辰的《爱情的故事》、张信哲的《爱如潮水》、黄品源的《你怎么舍得我难过》。在熟悉的旋律中，马莉的哭泣渐渐停息，她对集科轻声说："我现在特别害怕去回忆那些所见所闻，害怕回想那块伤心的土地和那里的人们。""一切都会好起来的。我坚信，"集科用力将她揽得更紧，"那么大灾难都经过了，还有什么坎过不去？""我现在只想睡觉，睡够三天三夜。"马莉将湿漉漉的脸靠在他的肩头，"今晚……我就要到你家里住，好吗？"集科说："太欢迎啦，梦寐以求……我给你做好吃的！"出租车司机可能感受到了集科内心的狂喜，他踩了踩离合器，右手扳了扳挡位操纵杆，汽车快速地奔驰，超了好几辆慢行的车。

与马莉的愿望相反，她很想睡觉却三天三夜无法入眠。即便进入短暂的浅睡眠状态，昏昏沉沉中也老做梦，梦到自己趴在地上拼命地挖瓦砾，一个个死去的人从废墟里伸出手，拽住她的小腿；或者梦到灾民，他们竟然变成了自己的至亲，一个个被压在残垣断壁下呻吟、呼救，自己却无能为力……

马莉害怕回忆，可她无法控制自己的思绪，醒来后，眼前仍然会出现一幅幅惨烈的画面。"那天给你打完电话，就随部队取道都江堰去往映秀镇，公路全线中断，徒步穿行滑坡地带，到处是大裂口，桥梁都坍塌了，水面上不断漂来房屋大梁……映秀镇上的楼房几乎全部倒塌，遍体鳞伤的乡亲躺在地上……我无法这么直接地面对，真的，我不敢去想会这么惨，不少孩子的书包找到，人却没了……采访中，多数幸存者都有亲人在地震中丧生。劫后余生者，除了恐惧，还有悲痛……可是在一次采访中，我路遇一位大爷，他挑着两个变形的铁桶，走到一块幸存下来的庄稼地里摘豆角、西红柿。由于当时还会有余震，我便想劝他快回去吧，有困难跟我们说。大爷仍然佝偻着腰，蔬菜装满铁桶后，他挑起来踏上了回去的路，最后转身对我说：'谢谢你啊记者同志，我这是挑到指挥部去的，他们有米，但是吃不到新鲜蔬菜。'这样的场景让我再也控制不住内心汹涌的情感，我在镜头前掩面痛哭。"

"亲爱的，别难过。一切都过去了。"那段时间，集科的陪伴给了马莉很多温暖与慰藉，哪怕他什么都不做，只是简单地陪伴着她，听她讲，陪着她哭。马莉之所以提出跟集科一块儿住，正是由于她在废墟堆里过于集中地看到悲惨、死亡、痛哭的场面，害怕一个人待着。"那一个个为了多救一条人命而不眠不休的军人、救援队员、老乡，无名的英雄。他们先是没日没夜地救援，救援结束后，安置工作、物资发放工作马上又来了。我们也跟着忙，每天只能睡两三个小时。住帐篷或者板房最大的问题是潮湿，潮得没法住。还有过一次余震，突然地动山摇，从山上滚下来很多巨石，眼前都是灰尘，有人当场就被砸死了。到了晚上，没有电，没有信号，一片漆黑，只有手电光，还有撕心裂肺的呼救……"

马莉毕竟社会经验少，突然被派遣到这么大的灾难现场采访，归来后怎么消除心理阴影、恢复正常的工作和生活是个问题。马莉在家休养了一个星期，必须要上班去了。在单位的选题会议上，同事们讨论着如何继续报道灾后重建的选题，马莉情绪低落，突然她冒出一句："咱不提这些好不好！"——与失眠、噩梦、恐惧相伴随的，是没来由的情绪失控，她并不是反对同事们的选题，而是任何时候任何场所，只要有人谈到地震、死亡，她就会联想到那真实的场面，悲恸不已。同事正热烈讨论的选题，因为她的原因被活生生憋了回去，她因此内疚不已。

单位考虑到地震给马莉造成了一时难以祛除的心理障碍，类似会议就没有再让她参加，还给她补了几天假。集科也尝试了很多办法，比如带她去看电影、爬长城。其中有一项，集科发现最有效，那就是带马莉去通州运河边看房子。

那房子正是得了赵总恩惠，打了六折的房子。尽管小区地处郊区的郊区，荒凉得几乎没有城市气息，各楼体罩着绿色塑料网，销售科说两年以后才能交钥匙，但是对于这一对有心走到一起生活的恋人来说，就有了一个精神的寄托，有了未来幸福生活的承载之所。只要有整块时间，他俩就会从十里堡坐615路公交车到通州北苑，再转坐728路到达运河公园，远望那几栋节节攀升的建筑。

集科买下的房子朝西，九十八平方米，两室一厅。以后住在自己的房子里，打开窗户就能看到运河，河的对面是通州主城区。如果将来嫌小区周边像农村，可以走过东关大桥到主城区的新华大街、玉带河大街逛逛。

"以后住在这边虽然有点远，但总比住在顺义、昌平好吧。"集科爱通过这样的对比来强化他在通州买房的正确性，"不管怎么说，这么开阔、没有被严重污染的大河在北方实属罕见。当然你可以说房山区有拒马河，大兴区有永定河，顺义有首都机场，石景山有八宝山公墓，但是要说居住，我还是喜欢这北运河边。"

"你这是要来通州住才这么说。以前怎么没听你夸过？"

"我以前没来得及研究运河历史呀。事实上，北运河至通州北关与通惠河交汇，古时有漕运码头，可见水路能通城里的什刹海、后海甚至中南海。"

"那又怎么样?"

"说明北京大量皇家坛庙古建用的大木、神木,元明清三代京城人民吃的粮食,大多是通过大运河和通惠河运到京城的。"

"不过,我还是觉得现在的运河好,不能通航漕运后,清清静静的。"

"等我们有了孩子,每天带孩子在运河边走走。这里适合小孩奔跑,大人散步。"

"哎呀,你真讨厌!我还没有答应嫁给你呢,竟然连孩子都冒出来啦!"马莉说这话时很严肃,但是集科听得出来,她并不反感。

"这还不是早晚的事嘛!嘿嘿嘿,"集科趁机试探道,"国庆节怎么样?"

"不行。还早!"

"我年纪大了,一年一年,经不起你的考验了呀。"

"什么一年一年,我们认识时间并不长!我现在还没有做结婚生子的打算。你不觉得我们这个年纪,正是需要奋斗的年纪吗?"

"好吧,看来我在你眼里年纪并不大!"

每次在运河边,想象未来的生活,他们总有说不完的话题——不论是关于房屋的装修,商议什么时候结婚,还是各自喜欢的生活方式——真是百谈不厌,且能衍生出很多其他相关话题。他们有时会因意见相左而发生争执、辩解,生气,又和解……完了,两人都很享受相互抬杠的时光。

在集科的悉心引导下,马莉渐渐恢复了往日的从容、乐观。其中最显著的变化是,那些纠缠她的噩梦少了,情绪稳定了,脸色好看了。她不再觉得命运无常,人活着随时会死,不觉得活着太难太累了。有一天,集科早起为她熬银耳莲子汤,马莉跟着起床了,对他说:"科科,我现在没事了,你不用总担心我会怎么样了,好好忙你的工作吧。"集科说:"你身体还有点虚弱,早上吃好点,白天有力气上班。"马莉说:"你的工作这么忙,以后不用为我操心。你因为照顾我都迟到四次了,迟到一次就要罚三百,是不是?"集科说:"这不算什么的。"马莉走到集科身后,轻柔地抱住他说:"我知道你为买房子贷了款,为了我总是迟到。我说过,我们现在是事业奋斗期,以后你要继续努力工作,我也继续努力工作。"集科见马莉这样说,心里踏实了许多。

的确,买运河边那套还在建设中的房子,已经掏空了他的积蓄。为了凑够首付款,他还动用了下岗时职工一次性买断工龄的补偿金,又从姐姐那里借了两万,最后还缺三万,是牛经理给他垫付的。牛经理说:"就算我借你的吧,你为了与支援过汶川救灾的女记者在一起也不容易。结婚的时候,别忘了请我喝酒哦!"集科很是感动,连连保证一年内还清。牛经理说:"你跟着我好好干,赵总还要大发展的,作为房地产行业的领军人物,跟着他干总没错,以后你得早一点到公司,晚一点走才行啊!"

七月中旬开始,马莉所在的报社工作也格外繁忙起来。此刻奥运会火炬已经在全国传递,奥运开幕前期工作依次展开。全社开了宣誓会,新闻部、采编部的工作重心将从汶川地震报道转为奥运会报道。如果说对汶川地震的报道,领导没有特别规定篇幅、版面,尚可根据实际情况调整的话,对奥运会的报道则有硬性指标。报人必须按照"一刻也不能停、一步也不能错、一天也耽误不起"的备战要求,第一时间公布每一场比赛的结果,及时撰写比赛精彩故事,重点推出独家采访整版报道。

考虑到派驻各场馆的记者人数不多,而奥运会比赛项目众多,记者分身乏术，因此安排好线路图是记者必做的功课。为了将稿子写得好写得快，都要提前做非常多的案头工作，收集运动员的相关资料。马莉每天加班加点，手机二十四小时待机。"这是对每一个记者业务上极大的锻炼。找不到任何一个项目像奥运会这样，有国家领导人、新华社总编辑来看你的稿子。送到他们手上的文章，需要有很好的立意、结构，必须能够有独特、专业的报道内容。这期间，会有很多层面的策划和指示传达下来，不但要尽快完成，还要达到要求。这不是纯粹的体育稿件，全世界都在关注，绝不能出错。"周主任没完没了地叮嘱。

等到八月初，天气热得要命，奥运会正式开幕。马莉早晨七点前起床，早饭后背着手提电脑、相机、水、本子等装备去赛场，在奥运会现场奔波，晚上十点左右从赛场返回，住在离奥运场馆不远的宾馆，吃晚饭，写稿、发稿。忙到凌晨三点，还要为怎么写好下一篇报道绞尽脑汁。即便如此，时间仍不够用，午饭几乎没正儿八经吃过。奥运会是运动员的竞争、国力的竞争，也是媒体的竞争。她记得陈燮霞在举重项目为中国夺得首金后，她跟着一帮中外记者对冠军"围追堵截"，差一点被同行们挤倒。

北京奥运会让她兴奋、忙碌、充实，但也苦不堪言。她连夜赶出的稿子要层层把关，一直到社长手里，有时还会让她重写。而那段时间，集科同样忙得一塌糊涂。北京楼市跟着"奥运节拍"持续升温，总公司这次拍下了大郊亭一处三十多个亿的"地王"。设计部作为房产公司造楼的先遣部队，几乎每天都在加班。有一天，马莉拿到一张免费入场券，打电话让集科去什么地方拿，他为了赶任务没有去。再说，马莉能拿到门票的赛事都冷门得很，类似铁人三项什么的，他不感兴趣。结果，到奥运会结束集科也没有看过一次现场比赛。

奥运会闭幕的那天傍晚，在集科和几个同事的强烈要求下，牛经理终于同意晚上不用加班，允许员工在会议室观看闭幕式文艺表演晚会。这届奥运会，中国运动健儿们为国家夺得五十一块金牌、二十一块银牌、二十八块铜牌。这无疑是让人振奋的好成绩。他们打电话叫外卖送来烤羊肉串、农夫烤鸡、比萨、腊肉小炒、听装啤酒、香槟酒，用大吃一顿的方式庆祝中国代表团历史上首次跃居金牌榜首位。完了，又打开会议室的音响设备唱卡拉OK。繁重的工作之余需要寻找乐趣来减压，同事们都显出了可爱的那一面。集科有感于奥运期间中华儿女所展现出来的百折不挠的精神、空前的民族凝聚力，也跟着唱了几首奥运主题歌。深夜庆祝会结束，集科打车回到晨光家园，已经是凌晨两点。他进屋，躺在床上人已经很困，但是脑子仍然兴奋，眼睛紧闭就是睡不着。他想起很久没有这么高兴过了，尤其为与己无关的荣誉。他真想起床，拿起吉他再为祖国的光荣弹唱一曲，不过想到明天九点前就要打卡，他强迫自己入睡，最后也不知道几点钟，他迷迷糊糊睡着了。

也就睡了三四个小时，集科被一阵敲门声吵醒。

天已经大亮，只见马莉提溜着各式各样的奥运纪念品、工作胸牌之类，一脸疲惫地回来了。他一看时间已经过了九点，不敢相信手机闹钟响过而他没有听见。他联系了同事，问你们都按时到岗啦？同事说，都到了呀，今天迟到几分钟没事，你抓紧时间。

得知马莉还没吃早饭，他干脆向公司人事部请假两小时。

等到十点钟，他们一起吃这顿分不清是早餐还是午餐的饭。

集科看看马莉，黑眼圈、肿眼泡，脸上生了黑头粉刺，有些心疼起来。

饭后，马莉起身进房，躺下不到三分钟就呼噜呼噜地睡着了。想想马莉这段日子为了报道奥运会没白没黑地连轴转，想想她的辛苦和拼搏，集科发现自己对马莉的爱越来越深了。他回到客厅换了衣服，背上小包，赶紧下楼。

坐在出租车上，他想闭眼休息一会儿，可是思绪一直没有离开马莉。路况不是很好，车在一个地方堵住了。他干脆给家里拨去一个电话，想问问如果到湖北去办喜酒的话，都需要注意哪些问题。尽管到目前为止，马莉还没有正式答应嫁给他，但有些事情还是不要等到最后一天再商量才好。按照集科的计划，能在国庆节期间与马莉正式完婚是最完美的结局，至于结婚仪式放在北京还是湖北他想由马莉来定。至于老家吴村那边，不准备搞结婚仪式了，因为父母的钱都借给他了，能省则省。

电话接通后，父母还是老样子，不等他开口就问你跟马莉没吵架吧，每个月贷款都能还上吧？他回答完毕，想问父母的问题一时忘记了，倒想起昨夜短暂的睡眠中，他做了一个洪水滔滔冲垮拦水坝的梦。梦中拦水坝固若金汤，而村民有死伤。就问金塘河上的拦水坝工程没有复工吧？电话那头突然沉默，让他意识到情况不妙，他又重复一遍刚才的问题。电话那边先是传来父亲几声咳嗽，然后出现母亲的声音："阿科，你这孩子，不是我说你，你现在都要跟马莉结婚了，要关心的事情那么多，你问这个干吗？"

"妈，我随便问的。没有复工就好。"

"你还是先把婚结了吧。你上次说过这事后，就没再跟我们说后来的情况了。"

"我自己是希望在北京或者湖北举办婚礼。完了，我带着马莉，她以儿媳妇的身份回吴村给二老拜年，顺便走一下亲戚。"

"如果还需要钱，我们给你去借，不要把婚礼搞得太寒碜。"

"钱不用借了吧。我会想办法的。"集科想了想又说，"那些家伙真没复工吗？"

"你不用问这个！复工也跟你没关系！"这是父亲的声音。

"不能说没有关系。我跟马莉能走到一起，还不就是因为保护金塘河和金翅鱼？"

"唉，"电话那头沉默了片刻，"现在你能在北京买得起房，老婆也有了，村里人又开始服气你了，你就好好过你的日子吧。我告诉你，到了湖北，见到岳父岳母一定要恭敬，礼数要周到，家里这边我们也想了，几个至亲还得请来办几桌。喂！你在听吗？"

"爸，我听着呢。"

"听着就放个屁啊。我告诉你，我们会给你借钱，到时由我们来还，不增加你的负担。"

父母啰啰唆唆说了一堆结婚办喜酒方面的事情，始终没有回答集科问到的那个问题。他觉得其中有蹊跷，但是想想自己现在这么忙，出租车又启动往公司去了，就没有追问下去。

到了公司他马上投入工作。中午吃饭时，同事们哈欠连连，他心中有事，就到楼下找了一个僻静地方给集兰打电话。姐姐跟他说了实情。说那几个小水电站已经复工了，大概是李钢他们帮助金翅鱼完成洄游离开山乡后不久，就偷偷复工了。

"你们怎么都没有跟我说一声啊！"集科大吼一声，一股血冲上脑门。

"跟你说没用啊。最早那个流沙坑水电站建起来，我不是很早就跟你说过吗，现在还不是照常在发电？人活着并不是想怎么样就能怎么样的，认了吧，我是过来人。我当初还想嫁给堂堂正正的国家公务员呢，结果还不是嫁了个小商贩？所以你不要说我偏向谁，说我不爱家乡啥的，照我说，政府都同意去做的事咱最好不去反对！别管这些个了。"

"算了，不说啦！"集科气呼呼地挂掉电话。等心情平静些，他跟李钢联系，想让他进山看看实际情况，能不能拍些照片。因为老是麻烦李钢，他有些过意不去。

李钢就像被人宰了一刀，叫唤道："我们保护金翅鱼洄游时，还没见任何复工的迹象呢。"又说，"你父母怎么都没跟你或者跟我说？"

集科感到悲哀，家人已经不站在他这边了，但不好与外人责备父母，只得顾左右而言他："我这几个月都在忙工作，谁能想到在奥运会举办期间，他们也敢……"

"你放心，我抽空去看看。"

第三章

1

集科只怪自己势单力薄、人微言轻，只怪自己不能时刻守在金塘河边。那天集科给李钢打过电话后，心里忐忑，忍不住给堂哥集宝打了一个电话。集宝的二手手机噪声很大，他扯着嗓子喊："是、是的！"还骂了一句："你小子又管闲事呢！"集科顾不上那么多了，他当即从金华本地114查号台上查询到家乡环保与水利等部门的电话，一一拨打。对方接听后，都说不了解山乡小水电站复工的情况。后来电话打到发改委，终于有一个知情者用官话跟他说："为加强生态文明建设，维护河流生态系统健康，切实做好小水电专项清理整顿工作，发改委、水利局、环保局、能源局联合印发了小水电站清理整改实施方案。你说的这几个项目，有两个属于退出类，有五个属于保留类，有一个属于整改类。"

集科说了金翅鱼必须要保护的事。对方说"关于这个问题，都有充分讨论的"。

"讨论完了还建?"

"按照'方案'要求,对已经建成、导致鱼类洄游不畅的拦水坝,已按照环保要求完成升级改造。同时,对依法依规履行了行政审批许可手续且不涉及自然保护区的核心区,并满足生态流量下泄要求的小水电项目给予保留……"

"难道按照'方案',山乡小水电站复工是合法的,是这个意思吗?"

"审批手续齐全,且能够严格按照相关规定建设与整改的,当然是合法的。'方案'的出台,是对鱼类洄游通道建成的保障。这么说吧,山乡要创造GDP,也要保护生态,具体条款你上官方网站查询,其结果我刚才说了,有两个必须停工:一个是在吴村上麦畈引水的,一个是试图开发龙井瀑布落差的……对于在建项目严格按照国家规定,必须建成配套的鱼类通道……"

集科了解到这些,内心为要不要继续坚决反对小水电站建设而矛盾。主要源于两个考虑:一是总算保住了吴村家门口的河段和龙井瀑布不遭破坏,这无疑是一个很大的胜利,也给了自己借机抽身的机会,已经努力过,并且出成果了;二是保留项目中,"方案"规定要在拦水坝上建洄游通道、坝底埋设生态流量管道等,这些措施已经考虑到金翅鱼的洄游问题。总之,只能等到洄游通道建成那一天才知道金翅鱼能不能顺利通过,走一步瞧一步吧。他本想把新情况跟李钢说说,探讨一下该怎么办。转念一想,李钢肯定已经进山了,等他拍完照片传到邮箱再说不迟。

到了晚上,集科回到家中,马莉还在睡觉。他刚才在路边饭馆点了两个菜,先自己就着早上的剩饭吃了。之后他在客厅一角打开电脑,上了QQ,既没见李钢的留言也没见李钢的邮件。他想给李钢打个电话,拨打之后发现对方手机关机。他不得不联系与李钢一起合作过的"绿色之友"的负责人丁武。打通电话后，被告知，李钢被警方带走了。

"是他犯法了吗?!"那个瞬间，集科有些不相信自己的耳朵。

"我们坐李钢的车进山，过了学岭村就看见第一处工地，他妈的没想到都快建完水坝了。我们下了车，准备拍些照片，突然从工地上冲过来几个人夺李钢手中的相机，一彪形大汉用拳头对准李钢头部攻击并辱骂。我们几个上前阻止，很快就相互殴打。打完架，双方各有受伤，我们怕事情闹大，要上车回汤溪，发现轮胎被人扎了。只好步行去村里，简单包扎后，又去经销店吃点东西。不料等我们再回来时，两辆警车等着我们，双方参与打架的都被铐走了。"

"然后呢?"

"做完笔录，多数人被放了。打架的事你也知道，在我们这种地方司空见惯。不过，李钢等几个人还关在派出所。说李钢组织他人干扰水电站建设，涉嫌有组织犯罪。"

集科一时不知说什么好，想着这节骨眼儿上该怎么办，能不能找人把李钢放出来，想了一圈，在家乡，除了夏炎、伟楚、辰前等几个同学关系不错，不认识政府里有权有势的人。尽管一说起《金翅鱼之歌》可能还有人知道，但这都是虚名，办起事来屁用没有。再说他已经被高乡长冠以"山乡最最不受欢迎的人"，就越发不想联系家乡那些牛气哄哄的小官员。

第二天，他打电话给丁武问李钢情况，说是送到看守所了，对方想让他坐牢。集科无法工作下去，说自己头疼请了半天假。回到家中，一筹莫展。天黑之后，他没有起来开灯，马莉下班回来，亮灯的刹那看到集科直愣愣坐在沙发上，吓得尖叫起来。继而看到集科的眼睛红红的。"你怎么回事，早回来了灯不开、饭不做，就像一个鬼。"她问。

集科本不想说李钢被捕的事，想想不解释可能会引起误会，就把事情简单说了。

马莉依偎着他坐下："科科！你是想去帮帮李钢吧？"

集科点点头："我已经做好回老家救李钢出来的准备，其他事情我可以不帮不管，但这事不行。是我让他回去看看水电站建设情况，才引发打架事件的。"

马莉说："科科，我支持你。相信法律。"

集科说："国庆节马上要到了，也不知能不能及时赶回来去你老家……"

马莉说："先办紧要的事。他待在里面，你能去看他，也是你的一份心意。"

集科握了握马莉的手，内心淌过一阵暖流。

两天后，集科不顾牛经理的严厉批评，请了一个星期的假，匆匆赶往金华。这次他没有在金华逗留，下了火车就往汤溪镇赶，在汽车站附近找了一家旅馆住下。这里方便他去金华找律师，也方便回山乡调查小水电站建设情况。他想先见一下被羁押的李钢，发现到金华市看守所坐车很不方便，得先从汤溪坐车到金华公交总站，再转325路去郊区新狮乡。可是到达目的地却被告知，关在看守所的犯罪嫌疑人是正在接受审查的人，是禁止与外界任何人接触的，但有会见律师的权利。集科接着到了金华城内，走了几个律师事务所，都因为要交纳高额律师费而作罢。最后他不得不再次与丁武联系，请他帮忙牵线。丁武带集科找到一个熟识的律师老诚。老诚看在大家都为公益做事情的分儿上，愿意免费为李钢做无罪辩护。

几天后，他们坐丁武的车去了新狮乡。集科委托老诚给李钢带了两条"中南海"，一件羽绒服，两本书——尤瓦尔·赫拉利的《人类简史：从动物到上帝》和梭罗的《瓦尔登湖》。书本来是自己带在火车上读的。半个小时后，老诚从看守所出来，告知他们：李钢左眼乌青、颧骨结痂、腿有点瘸，显得消瘦而灰心。老诚说嫌疑人住三十个人的房间，每天都会有嫌疑人被欺负，不过李钢跟他说伤是被水电投资方打的。另外，"中南海"和羽绒服又带回来了，烟是不允许带入的，羽绒服是因为上面有金属物：铁扣子、金属拉链。

意识到李钢因为保护金塘河失去了人身自由，集科很是难过。李钢本是平原上人，本来是不用为金塘河奔波的，如果他真被判刑，集科不知怎么来偿还这个人情债。

离开新狮乡，集科去了赤骑镇。他先在镇上的银行门口徘徊了一会儿。他清楚卡上仅有的钱原本准备下个月还银行房贷的，现在不得不取出一千元。考虑到去李钢父母家手上还得提点东西，自己也要开销，又取出五百。接着他提着那两条从北京带来的"中南海"和刚买的一盒滋补品，穿过显得破旧和斑驳的古街，向镇郊走去。

一阵阵刺鼻的腐臭气味，汹涌、荡漾在赤骑镇周围。这是一个被沼泽包围的小镇，有一江（衢江）二溪（金塘河、厚大溪）穿境而过，地势平坦，水资源丰富，土地肥沃。以前，山里人通过水路运抵的杉树、毛竹等，基本在这里完成交易。爷爷曾说，赤骑镇是因水而生的老集镇，这里的人们枕溪而居与水为邻，生活富裕。然而，集科看到的是大片大片荒芜的田地，上面垃圾遍布、杂草丛生；颜色暗浊的沼泽，靠近污水管的水面油污特别厚、颜色特别深，阵阵恶臭主要来源于此。相对来说，河流因为有活水源源不断地从上游流淌而来，要比沼泽的情况好一些。但是沿着镇外的河沿再往下游走，河水越来越脏，可以看到工业污水和生活污水已将它污染，河水泛着泡沫，水面上漂着一层垃圾和水葫芦。

李钢的父母就居住在河边一栋颇有气势的三层建筑中。尽管该楼建成应该有十多年了，仍能看出当年的巍峨气派。附近都是类似的三四层的小洋楼，很多楼的一层是小工厂，门前堆满工业原料或废弃物。李钢家门前有一块水泥地，空空荡荡的，水泥地边缘有几棵死去的树。楼里一点声响都没有，像个黑洞。集科走近时，一股凄凉的气息扑面而来。两扇门虚掩着，集科弯起手指敲了敲，他听到一声"嗷！嗷！"的叫唤，顿时毛发直立。

集科后退几步，看到屋里就一个孩子，趴在地上的一张地毯上，想爬起来。集科走进去扶他坐在轮椅上。这孩子的眼睛直直的，眼珠特别黑特别大，目光仿佛能穿透任何事物。

"喂，小朋友，就你一个人在家吗？"

"嗷，嗷——嗷——"孩子尖叫起来。

这孩子看似有八九岁了，所以不算是特别小的小孩。可是他怎么不会说话，没去上学？集科意识到这可能是一个智力有障碍的孩子，就悄悄地走到屋外，也不知道怎么办好。

"嗷嗷，嗷！嗷嗷嗷！"孩子就像有人拿烙铁烙他那样，尖叫变成惨叫。要不是为了见到李钢父母，集科真想跑掉。后来就看到有一艘很小的木船，一个老人蹲在船尾划着桨，河面的污物往船的两边散开。船上堆满了塑料瓶和废纸。老人秃顶，面相凶恶。集科猜想这可能是孩子的爷爷，放下手中的东西迎上去。

"您是，李钢的爸爸吗？"

"是的。什么事？"

"我是李钢的朋友，陈集科。"

"你好！"

"我专程来看看您……和孩子。"

"我们有什么好看的。"

"李钢的事说实话，真没想到。"集科想组织几句中听的话，却

97

是徒劳。

"他迟早要被抓的。"

"啊?"

"谁跟那些大老板作对都不会有好下场。"

"李钢……是做环保事业的呢……"

"他是自作自受。谁能不顾家人死活关了工厂,还多次跑去找人麻烦?你自己不想挣钱就罢了,还能不让人家挣钱?"

集科低着头,感觉老人顺带着在骂自己。他把准备的钱、香烟、滋补品,都交给了他。那钱说是给孩子买身衣服穿。对方也没客气,冷着脸,收下了。

"李钢在镇上不是开摩托车修理铺的吗?听他说的。"

"那是关了工厂后的小营生。这个镇上他开厂算早的,要不是自己关停了,不会落得今天这个地步。这一被抓,修理铺也开不下去了。一切变化都从这孩子这情况以后开始,他的心思就不在赚钱上。我们说也没用,中了邪一般!家里的事都管不了,倒管起了环境污染。唉!"

集科感觉与李钢父亲完全丧失了对话的可能,心里有些悲凉。他不说也能猜到,这一家人遭遇了很多变故,或许因为开工厂引起重金属中毒,也可能是赤骑镇周边整个环境恶化造成,这个患病孩子的出生应该是空气与水被污染后结出的一个果。集科这样猜想。

"你说说吧,生了这孩子,做爹的那不更要好好做生意、多赚点钱?大不了再生一胎呗!他却不务正业东跑西颠,跟一帮臭不要脸的,今天去堵这个化工厂的排污管,明天去什么山里反对人家造水电站……你说说这不有病吗?现在好了,老婆跟人跑了,自己又被抓去坐牢。你说我能怎么办?"

集科抽抽鼻子,看看苦大仇深的老人,看看孩子。孩子两眼不眨地直视着他，龇了龇牙。

"嗷嗷嗷！嗷——嗷——嗷——"

集科之前在书上读到过，铅中毒会影响造血功能，导致患者出现贫血症状，还能直接伤害人的脑细胞，特别是胎儿的神经系统，造成先天智力低下；汞进入人体后，对大脑、神经破坏极大。集科不太清楚赤骑镇上的电镀厂的排放物中除了氰化物有剧毒外，铬、锌、镍超标对儿童智力是否有直接伤害。可以肯定的是，含金属毒物的工业废气、废渣、废水不合理排放，能通过生物富集作用，在人体内蓄积，最终让人深受其害。

这一天，集科才真正理解，刚认识李钢时他为什么说"有害的环境最终会反过来伤害人"。离开赤骑镇之前，集科特意在沼泽边停留，即便在有芦苇生长的地方，他也没有看到水鸟、青蛙，有的只是蚊蝇、线虫、蜱螨。他沿着湿地走到水运码头蹲下，虽然看到浑水之下有小白条游弋，但是这鱼没人会钓回去吃，岸上的人告诉他："这臭气熏天的，家里不敢开窗子，每到夏天，小孩子就得一种奇怪的皮肤病。用这些污水浇地里的庄稼，小苗长不好。我们基本不吃自己地里的粮食。"

"那喝水怎么办呢?"集科问。

"不喝赤骑自来水厂的水已经很多年了，只用来洗涮、洗车什么的。以前都从地下抽水上来喝。现在地下水喝着也怪怪的，只好喝山乡水库接来的水。水费是要贵一些。"

集科的脸阴沉沉的，逆着金塘河行走，他看到离河岸不远的坡地上，建满了成排的铁皮房。有的被芦苇、藤蔓植物掩护，有的用稻草包裹起来，不等走近，就有拴着铁链的狼狗要扑上来。这些铁皮房，少数是禽类养殖场、仓库，多数是工业作坊，铁皮上写着

"拆"字、贴着×形的封条，但是有的房子里仍然有人在偷偷作业，机器声音就像从养蜂场传来的，嗡嗡嗡嗡。集科爬上一个土坎，趴在一个生锈的窗户上往屋里看，地上摆着几台老旧设备，挖有几个废水池，摊着各种脏兮兮的塑料筐、塑料桶。好在这个工厂已经废弃，满屋蜘蛛网似乎是时间本身被风干后，于微风中晃荡。

电镀厂的兴盛，从某种程度上反映出赤骑镇五金工业的发达。但是集科也看到有些比较大的五金制造厂，已建起专门的废水处理车间，还允许他进去参观。他参观完再走出来时，脸色好看了许多，可是没走多远他蹲下来，突然就很想哭。他记得，在汤溪中学读书时跟同学来过这里，那时候金塘河还很清澈，湿地就像绿色的海洋，除了一望无际的芦苇，还广植睡莲、菱、荷、茭白、荸荠等水生植物，有白色水鸟成群结队，起起落落。"如果这些年每个人、每个工厂都懂得爱护河流和沼泽，就不会造成今天的局面。"他之所以伤心，是因为他对"每个人、每个工厂"没有信心，当看了整个污水处理的过程，看到电镀厂如果抱着对环境负责的态度，是可以做到达标排放的，心里反而更加难受起来。

2

集科没有想到浩浩荡荡的金塘河，它的上游在忍受着被人肢解之痛，下游也处于垂死状态。他简直一分钟都不想待了，他到了公路上，见到往东开的车，就挥舞外衣示意搭车，没有一辆车停下，直到一辆客运中巴车在他的追赶下停住了。他满头大汗，大口喘气，一路咳嗽，一路上想着那个孩子。到了汤溪，他在车站买了几斤水果，又坐上了回山乡的农用车。回家的路，有不少路段建在金塘河的一侧，车窗的高度很容易让人产生一种错觉，这是行驶在河中，逆流而上。他看着满河斜阳，到处铺洒金色，眼睛发烫了，心却越来越凉。

车过山乡水库，集科在学岭村就下了车。

步行不远，他看到已经建成的水电站的白色房子，在一个小山坳里，四周倒满碎石块，显然是从隧道里倾倒出来的。再走两里路，看到数辆工程车在河道里来回穿梭，一座拦水坝高高隆起，就像金塘河的血管里鼓起一个血栓。这里应该就是李钢与人打架处。集科怕人认出，躲在一处竹林里，掏出相机拍了几张照片，继续往上游走。在和尚村，他看到乡政府张贴在路边墙壁上的通告，要求山民"大力支持水电站建设，对于干扰、阻碍和破坏工程建设的行为将进行打击"。他问一个赶鸭子的老头儿，你对水电站建设有何意见？老头儿慌忙摆手，说就算有意见我也不会跟你说的，前阵子有人被抓了呢。

一路前行，集科悲哀地看到，金塘河上第四座水电站的拦水坝，正好建在棺材坑上方一百米的地方，河滩上有挖掘机在挖河床，挖出来的沙石堆积如山。由于流水暂时改道，棺材坑干了，就像一个真的墓坑。他不敢想，这里前几个月还有三四米的急瀑哗哗哗流淌。这里也是他六岁时趴着等金翅鱼游上来的地方。当年他终于等到第一条鱼蹿上急瀑、扭动尾鳍翻卷身子，那一道金色的弧线，从此刻在了他的生命中。他忘不了那瞬间的美好、震撼和感动。那是印象中金翅鱼最后的辉煌，而今想起就像一个梦。

集科向村子走去。炊烟在每家屋顶上一缕缕扭动着上升。他尽量快地穿过乡亲问询的目光。回到家中，与父母简单聊了几句，接着就坐在灶台后烧火。不用问，父母也能猜到，他又回来搞什么保护，心里虽然不痛快，但是没有表现出来。吃过晚饭，母亲说："那个李钢在学岭村拍了几张照片就被抓了，你不知道?"

集科说："知道的。"

母亲说："知道就好，你可别再去登报啊。听说现在造小水电站不违法。"

集科默默地点头答应，他不想就此与家人闹不愉快，也不想告诉他们，这次回来正是为了李钢。只说刚好有一个设计项目，派他来金华出差。

"你办完事马上走，等到湖北结完婚再回来。什么事都没有结婚的事重要，你明白吗?"

"明白的。"

"以前大伙都说你考上大学多么多么了不起，那是以前的事了，你现在要学会：跟你没关系的事莫管……忙完你的，赶快回北京去。"

"知道啦!"

"你想想，公路谁修进来的? 再想想，你给村里做过什么实实在在的事? 人都势利得很……"

集科沉默着。

父亲附和说："现在谁有钱，谁就是能人。很多事，我们没办法管。风气就这样……"

夜深了，集科难以入眠。

工地上开凿隧道的机械钻机声，仍隐约传到耳中。

回忆往事，连他自己都感到吃惊：一个山里长大的与世无争的孩子，怎么就从一个只知埋头读书的工科男一步步成了背水一战的环保主义者，自己的人生怎么会跟金翅鱼的存亡、一条河的保护捆绑在一起? 是因为人生的漂泊状态与金翅鱼的遭遇相像，同病相怜吗？还是因为从小在爷爷身边耳濡目染？因为龙井的传说、相信因果报应，还是只能笼统地归结为自己是喝金塘河水长大的游子？——的确，回想起来，自从离开家乡外出求学，每到一个地方只要看到山川，他就会想到山乡；只要看见河流，他就会想起金塘河；而记忆中的村庄，永远保留着古老的祠堂和五家楼，那些老房子多么漂亮；金塘河是富有朝气的河，那时候鱼类品种多，蓝天白云和古树倒映在水面上——村里有哪个人离得开河流的赐予，哪个人不曾在河中捞过鱼捕过虾？只不过那时的人一面向河流索取食物和水，一面也维系着人与河流的共生关系。当然，那时的人如果雇得起挖掘机、修得起公路，也有可能会进山建小水电站……

这么想过，他发现自己更加睡不好了。后来迷迷糊糊睡去不久，却突然被大地的震颤惊醒，继而听到楼板上响起瓦片掉落的声音。这都几月份了，怎么还打雷？他披衣起来看情况，父亲在隔壁房里喊，集科你别管，接着去睡，是人家工程队在赶工程哩。这时天还未大亮，集科于是接着睡去。等到再次被吵醒时天刚刚亮，他悄悄起床出了家门。离开村子，走到村外一个地方，他看见峭立的岩壁被炸得滚在河滩上。这里虽然没有建水坝，但是已经成了一个采石场。见他走近，马上有戴安全帽的人过来，正是村主任国羊。

"集科，你怎么回来啦？"这家伙极其警惕地望着集科，喊了一声他的名字。

"嗯。回来看看。"集科想到当年，村里的古建筑就是因这家伙的"积极表现"被拆的，有些不屑，但出于礼貌与他聊了几句。国羊语气生硬地说："集科，这回你可别去举报啊，要举报也得等乡亲们都拿到工资后再去。真的，今年不少人出门打工不利，大半年工资被一个温州包工头卷走了。那人狗生的，把乡亲们害苦了。我搞了这个采石场，给雷震富的工地提供石料，给我干活的都是自己村里人，就指望这几个月在这儿做苦力的几千块钱还债呢。"

集科苦笑，没说什么。他跟这个小时候一起长大的人形同陌路了。他们不在一起的时间太久了，时间催人容颜变老，也改变人心样貌。记得中考那年，集科考上了汤溪中学，国羊当兵去了；三年后，集科考上大学，国羊跟部队驻地的姑娘谈恋爱被记大过，没能留下当士官，回来了。他娶了同村姑娘玉花当老婆，后来选上了村干部。见集科不说话，国羊当然也想不出有什么进一步能说的话。可能同样出于礼貌，他掏出烟来敬集科。集科连连摆手，说自己不抽烟的。这时有一个人过来把烟接走了，嬉皮笑脸地看了看集科。

集科想不起这人是村里谁的儿子，个头很小，很瘦。

这人问："集科叔，你真的要跟雷震富斗争到底吗？"

集科说："没有的事哈，现在咱村这段河已经保住了，龙井也保住了，我不会再管了。"

这人说："这就对了，能保住这两个地方就很不错了，村里人都很感谢你的，虽然大家嘴上不说。不过，雷总嘛也不错，除了给山里人修公路，还要给全村装自来水。现在听说他把证都办下来了，还给了个别人一大笔钱，就当封口费吧……"

国羊瞪了小个子一眼："你小子嘴可真贱，干活去！"

集科尴尬地笑笑，想走开。这时有一辆突突叫的摩托车驶向采石场，一个穿工服、戴红袖套的胖子骂骂咧咧的，将摩托车停在集科跟前上下打量他，严厉地问："你，那个，这回没带照相机偷偷拍照吧？"这应该是雷震富手下的监工，集科没有理他。那人说："未经允许不得拍照、采写任何信息，否则不要怪我下手重。"

国羊慌忙赔笑，跟那人说了句什么。那人哼一声，掉头走了。

集科心里不痛快，但是不想跟这类人发生直接冲突。这次回来，还有正事等着他去办，如果为了负气跟人打起来，就有可能跟李钢那样在看守所蹲着。这显然非智者所为。因此他扭头往村里走去。乡亲们大多端着碗坐在门槛上喝稀饭，他不得不站下来与人寒暄，有的劝他"集科你别蹚这浑水，你不像我们这些走不出去的人"，也有的在背后议论："他怎么回来得越来越勤啦？这是尝到甜头了吗？"

见到堂哥集宝，他一把抓住集科的胳膊。

"你怎么搞的，不是不让你管这事吗？"

"回来玩几天也不行？"集科心想：你管得着？

"玩当然可以。不过我告诉你，上次工地停工，雷老板带人到你家要打你爸，幸好我路过，我抄起门口一把钉耙冲上去救了他……这可不是开玩笑的！"

"宝哥，我正为这事要感谢你呢！"集科装出感谢的样子，又说，"也就为这事，我不能这么饶了雷震富，我不能看着青山绿水毁在这帮人手里！"

"嘿！这话跟我说说行，千万别说到街上去呀！人家投了那么多钱，怎么可能被你这么一个白面书生唬住？少建两个水电站已经是最大的让步了。我个人看法，你还是小心点好。"

"怎么能说是他让步，这是国家下文件禁止的。"

"你不担心赔了你爸两千块钱是个套？这随时可以定你的罪！"

"啊？什么意思！"

"他们对你爸说是赔偿，对别人说是被你勒索了。"

"难怪，刚才……他妈的！"

"做人，话不要讲死，路不要走绝。溪长必有弯，路长必有岭。不聊了，我上工去啦！"

集科从集宝家出来，猜想集宝很可能是去水电站工地忙活。坦率地说，集科心里很不舒服，他痛恨农村的流言蜚语，这也是他一直不愿与乡亲们过从甚密的缘由。而投资方显然利用了这一点，试图从民间舆论上撬动他的决心。事实上，他的决心在走出集宝家后就已经动摇了，所以回到家就收拾好了回汤溪的行李包。没想到的是，他刚喝了一碗玉米粥，想着问一下父亲被打后怎么就收了人家钱的事，还没来得及开口，门外响起一阵踢踏声。

是雷震富带着两个人走了进来。

"哎呀呀，兄弟！今年这么早就回来过年啦？"雷震富一副笑脸，完全不见上次打电话时的傲慢无礼，也看不出是会干造谣中伤这种事的人。这人虽然五十多岁了，看上去精神很好。又由于常年在乡镇谋事业，一看就很懂得与农村人打交道。

父母见雷震富进门，递给他和另外两个人凳子坐。他把手上提着的东西递给集科母亲，说："婶子，这是我特意给你带的，洋埠的白皮辣椒酱、罗埠的甘蔗糖、龙游的米糕，你们尝尝。"

"你太客气了吧，一次次的，怎好意思收呢。"

"哪里，集科兄弟回来，我们没听说，不然开车到车站去接一下。"

"他昨天天都快黑了回来的。"

"回来好啊！不过离过年还早，准备待多久呢?"见集科没接他的话，他转而跟集科父母说，"赤骑的藕粉本来不错的，可惜电镀厂毁了沼泽地，所以就没带来。这就是不懂得保护环境付出的代价。赤骑领导短视啊！只看到五金业赚钱，不知道污水处理后再排放。哪像咱山乡政府的高乡长，懂得开发也懂得保护！这不，为了咱老百姓用水方便，上麦畈的拦水坝被永久停工了，甚至不准去开发龙井。这对我们投资方来说是噩耗，当初山乡政府招商引资，龙井的落差是最大的价值、最大的诱惑！可咱不能只想着自己的利益是不? 咱得响应政府的号召，损失再大也得放弃。"

话说到这份儿上，雷震富也不管集科是不是在听，开始大倒苦水，说开发小水电本来是为了与山乡政府和山乡百姓共同富裕，没想到投资有多大阻力就有多大，这次光补办手续就跑了一个月，就差额头磕出血。几个股东原来已经投入八百多万，没想到现在又规定建什么洄游通道、埋设生态流量管道，成本增加，要多花两百万。

　　"从鼓励到严控，就因为上了一次报纸。不瞒你说啊兄弟，我一个人站在工地上哭了一宿，哭得眼睛都快瞎了。我雷震富做采沙生意那会儿，多少流氓地痞来找事我敢拿命去拼，手指被人剁掉肠子被人捅出来，我没滴过一滴泪。本想着年纪大了，搞个省事的事情干干……小水电，清洁能源，可再生，多少地方都在引进投资。嘻！还不是我年轻时在山乡待过，得到过山里人的好，所以就一股脑儿想着回报嘛！我跑民间融资，靠银行贷款，一片赤诚之心……兄弟啊，你就高抬贵手饶过我们吧。来自银行的还贷压力，设计容量与实际利用的差距，还有上网电价偏低，造成流沙坑电站建成就连年亏本……如果剩下这几个开工又不顺利，股东们血本无归，我个人欠下三百万的债不说，又怎么对得起那些信任我的人？我只有找根绳子上吊……"

　　其他两个年轻一点的，也不知是演戏还是真被雷震富讲述的境遇打动了，身子扭来动去，做偷偷抹泪状。集科毕竟不是执法人员——他们面对"情感攻势"能够做到洞若观火——他不过是一个社交能力勉强及格的人，听得很是难受。如果说雷震富说的全部是假的、几次哽咽是鳄鱼的眼泪显然也不客观。毕竟没有真金白银砸下去，想让民工多干一天活都不可能。但是这事怎能怪他呢？集科知道，此时他把保护金翅鱼、生物多样性、河流是保护生命共同体之类的话搬出来，是没有用的。但是，他也不想说不再干涉剩余水电站的建设，因为只有等到鱼类洄游通道、生态流量管道全部按规定建成，开发与保护的矛盾才可能得以解除。因此，一等对方把话说完，他就难堪得想站起来走掉。

"雷老板，你对我可能有一些成见，我个人跟你无冤无仇。但是……就像刚才你提到的，对山乡的感情，我也有。我是山里孩子，更是一心想着回报家乡！关于保护金塘河、金翅鱼的意义，我是寄过很多书和复印材料给高乡长和你的。那些材料不是我自己瞎编的，都是国际上先进的环保理念……"

雷震富显然无心听这些掉书袋的话，鼻子里喷出气体。

"生态环境被破坏的后果，你不也看到赤骑镇的现状了吗？那里还没有真正富裕水就不能喝了，可是有人还在排放污水毒水！假如时间倒退二十年，谁能意识到今天的问题！所以，环境保护必须走在前头。"话说到这儿，关于赤骑镇的印象：刺鼻的恶臭、发绿的油污、被污染的河流、成堆的工业垃圾、孩子的尖叫，仿佛一把肮脏的匕首，一下子扎中他的心脏。

集科跟父母道了声别，拎起背包，向屋外走去。脸上有疤的那个人早他一步站在门外跟着他往前走，低沉地说："怎么就走啦？雷老板还想请你入股呢，年底可分红。"集科面无表情地甩开了他。

集科回到汤溪，在旅馆躺下，悲观、无奈又茫然，就像人体出现了中毒症状。这次为了救李钢他花了一些钱，已经打乱每月还贷计划，又由于请假一周且不能按时销假，公司人事部前几天就打电话催问，他想办理为期一个月的停薪留职，没有得到同意。今天，就在从山里出来的路上，他接到主管电话，正式通知他被开除了。他现在几乎一无所有，也不知道怎么跟马莉讲。银行是只认数字不认人的机器，还贷不及时征信就会出现问题。无奈之下，他在汤溪镇上的银行分理处办了一张信用卡，先把还贷数额补齐了。

李钢的一审要在九月下旬开庭，等待时间不长不短的，他想着是先回北京，还是留下来为李钢的无罪释放争取更多支持。他权衡，如果回北京，新工作没干多久又得请假回来，恐怕还会面临被开除。留在汤溪也不行，住这里不舒心。汤溪镇是一个古老的县城，由于种种原因一九五八年撤县设区，尽管县治历史已远，但是汤溪人一直称镇上为"城里"，周边农村为"城外"。旅馆老板是镇上人，得知集科是山乡的很瞧不起他，看他进出就像提防小偷。可自从得知早两年流行的那首《金翅鱼之歌》竟然是这个看似落魄的房客写的，对他刮目相看，多次来敲他的门。主要是想让他教孩子学音乐、弹吉他。集科满脑子都是拯救金塘河及身陷囹圄的李钢，哪有心情做这个，他的回绝让老板多有埋怨。

这一天门又被敲响，豆芽菜一样瘦高的旅馆老板身后站着一个彪形大汉，没经同意就进了房间。"兄弟，这是张总，听说你是著名词曲家，特意来拜访你。"

"你好啊陈词曲家，我很喜欢你写的歌。"

集科说："坐吧，就这一张凳子。"

旅馆老板像只竹节虫转身跳开，再出现时手上多了一把椅子："老大，你坐椅子。"

三人坐定，旅馆老板开始吹牛，说张总是做服装鞋包生意的，生意做得如何大，"城里"有他五家店铺。接着问："兄弟，你知道早些年汤溪的七噶头都谁吗？"

"不太清楚。是一种野味？"

"瞧你说的！七噶头即七高个。这么有名的汤溪黑帮，你都没听说过？"

"我出去十五年以上了，平时主要春节回来一下，镇长是谁都不清楚。"

"可惜啦！七噶头是当年汤溪镇上的古惑仔啊。这位是老大，我是老幺。"

"啊，失敬失敬。"集科很想笑，尽管心里苦。

"忆往昔峥嵘岁月，七噶头跟罗埠、洋埠、赤骑、蒋堂的黑帮都打过架，嘿！那叫一个白刃相接、刺刀见红、刀光剑影。"

"就从没输过吗？"

"九赢一输吧。"

"输给哪个啦？"

"赤骑金刀帮。"

集科其实很不想谈论这种话题，类似于设计师不喜欢听人讲"对讲机大楼"——说的是伦敦某大楼主体有弧度却用玻璃做墙面，导致大楼成了一面凹镜，阳光被聚焦到对面街上，瓷砖破裂、汽车热熔、能烧烤煎鸡蛋……这样的话题让人哭笑不得。所以他完全是出于敷衍，装作在听。不料对方却步步为营。

"词曲家，我告诉你，李钢就是金刀帮的。当年打架他最狠，刀子镀着真金，称雄一方。"那个彪形大汉开口，声音铿锵顿挫、中气十足，"我们当年有过几次交手，论力气他不是我对手，论凶狠他是真不要命。"突然停顿之后，他啐了口痰，"他妈的，打死我都想不到啊，现在这流氓据说摇身一变，成了环保组织的公益人士，这不是一个笑话嘛！什么环保，赤骑的环境我敢说，被他一个人就毁掉了一半！这个混世魔王！"

毫无征兆，集科的心脏疼了起来，那种想立刻倒地的疼。这不仅仅是心理的反应，更是生理上的刺痛。这所谓的张总，显然是受雷震富指使来的，很可能是股东之一。至于李钢，通过邮箱频繁通信熟悉以来，自己一直信任他，把他看作一个善良、正直、有自我牺牲精神的有志之士，被他带动与感动过。

"当年我们几个在电影院看电影，与赤骑来的小流氓发生了冲撞。傍晚，近二十名赤骑青年手持铁管和西瓜刀，气势汹汹来报仇。所有人赤裸上身，只穿一条运动短裤，用白布把器械捆在手上，手臂上缠着红色带子。这些家伙冲进学校，挨个儿寝室找我们，学校保安吓得尿裤子，我们吓得逃到楼上女生宿舍躲到床底。他们找不到人就砍校门口的树，砍得那些树从此留下树疤。后来我们知道这只是金刀帮的一半人。再后来他们就不行了，被公安局打击多次。再后来我们七噶头各自成家也不搞这些了。我跟人学做生意了。可是李钢恶习难改，金刀帮散后，他开五金厂排放污水把人家池塘的鱼毒死了……"

集科的额头滴下豆大的汗珠，他的心持续地隐隐作痛。他插不上嘴，也不想说什么。他想起在汤溪中学读书时，社会上正流行打架、比狠。那时大街小巷都开有录像厅，主要播放的是港台枪战片、武打片。所谓黑帮，就是一些不良青少年模仿影视片搞黑道崇拜……

"灯不拨不亮，话不讲不明。"彪形大汉走时不再拐弯抹角，"李钢的事我就说这么多。得知你和他一起搞环保，我提醒你一句：他搞环保，很可能是为了讹诈他人。"走到门口又说，"对了，雷震富说他曾跟你说过一个什么事，让你再掂量掂量。我有事先走了。"

房间里静下来，集科却没法再静下来，脑袋嗡嗡作响。到这时，他发现自己并不真正了解故乡，从未真正深入故乡的另一面。这块土地上的人与事，远比想象中复杂。

第二天，他去退房，准备到金华去住。一是离这片土地上的"江湖"远一点，二是到金华找点设计工作先干着。旅馆老板退完押金，拍拍集科的肩膀，意味深长地说："兄弟，你是个人才，你写的《金翅鱼之歌》真的不错。金翅鱼为了完成洄游，有一种义无反顾的壮烈。以后有人写汤溪历史，一定会把这首歌收进去。另外知道你为李钢两肋插刀这事，我也很看重。不过话说两头，雷震富真要给你股份，你可不要错过。你会后悔的！"

3

集科到了金华，在一个叫两头乌的城中村租下一间房子，而后找到一个建筑工程公司做兼职设计师，这样他就能继续靠自己的收入还贷了。这家公司的老总姓孟名华，得知集科在北京著名的房地产公司待过，极其看重。有事没事，爱叫集科一起吃饭，聊房产界的奇闻逸事。集科最不爱听的，就是北京老总怎么样、上海老总怎么样，不敢相信孟华竟然喜欢关心这些。可他要在孟总这里赚钱，没办法，只能忍着性子听他瞎说八道："我不是吹牛，要是早个十年，也跟你认识的赵总那样幸运地遇到一个海外归来的白富美老婆，我今天就不会偏居一隅，在散发腌咸肉气味的小地方造楼。说不定全国地产十大影响力人物里就有我。不过没关系，陈工程师！我们争口气吧，在金华也搞几幢让世人刮目相看的建筑出来，怎么样？深圳有棺材广场，四川有酒瓶楼，河北有福禄寿大楼，河南有刚刚竣工的五个蛋艺术中心，辽宁有方圆大厦……我们搞一个火腿形状的大楼出来，肯定能被人记住……"

集科觉得在金华待着，如果不考虑马莉、不考虑李钢、不管金塘河死活，纯为了每月几千块钱工资，会过得比北京轻松。毕竟这里租房便宜，孟总对他和善，他甚至能得到些许尊重。再加上应聘时就有约定，集科不用每天坐班，这让他得到了久违的自由。等适应了新的工作环境，集科就把精力更多地用在了李钢的案子上。虽然他不懂法律，与老诚在一起表现出来的更多是焦虑、苦兮兮的模样，但是有他在，丁武、老诚至少多一个伴，大家心理上有所平衡。另外，有些需要花钱或者打点的地方，他坚持全由他支出。

一个月后，法院如期开庭审理李钢案。公诉机关指控李钢多年来多次纠集、煽动社会闲杂人员，以环保维权的名义，阻挠、对抗、破坏多家企业的正常生产与建设，实施人身伤害及敲诈勒索等违法犯罪行为，已构成恶势力性质团伙犯罪，恳请法院给予重判。

在此之前，集科从未进过法庭。由于第一次经历这种场面，他坐在旁听席上很是紧张。再加上李钢等人被抓与自己呼吁保护金塘河和金翅鱼相关，他在整个庭审过程中很是内疚。他不希望李钢等人被判刑，坚信他们参与拯救金塘河跟自己一样是出于纯粹的维权目的，但是公诉人在陈述案情过程中，反复强调李钢等人曾经有过诸多犯罪前科时，集科因担心维权变成敲诈勒索而心生恐惧。整个法庭辩论过程，他战战兢兢地听公诉人宣读《起诉书》，听公诉人举证，听老诚为李钢辩护，听李钢自我辩护……直到数小时之后，听到法院最终裁定：被告人李钢纠集、煽动他人参与监管、举报多家企业偷排偷放，打伤多名电站工地施工人员，参与其他多起所谓的环保维权事件，其"欺压百姓、为非作恶"的特征不明显，非法取得他人财物证据不足，不构成敲诈勒索、恶势力犯罪。最终宣判：被告人李钢犯破坏生产经营罪、寻衅滋事罪，判处有期徒刑三年六个月；另有两人犯故意伤害罪、寻衅滋事罪，分别获刑一年六个月、十一个月……

对于这个判决结果，集科是不能接受的。他总觉得老诚在法庭上为李钢辩护的力度不够。因为按照他的设想，老诚应该在法庭上大声呵斥雷震富等人，口若悬河、滔滔不绝，从气势上压倒对方。为这事，出了法院他问过老诚。但老诚说，在法庭上辩护律师说了多少话不重要，重要的是法官收到了多少信息。"绝大部分工作我们在开庭前就完成了。比如证据准备了三套，一套给法官，一套给公诉人，一套自留。比如辩护词等相关书面材料，都签字交给了书记员。把辩护工作全部集中到法庭上，靠口头表达做好辩护工作是不可能的。在庭上最重要的是，让每一句话都是关键，每一个辩护观点都能够全面、准确地被法官接收到。如果律师在庭上讲一小时、两小时，甚至三小时，公诉人再针锋相对反驳一番，你觉得法官能够全面地掌握你要表达的内容吗？"老诚说。

"那就这样听天由命啦？"集科有些不愉快。

"对这个结果我当然不满意，怎么可能认定环保维权为刑事犯罪！我们回去商量一下，怎么向上级法院递交上诉状，我想仍要坚持无罪辩护。接下来要收集更有力的证据，争取让你的家乡有更多证人出庭，为李钢说话。"

集科对老诚的辩护能力心存疑虑，但是也没有办法。毕竟谁也不能保证，换了律师就能万事大吉。另外，集科对李钢向自己隐瞒他的过去，比如从来没有跟他说过孩子的情况、他以前办企业污染水源的情况，以及诸多犯罪前科，很是遗憾。尽管他向水电站投资方勒索钱财的指控，因证据不足被法院驳回，但是集科对李钢的认知已经发生了变化。至少在汤溪旅馆的听闻，现在看来并非空穴来风。

按照法律程序，一审之后当事人提出上诉或抗诉到二审开庭，中间会有两到三个月的时间。作为非法律专业人士，集科也帮不上老诚多少忙。眼看国庆节临近，关于结婚一事马莉那边一直以工作太忙推托，集科觉得不能再等了，因为父母老催，也考虑到村里人爱说闲言碎语，遂擅自决定从金华动身前往湖北，不论最后何时结婚领证，先把岳父岳母认下再说。

买了火车票后，集科才打电话跟马莉说了他的打算。马莉骂了集科一通，说我还没有做好结婚的心理准备呢。集科朝她发火，你如果不想回湖北，那就来浙江，我们在杭州领证。

"只是，结婚的钱呢？"马莉答应请假回湖北后，这样问道。

集科愣住了。之前他只想着离国庆节越来越近，无论如何要逼马莉给他一个确定的态度。

"如果你答应结婚，我会问父母借的。"集科假装轻松地说。

"什么答应不答应的。我不松口，还不是觉得现在经济比较紧张……"

"比起你答应嫁给我，钱算什么，我会想办法的。"集科很惭愧，也很感动。

第二天他秘密地回到家中，向父母坦陈实际困难。父母喜上眉梢，说好事啊好事啊，迈动四腿，向村中几户比较要好的人家走去。然而，让两位老人寒心的是，村里好几户人家担心他们借钱是因为要担保集科出狱，都以为前几天的判决把集科也判进去了。他们解释，说集科好好的，刚刚到家呢。村里人并不十分相信，担心集科再与雷震富对着干迟早也会坐牢。

两人回来后没敢把真实情况跟集科说，但是从他们没有借到多少钱以及吞吞吐吐的话语中，集科敏感地感受到，自己现在真的成了山乡最不受欢迎的人了。

"我下午到坞头村你舅舅家和姨妈家问问去。"

"妈，不用借了。我自己再想办法。"

"你能想什么办法，你刚刚买了房子，能还上贷款就很不容易了。再说儿子娶媳妇，本来就是父母要操办的事情。"

集科本想说他向同学和朋友去借，想了一圈，买房时就问过一遍，能借的人都借过了。没有办法。集科感到有些冷，找了一件以前留在家中的衣服穿上。父母再次出门后，他干脆上床睡了一觉。等父母回来，天色不早，告诉他借到了两万，加上家里一万，就有了三万。他们就像做了错事，唯唯诺诺的样子，又打电话给集兰，问能借多少。集兰说过会儿打电话来。这时三人才发现，今天中午饭都忘了吃，赶紧做饭。饭吃到一半，母亲突然想起来，说上次雷震富来家里时说过，如果有需要急用钱，尽管向他借。集科一口饭卡在了喉咙，差点噎住了。他知道母亲没有恶意，不过心里有些悲哀。

"我看他诚心实意的。他有两个水电站建不成，都不容易的。"

"他的钱我不要。"

"油煎豆腐两面黄，为人处世八面光。这是我们汤溪的老话。你这样下去，路会越走越窄。告诉你，你问他借钱，反而能各借着这个由头，把关系捋顺了。"

"我说过不要就不要。我和他之间的事还没有完呢！"

"你这孩子，你们有什么事？不都出了政策了吗？你从小都听话，怎么到了这岁数……"

集科看看时间，问清还有一班到汤溪的车没走，吃完饭就去了村口的停靠站。

晚上，集兰把钱送到集科住的地方。

集兰借给集科一万五。集科知道，这可是姐姐、姐夫省吃俭用存下来的。在金华这些日子，集科满脑子案情，又老被孟总叫去吃饭，看他们喝酒听他们吹牛，也没有抽时间去看望姐姐。之前两人因为保护金塘河意见不同有过不愉快，见了面姐姐很心疼他，说她其实是支持他的，只是不忍心看他受苦，被人欺负。集科说现在情况好了，有新政策颁布了。姐姐说，你先把婚结了要紧，如果需要钱我再去取一万给你。集科摇摇手，说他有办法借到的。

集科向孟华提出预支钱的事，就像在北京为了买房向牛经理请求预支首付款，万万没想到，平时没什么交情的牛经理能个人借三万块钱给他，这个天天叫他吃饭陪聊的孟总却不肯借。经历了这么多，集科脸皮也变得厚了，说我在北京上班时，买自己公司的房子打了六折，另预支我三万，都是赵总亲自安排的。孟华被这么一激，立刻安排财务预支他三万五。"我比赵老财对你好，多支给你五千！以后有机会见到老赵，你得夸夸我啊！"孟华半真半假地说。

这样，集科在那天下午坐上了去武汉的K529次车。火车驶出车站，往西南方向而去。铁轨要经过汤溪镇外，经过赤骑，之后进入龙游地界，再下去就进入江西省了。当火车途经汤溪时，集科看着窗外既熟悉又陌生的大地，想起年少时在这里读中学。不能有比那时更艰苦的日子了。十七八岁的年纪，还穿四个口袋的中山装，拿一截绳子系裤腰，鞋子是最廉价的解放鞋或者母亲做的布鞋，土里土气的。那时他个子已经长了，身子却瘦，一米七的身高，体重不到九十斤。几乎每天吃的都是拿铝饭盒蒸的米饭、家里带的霉干菜或腌菜，整天饥肠辘辘，实在馋了，才会到街上去吃一碗豆腐脑之类的。周末，大部分同学回去了，学校里冷冷清清的，他会走三里路，看火车从铁轨上轰隆隆驶过。那时的火车还靠蒸汽机头牵引，在老远的地方，就能看到一团白雾逼近……

那时候他孤独、不合群，但是从不绝望，除了偶尔出来看火车，遐想外面的世界，剩下的时间就是学习。他热爱学习，知道刻苦，唯一的目标是考上大学。在当时，考上大学由国家分配工作，可以早日进城脱离农门……不知不觉，那段生活已经离他很远，就像车窗外的房屋、工厂、河流、稻田，一闪而过，他感到一阵强烈的空虚。

的确，世界是变化的，曾经他追求的，如今已经被人不屑。他想坚持下去的，已经很难坚持下去。说不清为什么，看着窗外向后退去的景色，他默默地流泪了。他不知道具体针对什么，是为自己遭遇下岗？是为自己理想受挫，前途茫然？是为金塘河、金翅鱼伤心？是为乡亲们、为父母立场转变？为李钢瞒着他的不光彩的历史，还是担心带的钱，不够举办一场婚礼？……似乎都是，又似乎都无关。这是一种根植于灵魂深处的、难以言尽的挫败感，它与漂泊异乡、孤苦无依的思乡之情类似，难以言说，无人理解。

集科从包里掏出一张纸和一支笔，他很想把此刻复杂的愁绪写下来，他很久没有为自己写过只言片语了，他想再写一首歌，一首只供自己演唱的歌，但是他搜肠刮肚，再也找不到当初创作《金翅鱼之歌》时的灵感与旋律了。

4

马莉家亲戚多，听说马莉找了一个男朋友是浙江人，离义乌、温州都很近，都以为这个大鼻子男人很有钱。村里的留守老人和妇女也都来串门，想看看集科。幸好马莉从北京带回不少果脯、茯苓夹饼、酥糖之类的，来了人就抓一把，显得客气。老乡们都说他们自己或者孩子去过浙江，要么去打工要么去进货。集科很拘谨，对谁都毕恭毕敬地笑笑，遇到抽烟的，就掏出烟来敬。这烟还是早上在超市时马莉让他买的，软壳"中华"。他买了两包。一天下来就所剩不多了，他想让马莉带他去九歌镇上再买几包。马莉说不用的，敬完就不用再敬了。等口袋里没了烟，集科就更拘谨了，总感觉欠了老乡们一点什么。

"小陈啊，站直喽！"有一次，马莉家送走了几个串门的老乡，集科怔怔地站在门口，也不知道接下来该干点什么，马莉父亲拍拍他的背，"你的情况，马莉都跟我们讲了，我们不会在意的。我家马莉虽然读了研究生，但是我和她妈都尊重她的选择。再说培养女儿读这么多年书，也不是为了将来她能嫁一个有钱人。如果是那样，反而不用这样去培养。我们还是看重一个人的品行。你要知道，我年轻时是教过几年书的。"集科立刻站得笔直，就像一个站在老师面前接受批评的小学生。马莉父亲接着说："结婚的事，我们没有意见，我不会向你要什么彩礼，你以后好好待我这个女儿就行。"

集科很感动，心里就像卸下了一盘石磨。他带来的钱，竭尽所能，几近敲骨吸髓，也就十来万元，如果按照农村传统礼数，这点钱连彩礼都不够。事实上，他都没有想到送彩礼这件事，不然就不敢来湖北了。

"我们一家都不是爱慕虚荣的人，我看你差不多也是这样。但是，我跟她妈妈商量了，还是希望把婚礼放在屋县去办。在农村办，你也看到了，乡里乡亲的都很要好，到时三十桌都可能坐不下。按照农村流传的规矩来，习俗很烦琐，好多亲戚还要从城里赶回农村，住都没有地方住。如果在县里办呢，在县里上班的亲戚不用赶回来，这边的乡里乡亲不想去的，他们就不用给你们随礼。"

话说到这个份儿上，事情变得清晰且易于操作。集科和马莉去镇上办结婚登记当天，又去了县城。他们把结婚当天的所有事宜，都交给了一个婚庆公司来操办。染着黄头发的业务员按照他们提出的总价，核算出了酒店的档次、婚宴的档次、婚车和包车的数量、预留客房的数量……结果出来，小伙子竖起了大拇指："陈先生、马小姐，在我们这种小地方，这个数办的已经是高档次的婚礼了。"

婚礼的确办得很体面。金碧辉煌的布置，喧闹的奏乐，喜气四溢。红地毯从酒店门口一直铺到了宴席大厅。主席台的墙上，挂着一块彩色屏幕，上面播放着集科和马莉的婚纱照，它们都被剪辑成爱心形，时而放大，时而缩小。客人坐了十二桌。随着马莉父母入座，新婚庆典主持人登场。多年以后集科还会经常想起，当他上台从马莉父亲手中接过马莉的手时，他改口叫了一声"爸"，向岳父深深地鞠了一躬，而后他牵着马莉的手走向代表幸福的花门，他紧张又激动，双腿甚至微微发抖，但是腰杆挺得笔直。一阵掌声过后，他牵着马莉走到舞台中央，整个大厅安静下来。

主持人有请司仪上台，司仪又有请伴娘将一个引火器托上来。在司仪的指导下，集科和马莉四手合一接过引火器，共同点燃主烛台。在火焰烧旺后，司仪念起台词："这合一的蜡烛，象征着你们的生命成为一体，从今以后，陈集科与马莉，你们要为彼此设想，同享欢乐，共度患难。希望你们在以后的每一天，都记得今天爱与爱的交融，心心相印，恩恩爱爱。"

主持人接着说："下面，有请伴娘端上婚戒。"

婚宴大厅再次掌声雷动，又突然安静下来。

在烛光照耀下，集科偷偷地看了一眼穿着雪白婚纱的马莉，她的眼睛更加明亮，甚至耀眼了。集科被仿佛披上了一层圣洁之光的马莉深深迷住。他是爱她的，多么爱她！这一刻，他感觉对她的爱变得结实而具体，仿佛伸手往怦怦怦跳着的心脏里一掏，就能将它掏出来。

"下面，请两位新人，相对站好。"司仪又发话了，他对集科大声说，"我们的新郎陈集科，请你用深情的目光，望着你的新娘。请问，你是否愿意娶你身边的新娘马莉为妻？无论今后疾病健康、贫穷富贵、环境的改变、逆境和顺境，你都会用自己的一生去钟爱她、关爱她，相濡以沫，白头偕老？"

集科点点头，大声地答："我非常非常愿意！"

掌声伴随笑声响起，贵宾们纷纷称赞集科的态度。接着司仪清清嗓子，又极严肃地问马莉："我们的新娘马莉，现在我问你：你是否愿意嫁给你身边的新郎陈集科，无论今后疾病健康、贫穷富贵、环境的改变、逆境和顺境，你都会用自己的一生去钟爱他、关爱他呢？"

马莉没有回答，她看了一眼集科。集科感觉世界静止了，不敢看马莉的眼睛，他紧张、额头冒汗，他的耳朵以及每一个毛孔，都在等待着马莉的回答。时间一秒一秒地流逝，他憋得快要喘不上气来了，终于，他看到马莉面带微笑：

"我愿意。"

那一刻，集科感觉他的心被马莉说出的这三个字撞击了一下。他的心化了，带着微微的疼痛，他忍不住泪流满面。这时司仪说："婚戒是两个有情人之间爱情的信物。请新郎新娘互换戒指。"

过了几秒钟，司仪说："新郎，你可以亲吻爱妻了。"

客人们散了后，刚刚结束的结婚仪式，即刻像做梦一样不真实。婚礼前的鸣炮，美好的婚礼祝词，爱情永恒的宣誓，从头顶抛撒的鲜花，亲人们的掌声，就像属于一场电影。而这不是梦，也不是导演的安排。集科和马莉回到房间，他盯着没有脱下婚纱的马莉看，忍不住将她紧紧地搂在怀里。他亲吻着他的温柔贤淑的新娘，吻一会儿睁眼看看，又吻一会儿，又睁眼看看。他情不自禁地脱去了平时不爱穿的西装，解掉了领带，捧着马莉的脸，认真地说："你是我的，永远是我的妻子。"马莉也认真地回答："你也是我的，从此不准有别的女人。"他又说："我从来不是花心的人。"马莉说："我也是。"他说："那你告诉我，我们下辈子还会在一起吗？"马莉嘻嘻地笑了，说："这个问题你上辈子就问过了。"

他们在屋县那家高档酒店一共住了三天。后面两天的房费免交，是酒店根据婚礼套餐赠送给他们的。马莉父母和亲戚们在婚礼第二天就离开了，他们住在酒店更加自由，除去下楼吃饭、散步，其余时间都赖在床上。在屋县的那三个晚上，无疑是他们一生中值得永远珍惜的、美妙的夜晚。尤其后面两天，两人忘掉了这个世界上所有的人与事，他们彼此爱抚、彼此索取刺激，度过了纯粹的、动物交配般的时光。这时候，他们不再为其他人活着，只为了取悦自己的爱人，同时从对方那里得到快乐。集科在一阵阵排山倒海的快感中，觉得自己为马莉即刻死去也愿意。事实上，马莉的想法也基本是这样。

"遇见你、爱上你、嫁给你，是我这辈子最不可思议的事情。"

"要是你想反悔，现在还来得及哦。"

"不，来不及了，你想都别想！"

"哈哈，我不会让你离开的。"

"喂，说真的，我很感激让我们走到一起的金翅鱼。"

"能够遇到你，是的，还真是因为保护金翅鱼。"

"愿多年后你仍不忘初心，不管是对我还是对金翅鱼。"

"我想会的，我们携手前行，相互鼓励。"

那两个晚上，他们有说不完的话。他们跟世上所有新婚男女一样，不厌其烦地宣布永远爱对方，发誓要永远不离不弃，反复回顾两人的最初的相遇，都觉得幸运。可是每次做完一场爱，可能由于体能消耗过于厉害，这对疲倦的新人，又总会对忠贞的爱情产生怀疑。

"喂，你真的爱我吗？"

"当然!"

"拿什么证明?"

"你怎么会冒出这种想法呢?"

"我也不知道,每次满足后就会感到空虚,甚至害怕。"

"相信我,我会永远爱你,我们永远在一起!"

"好吧,我们拉钩,谁先离开谁就是小狗!"

然而,在婚后第四天,他们就分别了……他们跟父母说去蜜月旅行,要到海南去,事实上到了武汉,他们就坐上了两列开往不同方向的火车,一列走京九线,一列走沪汉线。

5

马莉急着回北京,是因为她回老家时没有请婚假。没有请婚假,是因为她回来时还没有想好要不要嫁给集科。而集科之所以没有跟随马莉回北京度完蜜月,是因为他接到孟华的电话,说公司要去竞标一个非常大的建筑项目,等他回去参与设计策划。考虑到参与该项目能有一笔收入——差不多能还清向孟华预支的三万五,集科决定不跟着马莉回北京。马莉同意了,说她回去后也会很忙,夫妻反正要在一起过一辈子,又何必朝朝暮暮。这么说过,他们抱在一起,都流了泪。

分别那天下着小雨,到武汉后,他们没有住上一宿。下午出发的时间刚好差不多,到了候车大厅,马莉送集科到检票口,就匆匆地往另一个方向走。集科先上了车,瞅着车窗外一列又一列火车缓缓驶过,他想看清车身上是不是写着"武汉—北京",却看不清。他想向她做个告别,后来听到身下的铁轨震颤起来,才发现自己坐的火车正在驶离站台。他给马莉打电话，马莉只说了一句"我们正在检票"就挂了。那时候的确是旅客们最慌乱的时刻。他闭上眼睛，回忆起两人缠绵恩爱的一幕幕，不禁面红耳热。

"亲爱的，我穿这件衣服好看吗？"

"好看，漂亮得像公主一样。"

"说真话呀，公主是最烂俗的比喻。"

"真的，你穿什么都好看，不骗你。"

"希望到老的那一天，你还这样夸我。"

"我保证，一定！"

火车行驶在雨中，从候车室两人分开，到现在火车将武汉抛在身后，短短不到半个小时，集科发现自己已经开始想念马莉。

"你爱我什么？我经常觉得……我的条件……"

"你身上有跟别人不一样的东西。"

"那是什么东西？"

"以后再告诉你吧，老公！"

"那你吻我一下！"

"讨厌！不是刚吻过吗？"

"绝不可能只有一下！"

"哎，哎！你怎么又来了……"

集科到了金华，是在深夜，孟总开车到车站接他。看到他消瘦的样子，孟总吓了一跳："陈兄台，你这是不要命啊！结个婚瘦成这样，要悠着点呀，你印堂都发黑了，幸好我把你召回来了，免得变成药渣！哈哈哈！"集科赔着笑。孟总又说："这个项目有几十家符合资质的公司参与竞标，还有上海、杭州来的。这么大的建筑项目我们公司之前不是没有设计过，但是要结合传统又要注重现代，还要与周边环境融为一体的方案一时拿不出来。所以要请你这尊大神回来，帮我们出谋划策啊！"集科问了项目的基本情况，表情有些凝重。他虽然是建筑工程师，其实在他所学的专业中，建筑设计只是一门基础课程，没有导师专门培养过他，有很多创造性设计都是他离开学校后通过自学得来的。而孟总说的项目如果建成，无疑将成为金华最新的地标建筑，它对金华的意义堪比黄鹤楼之于武汉，他不能不慎重。

到了公司，孟总助理冯经理还没有下班，交给他一把钥匙，说已经为他安排了单独的办公室。"陈工程师，首先要祝您新婚快乐！其次欢迎您回到公司团队中来！"冯经理在天津没有亲戚，并且三代以上都是金华下面的东阳人，但是他跟冯巩长得很像，说话口气也爱一惊一炸的："怎么样？这间办公室够敞亮吧！你今天晚上就可以住在办公室，你看，配有可折叠沙发，被褥也给您买好了。"集科说："今天我可不工作，你们这是要把我当驴拉磨啊！"冯经理嘿嘿奸笑，说是开玩笑的，继而又说："公司都商议过了，这次你参与设计不按兼职计酬，而是直接给你提成，搞不好你能拿这个数！"集科很明白这些商人的做法，为了让你为他卖命能口吐莲花，结果你呕心沥血帮他把事做成了，诺言可能兑现不了一半。

第二天集科准时上班，尽管老是想着马莉，工作状态不是很好，但是为了得到那笔报酬，同时为了在金华燕尾洲上建成一个倡导人与自然和谐理念的建筑群落，他愿意连晚上都住在办公室。燕尾洲位于婺江、义乌江与武义江三江交汇处。说得更确切一些，婺江由义乌江与武义江汇合而成，燕尾洲即"Y"上部那个"V"。根据政府规划，这块区域将开发成商业办公区，摇身一变为"金华外滩"。集科认为燕尾洲是金华闹市中一块罕见的次生湿地，事实上他反对在此建大型建筑。不同的设计理念与急迫的投标日期，容不得他有休息时间。他和公司同事没完没了地开会，讨论怎么说服孟总同意他们按照"公园景观"来设计。该方案注重功能设施的景观性，将尽可能保留原来场地的植被和环境。孟总被说服后，接下来更大的任务是如何说服政府。

那些天，公司为他安排一日四餐，几乎把他和他的团队软禁在了办公楼里。这样忙过一个月，当孟总带着助理将标书送走，他才有了出来喘口气的自由。他去看过正着手准备二审材料的老诚，请老诚和愿意为李钢出庭做证的证人们在酒店吃了一顿饭，之后马不停蹄地赶往山乡，他要监督洄游通道和生态流量管道在拦水坝上的建设。既然"方案"规定，山乡有五座水电站属于保留类，那么它们在金塘河上被建成几乎是不可逆转的，去监督他们依法依规履行"方案"中的规定，可能是他为这条河流以及河中生物所能做的最后努力了。他希望河中所有鱼类在拦水坝建成后，仍能自由地来往穿梭于上下游。因此那个冬季，集科总在公司、老诚律师事务所、水坝工地、吴村之间来回跑。

"你总算运气来了，如果那个公司还需要你帮他们设计什么，你就安安心心地帮着吧。你还了这个债还要还那个债，欠了这么多债，你辛苦那还不是应该的？你回去时给公司老总送两只土鸡吧，养了一年半了。你看，这一只还是阉过的，这个年龄的阉鸡肉质最鲜美。什么？人家经常吃山珍海味？那是人家的事，你送土鸡是你的心意啊孩子！人家家里有保姆，又不用他亲自杀，他喝到你送的鸡汤，会再给你安排一个活干干。"父母虽然理解不了集科为什么偏要与雷震富作对，甚至不惜得罪乡镇干部，但是不想再说他什么了。毕竟他的婚姻，是因为保护金塘河才得以成全的。他如今在北京买了房，娶了有正式工作的妻子，他的兼职收入够还每月房贷，这就够了。相比之下，村里虽然能人不少，但儿子依然是优秀的。

紧随而来的是，村里人对集科的态度也发生了变化。一是他们发现集科哪怕没有了正式单位，依然能生存下来并且在北京买房，这在凭苦力赚钱的人看来，简直是"猪八戒喝了磨刀水——锈（秀）气在内"。二是他这么大年纪还能娶了北京著名报纸的年轻记者做老婆，让他们深刻体会到"人难料，水难量"的含义，不敢小觑他。至于他为什么要飞蛾扑火般地跑回来保护金塘河和金翅鱼，都猜说北京有什么部门或者组织给了他一笔钱。

　　"放心吧，他不会白跑的，他不傻。"

　　"我只是有点纳闷，北京给他钱的，图什么呀？让他保住这河，保住金翅鱼，难道以后捉了鱼去给什么人做宴席用？"

　　"这种情况不是没有可能。不然他舍得自己掏腰包给那个李钢？据说瞒着父母汇过两次钱了。"

　　"那是！要不然谁愿意跟着李钢到山里来日夜守着，他们都有钱领的呀。"

　　"问题是，金翅鱼吃了会中毒的，怎么可能做宴席用呢……"

　　"你懂什么？你听说过河豚、白果、黑头鲇鱼吗？好厨师多的是，经过加工，蜈蚣、蝎子都可以吃。"

　　日晒雨淋中，在水电站工地上做工的人们，一面挣着雷震富开的工资，一面猜测着集科回乡的种种原因，作为劳作之余的消遣。他们对金塘河被开发的态度其实一直处于变化中。刚开始是坚决反对的，后来听说乡政府也持有股份，一些乡镇干部可能有投入，就都立场含糊起来。等到雷震富为村里做了一些实事，各家得了一些实惠，就都夸起雷震富来了。再后来，在国羊的带领下，他们争先恐后加入建设小水电站的队伍，觉得在自己家门口就能赚到工钱，比到城市工地上打工好了几倍。首先吃住用能省下不少钱。在城市早上一睁眼就得花钱。住？压根儿就不存在舒不舒适，免费的工棚类似住立交桥下的桥洞，夏天热死冬天冻死。最重要的，在家门口做工晚上能搂着老婆睡觉，能体会到家的温暖，还能照顾家里。他们中有几个在外被包工头欺负、吃过苦头的，真希望这河上多建几条拦水坝才好，这样就能多干几个月活。

当然，对开发金塘河水电资源，态度最坚定的当数投资方；对集科回乡干扰水电开发，反对最坚决的也是投资方。自从听到《金翅鱼之歌》的第一天起，几个投资人就觉得写这歌的人不怀好意，传播这歌的电台与报纸同样如此。他们担心有人会拿金翅鱼做文章，从而破坏"五年开发计划"。果不其然，这歌引来了媒体记者、环保主义者、上级相关部门领导、社会舆论等的关注，结果导致"方案"出台。说到底，这一切不顺利的源头皆来自《金翅鱼之歌》和它的作者。

一度，以雷震富为首的投资人的确准备教训报复集科，就像教训李钢那样也让他蹲几年监牢，但是出于多种考虑，这事一直没有实行。每周例会上，他们最常有的情绪是觉得窝囊。跟着雷震富干的几个人，之前在社会上都是经历过一些事的，不说风云际会，也称得上胜友如云。他们请的施工队，都在其他地方建过水电站，施工图纸上从来就没有建洄游通道、生态流量管道这两项。因此"方案"出来后，大伙都想敷衍过去。没料到"这货"会跟疯狗一样一趟趟地跑来监督，甚至指手画脚，为此他们争论不休。

"小水电是一种清洁能源，世界各国都在使用。我不理解的是，谁有这么大的权力来禁止我们开发小水电？到底是谁啊？！我×他妈的，不是我喝了酒才这么说，我愿意作为股东代表去省里甚至北京上访！我不信凭本地几个臭当官的能一手遮天！"

"与常规火力发电相比，小水电具有成本竞争力，但是缺乏强有

128

力的政策支持呀!"

"烧煤炭就不污染空气？不知道那些猪脑子怎么想的！煤炭烧光了，再烧棺材板发电吧?!"

"诸位，安静，安静！我的想法是，目前情况下我们只能走一步瞧一步，先把立项批复、手续办齐全了的建成再说。龙井跑不了，迟早是我们的菜。三年不成，就等五年。五年不成，就等八年。就看谁有耐心斗争到底。你们说是不是?"

"我反对雷总的意见，水电投资除了能给山乡做贡献，增加税收改善交通啥的，同时也是商业行为。既然是商业行为，能否做到及早有收益、给股东们回报是必须考虑的。今天我可以毫不客气地说，龙井一处的开发与否，决定着我们的投资能否在短时间内见成效。"

"这个事我要向诸位公开检讨，当初应该第一个开发的是龙井，而不是流沙坑。当然，当时公路一时没法通进去。最主要的原因，是没有考虑到半路上会杀出一个程咬金。尽管这货是不是真有程咬金的能耐，有待进一步观察，但是拿出更多时间和耐心来，总比再次冒进被社会舆论包围好。社会舆论一旦失控，受影响的不仅仅是在座的几位哪。"

"雷总说得太对了，现在只能从长计议，等过了这道坎再重新报批龙井吧。这个货这么猖狂，不就是有记者同学、记者老婆做后台吗？等着吧，他总会倒霉的！苦脸塌鼻的货色……"

"这倒是真的，我看这人面相不像有福之人。比如他那个油鼻子、八字眉……"

"看面相，他妈的就是一坨牛屎。那个美女记者瞎了眼啊，狗屎拉到牛粪上。"

"我看这货是核桃投生的，满脸苦大仇深——只能砸着吃。"

"哈哈哈，砸他砸他！"

…………

投资者们争论的原话，集科无疑是无法听到的，但是确有耳闻，雷震富等人曾经想把他"办了"。他挺郁闷的。他对人与人之间的斗争没有兴趣，但他又必须隔三岔五回去监督洄游通道、生态流量管道的建设。每次去，都有负责人气势汹汹地赶他走，让他滚远一点："城隍好见，小鬼难缠，你他妈的算个什么东西！老子造的水坝不比你盖的楼少。你知道什么是洄游通道，你懂什么？你这蛔虫一样的讨厌东西，不要不懂装懂！"但是，他们面对的这人，可以说死皮赖脸地，拿着不知从哪里搞来的施工图纸，劝说施工队采用。说这是他请教过某水利规划设计院专门设计的。说他利用自己的专业、结合金翅鱼的特点，对每一条水坝做了不同的方案，以达到更合理、更省成本的目的。而施工队从未想过采用他的方案。

集科没有办法，元旦放假三天，干脆就住在家里，每天一早穿雨靴、披雨衣，借集宝的自行车赶往各个工地。施工队每次都以他的设计过于复杂为由加以拒绝，见到他出现就骂，甚至要放狗出来咬他。集科为了让施工队采纳他的设计，只好去找雷震富谈。因为洄游通道建得怎么样、能不能通过验收，都得工程完工以后才能见分晓。然而他担心到时洄游效果差，返工的概率很小，遭难的还是回不到龙井的金翅鱼。

他一走进雷震富设在学岭村工程总指挥部的办公室，雷震富就放下手中捏着的茶杯，对另一人笑笑说："你瞧，说曹操曹操到，最最不受山乡人民欢迎的人来了。"

多年以后，集科还记得雷震富那不屑的、压抑怒火的口吻，以及他轻轻放下茶杯的动作。他的那只手上缺少一根小指。茶杯上有一个小把手，茶杯是薄如蝉翼的青花瓷，每只乒乓球那么大，一溜排开大约有九只，只有前面两只里有茶水。茶几像是一截老树根锯平了倒置的，那树活着时至少需要两人环抱。屋里的一角放着一个奇石盆景，有水流循环往复于石头、菖蒲之间，吐出袅袅水雾，集科感觉置身于一间禅意十足、细致考究的茶屋。另一人穿着呢子制服，长相周正，五十来岁的样子，招呼说："来的都是客，坐下来喝喝我带的茶吧。"

集科摆摆手。注意到茶几上摆着几个小罐子。再看茶几，虽像老树根又像石头，很可能是雷震富在衢江挖沙时挖出来的树化石。雷震富起身，把集科摁在雕花椅上，说："刘局长的茶，可不是随便能喝到的。我品茶无数，也没有喝到过这么香醇、甘爽的茶。"

集科坐下，呆呆地看着雷震富把茶壶里原来的茶叶倒掉，换上新茶，从茶壶边冲入开水，用茶壶盖刮去溢出的白色茶沫，然后把茶壶盖好。

"我这茶壶是苏罐，嗯，有年头了……"雷震富说着，把用过的茶杯摞在一起放到一边，拿了三只空茶杯放在一起，形成一个"品"字——并不是斟满了这杯再斟那杯，而要轮流来回斟。完了，集科正要伸手去拿一杯，雷震富把三个杯子里的茶水都倒了，说："用头道茶水先烫一下杯。"他再次向壶里注满沸水，再往三只杯子里轮流不停地斟。最后，把第一杯端给那个"刘局长"，第二杯端给他，说："你也尝尝。"

集科学着"刘局长"先闻闻、后把茶杯送到唇边，啜饮时被茶水烫了一下。"啊，啊——"集科被烫得咧嘴，吸了两口气说，"雷总，我找你是有一件事……"

"有事明天说好不好，没看到我和客人在品茗叙旧？"雷震富瞬时拉下了脸。

"是这样，其实不用我多说……我给你带了目前最科学、最专业的鱼类洄游通道设计图纸，结合金翅鱼的特点，为每一条水坝设计了不同的方案，省成本、效果好……"

"没建成你怎么知道效果好？黄口小儿，纸上谈兵！这事你以后少来管！"可能意识到自己有失风度，雷震富吼了两声，立刻又平和下来，继续斟茶，并且又端给集科一杯。

集科这一回没有跟着闻茶香，而是吹了几口，感觉茶没那么烫了，一饮而尽。"我们都是为了山乡好。不管是为了建电站还是为了保护金塘河。不管怎样，我都希望金翅鱼还能顺畅地游到龙井产卵。"集科站起来，把刚才搁在地上的一个塑料袋提到茶几上。

刘局长站起来圆场说："这位兄弟讲得好，大家都是为了山乡好，还真是这样的。为了以后我们的家园更美好，大家都要做一些力所能及的事情来保护生态环境。我们所赖以生存的环境与每个人都息息相关，无人能置身事外。东西就留在这里吧，我带回去看看。"

集科头也不回地走了。集科并不知道"刘局长"是何方神圣，与雷震富有什么关系。他现在迫切需要的不是上面的压力，而是具体的、符合科学与实践的施工过程，所以他没指望这人能靠打官腔帮上自己。

第四章

1

时间到了二〇〇九年一月中旬，金塘河上到处是机械作业留下的坑洞或者从隧道里倾倒出来的碎石，生态流量管道里流出来的是浑浊的泥浆。有的河道已经裸露河床，原来生活在这里的鱼虾消失了。有的河道上有采沙、吸沙机轰隆作响，它吸出来的沙子已经累积了十几米高。它的作用是帮助减少拦水坝工地淤积泥沙。虽然用于引水的隧道本身贯穿在山体之内，但是挖隧道要有车辆运输设备，又有挖出来的碎石，所以有的山坡上植被几乎被破坏殆尽。

集科眼睁睁地看着金塘河变成这副模样。看着工程车来回穿梭，粉尘漫天，金塘河血肉模糊。引水洞张着血盆大口，不时从洞中传出机器开凿声和爆破声。但这是他必须面对的现实。他的心情一团糟，越来越害怕面对这景象，他开始主动要求没日没夜地加班。这期间燕尾洲招投标结果出来了，由他提出的燕尾洲不适宜建成商业办公区的意见被采纳，也就是说，由他倡导的人与自然和谐共处的公园景观建筑群落设计方案被采纳了。孟总高兴得大宴宾客，当众宣布要奖励集科一套一室一厅的房子。集科有些受宠若惊。临了，孟总还要请他和他带领的团队去歌厅唱卡拉OK。

集科哪有心思唱歌娱乐，他之所以忘我地工作，是为了逃避现实中的困境。他非常焦虑：首先，监督鱼类洄游通道和生态流量管道建设，他感到无能为力；其次，等待中级人民法院通知二审开庭，似乎遥遥无期。但是迫于孟总和团队成员的盛情，他不得不去。他没有唱《金翅鱼之歌》，因为这些人并不知道他就是这首歌的作者。他也没有唱怀旧情歌。那些歌传统而深情，听着听着，就有些思念起马莉来了。作为被激赏的主角，他默默地坐在一个光线暗淡的角落。这两个月，他和马莉主要通过QQ聊天解相思之苦。集科回山乡的日子没法上网，就发短信互通消息。而在歌厅，一对对男女暧昧地眉来眼去，有的当众调情……

冯经理过来问，要不要帮他叫一个歌厅陪唱女，"有不少大学生，干净又单纯，单独给你开一个包间，怎么样"。集科猛烈地摇头。不一会儿，孟总又来问，要不要去泡温泉，集科还是摇头。后来又陆续有人来劝他喝听装啤酒，劝他无论如何要唱一首。他觉得自己一声不吭也不好，就凭印象唱了一首粤语歌，陈慧娴的《千千阙歌》。

唱完歌，集科推说喝啤酒肚子受了凉，先打车回了出租房。夜深人静，屋里很冷，集科一个人躺在冷飕飕的被窝，想起北方屋里的暖气，怀念和马莉同枕共眠的温暖。他忍不住拿起手机拨通电话，向马莉倾诉思念之苦。马莉正在赶稿子，嗯嗯啊啊地应付着他的热烈情话。他说了一会儿，觉得挺无趣，就说起了金塘河最近的情况。

他的心是乱的：想到那些机械设备正撕咬着金塘河，想到每次回去处处碰壁，想到李钢因为保护金塘河而坐牢，而他现在既没有能力阻止拦水坝建设，也没有能力让李钢无罪释放，甚至不能保证雷震富不会为节省成本在洄游通道上偷工减料……回乡后的这一系列挫折，随时在动摇他对故乡的感情。"如果当初有人告诉我反对金塘河上建拦水坝会经历这么多困难，如果知道一个人的力量这么有限，知道小水电开发是官商勾结动摇不了，我或许不会有勇气到处去举报、去报料。这次也是。我以为找到律师就能将李钢救出来，有'方案'出台就等于有了'尚方宝剑'，怎能想到……"

马莉那边一直没有吭声。

集科又啰啰唆唆说了一堆话，他说只要有利可图，就算有"方案"出台，他也担心以后洄游通道会是个摆设，那些利欲熏心的家伙不会按规定放生态水。他说他不想待下去了，不想与新婚妻子分居两地，不想成为水电站建设的牺牲品，不想为本地房地产商卖命……集科越说，内心的委屈越多，几乎堵住了他的喉管。

稍有停顿，电话那头哐当一声："陈集科你说够了吧?"

集科说："你什么意思，爱上别人啦?"

"闭上你的嘴!"

"你说是不是，我要跟你QQ视频!"

集科披衣起床，打开电脑，上了QQ。看到马莉，他的满腹的心事、内心的孤独，烟消云散。他很后悔。马莉穿着平时上班的衣服，显然下班后一直在忙。

"你可真有出息。你要是早几个月跟我说这样的话，我就不会嫁给你了。"

"怎么了，我没说什么呀。"集科有些害怕，却不想低头认错。

"道之所在，虽千万人，吾往矣。这是你留给我的最初印象!你知道吗?我一直把你想象成游在金翅鱼群最前面的那一条!我在汶川灾区的时候，看到许许多多救援队员就是这样，哪里有危险、哪里最需要人手，他们就往哪里去。那时我胆小，不敢冲在前头，我就想象你在鼓励我、陪伴着我！最后我干脆把自己想象成你，是你带着采访任务来了灾区……那时候你的形象，对我多么重要！可现在你怎么变成了这样子？你说你是大山的儿子，金塘河哺育了你，你不忍心看着金塘河被榨干，这些都是你亲口跟我说的吧?!"

集科的两只眼睛瞪着天花板上的节能白炽灯，嘴唇哆嗦不止。他和马莉从相识到相爱，的确不是从浪漫开始的，也不是因为性，而是对彼此的理解、支持。因为他们有共同的追求，能相互照亮对方。然而此刻，集科发现自己的灵魂已配不上马莉的了。

2

时间一天天过去，眼看就到农历的年关了，有几条拦水坝已经到了在上面建洄游通道的关键节点，集科必须去监督与再次游说。然而，每回想到要去面对施工队的拒绝、冷嘲热讽，他仍然感到一种强烈的厌恶。他觉得他的耐心与勇气已经在来回的拉锯战中消耗殆尽。在金华工作时间久了，他更愿意在忙碌中逃避严峻的现实问题。再说所谓的洄游通道到底能否解决鱼类洄游的问题，它的建设是否人类一厢情愿的想法，金塘河里的鱼会不会按照人类的意愿去选择鱼道，都是未知数。他也不知道参照各种综合因素设计出来的洄游通道，能不能吸引金翅鱼主动游上去。但是不管结果如何，他要坚持下去。

过了腊月二十，母亲频繁地给他打电话，吩咐回来时顺便带些年货。又跟他确认马莉回家不回。集科没好气地告知"会回来的"。母亲高兴得要命，又让他催马莉早点回来。"妈，我知道了，你放心吧。"实际上，马莉不一定能回来。马莉告诉他，今年单位还要求她值班，因为他们部门就她虽然结婚了，但还没有生孩子。他觉得这是部门领导在欺负她，想去北京陪她一起过春节，但是想想她对自己的失望、质问，又有些矛盾。

"你怎么变成了这样子？"

"道之所在，虽千万人，吾往矣。这是你留给我的最初印象！"

想想马莉对他说的话，他简直无地自容。螳臂当车，自不量力，蚍蜉撼树，以卵击石，可以说明一个人信心的丧失过程吧？他原本就觉得自己配不上马莉，现在更担心自己的表现动摇了爱情的基石。他觉得自己如同卡在石头缝里的金翅鱼，哪儿都游不出去，哪儿都是壁垒，而河床日渐枯竭……

腊月二十五，汤溪"城里"已是满满年味。这天集科从金华出发，在汤溪镇转车时去菜市场买了两编织袋东西，提到西门空地上等着进山的农用车。此时是小镇一年里最热闹的时候，家家要来镇上买年货。街道中间和两边都摆满了小摊，叫卖声、高音喇叭声、讨价还价声此起彼伏。看着各个摊位前围满前来购买年货的农民，集科想起应该先去看望一下李钢的家人，把东西带给他们，于是提着编织袋去另一个路口等车。

车来人往的街头，一辆小轿车停下了，玻璃自动滑下。

"兄弟，你要去哪里？"

集科一看，正是上次在雷震富办公室见过的刘局长。集科告知对方要去赤骑镇。

"兄弟，你上车来，我捎你过去。"

"不用，我坐中巴车就行。您走您的。"

"回家过年的、送年礼的，挤满了车站。你在这里等车挤不上去的!"

"那就麻烦您啦。"

集科把东西放进后备厢,上了车,心里挺忐忑,担心这刘局长跟雷震富是一伙的。上了贼船且行且看,集科见他依旧穿着朴素,开车时也坐得笔直,看不出底细。车开了一小段路,那人伸手摁了几个按钮,一段熟悉的吉他前奏从车载音响里传出,集科脸一红:这是提示,他抓住了自己煽动他人搞环保的证据?又立刻觉得自己像惊弓之鸟,这般紧张有点可笑。

"刘局长,你也听这歌?这是最原始的吉他方言版。"他装作坦然道。

"你这歌,我听哭了多次。"对方的语气始终平静如水,这可能是当官人的特点。

"为什么?"

"如果说金翅鱼想回的故乡是你们山乡,那么我们所有人——想回的故乡是美好的童年时光吧?"

"哦,是的。"

"不瞒你说,我是赤骑镇人,同样在金塘河边长大。你是在金塘河源头,我是在下游的河口。赤骑镇早在唐初就建有码头了。自古以来,流经赤骑的衢江和汇入衢江的金塘河、厚大溪都是清澈的,沼泽地里长着高高低低的植物,水草、芦苇、香蒲、荸荠、荷、水芹菜……真的,到处是一片绿。"

"那情况我略知一二。"

"最近几年你有去过赤骑吗?"

"我前阵子刚去过。怎么说呢……"集科想说人间超级污水池,想想没必要这么说,就撂了半句话。

对方也沉默了。

歌唱完了，又播了一遍。

刘局长说："我原来在杭州下城区某审计局任职，审计师出身，主管投资审计工作。后来命运安排吧，抱着跟你差不多的心理，千方百计调回金南区环保局任副局长快两年了。"

"啊？刘局长您是金南区……"集科几乎要大声叫起来。首先他对这个刘局长竟然就是脚下这片土地的生态环境的主管人之一，感到错愕；其次刘局长对自己的回乡动因也这么了解，他感到不安；最后，他作为地方环保官员，怎么还能跟雷震富那样破坏环境的人称兄道弟？

"我之前有很多年没有回来了。我在杭州工作后把父母接走了。大概四年前吧，我被借调到赤骑一个月，做农业资源与环境审计。我们跟这边没有上下级关系，主要是做一些专业指导工作。回去后就生病了。皮肤病、沙眼、支气管哮喘、肺气肿、肠胃炎。我没想到赤骑为了发展经济付出了这么大的代价。不仅仅农作物减产、品质降低，而且水源污染致使水生植物和鱼类大量死亡，人也难以幸免。我年纪比你大，想想自己在审计局奋斗大半辈子，升职已到了瓶颈期，也不愿去争取了，还不如落叶归根，给家乡做点实事。"

"然后呢？"

"就调回来了。我主动认领了赤骑镇的环境治理工作，决心把污水的事先解决好。"

"刘局长，我可能不太会说假话……"

"你尽管说。"

"我感觉，赤骑镇的环境……还有很多问题，非常差。跟汤溪镇都没法比。"

"这个确实存在的。赤骑为了更快地富裕起来嘛。我回来后才发现治理工作有太多困难。"他说着，一指前方，"你看前面那个大烟囱，是赤骑地界上的化工厂的。"

"它……你不管吗？"

"赤骑镇在十年前办飞腾工业区，引进了几家非常大的化工厂，我这一年主要精力就是与这几家大企业，还有赤骑镇政府领导……可以说斗智斗勇吧。现在这个，都已经是排放达标了的，主要是蒸汽。一般来讲，在环保这块，决策者的政绩观、群众观非常重要。走上先污染后治理的老路后，环保部门的应对措施就好比拆东墙补西墙。好在目前情况正在好转，几家大企业正逐步接受整改：一是烟雾排放要安装国内最先进的除尘设备；二是污水要处理后排放，必须建污水处理车间。以前化工废气排放严重时，走到这儿眼睛都睁不开，喉咙作痒。"

集科没有吱声，对于很多官员的话他并不是很相信，但也不能全不信。随着污水四溢的大片沼泽映入眼帘，他想着怎么说几句不中听的话让这个自称"给家乡做点实事"的环保官员警醒警醒。他始终觉得金塘河成为今天的模样，这些不作为的官员难辞其咎。他还在琢磨着，对方又讲了下去。

"当然，解决了一些问题，但更多问题依然存在。我们单位是个什么情况呢？没有枪、没有炮，只有冲锋号。吆喝多了，检查、叫停次数频繁了，企业一个电话挂到上级领导那里，我们最终得到的可能不是褒奖，而是责骂。一个化工园，一年上缴税收几个亿，你一个小小的环保局敢让它真停产吗？而且，还关系那么多人就业呢。"

"那怎么办？总得有人管吧！我就不说金塘河源头多处河道断流了，不说雷震富等人差一点把龙井瀑布都给毁了，也不说濒危鱼类金翅鱼正面临灭亡，我就说说——这车窗外的沼泽吧，跟酱油一样的颜色，这样下去这本乡本土的人能健康长寿吗？"

"我前面就说了，我抱着跟你一样的理想回来的，面对现实很难不委屈、不纠结！你再想想别人也难啊！不跟你说具体哪位领导了，曾对我说，一个地方的GDP增速每提高0.3%，主政官员的升职概率就会提高8%。他说：'兄弟你委屈几年吧，因为你的政绩与我的政绩是冲突的，你若有政绩，我的政绩就出不来。等我升职离开，定厚报你的大恩大德！'这两年，我就像两头受气的小媳妇，环境差了老百姓骂，出了事就成为'替罪羊'。我能做的就是四处游说，促成工业技术的革新改造，淘汰影响环境的工艺和设备。"

　　集科听了这位刘局长一路大倒苦水或者说自我辩解，也不知道该说点什么好了。他本来还想跟刘局长套套近乎，说说能否强迫雷震富改进洄游通道的事……谁想听对方口气，感觉比自己还可怜。"我也曾尝试用自己的方式，比如对一些实在看不过眼的违法排污行为，给市长信箱写举报信，可来找我了解情况的却是金南区主管领导，让我帮企业查查是谁写的信。嘻！不提了，这不我过来，就是为了监管春节期间偷排污水的情况，得在赤骑过年了。"

　　车驶到赤骑镇老街附近，集科就说"到了到了"。刘局长说得他心情沮丧，因为听他这么一说，环境被糟蹋成这样环保局倒成了一个无辜者。刘局长把车停在电线杆旁，说："兄弟后会有期啊，我来赤骑都住对面那个招待所，有事就去找我。"集科打开车门的时候，他又说，"差点忘了，由你制作的鱼类洄游通道施工设计图，我带回局里让两个小年轻做了一番科学论证，都觉得你的设计符合实际，比原来单一的设计好。"

　　集科的手停在车门上，脸上不由自主地出现了一丝尴尬的笑："啊，是吗，那……怎么样？您能命令雷震富按这个施工吗？"

　　刘局长说："我们已经下达正式通知了。"

3

集科终于明白一个道理，很多事物的表象之下，往往潜藏着更深层的原因或者隐情。生态环境的治理是这样，人也是这样。这次赤骑之行，让他感慨颇多。第一个感慨纯属偶然，那天他离开刘局长车时，特意留了刘局长的手机号码，听他说下了正式通知的话，一下子又原谅了这个刚刚还让他失望的人；第二个感慨，是他在赤骑镇听了很多李钢"改邪归正"之前的故事，以及"改邪归正"之后"活该倒霉"的故事。由此，他对成与败、对与错、善与恶，产生了一些新的思考。

那天他提着东西，从老街走到赤骑镇郊，走进李钢的家时，时间与场景仿佛重复了一次。他刚走进洋楼的大门，那个坐在轮椅上的孩子就朝他"嗷嗷嗷"地尖叫。这孩子越叫越响，两只眼睛射出绿莹莹的光。他放下东西走到门口的时候，孩子爷爷照样捡了一船废品回来。老人见了集科，照样没有好脸色。集科想想自己其实也没有什么特别对不起老人家的——虽然李钢的被捕与保护金塘河有关，但是也不能因此认为全部是他造成的，永远给予冷脸与仇视。他本来还想留下来帮老人打扫一下卫生，帮瘫痪的孩子洗个澡，有什么重物帮着抬到楼上去，诸如此类，但见对方一杯热水都不倒，一句感激的话也没有，就站在门口简单寒暄了几句，又掏出钱包给了三百块钱，推说有事先走了。

赤骑镇上同样到处是买卖年货的人。集科路过一个老茶馆时，坐下来买了一碗茶。用碗喝茶是这里人的习惯，而到茶馆喝大碗茶是老茶客们的习惯。他们喝茶不分寒暑晴雨，从附近街道或村子来，相互打着招呼，在茶馆坐下买一碗茶、点一支烟，道听途说的话题就开始了。集科安静地听他们聊国际风云、国家大事，也聊家长里短。这里俨然是古镇上的新闻发布场所。

"这位表哥是第一次来茶馆喝茶吧?"茶馆老板娘随口问。这是一个娇小的女人，提着水壶不停地往各桌的茶碗里续水，轮到集科，集科从小背包里掏出一个玻璃杯，让她往里倒了半杯水。

"是的，尝尝你们这里的水。"集科说。

"我这里的水啊，百分之百的好水!"老板娘故意大声说，"我都用山乡水库的纯净水烧水，敬请放心。顾客健康放第一!"

"我倒是想尝尝赤骑本地的水。"集科说。

"哎呀!表哥，一听这话就知道您是第一次来赤骑。"老板娘突然压低声音，"我们本地水没法喝，有一股味儿。您不用尝，我这里也不想拿水壶烧那水，我去接一碗，放桌上您看看。"老板娘走到里间，端出一只盛水的碗来，"您等半个小时后，再看看碗底。"

集科点点头，扮了一个鬼脸。他觉得来这里来对了。不久，同桌的两位老人就与他聊起了赤骑水资源污染的情况。一位抽旱烟的，拿着一根长长的烟斗，一位戴斗笠的，披着一块陈旧的汤布（当地一种类似毛巾的棉织物）。两人都满脸沧桑，但眼神无邪好奇。从他们那里，集科知道近些年因为喝本地水，不少人得了癌症、肝炎。

"我们老人得病就得了，命也不值钱，可怜的是刚出生的孩子，生下来就要面对这种糟糕的水土。总之能不喝就不喝。"

"我想问两位大伯，你们认识镇上一个叫李钢的人吗?"

"认识的。"

"他家情况怎么样?"

"他呀，前些年还好好的，都一块儿喝茶呢。"

"他也爱喝这粗茶吗？"

"今年上半年吧，查出了胃癌，两个月前没了。"

"不可能吧……"

"那你问的是镇外头那个李钢，老黑的儿子。他好像被抓走坐牢了。唉！你说他都浪子回头金不换了，公安局怎么还抓他呢！这个事情我们想不通。"

集科假装不明白这事，接着向他们打听这一家人的情况。茶客们纷纷凑过来，有的说李钢跟山乡一绝美女子相好，三天两头跑去约会，被人家丈夫扭送到派出所。有的说是被以前一个黑道上的对手"雷什么富"暗算了。"雷老大以前就在衢江挖沙的，现在跑去山里挖黄蜡石了。妈的，值钱的东西都被这些流氓挖光啦！"还有一个人言之凿凿地说，凭李钢以前在"金刀帮"创下的名望，他杀了人，抓他也就是走个过场，骗骗老百姓。"就前个月吧，我亲眼看见他回去看他老爹，提着几样滋补品，还给了他爹一笔钱。"

有人问："他杀死的是谁？"

得到的回答是："就是那个相好。"

据此推断，茶客们传播的家事国事，大多是空穴来风。尽管这样，当小镇闲人们七嘴八舌谈起李钢的老爹当年是赤骑公社最大的造反派头头时，集科屏住了呼吸。

"当年可是赤骑的一霸啊！我们这个年纪的人哪个不怕他？威风得很哩！"

"李钢年轻时就跟他爹学坏了。老家伙在那年带人砸了龙王庙，说也奇怪，随后天气反常，金塘河发了特大洪水差点淹掉半个镇。接着是干旱，河里水少，大家没有粮食吃，只能下河捕鱼，有什么捕什么！有人在旧址上摆出香炉祈求龙王下雨，突然上百个人跟着他跑来扫除'帝王将相，神仙鬼怪'。九峰寺的佛像也是他组织高中生去砸掉的。还一把火把几个学校图书室的大批藏书也烧掉了。不久，就爆发了派性争斗……"

"那时能戴上个红袖章，可是真神气的！我们这里就有人参加了呀，尽管都不愿承认了。"

"那又怎么样？那个年代很多事情不像现在想的那样！"一个皮肤有病的老人被另外一个老人挖苦了几句，站起来悻悻地离开了。

"当年他是老黑的走狗。现在还觉得造反有理哩！"

"这样看，当年的事你们都没有忘记。"

"忘不掉的。就拿老黑家的事来说吧，老黑比我大两岁，文化程度不高，却爱出风头。每次外出开会发现别的地方有什么批斗新花样，回来后要紧跟形势模仿一番。改革开放后很多人失势成了酒鬼，只有老黑脑子活门路宽，带头做起了企业。刚开始是螺丝厂，两三台机器。李钢也算是子承父业吧，企业在他手上壮大起来，工人最多时有一百来个。他发财后，就把那帮兄弟也扶持起来做企业，有做这的有做那的，炉膛里加汽油，反正镇上做老板的都是这帮人。"

"他后来怎么不做企业了？"

"小老弟，这问题问得好。现世报了啊！还不明白？"

"是说他生了个有残疾的儿子？"

"就是这帮人把赤骑的环境都糟蹋了呀。先不说他爹干的那些事，就说他们办的这些五金企业，办得越大从电镀车间排出来的毒水越多……"

"你们从没去反对过吗？"

"怎么不反对！那时他有钱有势的……"

随着话题的深入，茶客们纷纷讲起李钢当年怎么呼风唤雨、飞黄腾达的故事。他如何买摩托车、大哥大，在舞厅包场，跟镇长勾肩搭背，举办赤骑五金商品展销会……一度赤骑镇的五金产业规模名声在外，李钢成了著名的致富带头人。

"镇上很多人恨这些厂，但是没办法啊，环境污染后，田里就没什么粮食可收了，镇上人不得不给企业打工生活。然而，随着永康那边五金城的建成，镇上这些只会生产锉刀、剪刀、刨刀、菜刀的五金厂，没两年就被永康那边的五金市场打败了。"

老头儿们又议论了一阵，一个个口若悬河，等安静下来，集科看看那只盛水的碗，碗底开始出现浅浅的橘黄色。戴斗笠的老人走到门口把水倒了，把碗递给集科说："你摸摸。"集科伸出一根手指摸了一下，碗上有一种油腻的东西，鼻子凑近闻闻，是一种化学品的气味。

集科从茶馆出来，发现时间不早了，想想回到汤溪可能没有去山乡的车，汤溪菜市场也应该关门了，就干脆去了赤骑招待所，准备明天一早再走。住下后，他掏出手机想给刘局长打电话，跟他继续聊聊山乡水电开发的事，虽然刘局长不一定会阻止雷震富等人建拦水坝——可能他就是制订"方案"者之一呢——但是洄游通道能不能真的建好，还需要他给予更多监管。但是，想想人家公务在身，冒冒失失找他合不合适？就有些犹豫。

没一会儿，集科肚子饿了，他走到一楼看看有什么吃的，在餐厅见刘局长坐在那里，桌上摆着一荤一素、一瓶啤酒。餐厅没几个人吃饭，集科鼓起勇气，向刘局长走了过去。打过招呼后，刘局长让他坐下一块儿吃，又点了一荤一素。问集科能喝酒不？集科说不会喝，他就点了一瓶雪碧。集科要单独付钱给服务员，刘局长摁住他不让付。

吃饭过程中，想到桌子对面坐着的是一个官员，集科有些拘谨，也不知道怎么把话题引到洄游通道的建设上去。刘局长喝了酒，谈兴渐浓，谈着他在赤骑度过的童年，很多他自己认为有意思、在集科听来却有些隔阂的往事。集科不得不装作很感兴趣的样子。直到刘局长谈起小时候，赤骑有过一次改造沼泽造田的运动，两人才又接续上了来的路上谈及的环境问题。与在车上对话时不同，这回变成了集科大倒苦水，把这两年他为金塘河所做的努力与困境、挫折，直截了当地说了出来。

刘局长的酒量显然也不大，很快一副面红耳赤的样子，说："我决心调回来，本意就是要保护金塘河。不管是上游还是下游，都是我工作的重点。我如果能做到的，一定使出全力。有些使不上力的，只能抱憾再等机会。"

吃过饭，两人到金塘河边走了走。空气中弥漫着淡淡的臭鸡蛋味。可能是因为得知刘局长到来，有几个排污口没有往外排废水。刘局长告诉集科，环保局下一步的计划是在赤骑增加三个大型污水处理厂，在地下埋设管道把污水全接走统一净化后再排放。"原来的设施跟不上了。归根结底是底子差，环境治理与科技水平、文化水平是同步的。如今赤骑镇打工人口骤增，人口总量已经远远超过环境的承载量。我去年为这事写了十多个提案，跑了很多部门协调，在哪儿选址、资金哪儿来，建设、运营由哪个部门负责，能不能引进国际先进设备与模式，一摊子事……"

很显然，刘局长是把集科看作了"同道中人"才愿意讲这些，可是在集科听来，他越了解刘局长的日常工作，就越对这人说不出是敬重还是同情，想到这人与雷震富称兄道弟的样子，他甚至还有了一点厌恶。因为在集科之前的认知里，雷震富有几个潜在的"靠山"，其中之一就是环保部门。

"这条河至今还留有我很多的童年记忆。那时候居民还在河里洗衣洗菜，到了夏天大人小孩都下河游泳。现在不行了。我知道镇上人怨气很大，以至于有一个爱乡人士在微博上指名道姓艾特我，他愿出二十万请我这个环保部门领导下河游泳二十分钟，并且要用赤骑本地自来水招待我喝茶。唉，冰冻三尺非一日之寒，改变只能依靠政府和科技的力量，一步一步去做。而且，也需要大家共同的支持与维护。"

"那你有没有下河去游泳呢？"集科觉得那个叫板刘局长的人才是牛人。

"不可能的。"

"你不觉得要是下河游了，能激发赤骑人保护母亲河的意识吗？这也是环保宣传。"

"我告诉大家这是Ⅳ类水，这是事实，叫他们谁都不要去游。现在的情况是这样，要真正去做实事，而不是跟提出问题的人对着干。自那之后，我开展了'811行动'，整顿了一大批蓄电池、电镀、化工、印染等企业。目前水质有所好转，要是到河中心去看看，水质还是比较清的。"

"那是因为上游污染还不太严重，是上游流下来的水比较清。"

"最难管的是小企业、小作坊，成百上千家，你今天把它关了，明天它又偷偷开工了。有的还利用渗井、渗坑、裂隙，私设暗管或者灌注——就是通过打几百米深井，用高压向地下排放污染物……"

"赤骑镇不是有李钢成立的民间环保组织'梦之队'吗？为什么不请他们合作调查？"

"哈，你说他呀。根据政策规定，任何环保组织必须先找到业务主管单位，遵循'帮忙不添乱、参与不干预、监督不替代、办事不违法'的原则，而李钢带动的这拨人，没有主管单位和合法注册身份，工作随意性大。当然我并非说他们完全是胡闹，但是他们目前还没有与政府职能部门形成一种合作的关系。"

"这样啊……"

　　集科回到招待所，想着这一天的见闻几乎没有合眼。赤骑镇的水污染及其治理困境，让集科陷入灰心丧气的情绪中。他之前只关心上游的金翅鱼，对下游的污染很少关注。相比金翅鱼的洄游困难，人的健康问题加重了他的郁闷。他真想早点离开这鬼地方。第二天一早，天还没有大亮他就起来了。他在公路边拦下了一辆开往汤溪的客运车。到了汤溪镇外，各种车堵在一起，都是来镇上置办年货的。他走路去农贸市场，买了年货，中午回到村里。

　　他强迫自己不再去想环境保护的事情，进了家就帮着父母打扫卫生，杀鸡宰鹅。父母都盼着马莉也能回来过年，现在她是陈家的一员了，吃年夜饭时怎么能缺少了她呢。集科回家路上还想，把年货送到家里，打扫完卫生贴完春联再给父母一千块钱，就准备回北京去过年。他有些想马莉了，尤其胸中郁积满腔苦闷和迷惘的时候，他有向马莉倾诉的习惯。自己虽然年龄比她大，但是在精神上他反倒有些依赖她。可是想想如果自己走了，两位老人在除夕那天的心情一定不好受，就决定留下来等到正月初一再走。

　　集科有好几年没在老家过年了，以为春节会很热闹，想象在城里打拼的人都回来了，有的开着小汽车，有的骑着摩托车，大都穿得很时髦；想象他们精神饱满，拉杆箱取代蛇皮袋；想象他们回到村里，尤其年轻人染一头红发，抽着好烟，围坐一圈打牌，夸夸其谈。事实上，村里有些冷清。第一批出门打工的村民年纪大了，一回家上有老下有小的，不爱出来摆阔了。读过高中或者职校出去的，回来主要窝在家里玩游戏，或者守在电脑上。他们从小在外读书，毕业就进厂，跟村里人不熟悉，想必也没有多少感情。

除夕那天，集科家虽然做了很多热气腾腾的菜，但由于两位老人想着媳妇没有回来过年，吃得有些冷清寡味。天黑了，村里也跟城里一样，都开着电视机等春节联欢晚会。这感觉可真是太糟糕了。回想以前，春节是多么重要的一个传统节日，村里人组织过舞龙、舞狮，正月还要邀请民间剧团来演出……

　　集科想出去走走，看还能不能找到些许儿时过年的乐趣。天很冷，街上黑魆魆的，家家响着电视节目的声音。他走到几年前被国羊等人拆掉了的祠堂和五家楼的地方，几个简易的猪圈里几头猪哼哼唧唧地叫着。现在谁还会记得当初拆祠堂时国羊的承诺呢。

　　他走到村外，夜风从河床上吹来，带着缥缈的水流声就像低沉的呜咽。他想到工地上去看看，走了一段路，想想算了。他重新回到村里，连一声狗叫也听不到。联欢晚会已经开始了，有的人家已经把门关上了。进了家，母亲在包汤团，父亲泡了浓茶在喝。

　　"现在还要守岁吗？"集科问母亲。

　　"守啊！到时你睡觉就是，明天由你爸开门迎新年。"

　　集科陪着父母硬着头皮看联欢晚会，跟往年一样，舞台布景华丽浮夸、内容陈旧。等时间挨过十点，他终于等来了马莉的新年问候。他让马莉与父母通了话，等两位老人心里舒畅些，才回房睡觉。他想着马莉，想着新婚之夜，越想越觉得孤单。等凌晨听到父亲放鞭炮，再听到公鸡叫，他就起床窸窸窣窣地收拾东西。父母问他要去哪里，他才告诉他们，说要回北京。——之前一直没说是怕他们会伤心，连除夕都过不好。

　　"你去吧，马莉一个人在北京，这个年过得一定比我们还冷清。"母亲倒没有表现出生气，安慰他说，"既然回去，就多待些天，陪陪马莉，跟金华的这个公司多请几天假吧。"

　　"嗯。"

"幸好你还算有本事，回金华了没有影响挣钱，要不然这小半年的，怎么还贷款……"

"这几天我姐他们肯定回来，家里会热闹些。我去三四天就回。"

"三四天？那你还回去干吗？"父亲说话时都没有看他。

"我要去原来的公司办理后续手续，能领出一笔业绩提成。"集科不好说太想马莉了，只能这么说。

4

集科乘最早的一班车出了大山。到了金华，得知春运期间杭州站刚刚启用了动车，这样，他就决定先坐普通火车到杭州，再由杭州转乘动车到北京。这个时候，几乎没有人出门，火车站和车厢里显得空空荡荡。集科因为心里想着马莉，倒不觉得凄凉。动车在黑夜里风驰电掣，但是不像普通火车一加速就咣当作响摇晃剧烈。集科睡着了，睡得很香。第二天早上五点半，他到达北京，直接打车去了马莉所在的报社。

马莉值班两天两夜，晚上就睡在办公室的沙发上。她这两天都开着电脑，在网上追剧。她平时工作忙看电视剧少，这回《奋斗》《武林外传》《潜伏》《亮剑》《大长今》之类就基本补上了。熬了一夜，马莉刚刚起来坐到电脑桌前，听到有人敲玻璃门，扭头一看，见到是他，简直不敢相信自己的眼睛。集科也不多解释，只安安静静地看着她。马莉打开门，突然就哭了，说你怎么回来啦？集科说想到这两天你一个人值班就回来了。马莉说你怎么黑成这样，不但黑，皮肤都皲裂了。集科对着玻璃门照了照，看到自己蓬头垢面的，就像一个逃犯。

"嘿！你太像一块长了锈屑的生铁了……"

"刚才保安不让我进来。我掏出身份证，他才想起来是我。"

"浙江冬天一定很冷吧？"

"嗯。很冷。"

"那就让我抱抱，给你点温暖吧！"马莉擦干眼泪，扑到他怀里笑起来。

集科轻轻地推了推她，因为这里的办公室都是玻璃墙隔成的，担心被人看到。马莉不管不顾，抱了他一会儿才松手，说她跟主任打个电话，汇报一下工作。一个小时后，有同事来接班，两人就坐公交车回到了十里堡的出租房。

进家头一件大事，马莉调好了热水，让集科脱个精光。

"你这都多少天没有洗澡了？"马莉嗔怪道。

"没有多少天，我在金华都洗的，不过回村里好几天了。"

"别废话，快进去，水很热！"

"我想先睡一觉，坐车累死了。"

"不行，脏死了！"

集科被淋浴器里喷出的热气笼罩，仿佛置身于瑶池仙境，热水冲到他身上，感觉像被箭镞射中，他叫了起来。马莉哈哈大笑着。集科从来没见她这么开朗过。接着，集科就习惯了热水的温度。接着，马莉把身上的衣服脱了，进了淋浴房，用搓澡巾帮集科搓澡。集科身上的污垢一条条卷起，纷纷落下。看着集科的身体变得光滑、变得粉嫩，马莉一言不发。

"你不在北京，我还挺想你的。"等集科走出去时，她轻声说。

"你也快点洗呀！"集科一边拿浴巾擦身子，一边喊。

"我又不像你！我就值班这两个晚上没洗澡，很快就洗好。"

"那也要快一点才行，我想你啦！"集科觉得自己浑身在膨胀，尤其看着马莉光溜溜的样子，闻到了她身上一股让人陶醉的气味，身体有一个部位变大了。然后，他就等在淋浴室外面，就像一个野蛮人，马莉刚出来，他就抱住了马莉。两人热乎乎的身体，不可阻挡，纠缠在了一起。

　　三天后，集科去了之前就职的那个房地产公司。公司高管都没有上班，牛经理是从家里专门来公司见他的，都快认不出他了，惋惜道："这些日子你没被绑架到菲律宾去卖血吧？"集科说他为了家乡的一些事，被迫留在家乡走不开了。牛经理说："你当初不走的话，我正想提拔你呢。赵总后来也问起过你，对你谈了一个赴汶川救灾的记者做女朋友印象很深。"集科说他和马莉结婚了，这次回北京主要是为了短暂的团聚。刘经理就没什么话说了。集科看看他偏窄的额头，眉骨下一眨一眨的小眼睛，说他很感谢牛经理当初借给他三万块钱买房，也很感谢赵总给他打了折。说着，就从上衣内侧口袋掏出来三扎钱和一包喜糖，轻轻推给牛经理。
　　"你如果有困难，以后再还也没事。我个人的钱好说。"
　　"不了。我在金华找了一份临时的设计工作，也是在房地产公司，老总叫孟华——我突然想起来，他平时最崇拜的人是赵总，让我有机会到北京，一定向赵总表达敬意。"
　　"这个好说呀，等上班，我一定传达敬意！"
　　"我在北京这几年，在牛经理手下干活是最有安全感的。钱你收下。有机会到浙江出差，一定跟我联系。我可能还会待一阵子。"
　　集科感谢完牛经理就起身要走。牛经理叫住了他："我也突然想起来，你走的时候还有一个月工资没领。"说着，牛经理带他去了财务科。
　　出了公司大门，集科把刚刚领到的现金，在街边的ATM机上存进了马莉的银行卡，然后匆匆赶往火车站。等挤上南下的火车，他才给马莉打电话报平安。

"讨厌！你怎么真的说走就走了?!"马莉叫起来。

"我要早回去上班，还要监督洄游通道建设，还要为李钢的事操心。"集科老老实实道。

"你昨天说今天回去，我还以为说着玩的。你就不能再陪陪我吗?"

"虽千万人，吾往矣，不正是你支持我去做的事吗?"

"唉，我没说不支持呀，只是有些舍不得。真的。"

集科想起这几天，他与马莉恩爱之时的甜蜜，心里有些难过起来，也不知道怎么安慰她，心想走得这样匆忙是不是太不像话，就说："实在不行，那么我过几天再走好了。"

"我不是这个意思，是我刚才没有控制好情绪，"马莉说，"我难过这一阵，马上会好的。唉，谁让我们都做了自己想做的事情呢。"

"那我就真走了啊！"集科说。

"你走吧，你不是已经在火车上了吗?"

"是。"

"我支持你回去的，期待你能实现帮助金翅鱼洄游的愿望，再把李钢解救出来……"

一刹那，集科的心里再一次淌过一阵暖流，为自己拥有一个善解人意的妻子而骄傲。

集科回到金华先去看李钢。此时他还羁押在看守所，并且只允许见律师。所以，依然只有老诚见到了李钢。老诚说李钢的情绪比之前见到时稳定多了。虽然他认为自己是无罪的，但是在看守所时间长了也就慢慢接受了失去自由的日子，情绪上剧烈抗争的时期已经过去。

"二审材料和无罪辩护的思路，我已经准备得差不多了。此案究竟是民事纠纷还是刑事案件是关键所在，主要看李钢等人的行为是不是属于正当防卫。我以为改判的可能性极大，因为该案矛盾是由投资方引发的，他们对矛盾激化负有主要责任。我们只要在这个问题上咬住不放，最后可能会让李钢赔一些医药费，而不承担刑事责任。"老诚说。

"如果能这样判当然是最好的，赔偿数额不大的话，我可以帮忙出一些钱。我事情多，真希望就此了却一桩心事。"集科想了想，又问，"也不知还有多长时间会二审开庭呢？"

"这两个月内吧。这其实并不是一个多么大的案件，不过是水电站投资方想拿李钢杀鸡儆猴罢了。"老诚说，"对了，李钢说今年天气暖和之后，协助金翅鱼洄游的任务就交给你了。他让我感谢你，希望他出来时金塘河还在流淌，金翅鱼还都存活着。"

"这个敬请他放心，我赴汤蹈火在所不辞。这是我从北京赶回来的任务之一。"

"那就这样吧，你回去等我消息。按照时间推算，金翅鱼洄游之前应该会开庭。"

"好的老诚律师，又一次麻烦你了。"

"多多保重啊，陈工程师！"

"随时联系！"

集科回了一趟吴村，之后开始上班。由于揽的活儿多，几乎每天都要处理好几个项目的事务。他最得意的事情是那个时候设计出了燕尾洲上最大的景观建筑金华剧院。它是燕尾洲城市文化艺术建筑群落的核心。剧院主要由剧场和一部分辅助用房及婺剧艺术研究院的办公用房组成。建筑地上六层、地下一层，建筑高度为42.55米，其中可上人高度21米，总建筑面积31000平方米，采用钢筋混凝土与钢制混合结构。从平面上看，大剧场像是一条大鱼，小剧场略小一号，它们周边跟着若干条小鱼，争先恐后向河流上游游动；从立体角度看，大小剧场的建筑形体为两个交错的拱形，采用钢结构形式，构成空间曲面屋架，形态上互为依托，结合成一个美妙的整体，不仅体现出轻灵、飘逸的建筑个性，也创造出了两条鱼合二为一、展开双鳍要飞跃起来、富于动感和美感的视觉效果。这个生动、流畅、富有乐感的现代建筑形体，多年以后成了这座小城的标志性建筑，很多人赞叹它的结构之美，只有集科自己知道，他不过是把这个与它所处地理位置浑然一体的建筑，想象成了一条、两条、若干条金翅鱼。

那是一个焦灼、迷惘，很多事情等着他去解决的困难时期，但也恰恰是他在建筑设计事业上的一个爆发期。当时集科并不觉得。他不过是把熬夜加班、做方案画施工图当成了常态。他以前在大城市、大公司做设计，能交给他干的都是最吃力的活，熬到这个年纪，到了人才稀缺的小城市的公司，他才有可能按着自己的想法去设计。于他而言，忘我地工作是忘记烦恼的最好方式，当然也是被每月的房贷所逼。他几乎全程参与了公司里几个重大项目的前期踏勘、概念设计、方案设计和施工图设计，乃至各种评审会议。

凭着丰富的工作经验、吃苦耐劳的精神，他在金华建筑设计行业中崭露头角，设计水平得到了广泛认可。孟总找他谈话，希望与他签订长期聘用合同，任命他为设计部总监，为他缴纳五险一金。集科未置可否。他离开这个城市太久了，虽说这里是他的家乡，但他一直觉得自己是个过客。既然这样不如远走高飞，回到马莉身边，支持她的新闻事业。

5

一天，集科正忙着，夏炎打来电话，问他周末有没有空，带他去永康玩。自从李钢被抓集科留在金华，他与夏炎等几位同学见面没超过三次。均是他在拒绝。这次他不好意思再说自己忙了。夏炎说伟楚、张航也会去的。

周六一早，他换了一身西装，在指定地点等来了接他的车。是张航开了商务车，一共能坐六人。同学们到齐后，大伙嘻嘻哈哈的。在路上，讨论起随礼怎么给，集科才知道这是去喝一个同学的孩子的满月酒的。该同学姓孙名伟，是一家冶炼厂的老总。伟楚告诉他，孙伟离过两次婚，三婚娶了一个比他小十五岁的女孩，这不刚生了一个儿子。集科不心疼随礼钱，关心的是，这位同学的冶炼厂是不是存在环境污染问题，如果存在，那么这顿酒他会喝得不舒心。跟夏炎探听，夏炎凑近他耳朵说："放心吧环保卫士，永康五金制造不会发生像赤骑镇那样的事情。"

集科是相信的，赤骑就是因为工艺落后、环境治理跟不上发展，才被后来居上的永康打败的。可是他们从金华出发，车过武义县，刚驶进永康地界，就看到公路两边浓烟滚滚，荒废的农田里小厂多如牛毛，都是那种简陋的铁皮房子，盖着牛毛毡之类，机械设备发出的噪声仿佛刮擦着车窗玻璃。开车的同学突然接到电话，大声告知方位后，电话那头让他们留意前方公路旁堆存着铸造废砂的砂堆。果然十五分钟后，有一辆黑色奔驰车停在小山似的废砂堆下闪着尾灯。看到他们的商务车停下来，从那辆奔驰车上下来一个胖子。

"哎呀呀，可把你们盼来了。都是稀客呀！"这位同学跟大家一一握手。集科已经完全不记得孙伟以前长什么样了，感觉完全是个陌生人，可对方一看到他就跟饿狼似的，一把抓住了他的手。"哎呀呀，理科班的高才生、学霸！太荣幸你也来啦……"

"祝贺你呀，大企业家，祝贺你！"集科尴尬地笑着。

"祝贺啥呀，我读书不好，当年先来这边打工，吃过不少苦。现在总算站稳了脚跟。"

"你谦虚，你现在可是富甲一方！我们的钱加起来也没有你多哪。"伟楚恭维道。

"没啥没啥。真的，基础太差，输在起跑线上。现在办企业也不好办。怎么样？我在前面开路，你们跟着我走？"大伙重新回到车上去，集科却被孙伟拦住了，"集科你是京城回来的贵客，你坐我的车走。我们好像毕业后就没见过面啦！"

集科一番搜肠刮肚，脑海中终于浮现出一个瘦小、胆怯、发育不良的青少年。随后，眼前的胖子和昔日的瘦子神奇地合二为一。他们一个自卑，一个因自卑而喜欢炫耀——自从上了车，这位同学就开始聊他认识的永康和金华的大小官员、名士，财富积累过程……

"现在不如以前好赚钱了。以前废水都直排进入永康江，工厂想开哪儿都行，有色金属废弃物在房前屋后直接燃烧冶炼没人管。现在搞他妈的什么环保测评呀、环境监测呀，要走什么新型工业化道路，搞得我们这些办小企业的就跟游牧民族一样，不得不搬到这些鸟不拉屎的地方。他妈的还动不动关停！折腾人啊！工人也变得娇气了：以前给人打工，哪管工作对身体有什么危害，只要加班有加班费赚、工资高就行……现在好了，都说搞冶炼危害健康和环境。上面查，下面不愿干。难哪！"

集科有点后悔来这地方见这么一个同学，这都什么乱七八糟的，难道政府放任环境污染不管、工人身体健康不顾，净让你大把挣钱才合乎情理？他想就此对他进行一番法制教育，心里琢磨一番，又不想扫人家的兴，问："你的冶炼厂在哪儿呢？"

"就在咱刚才等车的地方呀。现在都不敢盖正式厂房了，投入越大越被动，查起来越跑不掉。你别看刚才那些房子条件简陋，里面面积倒不小。我有六个棚子，将近三千平方米吧。主要从有色金属垃圾或铝灰渣中提炼出金属铝，生产出标准铝锭。"

"原料哪里来？"

"各种途径呀，工业废料，废品收购。甚至有走私来的洋垃圾。"

"为什么不在提炼工艺上做一些改进？"

"改不了啊，需要大投入，谁舍得？九七年、两千年和零三年，都大规模整治过，但是，大部分小冶炼厂仍在继续这么生产。"

"总得有一天，会结束这种生产模式吧？"

"现在还不行，初级阶段嘛，走一步算一步。哈哈哈。"

这么聊着，集科发现车已经开到一个景致完全不同的地方。车在走斜坡，道路两旁浓荫蔽日、泉水叮咚，有小鸟飞来飞去。他们显然进入了一个环境没有遭到污染的地方。不一会儿，车停在一个到处经过园艺师精心修剪的、草木规整的山坳，数十栋欧式别墅隐身其间，屋前屋后玉兰花开放。只有一处看上去光秃秃的，占地很广，应该是高尔夫球场。

张航的商务车也到了。孙伟说："大家不要站着，先进屋里喝茶。"

走进气派的铁艺庭院门，院子呈长方形，铺着防滑瓷砖、青石汀步，设计较为规则，种有灌木和花草，还有一方养有金鱼的水池，内植水菖蒲，四周栽以虎耳草、大花萱草等耐水湿植物，配以置石，营造出一片宁静安逸的空间。

走到别墅门口，有一个保姆模样的女人等着给大家用抹布擦鞋，进到屋里，一眼望见的是豪华的装修，可以看出一层主要有客厅、休闲厅、娱乐室等功能房分布。客厅当中放着一张花梨大理石大案，案上摆着一个巨大的生日蛋糕。璀璨的水晶垂钻吊灯下，有几张真皮沙发看似随意地摆着，上面坐着几个西装革履的人。还有一个穿长衫的五十多岁的男人在一个角落弹着古琴，琴声很悠扬。集科等人走过去，选择一张中式红樱木茶几围着坐下，马上有一个穿着旗袍的姑娘过来给他们泡茶。泡茶程序有些复杂，比他遇见雷震富招待刘局长喝茶要复杂十倍以上，一问才知她是永康有名的茶艺师。又得知，今天的满月酒虽在企业家同学家里举办，厨师和服务人员却是从五星级酒店雇请来的。

几位同学说话都轻声细语起来，煞有介事地看茶艺师表演茶艺，有一位稍懂茶道的同学说，水经加热微沸，壶中上浮的水泡叫"蟹眼"；用茶匙将茶盘中的红茶轻轻拨入壶中，叫"王子"入宫。一杯茶到手，大家的鼻子首先行动起来，仿佛担心会从鼻孔里滴出一滴鼻血似的吸气、闻茶香，接着再瞪大眼睛观汤色。

后来又陆续来了一些人，院外路旁停满了高级轿车。有同学低声嘀咕有一辆劳斯莱斯、一辆兰博基尼。接着生日宴就开始了。宴席设在地下一层。下去以后，集科感觉走进了一栋似曾相识的明清建筑。这一层的主要功能房是厨房、早餐厅、正餐厅、保姆房、洗衣房。集科没有想到企业家同学会采用古朴典雅的旧材料做室内设计，所有家具、门窗、板壁、楼板、柱子、梁托、木雕装饰，看上去都是从什么地方收购来的，装修工人仅仅做了清污处理。再加上白色射灯的巧妙利用，这地下的空间就有了从天井和窗户投进光亮的幻景，身处其中让人感觉回到了旧日田园时光。

客人们都入座后，孙伟和一个姑娘从主桌上站起来，向"远道而来"的贵宾们致欢迎词："我是一个怕麻烦的人，尤其操办酒席这类事情。我和我太太小桃子结婚也没有举行婚宴，因为我亲爱的太太一直没有答应嫁给我，我追啊追啊……终于等这个孩子生下后，她才跟我去领了证。我就想给太太和孩子办一次酒席，来表达我对他们母子俩的爱，表达我的开心，我准备办一个星期。今天是第一天，邀请的都是我最最要好的领导、朋友、哥们儿和同学……"

　　孙伟开始一一介绍嘉宾：有永康县，也有金华市来的官员，有国营集团公司老总、重点中学校长、银行放贷经理，也有私营企业亿万级老板、建筑包工头，诸如此类。在一个县城，能将这些有权有钱的人召集在一块儿吃喝，证明他已经跻身金华的上流社会了。

　　"今天，为感谢各位贵宾的到来，为表达我和太太的心意，备了一些薄酒素菜，希望大家不要嫌弃、吃好喝好。最后我想说的还是感谢：感谢各位领导的关照，感谢同学们、朋友们的友谊，感谢大家的捧场！"

　　"喂，孙伟老兄，你刚才他妈的撂了一句'追啊追啊'就跳过去了，太不厚道了，你应该给我们讲讲到底是怎么追到这么漂亮的小娘子的啊！"对面桌子上，有个胖子大声起哄。

　　"对呀！讲一讲，讲一讲！今天是孙公子的满月酒，也是你和太太的婚宴才是！"

　　"嘿嘿，各位先安静，安静。我讲还不行吗？我的太太叫于美昕，嘿，你们看到了，非常非常漂亮，是不是？……好了，我招供我招供：我和我太太是在美丽的西湖认识的。前年春天吧，我去'楼外楼'请人吃饭谈业务，在白堤上遇见一个仙女，一见钟情啊！我就让她帮我拍张相片，顺便要了联系方式。回永康后，怎么都忘不掉，于是每个周末开车到杭州她学校门口去等她。她对此并不热心，毕竟才上大二。我就从外围进攻，请美昕同宿舍的同学吃饭、唱歌，还请她最好的女友帮我做工作……是不是这样？"

"哼，你以为你这样做就能让我嫁给你呀，还不是那次我妈妈要动手术，你知道后连夜赶到杭州来……"

那姑娘看上去年轻又漂亮，很难想象晚上怎么能忍受得了这五短身材的家伙的碾轧。客人们似乎也察觉到了两者视觉上的不和谐，又开始起哄，要他俩喝交杯酒。孙伟个子矮，故意踮着脚尖去够妻子臂环的样子把大家逗得前仰后合，结果就把保姆怀里抱着的孩子吵醒了。于是孩子惊恐的啼哭将满月酒推向了第一个高潮。大家纷纷站起来，举杯，向孙伟夫妇和可爱的宝宝传达祝福，也趁机将红包给了。

集科估摸了一下，在"明清建筑"里用餐的有四十多人，分六张八仙桌坐。宴会开始，鲍鱼、海参、燕窝这些传统佳肴先上来了。佐餐的酒是茅台酒、葡萄酒。那葡萄酒说是法国进口的，四千多元一瓶。集科自然不懂得这是什么牌子，只听坐旁边的同学说，这酒来自法国的什么酒庄，那里的葡萄藤龄高达五十年，产量极低，价格居高不下。正这么议论着，服务员端上来意式生吃神户牛肉，说是精选上等的日本神户牛肉，辅以精纯提炼的核桃油烹调而成；接着是英式烤火鸡，说是用鲜果汁、葡萄酒和其他调味料腌制而成，高达上千元一只；更令人咋舌的是一道鱼子酱，原料为鲑鱼鱼子，说是从俄罗斯生产基地进口的，十克就要卖三百元——在座的纷纷用白面包蘸着鱼子吃，吃得小心翼翼，而后啧啧赞叹之声不绝于耳，都说这绝对是人间美味，从未吃过这么好吃的东西。

集科看着众人觥筹交错，他基本没吃东西，虽然饭菜极尽奢侈，但他没有心情吃。他想起某一年，村中祠堂和五家楼就是被永康这边的什么杨老板买走的。在那之前，吴村还保留着错落有致的徽派建筑群。现在那些被国羊变卖掉的老建筑，除了传说中按原样建在永康某公园、华丽转身为博物馆的祠堂，其他的很可能流入了某些有钱人的家中，成了复古特色装修材料。他后悔当初没有坚决制止国羊，他怀疑现在包围他的这些木料很可能来自吴村。因为雕刻在木头上的花、鸟、鱼、虫、鹿、鹊、梅等图案，跟小时候见过的一样。

"集科，你不吃鱼子酱吗？"坐在他旁边懂法国葡萄酒价格的同学，同样懂鱼子酱，"为了不暴殄天物，我告诉你一些正确的食用方法：一种是直接入口，将鱼子酱直接送入口中，先用牙齿将鱼卵轻轻咬破，你可以听到'啵、啵'的声音，再用舌头仔细品味；还有一种吃法，配上生奶油和刚烘烤的面包，或者在带点咸味的小圆饼干上抹少许酸奶油，再铺一点鱼子酱食用；也可用四分热的水煮蛋，敲开蛋壳后舀入一汤匙鱼子酱一起食用。至于配酒，最好是配香槟，尤其以酸味较重的香槟跟鱼子酱浓厚的油脂感最匹配……"

集科点点头，面无表情地看着服务员分给他一小碟鱼子酱，下面是一勺黑色颗粒，上面点缀着十多颗红色颗粒，看着晶莹剔透、圆润饱满，他不忍下箸。尽管他知道，目前市场上的鱼子多数是通过商业养殖获取的。但是当他接着听那位同学说做鱼子酱的原料，不论养殖的还是野生的，不论鲟鱼还是鲑鱼，取卵过程都是把活鱼给敲昏（可不是弄死，因为那样鱼卵腐败的速度会加快），然后在鱼还有痛苦意识的战栗中用刀竖着划开鱼的肚皮，将鱼卵取出时，心里极不舒服……

集科之前为了写金翅鱼保护方面的文字材料，其实对鲟鱼和鲑鱼的生存现状做过一番查阅，他知道，因为鱼子酱是世界各国有钱人餐桌上一道象征财富的佳肴，早已导致野生鲟鱼数量骤减，作为代替品的野生鲑鱼，在过度捕捞和环境污染的双重影响下同样濒临灭绝。作为一个关注鱼类洄游多年的环保主义者，看着人类将洄游鱼类的鱼卵"啵、啵"地吃掉，他觉得自己身处其中很不合适。他多次想中途退场，一个人离开这个摆脱了贫穷与污染源的地方，但是考虑到这是在同学家中赴宴，只得忍着性子等宴席结束。然而，宴席进行到了相互敬酒阶段，偏偏就遇上了一个让他窝心的人。那人见集科端着半杯葡萄酒敬了好几桌了，就站起来拍拍集科的肩膀说："刚才听介绍，你就是写《金翅鱼之歌》的那人？"集科点点头，看那人满脸涨红的糟疙瘩，挂着金链条。

"那我这就要叫你陈老师了啊！就冲你是这首歌的作者，我崇拜你，我要特别敬你一满杯酒！我喝白的，你也喝白的！"

"我不会喝白酒。"

"不会喝也得喝啊，你写了这样一首伟大的歌，影响这么深远，咱必须各干一杯白酒！"

站在一旁的夏炎说："这位兄弟，陈老师不会喝酒。咱这样，由我替他干了。"

"这不行！"

"为什么就不行？"

"他写了这首歌后，市里出台了小水电清理整改实施方案，你知道吗？我告诉你，我家在永康、武义山里投了好几个水电站，都因为这首歌——他妈的停工整改啦！"

"这有什么问题吗？"集科有些生气了，"这是政府保护河流不断流的举措啊！"

"保护你……个屁，我家投进去的钱，你赔给老子啊！"

"你怎么能跟陈工程师这么说话！"夏炎一把夺下那人手中不断伸向集科鼻子尖的酒杯，"你喝多了吧！"

"你也一样夏大记者，我告诉你，你没什么了不起！我爸拿十万块钱给你，你帮他写一篇人物通讯报道好不好？"

"你妈的——什么玩意儿！"夏炎狠狠地推了对方一把。

那家伙竟然抓起桌上一个酒瓶，想狠狠地砸到夏炎头上，不料酒瓶举高之后，里面的酒就像男孩的小便那样滋了出来，正好滋在了他的眼睛上，他扔了酒瓶，叫了两声，用餐巾纸擦眼睛。这时伟楚搀着孙伟踉踉跄跄地过来了，孙伟喝得像只从河里打捞出来的猪，不过脑子还算好使，他瞪着浑浊的眼睛，批评那小子："你他娘的怎么回事，你把这么好的茅台酒倒了不可惜?! 明天让你爹到我这里来一趟，让他好好教育教育你！——赶紧向夏记者、陈工程师道歉！"

那家伙骂骂咧咧，脖子一歪，一脸怒气地走了。场面有些尴尬，好在孙伟圆滑至极，拍拍巴掌说："诸位领导、朋友，诸位同学，不好意思啊！小伙子喝多了，惊扰大家了。小伙子他爹是咱永康著名企业家，他今天有事，差了他儿子过来。没想到毛头孩子没大没小，实乃我没有看管好他。我罚自己一大杯，来，谁给我倒上？"

伟楚从邻座拿来茅台，给他倒上，孙伟脖子一仰，一口干了。

大伙噼噼啪啪拍起掌来。

孙伟又说："第二杯，我向北京来的陈工程师，也是我最最要好的同班同学道歉。来，给我倒上。"

伟楚又给他倒上，他脖子一仰，又一口干了。

孙伟跟夏炎熟，腾出一只手抱了抱他："来，再倒一杯，我要向夏记者道歉！"

伟楚只给他倒了半杯，可能担心他喝醉了。他拿过酒瓶，自己倒满，脖子一仰，又一口干了。这时大伙都被孙伟感动了似的，使劲地鼓掌，气氛一下子热烈起来，甚至可以说，将宴席气氛推向了一个新的高潮。

伟楚推推集科，示意他趁机回到自己的座位。刚坐下，没想到孙伟就跟节目主持人似的，就他和《金翅鱼之歌》大说特说起来："我的这位多才多艺的同学，当年就在金华广播电台里唱红了这首汤溪民歌！他是我们这个班的骄傲，今天他能光临敝舍真是非常非常荣幸……今天，大家难得聚在一起，除了喝得开心，我还期望诸位玩得尽兴！敝舍装有一套德国进口卡拉OK音响，怎么样？要不要欢迎陈集科同学给大家演唱这首《金翅鱼之歌》？"

"好！好啊！"

集科极其尴尬，他不想唱。但是有人已经把话筒拿来了，掌声噼噼啪啪响个不停。集科就像一个被家长逼着在亲戚们面前表演才艺的孩子，真想发火，觉得这一切太不可思议了，自己简直是莫名其妙地跑到一个暴发户家自取其辱。他拉下脸，正准备扬长而去，被夏炎拉住了。"唱几句吧，集科！"夏炎鼓励他，"今天高朋满座，群贤云集，气氛热烈，你也给领导们留个好印象。没错的，在小地方办事，你得学会交朋友、建立社会网络。"

"我不想唱。"集科的为难之处是，他已经找不到当年唱这首歌时的情绪，而且他的嗓音并不好，他对家乡的感情也发生了变化。他显得手足无措，那种无所遁形的窘迫让他对周围的人充满厌恶。他想跑掉，又担心扫了大家的兴，被说成骄傲。

迫不得已，集科硬着头皮，强忍着不悦用汤溪方言演唱了这首快要被自己遗忘的歌，唱得很难受，就像当众完成一个检讨。唱完了，他回到座位上，整个人浑身无力。大家噼里啪啦地鼓掌，鼓了很长时间。在这个时刻，他觉得连最要好的同学都背叛了他。

那个下午，大家继续喝酒，喝得高兴，很多人抢着唱歌，最后都相互认识了。张航收到了很多官员"下次去义乌一定找你玩"的客套。辰前跟一个永康卫生局什么科的妇女攀谈上了，对方答应向他采购一种什么药。当中学老师的女同学被几个胖胖的商人包围，他们都说她长得漂亮，气质好。只有伟楚一直陪在集科身边，集科问他怎么不跟孙伟的朋友们聊聊，伟楚说这些人里面就有偷税漏税的，熟悉了不利于他开展工作。两人有一搭没一搭地说了一会儿话。伟楚问集科你写过歌，也写过诗吧？集科摇摇头，伟楚神秘地说，税务系统有一本内部发行的杂志，他在上面发表过诗歌呢。在集科怂恿下，他轻轻念了几句：

> 你——无悔奉献依法治税
> 为国聚财一分一厘
> 你——勤俭廉政风雨兼程
> 税源取之于民用之于民
> 你是长在税务园里的一株蜡梅
> 在寒冬绽开笑意
> 你是长在税务园的一片绿叶
> 顽强地向上生出盎然生机
> …………

相比那些走调的、哼哼唧唧抑或刺耳的卡拉OK声，集科觉得伟楚写的诗虽然幼稚，但是至少不那么粗俗。回金华的路上，张航喝多了，吐得心满意足，还想回去再喝。夏炎从他口袋里掏出汽车钥匙，为他代驾。从环境优美的山坡上下来，驶过一段过渡绿化带，公路两旁依然臭气扑鼻。天色渐黑，车上人昏昏欲睡，集科一言不发，他想早点忘记这个下午经历的种种。

第五章

1

　　李钢案的二审是在三月下旬，一个下雨的日子开庭的。很多年过去集科忘不了那密集的雨，就像挂了密不透风的、由细小塑料珠子穿成的门帘，一层一层紧挨在一起。集科住在婺江之南，去坐落在江北的市中级人民法院要经过通济桥，桥上堵车了，他不得不下了出租车步行。雨打在伞上，发出有重量的、暴烈的噼啪声。到了市中级人民法院门口，保安不允许他进去，他只好在一个自行车棚下脱下袜子、裤子拧干，再快速穿上。不一会儿，老诚带着李钢父亲来了。

　　老诚是自己开车过来的。他住在江南某小区，路上顺便去宾馆接来了李钢父亲。老人见到集科，鼻孔里发出两声"哼哼"，算是打过招呼。很显然，老人对集科一直存在偏见，不过他并不想就此与老人冰释前嫌。他虽然同情他，也愿意帮助他，但是看到老人的态度后，仍然无法表现出亲切感来。他想起案子在金南区法院开庭时，法官宣读一审判决书完毕，退庭时李钢父亲坐着不走，突然破口大骂……他后来是被保安架着走出法庭的。

老诚收好雨伞，跺跺脚，拍了拍西装，说："今天天气不好。原来还有一些环保志愿者、法律援助者、媒体记者、社会热心人士要来旁听的。这就难讲了。"

集科说："夏炎我联系过了，他说是会来的。"

老诚说："有几位证人，当初跟李钢一块儿进山的，丁武说他会带过来。"

集科说："那就好！"

雨，没有停下来的迹象。

"你早餐吃过了吗？"

"没呢。"

"我带了几个面包，咱就简单吃点吧。"老诚的背包里放着过会儿就要用的辩护材料，用透明档案袋包着，还有一些吃的用普通塑料袋包着。李钢父亲拒绝了分给他的早餐。老诚和集科把塑料袋放在一辆自行车的前置车筐里，两人一手拿带吸管的牛奶纸盒、一手拿面包，大口咀嚼，囫囵吞下。吃完了东西，两人发现老人蹲在地上好像在抽泣。

"刘律师，你说我这孩子会无罪释放吗？"老人站起身子问。

"目前情况看，无罪释放恐怕有点难，但是减刑基本是肯定的了，我尽力而为。"

"唉，好端端一个家就被他给毁了啊！以后他坐牢回来，你们可不要再怂恿他去搞什么环保了好不好？我年纪大了，没有精力帮他照顾那个生病的孩子。算我求求你们啦！"

老诚看了看集科，紧了紧领带，做了一个无可奈何的表情。集科很担心老人会在二审法庭上控制不住情绪，那样的话，很可能影响审判结果。

"唉，他要不是搞什么环保，工厂开得好好的，能沦落到今天这个地步吗？当初多少跟着他起家的人都当了大老板——那些忘恩负义的东西，猪狗不如！唉！他却把自己折腾到牢房里去啦！也不知道谁把他带到了这条路上的。自己家的日子不好过，他却把钱花在什么污染监督上，你们说，这样的儿子我心疼他干吗?!"老人自言自语起来，"你们以后不要再去找他好不好，大山里发生的事，为什么要让李钢去挑头啊？"

集科很是难堪，他很想跟老人解释几句，想想今天来到这里的任务很重，再说下去无疑会干扰老诚上午的辩护，就示意老诚一起去了保安室待着。没几分钟，丁武来了，带着几位证人和另外两位环保志愿者的家属代表，一个个跟落汤鸡似的，保安不准他们进保安室。他们只好在车棚下拧干衣服再进来。

老诚跟几位证人简单交代了法庭上要注意的几个细节、几个要点。接着，法院大门打开，工作人员都来上班了。此时雨小了，污浊的城市就像刚刚洗了一个冷水澡。

法院九点正式开庭，到十一点五十休庭。

这是集科第二次走进法院坐在旁听席上听案件庭审。由于平时很少跟法院打交道，一走进庄严肃穆的庭审现场，他仍然感到紧张。旁听席上，个个表情凝重，三位被告家属代表更是心情沉重，李钢父亲的脸色是黑的。临近开庭时间，庭里的空气仿佛密度加大、气压增加，人就像在深水中呼吸一样，吃力了许多。集科抹了抹额头上的汗，有种空气开始液化凝聚的不安。

开庭时间马上要到了，法庭侧门打开，七八个穿制服的人手上拿着东西先后走出来。走在最前面的那个，走到书记员的位置上坐定后看看在场的人，拿起话筒大声说："全体起立!"随着这一声口令，辩护席、旁听席上所有人都站立起来。紧接着，审判长、审判员、人民陪审员等工作人员走到各自座位，依次就座。

"请坐下。"书记员示意大家坐下。

接着，仍由书记员依次进行下列工作：查明公诉人、当事人、证人及其他诉讼参与人是否已经到庭；宣读法庭规则；宣读公诉人、辩护人已入庭；宣读审判长、审判员已入庭……书记员一边大声询问、宣读，一边拿笔记录刚才的工作……

正式开庭后，由审判长传被告人到庭。

法警在书记员处取提犯人单，取单后出去带上来被告人。

当六个法警押着三个身穿囚服、铐着手铐的人从另一个侧门走进来时，意想不到的事情发生了，三位被告的家属心情一下子激动起来，有一位女性家属忍不住大声呼唤她孩子的名字，并且号啕起来。那一刻，集科的心就像被针扎了几下，既不敢看审判席上的三个被告，也不敢看旁听席上的被告家属，他内疚极了。好在法庭规定，旁听人员必须保持肃静，不得喧哗、不得入审判区，因此一分钟后，法庭再次恢复了安静。静得连工作人员翻动案卷和敲打键盘的声音都清晰可闻了。

果真，审判程序进行到法庭辩论阶段，对手死抓住李钢曾是赤骑"金马帮"一员的过往不放，双方围绕争议焦点——李钢等三人的打人情节构不构成寻衅滋事、报复泄愤、故意伤害争论不休。一方将李钢犯有性质相同的前科作为量刑筹码，要求对其本次犯罪从重处罚，一方称李钢刑罚执行完毕后已改邪归正，将其打人行为与保护金塘河挂钩，双方都有理有据，旗鼓相当。最终上午庭审时间结束时，法院没有当庭宣判。

退庭时，集科看着法警押走李钢，忍不住挥手喊道："李钢，要挺住啊——"

李钢转头望向集科,眼里有泪。

　　中午,集科请所有被告方的出庭者,在法院对面巷子里一家汤溪口味的饭馆用餐。饭馆二楼刚好有三张桌子,供二十人坐下。因为下午还要继续庭审,任务艰巨,酒自然是不能喝的,所以等服务员端上来几道汤溪风味的家常小炒,大伙就都盛饭大口吃起来。有几个人下午有事吃完就要走,大部分人下午会接着旁听。他们就上午庭审过程议论起来,都说,李钢等人事先并没有打人动机,是因为建水电站的人要夺走他们手中的相机才演变成打架的,更何况对方也打伤了李钢这边的人,这证明李钢他们是出于正当防卫,按照法律应该酌情处理。老诚和丁武也认为,投资方虽然动用了各种关系试图维持原判,想借此威吓那些试图干涉水电站建设的环保者就此收手,但是事实胜于雄辩,相信法律是公正的、正义不会缺席。

　　集科吃着饭,心里乱糟糟的,他真希望这辈子不要再跟法院打交道。一上午的庭审调查、举证质证、法庭辩论等流程听下来,他切身感受到法律的威严和失去自由者的无助。如果败诉了,他不知道该怎么面对李钢和他父亲。同时他又想起了夏炎,他怎么没来?是临时有事抽不开身,还是在报社静等审判结果?自从永康之行后,集科总觉得他俩之间缺少了一点什么。但是二审能胜诉的话,他还是希望夏炎能写一则新闻报道一下。胜诉是对李钢等三人的家庭的最大安慰,也是为环保志愿者出一口气。正这么思忖着,集科听到最里边桌子的一角有人大叫了一声,抬头一看,只见李钢父亲弓着身、捂住肚子,豆粒大的汗珠直淌。集科慌忙过去问情况。他摆摆手,说肚子有点不舒服,过一会儿就会好的。有人端来一杯温水,他努力地想表现得镇定一些,但是脸已经变成黑黄白相间。他想把杯子握起来，那手抖得厉害，最终杯子倒在了桌上，水从桌子上流下来，人滑到了桌下。

此时离开庭时间已经不远，集科让老诚等人去法院，他和另外一人背着李钢父亲到马路边，打出租车去了附近医院。李钢父亲被送进抢救室，不长的时间医生又把他推出来，已经用上了氧气，可能还打了麻药，没见他喊疼了。集科跟着一个护士，推着老人做了几项常规检查。等到傍晚他们在住院部住下后，老诚打来了电话。集科出病房在楼梯口接了。老诚先问了李钢父亲的情况，集科简单汇报后，老诚说下午庭审三个小时的辩护，让他从体力到脑力都疲惫不堪。集科焦急地问结果如何？老诚说不好也不坏吧。

"集科兄，我尽力了。"

"嗯，我知道的。非常感谢老弟无偿的法律援助！"

"这个案子最终依法定性为防卫过当致人重伤，主犯李钢有期徒刑三年六个月，改判为两年；另外两位由一年六个月、十一个月，改判为八个月、六个月；刑期都从判决执行之日起计算，判决执行以前先行羁押的，羁押一日折抵刑期一日，所以两位从犯已基本达到了释放条件，李钢再服刑一年半左右也可以出来了。"

"这个结果来之不易啊，比最初判决各减了一半呢！"

"我们现在刚出法院，我要回家好好睡一觉，等明天再到医院看大爷。"

集科挂了电话。李钢未获得无罪释放让他为李钢一家的生计担忧，但是考虑到李钢的刑期减了一年半又暗自松一口气。李钢剩下一年服刑期，说长不长说短不短，他准备继续留在金华等李钢服完刑再回北京。这样李钢的父母和孩子，当然也包括自己家的两位老人都能照顾到。不过，究竟怎样还要与马莉商量。

2

半夜，李钢父亲的肚子又疼了起来。医生来到，给他做了按摩及热敷，并且让他服用了止痛药。那个晚上集科基本没睡，看着老人痛苦的表情，他也跟着难受。老人有两个孩子，除了李钢还有一个女儿。女儿嫁到诸暨，说是第二天才能赶来医院。第二天女儿没有来，医院倒是来问治疗费怎么交。集科卡上有一个月的工资，就先给垫付了一部分，这是没办法的事。医生说，老人的尿常规和超声检查发现异常，接下来要做膀胱镜检查，这样才能观察膀胱腔内肿瘤的大小、数量、生长部位。

回到病房，李钢父亲醒来了，他面如死灰，说现在肚子不疼了，他想回家。集科没有勇气告诉老人很可能得了癌症。应付过去后，集科陷入不知该怎么办的焦虑中。如果说李钢被判刑与自己脱不开干系，他愿意承担责任的话，那么李钢父亲的手术费、治疗费，只能寄希望于病人自己和家属来承担。可是他已经向老人打听清楚，他家的收入都用来治疗李钢母亲和他孙子的病了，家里没有存款。这么说来，他家基本上都是水污染的受害者了。

"其实脏水还不可怕，可怕的是毒水！我们肉眼看到的往往是发黑、发绿的脏水，这大多是浅表水被污染了，其中污染物多为有机物，通过现有的污水处理办法，还有改善的可能，而如果水流是被铬、砷、汞这类重金属污染，几乎不可能被处理掉，那才是有毒的、致命的！"刚才医生得知病人来自赤骑镇，还跟集科闲聊了这么几句，"人体长期饮用被污染的水，重金属积累到一定程度，会引发全身各种癌症。"

三天后，膀胱镜检查结果出来了，与预想的一样。接着医生又让老人做了核磁共振，明确肿瘤侵犯深度，诊断书上写着"膀胱癌中期"等字样。医生说："膀胱癌发展到这个阶段，必须尽快做手术。"集科不知怎么做决策。自从李钢案二审结束，李钢妹妹一直没出现，问李钢父亲还有没有其他亲人，他摇摇头。老人在几天时间里变得瘦骨嶙峋，但是，他身上的戾气没有跟着瘦下去。

"回去，让我回去吧，我不治啦！"面对困境，他似乎只懂得发脾气。

"我想回赤骑，那里才是我的家，别让医生折磨我！"

"让我去死吧，我岁数到了，死了也比身上插着导尿管强！"

"我这受的什么罪啊！能不能让消炎液滴得快一点！你跟护士去说一下！"

老人因疼痛无法入睡，止痛药的效果越来越差，加上他可能猜到自己得了什么病，情绪起伏很大。这是一间三人居住的病房，有一张床上躺着一位老人，那老人不论醒着还是睡去都静悄悄的，就像这个世界的局外人。但是另一张床上躺着的是个年轻人，他很烦李钢父亲。

"老头儿，你能不能消停一会儿啊！你这还让不让别人休息啊！"年轻人染着一头红发，拿玻璃杯敲打铁床的床架说。

"我疼得冒白汗，肚子里就像搁了一只油锅，"老人发起火来，"你妈的还不允许我出声？我告诉你，你也有老了的那一天！有无权无势，被人讨厌的那一天！"

"你别管我老了会怎么样，现在是要管好你自己！"年轻人毫不示弱，"我老了也不会像你这样尿，要不是我这肚子被人捅了一刀，轮不到你这样的小角色跟我住在一屋！"年轻人说着，把手机音量开得更大一些，从声音上判断他正在玩一款打打杀杀的游戏。集科有点受不了。

"小兄弟，能不能声音不外放？"

"妈的，遇到你们这一对奇葩父子，算我八辈子倒霉！"

年轻人把音量稍微降低一点，但是仍然很吵。集科不得不去了该楼层的护士站反映。护士来了，劝解几句，年轻人不甘不愿地戴上了耳机。护士又给李钢父亲吃了一粒吗啡，吩咐他要注意自我分散注意力，不要对止痛药形成依赖。半小时后，还是没见效，李钢父亲还要吃吗啡，集科不想再去护士站要，他就朝集科发火，说你是不是等着看我的笑话。听他这么说，集科心里一酸，真想一走了之。可是又过了一会儿，见李钢父亲痛得受不了，痛得哭天喊地，他按铃叫来了护士。护士问明情况，又请示医生，才拿了一支吗啡止痛针给老人注射。针剂与药剂似乎管用了许多，老人安静了，有轻微的鼾声响起。集科以为老人就此安睡，谁知他突然叫唤起来："救命！……救命哪……"

老人做噩梦了。

刚刚入睡的年轻人从床上坐起来，一副要教训教训老人的样子，发现老人是在说梦话，问集科："这老头儿不是你爹吗？"

"不是的。怎么啦？"

"所以我就奇怪啊，你挺有修养和文化的一个人，怎么就没有受他的污染。"年轻人扬扬自得，"这老东西怎么做梦都不能让人安宁片刻呀，唉！"

"你就赶紧睡吧。"

"他没完没了地喊救命，我怎么睡得着！"

黎明时分，病房里终于静悄悄了。集科一个人坐在病房的窗玻璃前，看着窗外沉睡中的城市，听着老人沉重的呼吸，噩梦显然离他远去，疾病暂时停止了对他的折磨。要是这样恬静的时间多一些该多么好！昨晚，就是他去护士站反映年轻人声音外放的时候，护士长见到他就问老人的手术还做不做，做的话要提前告知，医生好安排手术时间。集科感到身心疲惫。眼看老人的病情恶化，而老人的儿子在狱中、女儿又不露面，他实在没法可想。

再等两天就送老人回赤骑，帮他找个保姆，照顾他一段时间。要不怎么办呢？在农村，有不少无钱继续治疗绝症的老人就是这么走的。更何况，这样的病就算花钱做了手术，后续的局部化疗还要持续一段时间，癌细胞会不会扩散是一个未知数。而且做了膀胱切除手术后，病人的身上还要挂一个尿袋，这脾气古怪的老人能接受这样的安排吗？集科不知道。

天慢慢亮了，朝霞满天，城市醒来，人喧车啸。

老人醒了，看到集科坐在窗前，咳嗽一声。集科转身看到老人，跟完全变了个人似的，眼中少了那可怕的怨恨。"小陈，感谢你为我跑前跑后。你怎么没睡？"

集科笑笑："我昨天喝了一杯浓茶。"

老人说："我这个病可能好不了了。昨晚上做了很久的梦，梦里见到了很多过去的人。我知道，该轮到我走了。他们等着我呢。"

集科慌张道："大伯，你不要这样说，病会好起来的。现在医学医术都进步啦！"

老人说："没用的。我年纪也不小了，看得开了，死是每个人都要面对的。我现在放心不下的是我那孙子。"老人握住集科的手，那手就像一把钳子，"小陈，我知道，我没有资格再要求你帮我做什么，但是我找不到人托付，现在只能跟你说……"

集科说："大伯，你快说吧，我一定照办。"

老人说："如果你这一年还在金华，你们几个搞环保的……以后，抽空去看看他——我那个孙子，好不好？他能吃能喝，就是生活不能自理。等李钢出来了，他一定会重谢你们的。"老人眼眉紧蹙，表情悲戚。

集科说："大伯，你放心好了，这件事我一定能做到的。"

老人听他答应，表情才有所舒展："这实在太麻烦你了。要不是这孩子，我们李家何至于走到今天这地步。当时孩子小，也看不出什么问题，李钢有钱，孩子有妈妈。夫妻俩都开工厂，多好的事情呀！等到孩子长到三岁还不会说话不会走路，这才都慌了。疯了一样，到处去看病，也看不好。医生说什么中毒。我刚开始怀疑有人下毒，后来怀疑是我曾经的行为受到了别人的诅咒，因此我恨那些诅咒过我的人，恨了很多年。"

集科说："大伯，诅咒是没有科学依据的，不要迷信……"其实他最想说的是：李钢生下畸形的孩子，主要源于他们的生活环境遭到了严重污染。想了想，没有说。

老人说："我其实也相信科学。但是，心里总也放不下啊……孩子是无辜的，他来到人世间，唉……不说这些了。我的意思是：小陈，这一年时间，我那孙子还有我的老伴，就托付给你了。"老人握着集科的手在颤抖，他的眼里有泪涌出来，"我们今天就办理出院，我要回家。你为我垫付的钱，还有之前为我做的一些事，我都会记在本子上，放在贴身口袋里。到时李钢看到这份单子，由他来还你。我那个女儿是指望不上了"。

集科看着老人，也不知道说什么好，这份托付他自然是愿意应承下来的。不管怎么说，李钢被判有期徒刑与那天他去山乡调查水电站建设情况有关。然而，此刻涌上集科心头的感受要比之前的愧疚、同情复杂许多。"大伯，你托付给我办的事尽管放心，我本来就做好了决定要在金华再工作一年。不瞒你说，我爸爸妈妈年纪也大了，平时我很少回来，这一年也刚好能照顾到他们。所以，你就安安心心地住在医院。手术费的事，我也会帮你想办法的！"

老人说："不用做了。我已经决定了。"

集科说："大伯，今天你安安心心地养病。我回一趟公司，去去就回。"

集科回到他兼职的公司是为了向冯经理预支两个月的工资。他已经决定手术先做了，既是为李钢父亲负责，也是为了让自己从中解脱。他回到公司，冯经理和孟总关了门商量，冯经理出来后就吩咐财务室给集科打了两个月工资。集科出了公司，火速打车回医院。回到医院，没想到老人不在病房了。原本插在老人身上的各种管子都还在。

集科以为老人趁他不在，去了厕所或在楼下透气。等了一会儿，去厕所看了一下，没人，回来问同病房的年轻人，那家伙说他昨晚没睡好，一直在补觉，醒来还奇怪很安静，原来老头儿没在呢。集科打开抽屉，老人搁在里面的东西比如身份证、钱包、老式手机、钥匙串等，都不见了。集科断定老人回赤骑去了，所以即刻在医院一楼窗口结了账，收拾东西去了赤骑。

这是集科第三次迈进这个被污染了的小镇，一切如故。河水的气味、灰蒙蒙的天空、黑绿色的沼泽与杂乱破败的楼房相互交映，构成了南方工业小镇的典型特征。集科走过泥塘边的鸡棚、成堆的垃圾、生锈的金属废弃物，又见到了李钢的家。一如从前，屋里没人听见他的问候，那个孩子在光线不明处，两只眼睛发出野狗一样绿莹莹的光。

"孩子，你奶奶呢?"

"嗷——嗷啊!"

"你爷爷回家没有?"

"嗷——嗷啊!"

集科的心提了起来。按照他的想象,李钢父亲回到赤骑,会躺在一楼的躺椅里,或者倚坐在门口晒太阳,由李钢母亲陪着他。集科还没有见过李钢母亲。他于是走向楼梯,向楼上呼喊:"有人在吗?"连喊三声,上面静悄悄的。他想到老人想不开,可能在金华投河了,或者无目的地出走了,他难逃其责。又想象老人正走在回家路上,跌跌撞撞,马上就会出现。

他继续喊着:"有人在吗?有人在吗?有人在吗?"

他大着胆子走上去,到了二楼,看到简陋的家具摆设,接着看到一个房间内靠近窗户、有阳光照射的地方摆着一张床,他看到有一个老人躺在床上,正是李钢父亲。集科的身体里袭过一丝寒意。看样子老人死了,因为眼睛闭着,脸上不再有一个活人的气息。更让他害怕的是,在李钢父亲旁边还躺着一个老人,她也一动不动,一只手拉着李钢父亲的手。

她与李钢父亲唯一的区别是眼睛睁着,能看到呼吸。

集科咳嗽一声。

那个老人说:"进来吧孩子。"

集科一步步走近,两腿发软。

老人说:"他刚刚走了。"

活着的老人没有坐起来,依然一动不动地躺着,左手握住老伴儿的右手。集科走进房间,走到离他们很近的地方,活着的老人闭上双眼,平静地说:"孩子,他死前跟我说了,你为李钢减刑付出了很多,又为检查他的病垫了医药费,还日夜陪护。孩子,他说你是一个好人,是我们一家拖累你了。"

集科嘴唇哆嗦着问:"伯母,大伯是怎么走的呢?"

活着的老人睁开眼，随着眼球的暴露，有两行清泪流过密密麻麻的皱纹。

　　"他两个小时前回到家，见到我的第一句话，告诉我他得了癌症。他说他很累，很痛苦，他要回来躺在床上，陪我说说最后的话。我心里有些难过，想着他走了，我们的孙子该怎么办啊。我催他快去医院，说你回来干什么？他说他回来死，他生在赤骑死在赤骑。又说他对不起赤骑，怕死在外面，找不到回来的路。他说他到了那边，会跪下去……向那些死去的人赔罪，哀求那些人，放过孙子……

　　"他这么说着，就躺在了这张床上。我拉着他的手，劝他不要这么悲观。他看看我，说：'你是我最亲的人啊！'我说：'是的，你也是我最亲的人！'他问我：'我们下辈子还在一起吗？'我说：'好的。'——其实我不想这样说。他脾气不好，以前常打我，对别人做过错事。几十年了，他从来没有跟我说过这样的话。他这样说，我知道他真的要走了，心一软就答应了。他现在真的走了，也不知道那些恨他的人，会不会原谅他……

　　"他最后走时，才告诉我，他进门时吃了毒药。我哭起来，要去喊人救他，他命令我不要喊，说喊了也救不了他。又哀求我，不要离开他，他一个人好怕！他死死拽住我，就像一个孩子怕他的娘将他丢在陌生地方。我告诉他不要怕，我会一直陪着他。就在你进屋前一刻钟，我还能叫应他。他身体一抽一抽的，他是一步一步，慢慢走的。最后一口气掉下去，他的喉咙就像被痰堵住了，听不清还要说什么，我把耳朵凑上去，听到两个字：'好怕！'我又一次抱紧他，告诉他：'不怕，不怕，不要怕！'这时他最后一口气没上来，就这么走了。

　　"现在，他的手，还没有很凉……孩子，你来摸一摸。"

集科后退一步，他不敢去碰触。

集科不得不在赤骑留下来，协助李钢母亲处理后事。

李钢母亲比起李钢父亲，在镇上还算有些人缘。她丈夫死了的消息传开，很多人对亡者有些议论，但是对她表现出了一致的同情，镇上不少老年妇女来帮忙。另外，李钢坐牢的消息也被镇上人获悉了，曾经"金刀帮"的人就像螃蟹上岸了。他们如今多数是五金、冶炼、电镀、造纸、服装加工、服装漂染等行业的老板，一个个西装革履、头发油亮（当然也有谢了顶的，脑袋如同一只剥了壳的卤蛋），河边沙石路被他们的豪车轧得污水横流。他们在灵堂前点香，向遗像行鞠躬礼，走时都给了李钢母亲一些钱。

集科从来没有那样后悔过，前几天李钢父亲躺在医院手术费不够时，为什么就没有想到李钢还有这帮"兄弟"呢？尽管为了保护水资源，据说李钢得罪了这些人，但是在李钢父亲性命攸关之际，他们肯定愿意资助的。此时，李钢父亲的骨灰已经安置在赤骑镇公墓。事情暂告一段落，集科要回到金华上班，他告别那栋阴气森森的小洋楼，走到赤骑镇车站，想起这个世界上有一老一少两个生活困难的人，至少有一年时间无人照管，心里很是难过。

这几天晚上，他不得不住在那栋小洋楼里，睡觉时房间的灯一秒钟都不敢关，出了房间去上厕所要把手机里的音乐打开，嘴里跟着哼唱。他总觉得这楼里，李钢父亲的阴魂不散，集科做梦都梦到他抱怨医院里的消炎液滴得太慢，让去喊护士滴快一点；梦见他大把大把吃吗啡；梦见他戴着红袖套批斗那个红发小伙子，小伙子又带着一帮人批斗他……现在，他终于可以离开这鬼地方，却有些割舍不下似的，最终决定把李钢母亲和那智障孩子送到汤溪福利院再回公司——之所以不想送到赤骑福利院，一是这里的环境污染严重，二是往返交通不如汤溪便利。

在汤溪福利院，李钢母亲没有让集科拿钱。她说葬礼上收的帛金有几万块，足够在这里住上两年，到那时李钢早出来了。就这样，集科匆匆赶回孟总那里上班去了。

3

天气不可阻挡地热起来，城市绿地就像搓过一次热水澡，蜕去了一层旧皮，植物长出了新的皮肤、枝叶，显得鲜嫩，青翠欲滴。人民广场上总有人放风筝。姑娘们穿出了短裙露出了大腿，连城市里的狗都不愿待在屋里，满大街乱跑，动不动跷起一条腿撒尿。集科加班加点，忙完了两个新项目，又想请一段时间的假，因为金翅鱼洄游季马上要到了。——雷震富等人能否按照环保局要求，保质保量完成洄游通道建设？他不放心。他得放下手头工作回山乡，此时任何工作都没有为金翅鱼洄游做好准备重要。尽管孟总很想挽留他多干点活，至少把预支的工资还清再说，但是考虑到鱼类洄游季短暂，他最多二十来天就会回来，就批准了。

集科回到山乡前，在汤溪下车，去福利院看望了李钢母亲和他的孩子。两人在那里得到了比较好的照顾。李钢母亲说，在这里生活有人做伴，每顿饭都有人做。"我孙子也比在家里好多了，院长专门给他买了一些塑料玩具，他没事就玩那些玩具，毕竟他也是个孩子呀。最重要的，我在这里晚上不害怕。"

李钢母亲说："你快回家吧，一定要代我问候你的爸爸妈妈。"

福利院建在一个小山坡上，集科走了很远的路，回头望，老人还在向他招手。集科打手势示意她回房间去，然后就坐上了刚才送他来的电动三轮车。

车主问："老人是你的亲戚？"

集科点点头说："回西门，上午还有进山的车吧？"

车主说："有啊，现在过去等不了多久。"

集科回到山乡，山里的天气一点都不落后于城市，群山滋润，万物舒展，野花、油菜花、紫云英点缀山间，春笋破土而出。可是集科的眼睛很少在这些美好的事物上逗留，他的心是凉的。他看着在拦水坝建成后的金塘河上，裸露着大小不一的石头，看着两座大坝之间空空荡荡的河道。金塘河被拦水坝斩断，河水一次次消失于人工隧道，他的心就像被人挖了一个一个的洞。

从学岭村到吴村，贯穿在山体中的人工隧道或者架设在山谷中的水渠，仿佛是将河水劫持、押往水轮机组的匪徒。往往是，河水刚在上游某一个水电站的出口冒个头，一段距离后又被另一座水坝引走，直到被榨尽利用价值后才能重回下游的河道。拦水坝已经改变了这里的生态环境，大面积的河床干涸了，只有坝底有所谓的"生态水"放下来，类似一条山涧的水量，在河床的低洼处艰难地流淌。

尽管这样，这些拦水坝上的鱼类洄游通道——不得不说，是按他提供的图纸建造的，这说明环保局的红头文件在这件事上生效了。

集科每天五点钟就起床，在家吃过早饭，就背着帆布包骑车往学岭村走。他坐在下游第一座拦水坝下面，呆呆地看着周围因为建设的需要被破坏的河道、农田、山地，蓬勃的春天，在这些地方遇到了障碍。他焦急地等待着金翅鱼早点在水库上聚集，想知道它们能不能通过洄游通道跨越拦水坝，可是接连几天水库上没有动静。

不但如此，他发现金塘河里其他野生鱼类也难觅影踪了。甚至正午有太阳照耀时，也看不到水里有鱼游弋。那些固守在山乡繁殖能力极强的本地野鱼，在他的记忆里从来都是捕之不尽的。小时候家里经常吃不到肉，却能隔三岔五吃到溪鱼干，包括石板鱼干、小白条干、溪鳗干、虾干、蟹干、泥鳅干等。那是父母平时将小野鱼盐腌、火烤，制成鱼干储存以备青黄不接的。

集科在山间公路上来来回回，选择在河水重回河道的河段，在水流平缓处脱下鞋袜，下河摸了半天石头，只摸到两条鱼：一条是驼背的石板鱼，一条是瞎了一只眼、另一只眼鼓起来的红车公。他把它们放养在一个小水洼里，默默地看着。难道河水经过水电站后，河中生物发生了基因变异？显然不可能的。他找了一只塑料袋，带着两条鱼回到家，问父亲何故。父亲对集科回家不冷不热的，因为这次他一回来，村里人又开始说三道四。

"这没什么奇怪，被电电成这样的。哼……"

"电？水电站里的电？"

"那还不电死人啦？是电瓶里的电。"

"哦……"

"反正保不住的，随他们折腾去吧！"父亲发出一声冷笑，"总有人半夜去河里电鱼。和尚村那个稻田养鱼的养不成了，为了还债竟然带头电鱼。乡干部抓过，电瓶没收后他又去买来。他说雷震富能破坏一条河，他为什么就不能电几条鱼卖？石板鱼现在能卖八九十块钱一斤呢。"

集科怎么也睡不着，躺下，坐起，躺下，干脆起床。他拿了手电却不打开，蹑手蹑脚地出了门，再将门轻轻关上。夜很静，听不到以前回来时响彻山谷的隧道开凿声。等适应月光后，他就一直朝金塘河下游走。走到棺材坑附近，他看到远处有亮光。走到足够近的地方，看到有三人头上戴着矿灯。仔细分辨，竟然是集宝一家。集宝背一个电瓶，一手拿一根绑有电线的细竹竿往水底戳戳点点，一手拿网兜捞着浮上来的鱼。

集科看着此情此景，有一根连着耳根的神经疼痛起来，耳蜗里响起嗡嗡的轰鸣。这是人类对弱小生命的大屠杀。他不想这河里的鱼全部死绝，逼着自己去阻止。但是正要打开手电的时候，内心又矛盾起来，他担心堂哥不但不听劝阻，还会反过来骂他。他就捡起一块土疙瘩，往河里扔去，嘴里发出一声怪叫。听到黑暗中有响声，集宝停下了电鱼的动作，他家女人吓得往集宝身边跑，突然摔了一跤，在河里挣扎了几下才爬起来。"你干什么啊！你是不是要电死我啊！"女人的声音很响，可能集宝忘了关闭电源了。

集科一不做二不休，换了一个位置，又往河里扔土疙瘩。集宝一家吓得跑掉了。等确定他们不会再回来，集科跳到河滩上，一手拿手电，一手掀开一块石头，底下有鳞片发出白光，他小心地将其捞出，一条鱼在他手掌中颤抖着。无法想象，刚才这鱼被电流击中时的痛苦。他在杭州工作时，有一个同事在野外测绘时被闪电击中，当即跌倒呼吸麻痹意识丧失，经抢救留下残疾、癫痫的后遗症。他小心翼翼地把鱼放回水中，它不能游了，在水中打晃，他又把鱼捞上来。他手捧那条鱼，向家里奔走，怕它渴死，看到沟渠，就把手伸到水中让鱼呼吸几口。到家时天还是黑的，他悄悄地进屋，将鱼放进养着驼背鱼、瞎眼鱼的水桶。这时才注意到，他带回来的是一条平时并不多见的山里鳞，学名"齐氏鳞"，它慢慢沉落水底，身子微微战栗。

令他感动的是，桶中之前带回家的两条鱼围着它游了几圈，用嘴轻轻地碰碰它嘴上的白色珠星，就像给予它安慰。看着这一幕，集科的心很痛，仿佛有什么钝器撞击着心脏的左右腔室，痛得泪水汩汩地流出来。

天刚亮，集科就听到父母起床了。他昨晚出去一趟可能着凉了，头昏脑涨，躺在床上不想起来，但是想到金塘河里的大小生灵，他得起来继续奔波。他在父母的唠叨声中出了门，推着自行车路过集宝家的时候，见大门关着，他在门前停留了几秒钟，闻到了一股鱼腥味，就趴近门上的缝隙往里瞧，发现集宝夫妇在剖鱼肚子，地上摆着好多个水桶和塑料盆，还有一些碎冰块。看样子，他们要将鱼简单剖肚后运到山外去，卖给饭店或者特供给有需要的人。

他没有敲门就推门走了进去，集宝一见是他，垂着沾满鱼腥的手，尴尬地笑笑，问集科怎么又回来了，你小子不上班也有钱领吗？真是做工程师好呀！集科指指几个桶里的鱼，说电鱼是大小通杀的做法，除了被电死的鱼，侥幸活下来的鱼也将无法生育或畸变，这样河里的野鱼会绝种的。集宝一脸不耐烦，说你小子是想吃小野鱼了吧，小时候咱常一块儿捕石板鱼呢，你想吃我给你两袋好了。集科说我是金塘河的保护者，怎么可能向你要鱼吃？集宝摆摆手，让集科走人，凶道："不要鱼就走吧，别装高尚！"集科转身迈出门槛，背后响起了集宝老婆的骂声："哼，金塘河都成这样子啦，他还敢说他是金塘河的保护者。精神病！"

集科摇摇头，跨上自行车向村外骑去。他有点后悔推门进去跟堂哥说那些话，也搞不懂同是祖父的孙子，集宝小时候也受到过祖父的教育，为什么长大后完全忘了祖父的训诫？他骑上公路，越骑越快，晨风似乎是从他的幼年时代吹来的，清凉，清新，带着淡淡的泥土气息和被晨雾打湿的忧伤。

他想：如果一个人没有记忆该有多好，他将不知道拦水坝下面曾经河水丰沛，不记得棺材坑上曾经水流激荡，也想象不出金翅鱼迎着激流飞跃而上的景象……

当他在由雷震富出资修建的公路上用力地踩着脚踏板，路过昨晚看到集宝电鱼的地方时，那条被电击过的山里鲻，似乎仍在他的掌心瑟瑟发抖。他刹车停了下来。这里距棺材坑拦水坝不远，河水似乎能感觉到再流下去就将进入隧道，打着漩涡，发出呜咽之声。再往前走，在拦水坝一侧、隧道的洞口，不断传出可怕的魑魅魍魉之音。他清楚地意识到，他无法阻止这一切。于他而言，接下来的任务就是如何保证每条拦水坝上都能释放生态用水，让金翅鱼从洄游通道通过。同时担心，金翅鱼压根儿就到达不了这里。

这时，他听见有人在公路上喊他："喂，小老弟！"

他站起来，看到喊他的人是邮递员，他骑着电瓶车，车架上挂着绿色邮包。

"你上来，告诉你一个事情！"

集科从河滩回到公路。这阵子，他俩老在路上遇到，虽然没有交流，但彼此知道对方。

"小老弟！水库最上头的那个汊湾，就是以前坐船的地方，有鱼扎堆了。"

"是吗？我这几天去看过很多次，都没有看到有鱼聚集。"

"赶紧去看看吧。金翅鱼能感应地气，它们挑日子的。"

"好嘞。谢谢你！"

"前两年有很多人来保护金翅鱼的，怎么的，今年就剩你一个？"

"我想着等金翅鱼游上来了，再去找人来帮忙。"

"我支持你。你们做了一件功德无量的事，支持你们！"

集科谢过邮递员，刚才还淤积在心头的苦闷、茫然，烟消云散。他跨上自行车，继续往学岭村骑去。这是一条并不平坦的公路，自行车几次因速度过快跳荡起来，又稳稳地落在地上。

太阳出来了，集科果真看到有金翅鱼游到了金塘河与水库的混合地带，它们就像城市公园鱼池里扎堆的红锦鲤，远远看去，局部

188

水面如同漂着颜色艳红的绸缎。集科又兴奋又紧张。

前两年金翅鱼洄游季，都是李钢等人在保护它们洄游，尽管死的死、伤的伤，总归还能回到龙井一部分。现在这副担子落在了自己肩上，集科担心自己没有经验且忙不过来。要知道，今年金翅鱼从水库回到龙井，一路上多了好几条拦水坝，就算每条拦水坝都往河道里下泄生态水，每条洄游通道都建造达标，不可预测的事情仍可能发生。

集科与丁武联系，希望能得到"绿色之友"的帮助。丁武听了很高兴，说："集科兄你放心，一旦金翅鱼开始行动，我定发动上百名环保志愿者轮流进山，全力以赴，协助鱼群洄游。"

集科连续两天守在水库码头。饿了，就到学岭村经销店买方便面、饼干、罐头。渴了，就拿矿泉水瓶灌泉水喝。到了晚上，他睡在码头的旧船上，被子是店主借给他的。因为公路修通了，码头上已经没有人往返，所以暂时是个清静之处。集科买了一堆新电池，隔半小时，打开手电朝水面上照照。鱼群越聚越密了，水面几乎凝固了。每次手电的光柱扫过鱼背，水面就骤然泛起细密杂乱的波纹，仿佛有一头巨大的、长着鳞片的怪兽浮出水面抖了抖身子。

第一个凌晨，东方刚现出鱼肚白，集科被飞来捕鱼的水鸟吵醒。他看到野鸭扯着哑嗓，一猛子扎入水中再现身水面，嘴里有一条鱼尾巴翘着，不一会儿就进了喉管。苍鹭时而凌空起舞，时而直接落在鱼群上，细长的颈部就像安了弹簧，它迅速而准确地叼起一条鱼，由于鱼是横着进嘴的，鱼没命地扭动身子，苍鹭不得不把它甩到空中，再用嘴接住，吞下。大自然的神奇之一，是人类多食金翅鱼会出现中毒症状，鸟类多食却不会。这也可能是世界上会存在洄游鱼类的原因吧，它们的远道而来意味着海洋给内陆补充蛋白质，而它们在内陆产下的后代安全地孵化出来后，又将顺流而下前往海洋。集科懂得，这是自然界内部的物质循环与能量循环。不过考虑到金翅鱼现状堪忧，他吹响口哨，大声地将水鸟驱赶。

第二个凌晨，集科发现鸟鸣声弱了，起来一看，河口的流水重新变得湍急了。他大叫一声不好，跑过去看，鱼群消失了一大半。是有人来偷鱼了，还是鱼重新回到水库啦？他失魂落魄一般，骑上自行车往上游赶，看见很多人站在河岸上指指点点。到了才发现，金翅鱼正成群结队逆流而上，向着它们历代繁衍生息之地奋勇前进。它们相互簇拥，不断地摆动鱼尾奋勇向前。岸上的人见到集科，可能被他那孩子般的喜悦感动了，喊："吴村佬！游在最前头的都快游到黑水潭啦！这里我们帮你看着呢，放心吧！"

集科压抑喜悦，赶到位于学岭村上游的第一条拦水坝跟前。是的，鱼群已经到达。然而，金翅鱼并不往鱼道里游，它们聚集坝下，滞留在坝底中间位置的泄水管道附近。那里挤满了失去前进方向的金翅鱼，很多鱼一遍遍地向泄水孔冲刺，一遍遍被奔涌而出的水柱冲刷下来。由于下泄水的压强大、流速快，鱼群无法从生态管道游上去，甚至连靠近的机会都很少。

4

这天中午，丁武带着十来个人赶到了。都是二十多岁的小伙子，背着户外野营装备。集科安排他们以一定距离，从水库码头开始，为金翅鱼洄游站哨。剩下他自己和丁武等四人，设法让鱼群从鱼道游上去。但是，他们用水桶装了金翅鱼倒在鱼道入口处，鱼儿们就跟受到惊吓的孩子那般，试探着游了几米就马上掉头回到河道。假如用簸箕拦住它们后撤的路，它们就蹦跳起来，飞到鱼道之外，蹦到河中或者死在坝上。

　　这个地方的拦水坝有三层楼高，是几条拦水坝中最高的。集科心急如焚，尝试了多种方法，搞不清具体问题出在哪儿。其实，辅助鱼类洄游的鱼道就建在坝体上，呈"之"字形，有一层薄薄的水在渠中哗哗地流着。鱼道最低端是一个敞开的喇叭口，设在坝体下方的左侧，与坝下的水潭相连，可是没鱼从这里游上去。丁武劝集科："要不，我们还是用笨方法吧，先一人一个水桶，直接把它们提到坝上去，帮它们渡过第一道难关再说。"集科一脸苦相："不行。还是得让它们自己通过鱼道游上去，否则剩下来的水坝它们也不知道上去的。"丁武说："真是见了鬼，以前只有一口水的石缝都钻，现在这么好的鱼道为什么不愿上去呢？"

　　毋庸置疑，鱼道集科是依据鱼类的上溯习性而设计的。资料上说，鱼类常依靠水流的吸引进入鱼道，鱼类在鱼道中靠自身力量克服流速溯游至上游；鱼道的水流速度是0.5米每秒，是鱼类溯游最舒服的流速；常用的槽身横断面为矩形……通过控制补水流速带动渠内整体流速……可是眼看天就要黑了，他们在拦水坝上苦等一天，鱼群始终不进鱼道，集鱼效果很差。大伙儿只好把希望寄托在光线晦暗时，鱼群会像归圈的羊群回归围栏那样自己进入鱼道。期望落空后，他们借了十几支手电筒摆在不同方位，将光束打在鱼道上，想用光线引诱鱼群游上鱼道，可是没有鱼被光束诱惑。

　　天不知不觉亮了，此时大伙儿都在帐篷里呼呼睡觉，唯有集科一夜未合眼。他看着东山上出现朝霞，美轮美奂，再看看坝下，金翅鱼还挤在一起，它们有的吐着水泡，有的因为一次次冲击坝底的下泄水筋疲力尽，有的因为盲目地跃到坝体上缺氧死了。集科愁眉苦脸地坐在坝上，看着太阳升起，阳光照在金塘河上，水汽飘浮起来。

附近山上有老汉干活，干得出汗了，就扯着嗓子唱起了山歌："小河弯弯嘞流过山乡，远方客人哟最爱爬山；山高要人把路引嘞，水深要有渡船人哟。哎呀呀！太阳落山啰喂天要黑，一不见路啰喂二无船……"听着那苍凉、粗犷的歌声，集科的胸中像被什么堵住了。他用手遮住阳光往山上看，老汉正在用锄头挖地，那锄头被他抡起来、刨下去，抡起来、刨下去。刨下去的时候，歌声带着一股子狠劲。他想起在杭州读书时，班上有个同学热爱哲学，老跟他讲什么"西西弗斯神话"，让他印象深刻。此时，他感受到了那种无效无望的劳动，不是所有人都能坚持下去。

突然，他扑通一声跳进坝下的水中，他要驱赶金翅鱼从鱼道游上去。鱼群受到惊吓，除了跃出水面乱蹦乱窜，仍然不上鱼道。集科就像鱼群中的一条死鱼，朝天望着……

他已经没辙了，想着等大伙起来，就开始人工运输。

这时，突然有谩骂声从坝上传来。

原来雷震富带着几个手下来了。

集科从水里出来，走到坝上。

"喂，姓陈的！你妈的让我们放水是给你游泳的？你知道这水哗哗地流走，一天损失多少千瓦电吗？你让鱼快点儿游上去，我们拖不起！"

自从李钢案开庭，雷震富就与集科翻了脸，态度蛮横，原形毕露。

"雷老板，我也急呀。只要有一条鱼游上去了，就很快都游上去了。"

"他妈的，我太听话了，刘局长让建这玩意儿我还真建啦！不知道上辈子造了什么孽，这辈子遇到你这样一个克星！"

"雷老板，建鱼道是政策规定，不是我跟你过不去哈！"

"没有你天天举报，政府会平白无故让我建什么鱼道！"

"你破坏了河道，造成这么大生态损失，你心里难道真的就没有觉得亏欠，觉得对不起山乡人民吗？"集科针锋相对道。

"我对不起山乡人民？我给山乡花钱修路造桥装自来水，以后水电站都运转起来每月给政府纳税，你难道不知道?!"

"这金塘河被毁了，金翅鱼灭绝了，多少钱能补偿回来？"

"你祖宗种稻谷还要把树林砍掉才能改造成稻田呢！现在我明明白白地告诉你：我只放十天生态水！到时关闭闸门，别怪我没有通知过你！"

雷震富大声咆哮，挥舞着拳头，走了几步突然拐到坝下，往水里砸了几个大石头才走了。他们走后，集科面色苍白、微微发抖。他明白如果金翅鱼不入鱼道，就等于白白糟蹋了鱼道建设费，雷震富肯定会没完没了地来找麻烦。

为帮助金翅鱼顺利洄游，在过去的几个月，他一趟趟地回山乡，就是要根据五条新建拦水坝不同的地理条件，建成三种不同类型的鱼道：一种建在坝体正面，呈"之"字折叠而上；一种是阶梯式的，每个阶梯高三十厘米、宽五十厘米，阶梯墙面倾斜，平台呈凹槽状，水流逐级减缓并回旋而下；还有一种并非依附于大坝，而是直接凿在了坝体旁边的岩壁上，就像车站的"老弱病残孕通道"。那时他绝没有想到，他苦心设计的鱼道会是他的一厢情愿。

现在说什么都太迟了。他绞尽脑汁，急得嘴唇起了水疱。能不能堵住生态泄水孔，让这部分水从鱼道里流下来？这样既可以阻止鱼继续无谓的冲刺，还可以增加鱼道里的水流量。他发现没有闸门，也不可能用石头堵住。而这，正是保证河床不会彻底干涸的前提。

情急之中，他给马莉打电话。马莉正在上班，说回家后咨询一下相关专家，晚上再给他回话。傍晚时，丁武带来的几个人坐最后一班车出山了，因为明天他们都要上班。新的一拨志愿者明天一早会赶到。丁武和另外一个人守在水库码头，他们明天也要回金华。

天黑后，集科从学岭村经销店吃了些东西回到拦水坝，他决定明天等新的志愿者到来，就采用人工运输的办法把金翅鱼直接运到龙井去。这样，他就暂时不去想洄游通道的事了。他进了帐篷就睡了。刚睡着，手机响了。是马莉打来的。

马莉说她给一个有过联系的中科院生物学家打了电话，把这里的情况详细说了，集科拍摄的鱼道照片也传过去了。那人告诉她，据目测，集科设计的鱼道基本是科学的，如果金翅鱼喜欢的水流流速0.5米每秒是准确的，那么鱼不入鱼道，主要因为鱼道刚建成还没有经过风雨侵蚀，钢筋水泥气味过重。鱼有敏锐的嗅觉和味觉，人在几十米以外游泳，身上散发的化学气味它们都能远远感知到。而且鱼的触须和皮肤，对温度、盐度、环境变化很敏感……

"洄游本身就是靠这些感觉来完成的寻根溯源。不过专家至今无法解释，海洋洄游鱼类究竟是如何在大海中找到回老家的路的，有的说利用地球磁场导航的功能，又有的说洄游鱼类有着非比寻常的嗅觉和味觉，能在数以百万升的海水中区分出属于自己母亲河流下的一滴淡水，他也不知道是不是真的。"马莉转述专家的话说。

"那它们为什么会想穿过坝底的生态水管道，那不也是刚建成的吗？"

"那可不是金翅鱼想穿过去啊。它们怎么可能不知道这么大的水压不可能穿过去。"

"那是怎么回事？"

"专家说，一次次冲击，相当于一次次自杀行为。"

"啊！！"集科一激灵。他立刻想到两年前第一座水电站在东坑村上游建成，李钢通过邮件发来的图片：无路可走的金翅鱼游进水电站出水口，被内壁的碎玻璃和刀片割伤……

"必须把鱼隔离开来，让它们不要再往管道里冲了。否则就都累死了。"

集科不敢怠慢，打电话给丁武，让他转告志愿者明天路过汤溪镇时买些养鸡场用的小孔尼龙网带着；又给家里打电话，让父亲连夜来帮忙。既然洄游通道有一股水泥气味，那么在鱼道底部铺上一层长满青苔的鹅卵石，不就有老河道的气味了嘛。

事不宜迟，父亲提着一盏蓄电池灯，挑着两副簸箕来到拦水坝。见到集科，先是一顿臭骂，骂完了，就带着集科从河里淘鹅卵石，用簸箕挑到鱼道倾倒。可是由于流水冲刷，鹅卵石都骨碌碌地往下滑。他们又抱起大个儿的石头，一个个铺排上去，这样原本光溜溜的鱼道里就布满了大大小小、长着青苔的石头。

集科已经很多年没有干过这样繁重的体力活，两个小时后，他丢下簸箕，累得坐在坝上没有力气站起来。父亲帮他完成了剩余工作。毕竟干这样的体力活，他有经验。

然后两人都在帐篷里睡着了。

凌晨四点半，集科先醒了，他想起金翅鱼，急切地跑到帐篷外，看到雾气笼罩的洄游通道里，河水从石头间的缝隙里流淌，那些鱼仍然没游上来。他走到坝下，发现鱼道里铺了石头后，水就显得浅了。他回到坝上，想把水放得更大一些。可是鱼道进水口的闸门上锁着一把锁。他在那里呆立了一会儿，然后去一处捡起一根钢筋。他走回来，用它咔嚓一声撬开了锁，然后摇动转柄将闸门开度摇至最大，鱼道里的石头顿时被水流淹没。他回到坝下，捉了一条金翅鱼放在鱼道的喇叭状入口，他刚一松手，那鱼就像炸弹要爆炸似的，往鱼道嗖地蹿了上去。集科惊呆了，盯着那条鱼，一双手做出随时将把它捉回来的动作。当他意识到它不会掉头，就赶紧往坝上跑。跑到坝顶，等着那鱼游上来。

集科瞪圆眼睛，终于看清那条金翅鱼游上来了。它的完全展开的鱼鳍配合着左右摆动的鱼尾，在长青苔的石头之间奋力前行，划出一串串白色的水花。当它到了鱼道拐角的小水池稍作休息后，突然发起惊心动魄的一跳，噼里啪啦连游带飞一口气蹿了上来。集科的心怦怦怦地跟着加速……只见那鱼在闸门处，借助强有力的尾鳍用力拍水，弹出水面翻了一个筋斗，迎风飞了起来……那一刻，集科不敢眨眼睛，唯恐一眨眼，这奇异的、发出金色光芒的画面，就会消失……那鱼在空中借助风力滑出去十来米，在下落到拦水坝上游的积水中时，身子接触到水面就再次摆动尾巴弹到空中，连续飞起三次……集科才把憋在胸中的那口气呼出来。

即便如此，集科仍然不敢相信鱼道修建成功了。

集科掉头往坝下跑，他想要引导更多鱼游上来。到了坝下，发现已经有鱼自己进了喇叭口，正扭着身子试探着。他心急得捡起一粒小石子扔过去，鱼道里顿时响起小孩拍巴掌似的噼啪声。他猜这是金翅鱼陆陆续续在往鱼道游了，就再次像野狗那样往坝上跑。每看到一条金翅鱼到达坝顶，似离弦之箭跃出水面，漂亮的鱼鳍向上游滑翔着，他都激动得在坝上蹦跳起来。他像野兽那样嗷嗷嗷地叫了几嗓子，把熟睡中的父亲吵醒了。

父亲年纪大了，熬夜挑石头导致腰酸背痛，看到鱼道里已经有鱼游上来并没有表现出多少惊喜，他拍拍衣服下摆，弓着背回家去了。

　　那个早晨，集科不知道怎样来形容内心升腾的希望，金翅鱼能游上鱼道，这就意味着被截成几段的金塘河被鱼道缝合在一起了。不出意外，金翅鱼又能通过自己的努力，洄游到龙井产卵了。集科掏出手机，首先要把这份喜悦分享给马莉。

　　"喂，喂！亲爱的，金翅鱼洄游成功了……"

　　"真的吗？功夫不负有心人！"

　　"嗯。我们终于如愿看到金翅鱼凭自己能力洄游了。哇，你听！石头之间有水花溅出来，越来越多条游上来了，噼里啪啦的。"集科跑动起来，手舞足蹈着说，"你听到了吗，莉莉？又一条鱼游上来啦！"

　　"看来专家的话可信呢。这次不用担心金翅鱼灭绝了。"

　　"山重水复疑无路，柳暗花明又一村！"

　　"那你说这鱼道，也能应用在我老家吗？"

　　"当然能，等所有鱼道试验成功了，我就把图纸交给你……"

　　"我的科科你真棒哩！"马莉说着，咯咯地笑。

　　"你笑什么？"

　　"科科，我佩服你呀！"

　　"这有什么好佩服的。"

　　"你可比金翅鱼厉害多了。"马莉又笑，笑得很诡异。

　　"莫名其妙。"

　　"还有一件事……要不要告诉你……更厉害的一件事。"

　　"什么事？快说吧！"

　　"我本来还想……等到最后日子给你一个惊喜……"

"你快说。我忙着呢。"

"要不再过几天跟你说吧……"

"你怎么啦？有什么好笑的？"

"我怀孕了……"

"啊！"

"是真的……"

"真的吗？——哇，我要做爸爸啦？天哪！"

"不过还早着呢，刚刚测出来。"

"几个月大啦？"

"傻瓜，就是你上次回来怀上的……"

"太好啦！太好啦太好啦！"集科不知道怎么样来表达接踵而至的喜悦，他真想跑到拦水坝上对天大笑三声。那一刻，他觉得全世界都向他投来嫉妒的目光……

"哼！本来我不想这么早说的，被你刚才的兴奋劲感染了。"

"今天的金翅鱼，原来是为我俩的幸福而飞跃、滑翔的吧。想想正月初一，我简直像金翅鱼洄游啊——哈哈，从金华游到北京完成了这项伟大的使命！"集科哈哈大笑。

"瞧你这骄傲……嘚瑟的……"

"我要给孩子取一个名字，就叫陈金翅！"集科想到这个名字，又想笑。

"妈，爸到家了吗？"他给家里打电话。

"还没有呢。"

"我要当爸爸啦！"

"说什么鬼话，你打了你爸爸?！"

"是我要当爸爸啦！"集科大声喊。

"你这孩子一大早说梦话，你要当他干吗呢？"

集科意犹未尽，又给丁武打电话。

丁武听说金翅鱼适应了鱼道自己能游上去了，高兴得哇哇大叫。

集科本想说"我要当爸爸啦"，让丁武也高兴高兴，话到嘴边咽了回去。生孩子就像雌鱼产卵生小鱼，中间充满各种变数，还是等孩子出生再说吧。毕竟，人家现在更关心金翅鱼。

不一会儿，丁武从水库旧码头跑来了，他每见到一条金翅鱼游上来，都要激动得在那里跳跃，举着拳头，跺着脚，就像足球教练看到自己的球队进了球。集科很想提醒他，不要因为过于高兴把鱼吓跑了，再想想自己，谁能压抑得住？就陪着他高兴。

等心情稍微平复一些，他又给夏炎打电话。之前因为永康之行，再加上李钢二审那天夏炎没有去，他一直耿耿于怀，觉得夏炎同样有着小地方人自以为进了上层社会导致的忸怩作态、市侩，这时他已原谅了他。

夏炎问："等我下午赶到时，鱼群还会从鱼道里往上游吗？"

集科说："当然。鱼道很窄，被石头占了大部分，鱼得排着队一条一条往上游。慢得很。"

夏炎说："我要拍下这伟大的金翅鱼洄游之旅，让更多读者看到。"

集科说："好啊，我等你来！"

集科说着，差点儿脱口而出"马莉怀孕啦"，最终没好意思说。毕竟人家早做了父亲，这种事除了自己和亲人，在外人眼里或许并不重要。他挂了电话，慢慢冷静下来。

5

太阳，就像刚被金匠打磨过，再次照在拦水坝上，绚烂夺目。志愿者们已经赶到，看到一条又一条金翅鱼在鱼道里拼尽全力摇摆鱼尾激起水花，他们一个个喜形于色，感叹这来之不易的成绩。集科今天心情好，又跟着他们高兴，嘴角上翘，大鼻子泛着红光。当他看着大家把尼龙网拦在生态孔附近——其实不用拦了，既然鱼已经认可鱼道，迟早都会游上去的，他逼迫自己暂时将喜悦收藏起来，安排大伙赶紧去上游守护和宣传。

大部队走了后，集科吃了一盒饼干、喝了一袋牛奶，人突然有些犯困。这时才发现自己在享受双重喜悦的同时，也忍受着肩膀红肿、脚上起泡之苦。他觉得现在应该休息去，也有资格好好休息一下了，就钻进帐篷躺下，迷迷糊糊的，嘴角牵动，笑了，睡着了。

莫名其妙地，他做了一个可怕的梦，梦见洪水滔滔冲垮了金塘河上所有拦水坝，也冲毁了沿岸的稻田和村庄，乡亲们有的在洪水里挣扎，有的拖家带口往山上逃。洪水中漂浮着散了架的房梁柱子、还未完全散架的木桥，落水者张牙舞爪去抓去爬，有的爬上去了，有的消失了。更加恐怖的是，洪水中出现了一种可怕的鱼，它们就像难以计数的蝙蝠飞出洞穴那般吱吱尖叫，见到落水者就紧咬住不放，它们以身体的扭动将肉撕裂下来，一口可咬下半个包子那么大的一块肉，短短数秒内可将一头牛或一个人撕成碎片……

他在梦中吼叫，惊厥，四肢颤抖——

醒来后，帐篷外面天亮得刺眼，群山披着金色阳光。

他有一个印象：梦中的鱼牙齿尖利，性情凶猛，按照撕肉时的动作特点，很像南美洲亚马孙河中的一种鱼，食人鲳；但是不可否认，从它们的体形、颜色、漂亮的鱼鳍展开后能从水里飞蹿上天等特点判断，又是金翅鱼……

他庆幸刚才的灾难是一个梦。

这会儿，他耐心地守护在坝上，欣赏着金翅鱼游上鱼道。太阳晒得他有点儿昏沉。附近山上那个老汉又来干活了，几乎在一天里的同一时间扯起嗓子唱起了歌："撑排佬儿真可怜，日日夜夜河上漂；大雨落来没瓦挡，狂风吹来又没门；粗布衣裤破了洞啰喂，两脚冻得紫冬冬；哎呀呀，风停了啰喂肚子饿！一碗生菜啰喂半碗虫！一碗臭鱼啰喂像死侬哎……"

这首《撑排佬儿》，唱的是撑排老汉老无所依的境遇。听着这旋律，集科感到压抑。老汉苍凉、粗犷的声音里，仿佛多了绝望般的控诉。此刻，梦魇还没有从集科头脑中完全散去，他回想起梦中洪水来临时，乡亲们落水后一个个号啕大哭着。他有些搞不懂，如果龙井里真有龙王的话，龙王真是惩恶扬善的化身的话，它要报复的应该是那些将金塘河破坏的人，为什么偏偏是他和乡亲们被鱼群撕咬？集科感觉自己病了，他回到帐篷睡回笼觉，但不敢彻底睡着，正迷迷糊糊，听见外面吵吵嚷嚷的。

"该死的，×他妈的，哪个打开水闸门的，啊?！谁他妈的放这么多水下去的？"

"发疯了啊！我说怎么发电动力小啦！"

"欺人太甚，无法无天啦！"

一阵野兽咆哮般的声音，在帐篷外面响起。他有意识，但浑身无力，还想睡去。

"你们想干吗？我们刚过来，不太清楚……"一个志愿者在阻止着什么人。

集科意识到,刚才吵醒他的几声叫嚷,应该是因为他私自打开了水闸而起,听得出是雷震富的副手带着几个人要去关闭鱼道入水口的闸门,志愿者在拦。

"快让开!把闸门放低!"

"不行,没水鱼游不上来的!"

集科赶紧起来,往帐篷外走,强烈的亮度差异让他眩晕。他用力搓揉眼睛,使得眼睛尽快适应光亮,看到的是五六个人,气势汹汹的。

"你奶奶的,什么鱼不鱼道的,早死光早省事!"

"不行——不能的。"志愿者只有两个,都是大学生模样,根本就拦不住推搡他们的人。

他悄悄走到那几个人身后,大喊一声:"住手!"可能喊得过于突然,把所有人吓了一跳。那几个人一看是他,就跟疯狗一样辱骂他是贼、偷水的小偷。他未做过多回应,想的是,如果让这几个家伙骂几句,能换来鱼道里足够多的水,他无所谓。

"你这个山乡的叛徒、奸细!吃里爬外……"

"你这是找死,专门跟我们作对!"

"你有什么了不起?仗着老婆是个记者,活得人模狗样!"

那几个人这么骂时,有一个已经打电话给雷震富,让他出面来谈。

与此同时,集科的父母也在往这里赶。他们来的目的,是要向集科确认他要当爸爸的事情。他们想弄明白集科要当爸爸的意思,是不是他们即将抱孙子啦?他们走路走得飞快,兴冲冲的。没想到没见到集科,老远就听到有人在辱骂他们的儿子。在他们看来,即将当爸爸的集科，要比当年收到录取通知书时更让他们骄傲，骄傲十倍。陈家的种子终于因为他有了延续，这对即将做爷爷奶奶的人来说比什么都重要。

一上坝，集科父亲就冲上去，要与那几个辱骂他儿子的人扭打。被人拉开后，集科母亲就骂开了，她要给儿子出一口恶气。雷震富的这几个亲信，都是外地来的。助理是个戴着眼镜的家伙，他不想跟一个老女人啰唆，指着集科问她："你家这个贼羔子，撬我们拦水坝上的闸门锁他还有理啦？"

集科母亲一时被问住了，因为她并不清楚具体发生了什么事情。

这时集科父亲说："那是早上我动手撬的，放点水下去怎么啦？这条河你们全买下啦？"

雷震富助理说："河被买下不敢说，但这坝是国家允许建的，也按规定留了生态孔，鱼道里也放足水了，你们还想怎么样？想要把所有水都哗哗哗地放掉？做你们的梦吧！"

集科父亲口气软下来，他刚回家又跑来这里本不是为了骂架。"我不管国家是怎么规定的，我只知道没有这么多水放下去，鱼就游不上来！"

的确，由于双方一直在吵架，鱼已经很久没有游上来了。雷震富助理也无心骂架，趁老头儿老太太火气小了，赶紧命令几个手下把闸门摇下去。集科和几个志愿者见状，冲上去阻止。

这时雷震富来了。他把车直接开上了拦水坝，也不知是有意还是无意，差一点把所有人撞下坝去。他从车上下来后，所有人都看着他。他指指流水哗哗的鱼道，对集科说："这么多水放下去浪费，你们算钱给我？几百万贷款你们给我还？"

集科说："金翅鱼洄游，电厂应该停工！现在放了这点水，不应该？"

雷震富说:"你这是抱着石头跳深渊——死不回头。"

集科说:"鱼喝水——天经地义!"

雷震富说:"如果你想跟李钢那样去坐牢,你直接说!"

他们争吵不休。一刻钟后,双方推推搡搡起来,就像当初李钢与他们打架一样,场面很快失控。只不过这次,集科的打架能力远远不如李钢,环保志愿者也没有跟人血拼的意思,毕竟他们都是从城里来的,反而是集科父亲这个老年人冲上去,摆出长拳套路要跟人对打——要是在平时他可能不会这么做,但是这天不一样,他儿子就要给陈家传下孙子或者孙女了,他必须保护他。对方阵营一看老人出手,就都闪到了一边。

集科父亲说:"有本事就一个一个来!"

雷震富说:"好,要单挑?我也是练过几年武术的,咱切磋切磋,玩两招。"

集科父亲并步站立,右手成拳,左手四指并拢伸直成掌,掌心掩贴右拳面,大声说道:"好!"

雷震富同样行过抱拳礼,接着左脚上步,右脚跟上并步站直,再摆开马步,两手手心向上外推。这时他的助理上前,说:"雷总,杀鸡莫用宰牛刀。让我给老头儿一点厉害瞧瞧。我从小在武术培训班长大,还拿过金华市武术比赛少年组冠军。"

集科父亲向雷震富助理行抱拳礼,说:"后生仔,你先来!"

雷震富助理两手相抵,发出啪的一声,接着就蹿上一步,频频出招,嘴里发出"嘿、嗨"的叫声,很有气势。集科父亲则比较沉稳,姿势舒展,可以说动迅静定、刚柔相济。雷震富助理的动作越打越激烈,几乎声嘶力竭。他使的是南拳套路,攻击力强,观赏性也强。集科父亲被逼之下,使出弹腿冲拳、弓步顶肘、叉步亮掌侧踹腿等套路接招。两人就像电影中的武打演员,拳来肘挡,蹦蹦跳跃，时闪时攻，打了三十个回合，最终雷震富助理一个闪失被集科父亲摔倒在地。但他不甘示弱，爬起反击，集科父亲假动作示出空当，在对手进攻落空时，猛击对手要害，雷震富助理再次被击倒，被围观人群一阵议论和嘲笑。

雷震富见助理这么不争气，很是恼怒，但是没有发作出来。他也不管放水的事了，迈着鸭步上了车，将车笔直地倒出拦水坝，开走了。被集科父亲打败的那家伙脸色煞白，可能觉得脸面丢尽，他突然捡起地上那根被集科撬过闸门锁的钢筋，嗷嗷地吼叫着，朝集科父亲劈了过来。集科父亲虽然年纪大了，但是身手灵活，第一棍劈空了，但是第二棍劈在了他的肩上，他哎哟一声跌倒在地。大伙一看形势不妙，欲冲上去阻挠，只见集科先行一步，一把抱住了那家伙的腰。两人在坝上转了几圈。

"放开我！你个山乡叛贼！你不放手我就打死你——"急红了眼的家伙挣脱不开集科，突然做出下蹲姿势挥舞钢筋朝身后猛击。由于集科个子高，那钢筋结结实实地打中了他的脑袋，击打了两下集科松开了手，那家伙又转身击打了集科三下……

当人们把那家伙制服时，血泪泪地从集科头顶的发丛经额头流下来。那家伙一看形势不妙，想逃跑，这时站在路边看热闹的群众愤怒了，他们将打人者堵住了。有人从帐篷里拿来绳子，将他捆了起来。

集科母亲一声声地叫唤着："儿呀，儿呀，醒醒呀——"

集科昏迷不醒。人们把他抬到路上，由环保志愿者的面包车将他送出大山。车开到中戴村，太阳已经发烫了，平原上的稻田里插了早稻秧，车子就像橡皮艇划开蔚蓝大海，一路卷起的尘土好比掀起的水浪。车里的人个个绷着脸，默不作声，而马达的声音、轮胎与路面的摩擦、车身四围的风噪、车体的震动，是那么刺耳。车子时而加速、时而弹跳，到达汤溪医院时，集科仍然昏迷。

"快！快！脑壳上破了个洞，脑干受损了呀！"汤溪镇上这所简陋医院，只给集科做了简单处理，就要把他抬上救护车，吸上氧气送往金华。集科父亲坐在救护车的副驾驶座上，他平时很少去金华市区，既担心集科又恐惧城市，他拿着集科的手机给女儿打电话，声音大得司机皱眉头。他让女儿女婿赶快去金华中心医院等他，"钱我没有带，你们得带钱来"。

集科到了金华，被医生抬下车，集科父亲看到的是一个毫无知觉的人，头裹着纱布，渗血的纱布里只露出嘴巴、鼻子和眼睛。这死人模样的人，一刻钟后被推进了手术室。随后，女儿女婿赶来了，他们向医院交了手头仅有的两万元。不久丁武、夏炎等人也来了。夏炎是在去山乡的路上接到丁武电话，被告知情况后半路折返的。此时手术进行两个小时了，里面情况一无所知，而集科父亲被女儿女婿背到另一层楼去抢救了，因为他刚才紧张得晕倒了。

丁武和夏炎站在安全通道，这里既方便说话，又能隔着玻璃门看到手术室。

丁武说："我真不该离开集科到上游去的，不然集科就不会受伤。打架他们不是我对手！"

夏炎说："保护金塘河靠打架总不是办法！"

丁武说："不来武的能怎么办？就像调查某些化工厂，现在搞环保的还得先学侦探术、武术，随时可能被人抓、被人打。为了钱，没有人跟你讲道理。"

"是啊，大家都顾不上最基本的道德准则了。工业文明社会，人类以牺牲环境换取物质财富，也不知道将来怎么办！"

"这可能需要一个过程吧。上世纪中叶，国外发生过八起震惊世界的公害事件，比如比利时马斯河谷烟雾事件，英国伦敦烟雾事件，日本水俣病事件、米糠油事件等，现在人家发达之后环境就都治理得好了。不说那么远了，就说金华吧，经过一个快速发展阶段，以后肯定也会实现生态文明转型。"

"老弟谈得太好啦！这次投资方打人不愿放水一事，我回去后一定要把事实真相报道出来，在法制社会，在提倡生态文明的年代，我就不信正不压邪……"话虽如此，夏炎知道，其实很多事并不是他一个普通记者能解决的，但是这一次，他下定了决心。

"好兄弟，你能讲这句话真好！"丁武伸出双手握住夏炎的手，"在金华，我常常感到孤单你知道吗？太多人说我不务正业。真的，你让我不再孤单！"

丁武说得很认真，不像故意恭维或者开玩笑，夏炎的心里也淌过了一股暖意。他把另一只手伸过来，握上去，他听到四只手的指关节发出轻微的咔咔声。

"好了，这里的事就交给你守着了，"丁武郑重地说，"我还得带着几个人赶到山乡去看看，担心有人破坏。集科出来后，你要随时告知我情况。"

"好的，你放心去吧！注意安全！"

丁武走了，夏炎呆呆地站了一会儿，他已经很久没有跟一个人革命同志般地握手了。

6

医院走廊很安静。手术进行三个小时了，集科没有出来。

手术进行了五个小时，仍然没有推集科出来。

到第七个小时，手术室的门终于开了，集科被护士推进了重症监护室。夏炎得知手术还算顺利，并且看到集科还活着，悬着的一颗心才得以放下。

可是第二天，夏炎下班后带着伟楚再去医院，看到集兰坐在走廊上抹泪。夏炎问她怎么啦？她支支吾吾不肯说。夏炎以为集科没命了，再问才知道医院要她交第二笔钱，她男人借了一天也没借到多少。伟楚问集兰，集科兼职的那个公司你去问过了吗？集兰说她去过了，一位姓冯的经理接待了她，那人问清楚集科这么长时间都没有醒过来，请示老总从财务那里取出了一万，说集科之前预支的工资还没还上呢，所以这次只能给这么多。"这不，还专门让司机把我送回了医院。可是医院收费太贵啦！开颅手术费用我打听过，一般不超过三万元。可是我昨天交了两万，刚才又交了两万，还有我男人交过一万，都五万了还说不够。"

"为什么呢？"伟楚问。

"他们说开颅手术加脑血肿清除手术，就需要五万。手术过程中采取了颅骨缺损整复，要额外加钱。"

"姐，你先不要着急，医院方面的事由我来协调。钱不够病也得先治着。"夏炎说。

"麻烦夏记者您了。"集兰用手背抹了抹泪。

"问题是，集科还没有苏醒呢，每天的治疗和护理费用都很高，万一需要再次手术，凭你们家属很难解决。那个经理还在吗？我跟他谈谈。"伟楚问。

"刚才重症监护室不准许探望，他就走了。走之前给了我三千，说是他老总让他带两千、他一千，都是作为个人给集科治疗用的。"

夏炎和伟楚去过医院办公室后，回来跟集兰说医院这边暂时不会再催医疗费，护理费也会有相应减免。同时，夏炎决定为集科发起捐款活动。至于这活动能产生多大反响，夏炎心里也没底。他回去后连夜赶稿，等歇下来，掀开窗帘发现窗外已经朝霞满天。他早早去了单位，在领导门前等着汇报。九点半，领导看完他写的稿子，把涉及小水电站投资方打人的陈述删除了，说违法违规的事由法律去解决好了。夏炎心里不愿意，但仍然很感激领导保留了集科是一位环保志愿者的身份。

消息见报后，令夏炎感动的是热线电话响个不停，其中竟有读者还记得集科是《金翅鱼之歌》的作者；也有人在电话里说，早听说山乡造小水电站破坏了河道，问集科是不是因为保护金塘河被打的；还有人有感于集科的善举，特意从汤溪赶来报社，说我们都知道这事怎么发生的了，为了救这位有良心的工程师，不少人自发为他募捐。夏炎做记者多年，遇到悲惨的或者不平的事不可谓不多，就像医生遇到病人太多会对病人的病痛麻木一样，许多时候他怀疑自己已经铁石心肠，但是这一次，当他拿着五天内报社收到的共计141890元的捐款和数箱滋补品，由报社领导带队交给集科父母的时候，他心酸、难过又自豪。

伴随捐款，还有一件事令夏炎不敢忘却。在他写就的倡议捐款的文章里，虽然提及集科受伤原因的段落被领导删了，但是事实本身并没有因此模糊。自从得知集科被投资方打伤、生死不明，大山里的群众坐不住了。虽然平时他们对集科是有看法的，所谓褒贬不一，但是这次集科的被打，让他们联合在了一起。当时，他们将雷震富助理捆起来押到学岭村村委会后，就给派出所打电话，要求警察将打人者抓走。在警车到来之前，雷震富手下的其他人包括电厂工人都来了，他们要求赶紧放人。没想到呼啦啦一下子冒出来许多人，老的老幼的幼，几乎是半个学岭村人。他们把投资方的人团团围住了。

"我们不管他保护金翅鱼有什么用，到底图什么。我只想说，这是一个好人！他不是为了自己，更不是要跟谁作对。"学岭村一位须发皆白的老人，语重心长地说，"他就是为了山乡，为了这条河啊！多少次，我看着这么一条好好的河成了这样，心里难受得很。可我没文化，不敢站出来，只有他——这个读过大学的吴村佬——敢给我们解决问题，他没做错事。没有他，就连龙井都干了啊！你们就不怕天谴降临吗？"

　　后来，派出所的警车进山了，带走了雷震富助理及雷震富本人等共五个人，最后雷震富助理被羁押，等待判刑。这件事之后，山里人自发组织了一支护鱼队，与丁武等人一起协助金翅鱼洄游，保证每条鱼道有水，帮着挑石头铺设鱼道。

　　由于各鱼道设计合理，石头的布置既能减轻奔腾而下的水流对鱼的冲击，石头上依附的藻类植物又能营造出旧河床的氛围，加上投资方打人事件激起民愤后，那些依附于雷震富的地痞流氓消失了，拦水坝上的鱼道入水闸门暂时可以不限量打开。金翅鱼成群结队，身体仿若燃烧一般，臀鳍、腹鳍、胸鳍和尾鳍均呈现艳红的颜色，它们竭尽全力、井然有序地向上游游动。

　　"它们这一路可真不容易，比人强多啦！"

　　"为什么不在水库里直接生小鱼，一定要回龙井去生？"

　　"不知道啊。"

　　"幸好龙井还存在着呢。要不然这些鱼将多么伤心！"

　　蹲在河埠头洗衣服的妇女，看着金翅鱼从河中嗖嗖嗖地游过，看到金翅鱼露出水面的鱼鳍在阳光照射下像深秋密集的麦芒儿那般扎眼，她们握着棒槌呆呆地看着。她们被眼前的景象迷住了。她们议论着金翅鱼洄游之谜，议论着集科被雷震富助理打伤的事，议论着传说中那条惩恶扬善的龙王，它死了吗？如果龙井真有龙王的话，怎能允许某些人将金塘河如此残害？她们因此断定，那一定是古人编造的一个谎罢了。可是看着美丽而神秘的金翅鱼，携带着它们的存在之谜，迎着险滩急流，摇摆鱼尾激起一片白花花的细浪，使得九死一生的金塘河就像孔雀开屏那般发出耀眼的、绚丽的光芒，她们不由得赞叹……

7

几乎与金翅鱼洄游的时间重合，命悬一线的集科在医院又做了一次神经补片手术，生命体征在这次手术后逐渐正常，但是能否恢复意识，还是未知数。

马莉是在集科第二次手术前，从北京赶到金华的。关于集科生命垂危一事，家人本来想瞒着她的，因为她怀着身孕，大家担心影响到她和胎儿。后来担心集科很可能苏醒不过来了，才决定给她打电话。没想到马莉已经从金华媒体的网站上看到了为"环保志愿者陈集科"捐款的消息，先把电话打过来了。确证事实如此，马莉在三个小时后就带着换洗衣物、银行卡、记者证赶往火车站。

马莉到达金华时，集科还躺在重症监护室，家属是不允许进入的。她跟医生交涉很久，才被允许穿上一次性防护服，由专人陪着进去。集科生命的濒死状态就像金翅鱼在干河道上挣扎。马莉蹲在集科病床前，双手死死抓住他插着输液管的、发凉的手。她嘴角抖动、泪眼模糊，轻声唤着集科的昵称。这时带她进来的医生催她走了："好了，ICU不允许有嘈杂，都两分钟了。"马莉站起来，跟着那人往外走，不断地回头看……

马莉之所以会上网浏览金华媒体的新闻，是因为想看看金翅鱼是否洄游成功了，适不适合她所在的报纸转载消息，她想为山乡水电开发配套修建洄游通道的事做一些内容积极的宣传。然而她上网查看金华新闻，没有看到相关内容，倒是看到一个人头部绑着纱布，第一眼就感觉很眼熟，再看，就从露出的下巴和嘴唇判断出这是陈集科，顿时傻了。

好在集科病情持续好转，不久就从重症监护室转到重症病房，允许亲人守在他身边了。集科身上插着胃管、尿管、深静脉置管，一动也不能动，这时陪护工作主要由集兰和马莉承担。两人轮流给集科按摩四肢、拍打躯干、翻身、吸痰，每天做着唤醒集科的努力。虽然医生给集科做针灸及中频电疗时，告诉她们，集科的颅脑受到严重创伤，手术后的恢复程度还很不确定，很可能成为植物人，但她们坚信集科会苏醒。

"科科，你行的！我相信，过不了多久，你就能回到山乡保护金塘河了。"每天马莉忙完护理工作，都要像对待正常人那样跟集科说话，"这不是你第一时间告诉我的吗？我盼着你醒来，带我去看金翅鱼怎么通过鱼道的，好吗？丁武还等着你去帮助他们呢！"她相信集科对金翅鱼非常关心，所以爱跟他讲金翅鱼洄游的事，讲当年金翅鱼怎么在石缝里用身子堵住水，等形成一个个水洼，协助后来者利用薄薄的一层水继续洄游……这是集科在跟她谈恋爱时，跟她讲过的一个故事。她经常以这个故事激励自己和身边的人。

还记得，在汶川地震灾区，有一个遇难者被三块预制板压住。那人快要死了，并且做好了死的准备，他拒绝喝水。大家都劝他，说救援队马上就会到来。事实上救援队还离得很远。压住他的虽然是三块预制板，但是在上面堆着的各种建筑材料人力无法搬开。马莉看他睁不开眼了，就留下来陪他。她想起金翅鱼的故事，就给他讲金翅鱼怎么从钱塘江入海口洄游到金塘河，怎么阻隔在了山乡被迫适应水库环境，几十年来保持着顽强的洄游习性，只为回到龙井产卵，生下健康的后代。没想到这个故事，激励了那人活下去的决心，最终等来了机械设备……

现在，马莉把那个顽强活下来的灾民的故事，讲给昏迷中的集科听。讲到那个人前阵子给她打来电话，告诉她由于被埋时间过长，他得救后做了截肢手术。"这次地震虽然让我失去了很多，但是也让我学到了爱，学到了坚强。现在见到每一个幸存者，都特别亲。"另外，他还告诉马莉一个好消息，"就在我走出映秀的路上，遇到了一个同样飘零无依的女人，她不嫌弃我是个残疾人，我们后来结婚了，分到了安置房。现在我们两人都在雅安打工。马记者，等到春节放假，欢迎你来我们家做客啊！"

在这个特殊时期，马莉讲起这个幸存者的故事，眼泪扑簌簌地流下来。"集科，你一定要醒来，要回来！我求老天爷保佑，你不能就这么撇下我。我们的孩子，不用几个月……还要喊你爸爸呢！"

集科是在马莉第一次感受到胎动的那天苏醒的。

那天，马莉和集兰给集科换了衣服、床单，姐姐去公共盥洗间洗衣服的时候，马莉又坐到集科的病床前为他按摩四肢，轻轻呼唤他的名字。当她将集科的手放在肚子上时，也不知集科的手让胎儿感知到了，还是其他原因，她清晰地感觉到肚子里有什么东西动了一下，还以为是胀气了或是肠蠕动，是饿了。正要起身去吃东西，丁武从山里给她打来电话，告诉她，在环保志愿者团队和乡亲们自发组织的护鱼队的共同参与下，今年的金翅鱼比较顺利地完成了洄游。

"虽然金塘河已经没法恢复到以前的样子，但庆幸的是还算连着骨头和筋脉吧，以后只要保证鱼道里有水，各类野生鱼都可以通过它游上游下，这个结果不论对于环保者而言，还是对于投资者而言，都是一次胜利。因为鱼道能弥补水电站建设的某些弊端，不至于将河流完全截断。哎！这得感谢集科付出的努力，也要感谢当初你的报道，你给予集科幕后的支持……"

"丁武啊，你怎么表扬起我们来啦？说实在的，这几年没有你和李钢还有环保志愿者们的付出、实际的行动，金翅鱼就等不到今天……"

"是啊，很高兴我们一起做成了这么一件大事。我说句实话：没有你和集科，鱼道根本不可能真正建起来。我相信集科会很快醒来的。你婆婆说龙井里有龙懂得报恩，这几天，我们都跟着你婆婆到龙井跪下为集科祈祷呢。"

"嗯，但愿如此。我相信集科一定会有心灵感应的……"

马莉挂了电话，她因婆婆带着丁武和志愿者们跪在龙井为集科祈祷而感动。虽然说，这样的祈祷是没有什么科学依据的，但是人在绝望的时候不就得靠希望活着吗？她又坐到集科的病床前，跟集科说起话来："科科，告诉你一个好消息。今天，就在刚才，丁武打来电话，告诉我金翅鱼完成洄游了，"马莉将嘴唇凑在集科耳边，"他说以后都不用靠水桶提金翅鱼上坝了。听到这个消息你高兴吗？……哈，高兴啊。高兴就好！"

马莉已经习惯这样自问自答。

"你就快点醒过来吧！丁武说，如果没有你设计和监督鱼道建成，今年金翅鱼就回不到龙井。我今天晚上就要把这事写成新闻报道，这里面有你的一份功劳。"马莉忍不住亲了一下集科的手背，"你知道吗？在我心中，你永远是一个男子汉。你就是你说过的，那一条跃上棺材坑的金翅鱼，你游在了鱼群最前面，一次次地冲刺……"在马莉的眼前，仿佛真的出现了那样一幅画面……她痴痴地看了一会儿，然后说："以后不管你能不能醒来，我都一样爱你，我会守着你一辈子，把孩子养大。我会告诉孩子，你是一个多么伟大的父亲！"

说到孩子，马莉很自然地将集科的手轻轻拿起，放在隆起的肚子上。这一次，当他的手碰到肚子时，她感觉肚子里有不小的动静。她低头看肚子，竟然鼓起一个包，拿手按了一下，肚子又平复了。她的心跳加快，跟集科说："刚才宝宝有了动静，你也感觉到了吗？"看到集科毫无反应，她又忧伤起来，"你知道吗，科科？自从你说给孩子取名叫陈金翅，我就一直觉得怀上的是个男孩……"马莉说着说着，呜呜呜地哭了起来。

集兰就是在这时候走进病房的。她第一眼看到的是摆在床头柜上的心率和呼吸率监测器上花花绿绿的曲线起了变化。再看集科的眼睛，发现他的眼睛睁开了，就像一头死牛的眼睛，睁得大大的，这是从来没有过的事！过分的欣喜与紧张，使她激动得将拿在手上的一个不锈钢饭盒哐当一声掉在了地上。那声响很大，让马莉感觉肚子里的宝宝狠狠地踢了她一脚。

"阿科，你能听到我叫你吗？"

"科科，你就再睁开一下眼睛吧！"

"阿科！阿科！你再睁开一下眼睛吧！"

"科科，我是你的莉莉呀——"

喜极而泣的两个女人，一声声地呼唤着集科再次醒来。然而，集科的眼睛尽管睁开了，那眼神却极其空洞，似乎对周围环境无认知——他并不是有意识地想看什么，更不认识人。马莉和集兰看到那眼睛直愣愣地瞪着，就像深不见底的两个黑洞，看着让人害怕。那眼睛仿佛成了连通两个世界的、阴风呼啸的洞口，仿佛只要集科从里面伸出一只手，她们就能一把将他拽上来。让人惊喜的是——这奇迹的一刻，在她们的努力下发生了。

当马莉的手再次从集科眼睛上方移过，她随即看到集科的眼珠子转动了一下，再移过，又转了一下。马莉高兴得把手指放到他的唇边，他的嘴动了一下。"科科！"马莉控制不住内心复杂的感情，扑在集科的身上，拍打盖在他身上的被子，"科科！科科！我知道你一定能醒过来的……你能听见我叫你吗？倒是告诉我们一声啊！"

突然，站在一旁的集兰叫道："醒啦，醒来啦！"随着这一声叫唤，马莉看到集科的一只手突然攥起了拳头，另一只手抓住了被子。再接着，他的嘴里发出一连串沼气池内气泡上涌般的声音，那声音带着一股臭气。

马莉将集科抱得更紧，呜呜地哭："我们都好担心啊，科科。你终于醒啦！"

集科的眼球跟随人物移动，头也动了两下，他又"啊啊"了几声。

马莉用衣袖擦着脸上的泪，喃喃自语："你有意识了……有意识了……"

马莉把脸凑近一些，大声问："你还认识我吗？科科！"

集科的眼珠子转了一下："嗯，啊……"随之两个眼窝里有泪滚落出来。

集科在医院继续躺了半个月，之后在医院旁边租了一间房。他的恢复情况不稳定，头晕头痛、肢体麻木无力，在语言方面恢复得稍微好一点，但是有时会突然张着嘴，不知道接下来要说什么。集科感觉自己成了一个废人。他想下床走路，两条腿特别沉，移动一步都困难。想想自己这个年龄本来是奋斗、发光、尽孝的年龄，可今后很可能偏瘫、失语甚至得上癫痫，他不知道将怎么活下去。出事前，他是工程师，不管在哪儿总能谋到一口饭吃。现在他丧失了工作能力，孟总立刻另请高明了，更别提兑现给他的那套房子了。所以，每次身体出现问题，集科的精神比身体更痛苦。

一个月后，集科总算能够自己站起来坐到轮椅上去了。马莉推着他去医院理疗，沿途看到熙熙攘攘的人群，他特别羡慕：他们能走路、能说话，脑袋完好无损，多好呀。他现在头上虽然不用绑着纱布，但是一见风总觉得后脑勺凉飕飕的。头皮上缝得密密麻麻的针线拆除后，他老感觉脑壳随时会开裂——可他从不敢伸手去摸一下，尽管那块头骨四周又麻又痛又痒的。

"你的病情已经稳定，伤口愈合时都会痒，你算恢复得很好了。不可能四分五裂，头骨上拧着螺丝钉呢！"一次，在医院走廊遇到一个病友，对方一边扶着墙上的扶手练习走路，一边对轮椅上的集科说，"你呀，一定要劝自己不要消极，配合治疗，积极训练。千万记住了，平时不要用力咳嗽和排便，另外避免情绪激动。"

嗯，他只能自己尽量想开点，现在就剩下慢慢康复，急也急不来。不管怎么样，住在金华开支大，即便有后遗症也要离开了，为家里省点钱。所以他劝马莉先回北京去。

送走马莉后，集兰打了一辆出租车回吴村。集科知道，姐姐平时不要说雇出租车走这么远的路，就是活跃在郊区的电三轮都舍不得坐一程。为了照顾他，他还得知姐姐把工作辞了。欠亲人们的，他想，只有自己早日康复是最好的报答。他每天努力地训练站立、走路，然而恢复谈何容易，他说话仍然忘词，走路仍然没办法把脚掌完全踩在地上。见集科又落得今天这步田地，知道事情来龙去脉的乡亲们同情他，有的会来看望他、安慰他父母；也有不了解情况的，比如不谙世事的留守儿童，见一个大人路都不会走、说话都说不利落，就跟在身后起哄。

不久，他头上的伤口慢慢愈合了，缝过针的头皮不再那么痒。他试着触摸头上的伤疤，试着接受被器械打开过的脑袋，试着去设想自己真成了瘫子的话如何自立自强。他摸到脑袋上面有好几条隆起的伤疤，已经像涂在窗户上的玻璃胶凝固了。洗头的时候他轻轻地挠头皮，奇怪的是，有伤疤的头皮感觉不到指甲划过，头顶局部不长头发，更有甚者，他还摸到一小块头皮下面藏着几枚螺丝钉——他想起来，那里有一小块人造头骨，摸到那块材料的时候他感觉很恐怖，有一种大脑被植入芯片的联想，以至于他特别害怕打雷天气，每听到一声雷声，就要双手抱头，拿被子捂头。

　　尽管人世间，有许多身残志坚的残疾人是值得他学习的榜样，他们热爱生命、战胜困难的故事让他感动。但是想到自己如果以后一直是这个样子，那么他将不得不主动跟马莉离婚，他觉得自己配不上马莉，不想让马莉因他受牵累。如果是那样，马莉肚子里的孩子怎么办？

　　转眼到了仲夏，天气炎热，家里有苍蝇飞来飞去，集科躺在竹子做的躺椅里盯着老墙发呆。他想起两人分别那天，他努力地朝马莉笑，叮嘱她路上要保护好腹中的胎儿，等到预产期，他一定去北京照顾她。马莉也朝他笑，看得出来，她是眼含泪花在笑。她说很希望孩子快要出生时，一家人能快快乐乐地在北京相聚。

　　一天，集科打电话给马莉，问她那边的情况怎么样了。马莉说宝宝胎动正常，一切都好，她的父母已经从湖北到了北京照顾她。她反问他恢复得怎么样，他说比刚回来时好多了，走着走着，那只放不平的脚掌能放平了，这样走路时人就不会一颠一颠地倾斜，但是走路多了很吃力。马莉说你不要心急，反正我这边有爸妈在了，你在家安心养病，等胎动频繁起来，我会按时请产假。集科答应好的好的，其实心里很着急，他不希望孩子生下来时他还没有康复。

第六章

1

马莉生产了，是顺产。孩子六斤八两，母子平安。

那是十一月一日清晨，北京降下了二〇〇九年入冬以来的第一场雪。集科和岳父、岳母在产房外的走廊守了一夜，天亮前都不知道外面下雪了。集科在北京生活了几年，这是他遇到的下雪最早的年份。雪仍然飘着，透过窗户可以看到大街小巷已是银装素裹，街上出行的市民纷纷打起雨伞，穿上羽绒服。

马莉是十月三十一日早上八点肚子疼，急急慌慌送到了妇幼保健院的。来了以后没有空床位，只能坐在病房外的椅子上等。马莉肚子疼得厉害，看样子马上就要生了。两位老人像无头苍蝇似的到处找医生，说他们的女儿就要生了，快安排接生吧！医生护士都很忙，也可能见惯了产妇分娩前的阵痛，只说其他产妇有更早来的。集科紧紧握着马莉的手，他听到这个地方到处回荡着痛苦的呻吟，偶尔有婴儿的啼哭声从病房里传出来，非常响亮。一方面他觉得害怕、紧张，另一方面又有些期待。

过了两个小时，马莉的肚子不那么疼了。这时有人办出院，她终于能有一张自己的床了。下午五点左右，她的肚子又疼起来，宫缩一阵接着一阵。护士把她带到一个独立单间检查。集科在外面等。等医生出来，说已经开到五指了，马上要进产房。一问才知道进产房，除了产妇的睡衣，新生儿的衣服、包被，还需要产褥垫、刀纸、巧克力、红糖水及尿布等。集科在产房和病房来回跑，跑得满头大汗。等傍晚七点把马莉送进产房，集科感到四肢无力，头痛难忍。

产房里有好几个产妇要生产。产房外大家以家庭为单位，这里蹲几个那里站几个。有心急的，贴着产房大门听动静。产房里时不时传来产妇的哭叫，听着很恐怖。有男人硬说是他家女人要死了，他得进去，被医生撵出来，赶都赶不走。

集科等着马莉早点出来，他瘫坐在地上，打定主意，如果顺产有危险就剖宫产。他听旁人说生孩子最怕生不下来，头卡在中间两条命都难保。有一个产妇被推出来，就因为丈夫坚持要顺产，没命了。但是剖宫产费用太高啊，整个下来要一万五千元左右。集科很庆幸他及时赶回北京来了，他不会心疼这笔钱。他甚至愿意代替马莉去受这个罪。

凌晨两点左右，产房外有点冷，只有男人的踱步声，或重或轻。集科旁边坐着一个消瘦的男人，穿着工作服，上面有污渍，显然是从工厂直接赶过来的。集科跟他聊了几句，得知他平时工作很忙，三班倒，还做着兼职。"我和妻子已经有一个八岁的女儿了，本来没打算再生，这个孩子是个意外。我劝过妻子放弃，不是因为不想养，而是妻子已经三十八岁，是高危产妇了。可是我们商量之后还是坚持要生下来，孩子选择我们，那就是缘分。"

集科没想到这个看起来文化程度不高的男人竟然有这样高的觉悟，他不由得想到金翅鱼，以及其他洄游鱼类，它们为了繁衍后代，九死一生，不惜付出一切代价。在一个题为《自然大事件》的纪录片中，有一集是介绍鲑鱼洄游现象的："每年八九月间，成熟后的鲑鱼会在生命密码的召唤下，在太平洋集结，从千里万里之外游向故乡小溪，最终大约只有千分之一的鲑鱼能游回它们的出生地。此时的鲑鱼如燃烧了一般通体鲜红，它们成双结对，挖坑受精产卵。最终，无论是雌鱼还是雄鱼，都会精疲力竭双双死去。"

　　鲑鱼的故事曾经让集科震撼。事实上，对人类而言，使其物种得以延续的生育同样是"向死而生"的艰险征程，尤其对于女性。这样想过，集科在这个迎接新生命到来、显得森严的地方，想到了远方的龙井的深潭，在那里，每年都有金翅鱼抵达，每个季节都有自然孵化的不同鱼类的小鱼破卵而出。集科甚至觉得，不管是人类还是大自然，生育无疑是最伟大的生命现象，他和马莉所经受的磨难，就是为了婴儿呱呱坠地的这一刻。

　　终于熬到早上五点半，在产房外的家属昏昏欲睡时，产房的门突然开了，一个声音清脆的护士叫着"谁是马莉的家属"，所有男人顿时醒了，都跑了过去，几乎条件反射一般。集科的岳父岳母坐在墙根儿，合披着一件大衣，他们扶着墙吃力地站起来，喊着"是我、是我"。集科比他们早一步往前跑，激动得喊不出话。他想，我真的要做爸爸了吗？是男孩还是女孩呢？他想立刻见到马莉和孩子，可是到了门口还不让他进去。原来医生只是派护士出来汇报一下，确认一下家属在不在，因为马莉生下孩子后，还要在产房待满两个小时，确保不会有并发症方能被推出来。

　　简直没有比这两个小时更漫长的了。三个人都担心着并发症。但是，想到过一会儿护士推马莉出来，她的身边将多一个人，他们都显得兴奋。集科的身体微微发抖，他幸福，又煎熬，祈求上苍保佑。就在这时候，他发现窗外下着雪，白茫茫一片，一尘不染。

按照之前就取好的名字，孩子叫陈金翅。这件事上，集科没有听岳父的。来北京前，岳父其实想好了名字，他觉得他取的名字更有内涵、更吉祥，带有两个家族的信息。但女婿这么固执，女儿又帮着女婿说话，他只好作罢。好在孩子的小名是他取的，叫小白马，白是孩子出生在雪天，马是他们那边家族的姓氏。于是在岳父岳母回老家之前，小白马就成了陈金翅的称谓。只可惜陈金翅刚出生，他对自己姓甚名谁并不关心。而且一家人都发现了，小白马并不白，甚至皮肤天生就有些黑。刚开始以为这是新生儿之故，会在满月以后逐渐变白，但随着时间推移，他们发现小白马的皮肤显然遗传了爸爸的基因，再叫小白马时，大家就会觉得这孩子很喜庆，让人想笑。

马莉父母就马莉一个孩子，对她的下一代自然疼得不行。他们是典型的中国式隔代亲，平时在老家女儿不在身边本就挺寂寞的，再想到过段日子还要回到老家，就把对女儿的爱也叠加在外孙身上了。那些日子，北京十里堡的小居室里，总是充满欢声笑语。只要小白马一醒来，太阳就出现在家中，屋里就热闹起来，两位老人就忙乎起来。

看着孩子一天天变化，岳父岳母没有回湖北的意思，集科渐渐矛盾起来。一方面，马莉每天都要去上班，无暇照看孩子，而自己的身体尚未完全康复，家里的确需要两位老人帮忙。另一方面，自己在家里闲得无事可做，很是过意不去，现在重新去房地产公司找建筑设计工作的话，他又担心体力脑力都跟不上。再加上租的房面积不大，每天岳母、马莉和孩子睡卧房，他和岳父打地铺睡客厅，既不方便，也常让他疲倦，腰酸背痛。

马莉与集科的心理不同。她习惯与父母同住，只是担心外公外婆如此溺爱外孙，会不会对孩子的成长有反作用，等他长大后才想起来纠正可就晚了。但她同样无法跟父母说明这一切。

随着天气转暖，集科决定出去找一份相对省力的工作，免得在家里干耗着。这个年龄，去找设计师以外的工作确实是一件比较难堪的事情，有时还不如刚毕业的年轻人好找。特别是离开自己熟悉的领域，应聘的不是管理层，而是普通的执行层。除了面试的压力，还要考虑到入职以后要跟一群小年轻相处。想来想去，他想回到自己最后离职的那家公司，去和牛经理谈谈，或者直接去赵总那里坐坐，但终究没有去。他们那里需要的永远是愿意加班加点、愿意用脑过度的人。是的，永远这样。他干脆每天第一件事情，就是打开各大招聘网站把职位刷一遍，胡乱地投投简历。通知面试的电话偶有打来，往往以询问"你之前的工作业绩非常优秀，但是中间你为何离开职场"开始，到对方直接取消他的面试资格为止。

最后他干脆不投简历了，去了一家保安公司做了保安。他每天穿戴整齐、提着电脑包出门，下班前把保安服换下来，假装在高级写字楼当白领。他这样做完全是为了消除岳父岳母对他的前途的担心，同时每天还可以趁值班时间四处走走、锻炼身体。事实证明，他的选择是对的，那一个月他感到生活充实。他尤其喜欢戴保安帽，它可以为他的脑袋遮风挡雨，给他一种安全感。可是有一天，他和一个保安同事在辖区巡逻，手机响了，显示是金华的区号，这个电话把他刚刚充实起来的生活打乱了。

他接了电话，听出来是赖伟楚的声音。伟楚问他在北京好不好，康复得怎么样了。集科一一作答，唯独没有说他现在沦落到当保安的地步了。伟楚追问，金翅鱼洄游季你也不回来吗？集科愣了一下，他觉得回答这个问题有点难。因为有了孩子，加上被人打破脑袋，他的心态改变了不少。虽然法网恢恢疏而不漏，打他的人已经被判处有期徒刑三年，雷震富负有民事连带责任，集科获得的全部医疗费等赔偿，使他已经还清所有为治病欠下的债。但是他觉得，他是仍然连累着这个家的。因此从理智上说，他不愿再冒生命危险去跟破坏金塘河的恶势力对抗。

"你不回来可惜了，我跟你说一件事呀，我可能要到山乡上班了。"伟楚郑重地说。

"不会吧！你犯生活错误啦?！"集科仿佛受到了惊吓。

"哪有的事，按照上级组织部门要求，我们单位要派我下基层锻炼两年，做扶贫工作。也是凑巧，领导联系的就是你们山乡！"

"那真是太巧了，我还一直担心今年的金翅鱼怎么办，我不在，丁武他们会不会去。"

"你回来吧，我们一块儿来保护。我去争取，让乡政府给你报销差旅费，开工资。"

"我哪回得去呀，这边有老婆孩子在，还有两位老人。"

"那好吧老兄，我明天就下去了。我珍惜这次锻炼机会，准备为你们山乡做点事。"

"那真是：烧香遇到活菩萨——求之不得。"

"两年时间说长也长说短也短，你得帮我出出主意呀，怎么让你的家乡富裕起来。"

"那是理所当然的。不瞒你说，我真心希望乡亲们都能过上富裕的生活，这愿望从我上大学那天就有了。你知道，我上大学那会儿，从山里考学出来的人还很少。"

那天回到家，集科看着牙牙学语的孩子，他觉得他已离不开这个家。一个男人爱自己的家，或许是人之天性吧。至少现在的状况是，家庭成员之间已经形成了一种相互牵扯、依赖的共生关系，尤其他作为孩子的父亲，有保护孩子成长的责任和义务。但是想到伟楚的邀约，他的情绪有些低落。

他没有跟马莉提伟楚打电话想让他回去的事，也没提过这些天金翅鱼又要洄游的事，日子在陈金翅咯咯的笑声、委屈的哭闹、将屎拉在裤子里，他今天会爬了、明天会拿勺子吃粥了、后天将一个玩具拆开又装回去的关注中度过。做保安，他尽其所能为所在辖区的物业公司提出很多改进公共设施的建议，比如给配电房设计一个没有檐水的屋顶，将垃圾处理房从一个大通间变成细分的单间，再给这些建筑粉刷成绿色与周边环境融为一体。物业公司得知他是工程师出身，甚至想挖他过去当经理。他的确想告别过去的生活，他累了，现在只想守在妻儿身边，干一份省脑力的工作。于是，要不要回去的事似乎变得不那么迫切，就一天天拖了下来。

这天伟楚又打来电话，跟集科说他已经在山乡一段日子了。集科显得很局促，连一句完整的话都说不出来。伟楚说幸好你没有回来，回来的话路费报不了，工资就更开不出来。集科听他这么一说，松了一口气。"财政审计非常严，完全不像我来之前想的那样，我们会习惯性地想象乡干部可以随便挥霍公款、吃吃喝喝什么的。那都是过去的老皇历了。"伟楚说。

集科问："高峰乡长还在山乡吗？"——之所以想起他，是因为高峰他们那辈人年轻时，当乡干部、供销社售货员或者信用社信贷员都是很风光体面的工作。那时候，乡干部到了村里，村干部要安排酒肉招待。

伟楚说："高峰在呀。不过他不当乡长了，今年主要让他负责文旅、林业这两项。"

集科有些愕然："这可真要命，高乡长是我小学语文老师，看来我保护金塘河影响他的仕途了。"

伟楚说："我没好意思问，反正我看他平时挺那个……不怎么跟我说话。"

集科说："这可真麻烦，我只想着金翅鱼要灭绝了，真没想到其他……"

伟楚说："目前金翅鱼好像还没有开始洄游，到时有什么情况我及时告诉你呀！"

集科问："乡里为金翅鱼洄游的事开过会吗？"

伟楚说："开什么会呀，我们手头的工作都做不过来，太忙啦！我以前觉得税务工作已经忙到极限，现在想想那还是清闲的呢。"

集科是有些不相信的，在他印象中，在乡政府上班最大的福利就是时间宽松，工作比较随性，开开会，看看报纸，到下面村子里走走看看，有群众反映的事情处理一下，如此而已。但是伟楚说真的很忙，说他这两个月要完成全部贫困户入户走访。

"你们山乡人口不多，但是住得太分散了，有的村子在半山腰。我嘞个去！农民出不出门又没个准信，这一会儿他可能在家，过一会儿已经在田里。哪怕只是收集身份证、户口簿、残疾证等信息，都可以折腾你个半死。最好赶在他们出门干活前或者中午在家吃饭时去，但是要有人留你吃饭也是挺尴尬的，刚开始会觉得不卫生，可能慢慢习惯就好了。还有老人不许我拍半身照，说拍照会摄取一个人的魂魄。哈哈，这都什么年代啦！还有一次我和村干部去走访，一个小孩在家里做饭，今年十三岁，是家里的顶梁柱，在家照顾六岁的弟弟和七十八岁的奶奶。问他多久没见爸爸妈妈啦，他说过完年爸爸妈妈就出去了，到现在都没有打回来电话过。说到这里，他突然哭了起来。像这样辍学在家的孩子还有几个，我调查完了很难受。"

集科沉默了，他虽然是土生土长的山乡人，但是离开太久，具体到山乡家家户户的生活现状，他掌握的信息已经没有伟楚多了。

"从农业到工业，从教育到医疗，从低保到残疾，从经管到计生，从饮水到危房，从妇联到农保，等等等等，想要负责得好都不容易。就拿贫困户数据信息采集工作来说吧，需要扶贫干部精通养殖收入计算法、种植收入计算法、民政低保五保优抚收入、残疾收入、惠农补贴收入、教育部门发放的补助收入、孝善扶贫收入、社会捐赠收入、粮改饲补助收入、雨露计划和泛海助学补助收入……需要把每项收入统计到准确无误。"

孩子的上学问题、老人的赡养问题，或者因残致贫的家庭问题等，乡政府一揽子工作都需要人手、财力，听伟楚这么一说，集科觉得保护金翅鱼的事处于乡政府工作布局中的次要位置，也就不难理解了。既然这样，他又能说什么呢。

"所以，做乡镇公务员还是挺辛苦的。周末回家一趟，也往往要开电视电话会。跟我搭班的是一个刚毕业的大学生小石，是城里长大的独生子女。哈哈，我带着他跋山涉水，他都哭了好几次鼻子啦！"歇了口气，伟楚又说，"最沮丧的是到了晚上，就我和小石还有一个保安住在乡政府大院，其他人都回去了。他们多数在汤溪买了房，加班到再晚也要骑摩托或者开车回家。另外，我悄悄问你一句：据说以前在大院里枪毙过人，是不是？"

集科哆嗦了一下，他记得乡政府被称作公社的时候，的确在大院门口的河边枪毙过人，但是为了安慰老同学，他说："不可能的，伟楚同志，枪毙都是拉到深山里去执行的。放心吧！"

伟楚说："到了晚上我挺害怕的，总感觉有枪声响起。可回金华太远了，不然我也回家住。"

集科说："要是你也回家，那你的那个搭班岂不又要哭鼻子啦？"

两人不由得都笑了起来。

挂了电话，集科陷入长久的沉默。他以前从未想过乡政府工作人员的压力大，没想到工作变得这么忙了。

到了晚上，集科回到家，刚跟岳父岳母吃过晚饭，坐在沙发上逗陈金翅玩耍，老家父母打电话来了。这几乎是每天晚饭后的保留节目了。父母想他们的孙子，想听听孙子的声音。集科知道不让他们来北京看孩子他们心有抱怨，所以每次通话不敢怠慢。首要的任务当然是把手机凑到陈金翅嘴边，他发出谁也听不懂的咿咿哇哇就让父母如获至宝。这时候，集科绝不能喊陈金翅的小名，那样会惹得父母生气。他们暗中与马莉父母较着劲呢，担心有一天孩子被带到湖北去，成了马家的人。

"前几天有亲戚来家里做客，问起你的情况，听说你生了个大胖儿子，都为你高兴呢！我们现在很知足了，除了你的身体还让我们不太放心，别的也没有什么放心不下的了。人来这世上走一趟，咱老百姓就是活个过程，平平安安，有吃有住，能留下来一个后代，不给社会增加负担，这就够了。别的都是天意，能做大事情、能做些好事当然好，但是别去强求。"

集科以前没有耐心听父母唠叨这些，现在有了家有了孩子，想想父母说的也不是完全没有道理。他告诉父母，他有一个同学叫伟楚，从市区的什么税务所调到山乡搞扶贫工作去了，平时你们遇到什么事，比如雷震富等人再来欺负你们，就给他打电话；有什么办不了的事，也可以跟我说，我让他帮忙办一下。父母说，我们担心的是你的脑袋，现在还会有后遗症吗？集科说基本好了，只要不是一天到晚用脑，跟平常人没什么两样。

这样聊着聊着，集科显然忘了自己对自己的规训，又关心起金翅鱼洄游的事情来。父母立刻制止他，问他还想再次被打是不是？集科愣了一下。

"你这孩子究竟怎么了啊！脑袋再被打破一次，难保证还能救活一次啊！虽然雷震富赔了钱后，不怎么来山乡了，但是之前没被抓的还有几个人留在水电站——你看着吧，还会来阻止你们放水，这一年年的，没有个头——还是救救你自己吧！"

"好，好，我可不问了。"

"小翅翅呢？让他再跟爷爷奶奶说说话。跟你说话只有生气，跟小翅翅说话才会高兴！"

"喂，小白马！小白马嘞！快爬过来，再跟爷爷奶奶笑一笑，好不好？"

"咔嗒"一声，父母第一次主动挂了电话。

2

其后几天，集科显得神思恍惚。大自然从来不会因为人遇到困难而停止四季更迭。关于金翅鱼的事，集科感到骑虎难下了。如果就此放弃，那么之前几年的努力，李钢入狱、自己脑袋被砸，那么多环保志愿者参与、那么多山乡人关心的事，就这样不了了之？当集科穿着保安服上班的时候，他觉得他应该答应物业的邀请，正式改行去物业担任经理。可晚上躺在客厅的临时地铺上，听着另一个地铺上岳父打着响亮的呼噜，他盯着眼睛上方的黑暗，觉得他不能逃避目下面临的困境。

他没好意思跟丁武他们联系，怕他们问"你啥时候回来呢"。既然自己不回去，就没有资格让别人去，凭什么？——如果丁武他们不去，谁去保护金塘河呢？他想到了刘局长。当初鱼类洄游通道的建成，离不开环保局的红头文件，离不开刘局长的努力。他犹豫很久，打了很多腹稿，在中午，保安室里只有他一人时，拨了刘局长的电话。拨了两遍没人接听。过了几分钟，他鼓起勇气再拨，是一个女人接的，她没有问集科找刘局长有什么事，而是告知："我先生又在住院复查，现在放射科呢，顺利的话，三天后会出院。"那女人说话很轻，带着杭州口音，"如果不是急事，到时再打这个手机好不好？如果事情紧急，我帮你转告。"集科想起刘局长的家人都在杭州，那么这个女人很可能就是他的夫人了。他赶忙说没有紧要的事，到时再跟刘局长联系。

集科琢磨着女人的话，至少有一个信息值得重视，即刘局长之前可能动过手术，这才有住院复查一说。三天后，集科想来想去没有再给刘局长打电话，怕复查结果不好刘局长正被疾病困扰。集科现在越来越理解，人到中年，为什么很多人没了脾气，进而会摒弃了年轻时的雄心抱负。他现在只能寄希望于丁武的"绿色之友"，希望到时他们能如期赴山乡采取行动。他手头倒还有一笔钱，那是他生命垂危时众多好心人捐赠给他的，这笔钱最初交给了医院，后来雷震富按法院判决书又补偿给了他，马莉也支持他将它用在与家乡民生相关的事情上。他终于打定主意，要将这笔钱中的一部分转给丁武，这样，环保志愿者们的行动就更有保障了。

但是丁武拒绝了他的捐助。"集科老哥，你在北京好好养病，你现在最重要的是保命，不要操劳太多，哪天有个头疼脑热的，有这笔钱就不用那么慌张了。"丁武说话时，总是那么元气充沛，不像那些说话软绵绵的金华人，"金翅鱼的事老哥你放心好啦！我们肯定要保护的。现在有了鱼类洄游通道，已经很好很好了，只要有人驻守在坝上就行。经过了去年那场较量，又有你的老同学在山乡——叫赖什么来着？对，是的，我们心里就更有底啦！"

集科感觉手机那端传递给他很多能量，让他心里暖暖的，但是回到家心情有些低落。他不知道未来，自己会不会继续这样活下去。他谴责自己，当有人愿意为他去付出，为什么会有一种暗自窃喜的心情？这是滋生苟且的人生观的温床，他不是很喜欢。那天马莉下班早，她的两只手托着陈金翅的腋窝处，试图让他站起来。陈金翅显然没有到学走路的时候，她不过是想让他模仿大人走路，逗他玩。陈金翅"走"得很开心，两条小腿就跟踩着风火轮那么快，马莉叫集科快去拿相机拍下来，集科一副心事重重的样子，一看就是不投入。她以为他跟她父母闹矛盾了。等到吃过晚饭，父母抱着孩子下楼去散步，她才问集科怎么了。集科编了几个谎都没有骗过马莉，他到底藏不住心事，就全"招供"了。

　　马莉沉默片刻，她说趁父母还在帮咱带孩子，你为什么不回去几天呢，来回半个月的事，你跟保安队长请个假吧。集科就像犯了错，低着头，手指这里捏一下沙发、那里扯一下裤腿。他想说，他对被人砸破脑袋的事还心有芥蒂，另外总不能为了金翅鱼，连老婆孩子也不管了；归结成一句话，就是担心回去后又起冲突，担心出事，回不来北京。马莉也意识到刚才自己说得轻巧了，她看着集科的窘态就明白了丈夫的难处，赶紧说抱歉，说由她来想想办法。

　　第二天，马莉在报社以记者名义联系了金华的几个单位，向他们了解即将到来的金翅鱼洄游季有什么保障措施。经过陈集科被水电投资方打破脑袋引起全国媒体关注的事件之后，金华相关职能部门对这个话题很敏感，他们基本以统一的口径告诉马莉，今年将严格按照相关法律法规保护金翅鱼完成洄游，绝不让这一物种灭绝。马莉回家将这个情况跟集科说了，他将信将疑。

　　集科觉得如果以自己去年的险些丧命换得今后金翅鱼种群的延续，那么对自己今年不再回山乡多少是一个借口、一个安慰。忙过一通家务事，他抱孩子出去转了转，回来陪老人看过电视，十点半之后，一家人就准备休息了。集科打好地铺，他的地铺挨着阳台，打地铺的材料是泡沫地垫，这材料本来是铺地上给孩子玩玩具用的，上面印着《小熊维尼与跳跳虎》的卡通形象。入睡后，集科感觉跳跳虎背着他，跳跳跳，从十里堡跳到东四环，然后一路往南跳，从一条高速路跳到另一条高速路，有时候还跳到城市的屋顶、跨江大桥甚至运行的火车上。集科喊着："放我下来！放我下来！"

集科被马莉推醒了。马莉总是在哄孩子睡着以后再起来加工稿件，见集科没来由地哭叫，就帮助他从噩梦回到现实中来了。集科揉揉眼睛，摸摸脑袋，握着马莉的手："我刚才差一点就回到浙江了，跳跳虎背着我冲上云霄，寒风像裹着刀子往脸上扎，虽然害怕，但是在空中俯瞰大地，脚下的田野、山丘，远处的溪流，很美，很美……"

马莉拧了集科一把："快醒醒，不要这么直愣愣地看着我。真吓人！"

3

就在那阵子，有一个好消息传来。丁武和"绿色之友"的成员们准备动身前往金塘河的前几天，李钢出狱了。

时间像突然加快了一般。前年金翅鱼洄游季，李钢与水电投资方发生了冲突，去年是集科与水电投资方发生了冲突，而新一轮的洄游又要开始了。今年的情况大不相同，有环保政策为金翅鱼保驾护航，他们几个好哥们儿又能一起为金翅鱼洄游并肩作战了。

集科接到丁武电话，谈到李钢出狱后的第一件事，就是关心今年的金翅鱼回到龙井没有。听说还没有开始洄游，他高兴得像个孩子，说他又能看到金翅鱼了，做梦都梦到金翅鱼，它们昂扬、坚韧、迎难而上，鼓舞着他度过了牢狱中的岁月。丁武说："他还特别问起你今年回不回来。我告诉他去年你的遭遇，他说为了你集科，他也要再次回到山乡去。"

集科强忍着波动的情绪。他一度以为，为了保护金翅鱼他无意中绑架了很多人，尤其让李钢付出了沉重的代价，他一直后悔。事实上可能不是这样。是金翅鱼唤醒了他们心中相似的情感、共同的使命，不会有人责备谁绑架了谁，此刻他感受到的是朴素的正义和纯洁的友情，他似乎听到了同伴们的召唤。

"今天李钢到福利院接上他妈妈和孩子，回赤骑去为父亲扫墓了。他要我特别感谢你在他失去自由的日子，为他父亲办了体面的后事，又送他家的一老一小到福利院接受悉心照顾。他祝愿你脑手术后遗症早日祛除，身体早日康复，祝愿你和马莉还有陈金翅生活美满，在首都北京闯出一番新事业！"丁武说。

集科尽量将说话口气保持在一个平稳的状态，但是拿手机的手却微微发抖，眼泪无声地流了下来。他不可能再逃避了。他对自己说：一定要回去，哪怕跟同伴们见个面就回来。虽然顾虑重重，但是回家的时间到了，他就得回家一趟。

两天后，马莉帮他提着行李，送他下楼打出租车。马莉劝他在老家安心地住几天，这边家里有老人在，无须他操心。集科脑子里想着还没有起床的陈金翅，上了出租车后仍然有些依依不舍，等车汇入东四环的时候，灰霾、雾霾扑面而来，刺鼻气味加剧，令他有些头晕。这种窒闷的、呛得慌的感受持续了整个旅程。

集科没有在金华停留，到站后就乘车去汤溪，到汤溪后给伟楚打了一个电话。他想在丁武、李钢带人到达山乡之前，先了解清楚乡政府在这件事上的态度，现在水电站都是谁在负责，等等。他不想去乡政府打听这些事情。

伟楚不久就开车出来了，两人在汤溪中学门口找了一个小饭馆边吃边谈。他们都感慨多年以后，会以这样的方式在母校门口聚首。伟楚说做同学时，他俩因为喜欢过同一个女孩相互吃醋，所以后来没有走得特别近。集科竟然忘记有这回事了。这显然是他的问题，自从考上大学到杭州读书，他就没有想过有一天还会回来。

"命运最可怕之处是它的不可测。我曾经憎恨过自己的家乡，因为贫穷，因为自卑。我读书虽有那么一点天赋，但真正的动力来自逃离。我小时候，过年时，看富人家的孩子放烟花放爆竹，等挂在晾衣杆上的鞭炮串不响了，就跑过去捡几个没响的小鞭炮回去点了玩，'啪'的一声，这个年就算过了。高中时我们都很懂事的年纪了，还穿土气难看的衣服，想买一双回力鞋都买不起。"

"那时候你老是低着头，走路的样子很滑稽，因为瘦，鼻子又大，人就像被大鼻子牵着走一样。我记得你在宿舍床头写了一幅字：'我要扼住命运的咽喉。它绝不能使我屈服！'——看来你是一直有雄心壮志的。"

"现在想想滑稽哪！我怎么可能扼住命运的咽喉？我现在在北京做保安你知道吗？我还是咱们山乡最最不受欢迎的人哩！嘿，喝酒吧，你干了，我抿一口。"

他们吃了一个半小时，回到车上后，伟楚的脑门又红又亮，他胡子老长，而头发就剩耳朵附近和后脑勺的了，看上去就像头倒过来安在脖子上。集科劝他不要开车了，农村虽然没有抓酒驾的，但是也要注意人身安全。这样，他们就坐在车里聊了起来。

集科已经知道，上级部门对金翅鱼洄游期间确实有放水要求，具体地说，一是山乡政府要成立山乡渔政管理站，组织人员维护洄游通道，保证水量充足；二是春夏之交，要采取封河育鱼、增殖放流和打击盗捕等措施。听到这个消息，集科放心了许多，至少丁武和李钢带人来了以后，水电站的人没有理由再气势汹汹地来阻挠，乡政府不再站在他们那一边了。他觉得在老家安安心心地住上四五天，陪着环保志愿者四处走走就可以回京了。他这次回来，就是想见见为金塘河做出贡献和牺牲的同伴们，尤其是为李钢接风洗尘。因此他就决定在汤溪镇上住下了，想等明后天请李钢、丁武等人在汤溪好一点的饭店，吃上一顿饭后再一起进山。伟楚坚决不同意，一定要集科等他再酒醒一会儿后去乡政府住。

"我们有两间标准客房呢，还住不下你一个？被褥干干净净的，我保证刚刚洗过。吃饭更不用担心，我亲自给你做。总之，再过半个小时吧，我带你走。我已经脸不红了，是不是？"

集科把刚要拨打的手机放下来。心想住就住吧，他们的办公楼还是他亲自设计的呢。

在要走未走的时间，伟楚又跟集科说起了他的扶贫工作。他说现在终于明白高峰主任当乡长时，为什么要引进小水电站的投资了。因为这里情况特殊，山乡水库是下游群众的饮用水水源，有一系列防治污染管理规定。"其他地方合法合规的致富门路，在山乡可能是不合法的。比如不能搞养殖。种水果的话又种什么呢？时间太长，投资见不到效益。高主任曾带领群众种过高山蔬菜，可是销不出去。和尚村有人搞稻田养鱼，据说也没搞成。现在也不知道怎么办，昨天开会讨论了一通，最后都认为搞旅游好，可是怎么搞呢？大伙又说不出个详细方案。反倒是高主任说，他以前搞过油菜花节，命令全乡种上油菜，但结果游客寥寥。"

"那为什么，不邀请更多人来山乡观看金翅鱼洄游呢？"集科随口说。

"你的意思是，以金翅鱼洄游作为发展旅游的亮点？"伟楚瞪着一双略显浑浊的眼睛。

"我觉得不是不可以。我看过很多纪录片，有一种红鲑鱼，在加拿大的不列颠哥伦比亚省，夏天过后，世界各地会有很多人盼着去赏枫、看红鲑鱼洄游。等到金秋十月，政府会开辟不同的洄游观赏点。到了冬天，一场沙丁鱼的迁徙奇观会在南非东海岸出现。南非沙丁鱼洄游观光和赫曼努斯观鲸旅行一样有名，游客可以从陆地上、海面上甚至海下观赏沙丁鱼洄游。每年四到六月，美国麻州海岸附近有上百个观看鲱鱼洄游的地方。"

"照你这么说，是不是我们也可以搞几个金翅鱼洄游观赏点？"伟楚的眼睛亮亮的，已经没有了刚才的浑浊，他半张着嘴，等着集科回答。

"这要看你们这些吃皇粮的支不支持喽？如果还想着拿棍棒追打环保志愿者，金翅鱼朝不保夕，那么有什么可说的呢。"集科想起山乡的明清建筑、古树、金塘河和金翅鱼的命运，叹了一口气。

4

集科父母对集科的归来愁眉苦脸，尤其对他没有把陈金翅带回来很是不快。他们想陈金翅都要想疯了，这孩子出生到现在，他们还没有见上一面。集科拿出数码相机，按▽或△键让他们看心爱的孙子。两位老人如获至宝，一副老花镜抢着戴，看着看着就用手去触摸相机上的小屏幕，说着："这孩子长得像你，你看！孩子的鼻子不得不说，还真像。眼睛、嘴巴，稍微像马莉一点。""鼻子不要像集科就好了。""你这嘴，就知道乱说！这鼻子是我们陈家的特点，等金翅长大了，不论在哪里生活，都会带着陈家的根呢！"

那天伟楚刚把集科送到家没一会儿，集科泡上一杯热茶还没续水，李钢、丁武就来了。他们并不知道集科已经到家，不过是带人进山之前想先了解一下情况，路过吴村，就顺便来看望两位老人，没想到出门迎接他们的是集科。李钢上前紧紧地搂住了集科的肩膀，两人相互捶打对方，都格外兴奋。这对难兄难弟见了面，他们开心的样子感染了周围的人。集科父母去厨房忙着做饭，剩下的四位围着八仙桌大谈起了山乡的未来发展，都认为搞旅游可能是最合适山乡的经济发展模式。集科很久没有像这天这样高兴，谈了太多的话，在大家设想的基础上他谈到了旅游节，说完全可以把油菜花、古村落、古驿道、金翅鱼洄游综合起来开发成一条旅游线。

大伙在他家吃过晚饭后，都开车走了，等家里冷清下来，集科才感到特别疲惫，头也疼起来。李钢目前的状态让他很欣慰。他曾担心他恨自己，或者在囚犯堆里改变了心性，变得颓废、暴戾。事实证明，保护金塘河、金翅鱼的信念让李钢有了方向，看来他是真把保护环境看作对他过去破坏环境的救赎了。他也曾担心丁武不会再来山乡。丁武是金华城里的商人，有很多生意上的事情要忙。另外就是伟楚，他说他会在乡政府游说，说服新来的王乡长认识到生态环境保护的重要性，未来将保护金塘河与金翅鱼、扶贫工作、旅游开发等结合起来搞。

集科回想着大伙刚才的"书生意气，挥斥方遒"，觉得跟志同道合的人在一起让他找回了为家乡做事的满腔热忱，他觉得他回来对了。然而入睡以后，他又梦到了那个洪水滔滔、有红色鱼见落水者就紧咬住不放的梦。他分明看到咬人的鱼是金翅鱼。惊醒之后，他矛盾重重地过了一夜。如果真以金翅鱼洄游作为招揽游客的由头，大搞旅游开发，山乡人尝到甜头以后，会不会被利益驱动，过度开发？到时会不会屡屡发生商贩成群结伙、拉客宰客现象，不仅环境被污染，民风也不淳啦？

集科想到这次回来本来就是临时起意，因为李钢，因为金翅鱼。他劝诫自己不要再操什么扶贫的心，计划等到第一批金翅鱼洄游上来后，看看各洄游通道的水流情况，看看乡政府与水电投资方如何博弈，如果一切顺利他将早点回北京。可是第二天早上，集科刚刚起床吃过早饭，伟楚带着一个陌生人来了。

这个人脸形略阔，头发较厚，体格强健，天庭虽不饱满，但是鼻子长得非常好，不像自己的鼻子大而无当。这人的鼻子虽大，但鼻梁直，鼻翼饱满有势。那人看到集科，可能也注意到了他的鼻子，似乎愣了一下，而后才上前一步，紧紧握住了他的手。

伟楚说："集科，这是王乡长，特意看你来了。"

集科毕恭毕敬地说："您好，王乡长。"

王乡长说："你现在身体怎么样啊？听伟楚说行动无大碍了。"

集科说："是啊，比以前好多了，现在偶尔犯晕、忘事。"

王乡长说："这就好！山乡很需要你这样的能人善士回来啊！"

集科把两人带到屋中八仙桌旁坐下，泡了两杯热茶。王乡长抿一口茶，往地上吐了茶叶末，跟他介绍起了目前山乡的情况。说最近党中央坚定了消除贫困的决心，从不同岗位选派各级党员干部奔赴贫困一线开展工作。目前山乡还有近三百五十户人家没有脱贫……集科听着这些话，觉得似曾相识，他想着昨晚对自己的劝诫，不想插一句嘴。

"这些贫困户，有的是因为生病、突发灾害、伤残等客观状况，当然也有一部分是因为思想观念落后或者懒惰。小赖参与了这次摸排，他比我清楚：如果山乡就凭村民们在家种地、外出打工、子女做了城里人寄回来一点钱，想实现全面脱贫几乎不可能。每个村总有一些人无法外出、没有挣钱能力。所以呢，今天让小赖带着我来，就是想与你探讨一下如何改变山乡落后封闭的经济发展模式。"

"这个我哪懂呢。我脑子被砸伤前，主要是画图纸的，现在还不能一天到晚用脑。"

"哦？作为新一届乡领导，我从塔石乡调过来不到一年，但是，我觉得我必须代表山乡政府向你认错！是山乡政府一度认识不到生态保护的意义，才酿成了对待你的大错！我可以毫不保留地说，这种错误以后会坚决杜绝。今后山乡政府要把经济搞上去，不会只顾头不顾腚。关于这一点，我要请你多批评，多献计献策。"

集科本不想谈这个话题，鉴于新来的乡长向他道歉，不管他是否真心实意，出于礼节都得有个回应，于是与这位王乡长攀谈了起来。

太阳照在家门口时，集科已经知道水电站新来的老板姓徐，他收购了雷震富的股份，这人是受过高等教育的，投资项目多，资金雄厚，不等着小水电立刻回本，所以经过三轮谈判，他基本同意了王乡长提出的金翅鱼洄游季水电站暂停发电，山乡政府以减免税费等方式给予补贴的办法。集科感到这个王乡长很有一套，对金翅鱼顺利回到龙井就有了信心。

聊得愉快，时间过得就快。不过，集科想着他在家时间有限，有些浪费不起，本想上午给家里干点体力活，下午去各拦水坝上看看鱼道的情况，所以聊到十点多时，就准备起身送客了。不料伟楚走到他身后，贴着他耳朵讲了一句"且慢"，然后借机给王乡长续水，接着，他把集科之前说的怎么发展山乡旅游业的构想讲了出来，这让集科感到很尴尬。

"那是我随口说的，极不成熟，怎么可能实现呢，伟楚不谈了吧？不敢在王乡长面前班门弄斧。"集科很清楚自己只是为老同学献计献策而已，并不是要参与其中。

"陈工程师你谦虚啦！你提出的建议非常好！"王乡长站起来按住集科，仿佛怕他跑了似的，"不瞒你说，这一年来乡里天天都在讨论怎么发展经济。想到第一步并不难，谁都会说搞旅游赚钱快，难的是怎么找到一个抓手，怎么做到保护与发展并举。今早小赖见到我，跟我提了这么一嘴，我顿时眼前一亮：还有什么比邀请游客来山乡观看金翅鱼洄游更绝妙的点子呢？所以我今天来拜访你，就是想请你……嘿，这事怎么说呢，想请你留在家乡……"

"这个没问题，我肯定要在家里待几天再走。虽然我已经知道水电站方面支持放水，王乡长更是亲力亲为，还有环保志愿者这几天会带着帐篷来驻扎，但是我还想亲眼看看金翅鱼再走，至少看着第一拨鱼游上最后一条拦水坝，心里才会踏实。"

"集科兄啊，我们乡长的意思，想把你这个大能人请回来，长期留在家乡哩。刚才在路上我们就商量了，"伟楚红着脸说，"你目前的情况，可能需要重新规划人生什么的。咱仨合计合计，如果能初步谈成，就请你回来担任分管社会发展规划和经济建设的副乡长怎么样，陈同学？"

"这个……恐怕不行吧，"集科觉得突然，有点入了被人设计好的圈套之感，他警觉地摇头，"不行，肯定不行！我早就不是体制内的人，也不想再被套进去了。"

"嘻！什么体制不体制的，哪有这么鲜明的差别啊，我们都不过是为了山乡经济的发展，为了让这片土地上的人能过上更好的生活！我们的理想是一致的嘛！"王乡长抽抽鼻子，这鼻子发出的声音很响，很有威严感，"我是当兵出身，辗转于山东、江西、辽宁、广东、四川等地二十年，曾戍守过南沙岛礁，也曾在无人居住的高原上待过。我把一个人生命力最旺盛的那二十年交给了军营。转业的时候，我完全可以在大城市找到一个比较合适的位置，但是我还是选择回来了。"

"这么说，王乡长也是山乡人？"集科好奇起来。

"我是塔石乡的，正宗山里娃。我从部队回来，只有一个目标，就是为了家乡能发展得更好。经过我和塔石乡干部们几年努力，塔石乡已经基本脱贫，我去年调来山乡的时候，只剩下七户还处于贫困线以下。我说这些的意思是，只要一个人有为社会做贡献的精神，在哪里都能发光发热，实现人生价值。"

"不过，我跟你是不一样的……"集科本想说，我可是山乡最最不受欢迎的人，终究说不出口。见王乡长等着他继续说下去，只好找补道，"政府内的职位不都是逢进必考的吗？"说完就后悔了，说这话的意思，好像他真想留下来似的。

"这个问题不大，你是高级工程师，在杭州国营单位待过，有大专文凭，有正式档案，你愿意来乡政府工作的话，我向金南区人事局打报告。"

"唉！让我再想想吧，这么大年纪了，除开专业领域，其他的事于我都属于纸上谈兵。"集科本想一口拒绝的，可是觉得没必要把话说死，就给了对方一个台阶下。

"那就这样定下了啊！山乡政府是真的求贤若渴，很缺像你这样的复合型人才。以后乡村旅游热起来，什么宣传呀、景观设计呀、环境保护呀都跟不上。当然啦，回来后收入方面肯定没有你当工程师高，我唯有以最诚挚的态度期待你回来。"

集科显得很为难，他想着北京物业公司的邀约，想着远在千里之外的马莉、陈金翅……

伟楚说："集科，王乡长都这么说了，你还不给个准话，想让领导三顾茅庐不成？"

5

集科当然不会留下做什么副乡长。他从未想过走仕途，就像他从未想过去经商。再说，他已经把家安在北京了，房子明年就能交付使用了，不可能让马莉带着孩子跟随他回到小地方来就业。水往低处流人往高处走，这是顺理成章的人生活法。但是考虑到保护金塘河和金翅鱼的必要性，考虑到吸引游客来山乡观赏金翅鱼洄游能切切实实给山乡带来好处，他决定留下来做首届旅游节筹备委员会的顾问，等旅游节结束再走。

旅游节筹备委员会设在山乡政府、由集科设计的那栋办公楼里，王乡长亲自挂帅，高峰和赖伟楚配合执行。乡里给集科安排了一间单独办公室，里面摆了两张桌子、若干把椅子，还有一张折叠床——这是考虑到集科脑子受过伤，需要午睡，他还可以在这里接待丁武、李钢等环保志愿者来访，让大家有个"大本营"。

去乡政府"上班"前一天，集科特意到汤溪镇上理了发，买了一身职业装——那种夹克不像夹克、西装不像西装、中山装不像中山装的衣服。"上班"期间，乡政府给他开工资，三千五百块钱一个月，这个工资是对照汤溪派出所的辅警的工资开的，因为他虽然是乡政府顾问，财务审计却只能按临时工看待。集科不在乎这个，既然留下来，想的就不会是工资的多寡。他平时可以在乡政府和家里两头住，住乡里的话，主要是为了洗热水澡——乡里招待客人的房间只要没有住客人，他可以随便住。因为他是非正式工作人员，不

242

会对在编人员形成岗位竞争压力，又是比较有名的乡贤，院里大大小小的干部对他都很客气，有的喊他陈工程师，有的喊他陈老师，有的喊陈顾问，仿佛王乡长请回来的这位"最最不受山乡欢迎的人"，已然摇身一变成了座上宾、智多星乃至财神爷，从此可以减轻大家身上的脱贫压力了。

集科有点不习惯被人敬重的感觉，多少年来，他只身一人在外求学、闯荡，在杭州国营企业，他是刚刚毕业分配去的大学生，第一天就被吩咐早上要早到一会儿，要给办公室打开水、搞卫生、倒垃圾；下岗后就更惨了，私营企业似乎先天不会尊重人，如果一定要说尊重，只会体现在薪金上；或者像金华他兼职过的那家公司，孟总表面上很尊重他，老是请他吃饭，不过是想榨取他身上最精华的那一部分价值，一旦他失去利用价值，就会弃如敝屣。集科对王乡长是不是想利用他倒无顾虑，因为如果旅游节真能搞成功而不破坏环境的话，最终受惠者是山乡人民。他觉得留在山乡期间，有两大任务：一是为旅游节出谋划策；二是如果山乡政府试图以搞旅游的名义破坏环境的话，他将及时制止。

王乡长一般上午忙他自己的公务，下午召集主要领导开旅游节筹备会议，集科自然要参加。会议在总体思路方面进展显著，大家一致认为，山乡要把经济搞起来，打金翅鱼牌是独具特色的，这是依托生态观光促保护，以保护环境促发展，再辅以乡村休闲、田园体验，定能使金塘河两岸村民吃上"旅游饭"。但是在实施细节上存在很大分歧。首先关于龙井的开发，它是很多干部最看重的，认为仅是金翅鱼洄游毕竟观赏性很弱，时间也短，而龙井瀑布可以常年招揽游客。言下之意，宣传金翅鱼洄游只是一个由头。其次是旅游节举办时间，大家都认为应该马上召开新闻发布会，因为金翅鱼随时会在水库上游集结，综合办应该连夜拟写发布会通稿，各村委得紧急动员、行动起来。集科因为反对以上两种做法，而被"群起攻之"。

集科反对开发龙井，是因为那里是鱼类的产卵地，类似人类的洞房与产房，是鱼类繁殖后代的私密场所，更何况关于龙井自古就有很多因果报应、神圣不可侵犯的传说。他认为龙井的宣传价值、对游客的吸引力，在于它的文化内涵，其让人敬畏和想象的神秘感恰恰是保证山乡旅游能长久发展的关键。他举了两个例子，清代湖南虞陵，正是由于当地民众囿于风水观念，才让其丰富的铜矿资源没有遭到过度开采和破坏；东北长白山，因是"龙兴圣地"被列入皇家禁地，从而保护了东北原始森林。"所以我们要挖掘民间文化中的生态观。人们对自然的敬畏，客观上形塑了传统人文景观的生态美学，营造了与人类生活和谐统一的生态环境。"因此，他也反对旅游节匆匆忙忙开启，认为目前各项工作都没有做好准备，不仅仅硬件设施比如接待能力跟不上，而且民众心理比如对自然的认知等也亟待加强。

一般而言，集科陈述他的观点时大家都会认真听的，哪怕最后提出相反的看法。但是集科的小学语文老师、分管文旅工作的高峰就不一样了。高峰会粗莽地打断他的话。他认为，山乡的经济发展不能再受那些繁文缛节的约束了。现在搞旅游也好，大家下去辛苦扶贫也罢，不过是对之前规划好的、大力开发水电资源造成巨大损失之后的弥补；如果不是发生那么多倒霉事，金塘河上原本能建十个、二十个小水电站，乡里村里每年都会有红利分。"现在好了，经济发展遇到坎了吧？！既然遇到了坎，就得勇敢地迈过去啊，再走回头路是万万要不得的！什么龙井不能开发，当初说不能开发是不能用于发电，这个已经被制止了呀！今天怎么还说不能开发呢，难道游客们用眼睛看一眼龙井，那瀑布会干掉？鱼虾会死光？"

面对高峰的揞撞，集科往往选择沉默，毕竟高老师从乡长降至主任是因自己反对雷震富开发小水电引起的。这在山乡是一件很大的事。高老师也很不容易，在基层奋斗了一辈子，也为百姓做过很多实事，过不了几年就要退休了。集科刚来乡里那几天，每天都想跟高老师说说话，私下做一个道歉，但是高老师见到他就扭过头去，绝不给沟通的机会。集科后悔答应来乡里做顾问时，这个事情没有考虑周详。

　　"人——最忌得寸进尺啊，现在都这种情况了，还想怎么样？照有的同志的说法，这也不行那也不行，那旅游节还有什么可办的！不要办好啦！我们也不要吃饭啦，穷，让山里人穷去好啦！反正有的同志有地方挣钱，留着后路呢！！"

　　"好了好了，老高少说几句！吃多伤肚皮，说多伤和气。"王乡长会在合适的时候出来圆场。

　　"高主任息怒，发脾气对身体不好你知道吗？我跟你说，我们内心里都认可你的意见，可是那样做不能向上级交差呀！扶贫、脱贫是政策，保护环境也是政策。"伟楚把高峰摁回座位上去。

　　"你算老几，轮得到你跟我说？老子带领山乡人修公路时你在哪里？"高峰"砰砰砰"地拍击桌子。

　　"好了老高，到此为止！！"王乡长的鼻子一阵抽动，这回显然真生气了。王乡长到底是行伍出身，身板子一挺，两眼一瞪，气氛顿时严肃起来。"以后我们都不要把个人情绪带到会上来。山乡发展小水电也好，种植高山蔬菜也好，发展旅游也好，联系义乌老同学来料加工也好，都不要非黑即白、试图一方压倒另一方，我们完全可以综合起来搞嘛！你引进小水电项目，我们都知道你有贡献，不是没有完全关停吗？为什么一定要建十个、二十个，搞得稻田灌溉都没有水？我们做工作要讲科学，要谋发展、解难题，最终以人民群众利益为重，在实践中科学地为群众办实事。"

高峰扭着头，一声不吭，跟掏枪似的从口袋里掏出一个打火机，"咔嗒"一声点了一支烟，吐出一串圆的、椭圆的、锥形的烟圈。

每一次被高老师撑撞，集科心里其实都不好受，想想自己为这三千五百块钱，用得着受这份气吗？如果不以大局为重，真想拂袖而去。数年前，高老师担任乡长时，打电话向他宣布他是最最不受山乡欢迎的人，骂他是叛徒、间谍，这个事情比法院判他有罪还冤。现在的王乡长虽然改变了他对山乡政府的印象，然而高老师的存在让他轻松不起来。只要遇见高老师，看到他爱搭不理的样子，郁积在内心的委屈就想爆发出来。

这几天李钢已经来到水库上游的旧码头，在集科曾经休息的旧船上驻守，一等金翅鱼集结就会通知丁武带人进山。集科在乡里待得闷了，就会借小石的电瓶车去陪陪李钢。小石就是伟楚说哭了好几次鼻子的大学生。如果他晚上不忙着记录贫困户的各种信息，会让集科坐在后座上，亲自送他去。乡政府二十来个人上班，集科唯一可以支使的便是这位年轻人。

李钢从外表看，除了脸上多了两条疤，还是从前那副样子。不过两人在一起时话终究少了。有时候集科盯着烛光，确实不知道该说什么好。问他在狱中过得怎么样，崩口人忌崩口碗，问不得。问他为何对金刀帮的往事讳莫如深，似乎也没必要。他们在一起似乎只能谈现在，说的都是很具体的生活境况，比如你母亲和孩子现在怎么样？对方答完后，反过来问他，你老婆和孩子留在北京怎么办，以后有什么打算？谈到未来，他们都很茫然，仿佛从学校出来在社会上走了一圈，现在又回到了即将步入社会的那个阶段。

"我肯定想孩子呀，现在也就打电话听听他的声音，会叫爸爸了，其他的还不会。这次回来得急，也不知道会留下来，当时就想回来看看你，看看丁武，电脑都没带。想看孩子了，就借伟楚的电脑上QQ看看。我想最多待两个月吧，回去后干不了连轴转的脑力工作的话，就找点别的事干。有时候想想这一生，我做的唯一一件有意义的事，就是保护这条河，保护金翅鱼，其他的也不能说无意义，就纯粹是为了个人。现在只希望金翅鱼能永久性地得到保护。"

"嘿，兄弟你谦虚啦！在我看来你活得既有成就又有意义！难道你设计了山乡办公楼没有意义？你设计了城里那么多建筑没有意义？在吴村，你第一个考上了大学没有意义？你写的《金翅鱼之歌》就别提啦！相比你，我后悔自己从小不学好，在青春年华肆意放荡，一度失去人生方向。幸运的是三十岁以后悬崖勒马，否则我不知道现在会不会仍然是社会渣滓。"

"要我说，你们两位都是我的老师、我的榜样！自从看到你们为了保护金翅鱼被人抨击，被人误解甚至伤害，但你们认定正确的事就一直坚持，想到这件事你们已经坚持了好几年，每年自掏腰包、亲自参与，我就不再觉得来山乡工作苦了。"

"嗬！就你小子嘴甜！"

每次从李钢那儿回来，集科的心情就会好一些。在乡政府不长的时间，他觉得自己正在变得更成熟起来，难怪有人说到基层政府工作是最锻炼人、磨砺人的。

一天，集科回了吴村一趟，返回时从家里为李钢捎了一些吃的。李钢告诉集科，他母亲打电话说，福利院缺护工问他去不去，他想着去福利院工作能照顾到他母亲和孩子，准备等金翅鱼洄游完就去试试，又担心自己粗手笨脚，干不来那些端屎端尿的活。后来他们商谈起来，都想到应该重新开汽车修理铺，就在乡政府外面的三岔路口，那里有一栋两层建筑，原本是一家饭店，由于国家政策收紧，几个乡级单位都停止了公款消费，不得不出租转让。那是山乡的咽喉要道，全乡的汽车、摩托车、电瓶车、三轮车、农用车、自行车，林林总总，都会经过那儿，加起来数量也不少。如果未来旅游真能搞起来，还会有很多外地车经过。

"我是这么想的，从汤溪进来，就中戴村有一个修摩托的铺子，我在祝村搞起来的话，两个乡的都会来，也算是便民服务吧。我之前的修理铺倒了，但是维修工具一应俱全。另外就是环境，我那孩子在汤溪福利院住着，离赤骑远了，病情稳定多了。如果把他俩接过来，这里空气好水好，或许就不会老生病。"

"这是毋庸置疑的，山乡虽然穷但环境好。接来住吧，可以先送我家去住一段时间。"

6

那个晚上，集科骑小石的电瓶车回到乡里已九点半了，路过伟楚的房间见灯亮着，又敲门进去聊了一会儿。伟楚闷闷不乐。他说刚刚结束一个扶贫监督检查，市里来了一大帮人。他们要详细了解：贫困户是否真实贫困；扶贫资金发放是否到位；贫困户是否达到脱贫标准；贫困户经济来源；等等。以上工作他和小石还有各村的驻村第一书记都做得很好，记录的本子摞成了小山，几无破绽，但是扶贫办有个人注意到了山乡有三个贫困户的子女没有上学，认为这情况属于严重不作为。

伟楚说，进城那个儿童，他是四处打听过的，杳无音信，这个不算过错。但辍学在井下村的两个，他们认为"简直就发生在眼皮底下啊"，所以伟楚受到了严厉的批评。

伟楚一说起那两个孩子来，集科马上就想到了，那是跛脚篾匠马福的两个儿子，虽然不能说他们是智障儿童，但智商不高是肯定的。据说小儿子长得特别像某个著名富商，可惜脑袋运转情况不如富商。大儿子患有多动症，乡里曾专门派人接他来山乡中心小学上学，可这孩子在教室里大闹天宫，最后的结果，当然是劝他退学了。

　　"自从来了山乡，记不清有多少个日夜奔波在村里，到了周末经常回不了城。可有多少人知道我们的苦与累啊。上面来的人就不说了，就连贫困户也只会记得谁家比他享受的优惠多一些，就知道跟我们争取更多扶贫款。还有一些人家，没有评上贫困户就对我们恶言恶语的。有一个老妇人，对正在协助资金发放的扶贫工作队和村委干部大发雷霆，她说别人家分几千元而她家只得了一千元，她认为我们欺负她家……"

　　"要不是我在乡里待了这么几天，"集科接话说，"你说起这些我会比较麻木。说真的，我现在的体会很深，大家都挺不容易的。"

　　"有一个跟我们年纪差不多的官员，不知道怎么就成了督察员。你听听他说的话——他说全国选派了多少万扶贫干部，一些扶贫干部牺牲在了扶贫路上，是令人敬佩、惋惜的，但仍有一些扶贫干部来自城市，长期吃的是机关饭，来到贫困地区放不下身段，吃不了苦进不了农户门，想不出办法，叫苦又叫累。——你说吧，他说这一套话是想体现他能背诵、记忆力好呢，还是讲给我们听的？他怎么就知道我们放不下身段进不了农户门呢？还有一位老同志，见我接受批评不那么诚恳，接着说了几句——他说对比革命年代，你们算幸福的了，虽然农村条件艰苦，但是至少不用抛头颅洒热血，至少有吃有住，不用吃皮带啃树皮！——我真是服啦！拿我们开旅游节筹备会来说，分歧再大意见再难统一，我们谈的都是工作细节，具体怎么来操作，没有像这样笼笼统统讲一天，完了都走了的。我以前特别热爱抒情，因为工作太枯燥、太琐碎，所以没事了喜欢读点诗。我刚刚把那些抒情过了头的诗，都烧了。"

"啊！为什么？我还记得你写过一首与税收有关的诗，说你是长在税务园里的一株蜡梅，在寒冬绽开笑意。"

"抒情诗的用词喜欢笼笼统统的，文学上的说法：不及物。"

"这个我真不是很懂。"

"我准备以后改写小说了，我现在喜欢写细节、具体的东西，写山是山，写水就是水。"

"那就像我们画图纸嘛，没有一条线是估摸出来的或者可长可短的，都得纤悉不苟。"

"哈哈哈，正是，兄弟，你说得太对啦！"

两人这么聊着，逐渐开心起来，时间已经十点二十分，集科告辞出来，伟楚扯住了他的衣服，告知今天客房里可能住了人，集科就出了宿舍区，去了办公室。楼里静悄悄的。他在折叠床上躺下，也不知道是心里恐惧，还是院里真有嘈杂之声，具体听不清，像是有人呼号有人哭泣。他想爬起来出去看看，听得具体些，但是又迷迷糊糊的，感觉自己睡着了，怀疑是幻听。他正为自己听不清具体的内容着急，远处突然传来"砰"的一声，世界顿时安静下来。他吓得霍地起身，看到手机屏幕发亮，手机在地上振动着。

"喂……"

"集科，是我，"电话是李钢打来的，声音轻得像蚊子叫，"我看到金翅鱼在河口附近聚集了，我不敢打手电，担心它们跑了。你告诉我，我该怎么做？"

"不用蹑手蹑脚的，它们要集结好几天呢，等天亮我就过去。"

金翅鱼的集结，结束了山乡政府要不要举办首届金翅鱼洄游观光旅游节的争论。王乡长力排众议终于明确支持陈集科的策划案，同意今年的任务是邀请媒体造势、建观景台、确定民宿、配备硬件设施，筹备一年后，明年正式接待游客。因为在筹备时间上，高峰一直处于下风，金翅鱼这一聚集，他顿时面临墙倒众人推的局面，只能骂骂咧咧拂袖而去。

　　将有争议的问题搁置、拖延下来，可能是王乡长的工作办法。等高峰走远，他开始有条不紊地安排工作。他对集科说："你爱人是京城记者，必须邀请她回来，你们也可以借此机会团聚。我们会组织一些城里人带着孩子、老师带着学生来观光，让他们跟你爱人谈一谈观赏金翅鱼洄游的感受，说说他们为什么要选择来山乡旅游。《金华日报》那个记者也由你来邀请。《钱江晚报》的记者我联系好了，还有电视台的记者，大概有十几家媒体，我都委托他人去联系了。到时你的任务就是负责接待记者，把你平时掌握的环保知识，转化为通俗易懂的新旅游观念提供给记者。前阵子我把你寄给老高的一大箱资料都看了，非常好！当时看见柜子里这些东西差点卖了废品，幸好看到箱面上写了一行字……"

　　集科已经记不得具体有哪些书哪些资料了，但记得当时想提高乡干部的环保觉悟是真的，可谓用心良苦。

　　王乡长交代完集科要做的几项事情，接着安排副乡长和几位主任这一年的任务，有的要做观景台预算，钱从哪儿来；有的负责到沿河村庄动员村民将空余房子改造成民宿，有的村子之前就有经营失败的民宿，要重新利用起来；有的负责封河育鱼、打击盗捕；有的负责去各村动员群众冬季要种油菜、自酿米酒；等等。一个上午，几乎每个乡干部都领了王乡长交下来的任务，很具体、可操作性强。集科留意到，伟楚领的任务是带领贫困户清理河滩上的垃圾，监督各家各户保持屋前屋后清洁，检查各村公厕卫生情况。

会议结束，集科和伟楚的工作似乎是最急迫的。散会后伟楚就带着小石进山去了。集科则要联系记者来山乡采风写文章，还要预先想好比较容易切入新时代的"新闻点"供记者们参考选择。他虽然没有做过宣传工作，但是跟马莉在一起时间久了也懂一点。他不会做采写工作，但是大致知道王乡长想让他在掌握种种资料和整合种种资源的基础上表达什么主题。王乡长看重的显然是他懂环保，研究过金塘河和金翅鱼，知道山乡搞旅游的真正目的。

回到办公室他就给马莉打电话。挂了电话，心却凉了半截。马莉说这段时间单位另有安排。他问能不能派一个同事过来，马莉说报社记者都到上海采写世界博览会的新闻去了，再过半个月，第二轮中美战略与经济对话在北京举行，恐怕也不会有人来。集科有点生气，觉得马莉自从被报社评为先进工作者以后，就觉得自己是大记者，架子大了。好在夏炎对这事很上心，他答应带白冰一起过来。

金翅鱼是一天夜里开始真正洄游的，就像集科曾经守在码头上观察到的情形一样，李钢发现河口的水流动起来时，它们已经逆着湍急的河水向上游行进了。李钢跟当初的集科一样大吃一惊，好在想起集科告诉过他，鱼群总是选择某个神秘时刻突然开始它们伟大的旅程，这才定下心来向河的上游走去。手电的光柱扫过河面，如果不仔细观察，很难发现河中有鱼顶着激流前进，除了遇到大的障碍它们很少跃出水面。它们是急行军，是敢死队，无暇左顾右盼。李钢的心七上八下的，那个晚上没有休息，就在河边坐着。山里的夜很清凉，天空像一个巨大的锅底，一颗颗小星星就像未熄灭的火星闪烁。河水喧闹，青蛙、昆虫、夜鸟的鸣叫此起彼伏，只是身在其中仿佛听不到一般。一等天蒙蒙亮，李钢就给集科、丁武打电话。

"哎呀！太好了。我也觉得它们该行动起来啦！"集科立马起床了。

集科穿好衣服，就给夏炎打电话。接着他去王乡长办公室门口守着，王乡长住在汤溪镇，马上就会开着他的破夏利来上班了。

王乡长听说金翅鱼已经离开河口，赶紧给他联系过的新闻媒体打电话……

夏炎和白冰是最早赶来的媒体记者。他们是开着一辆面包车来的，直接进山到了黑水潭。集科和丁武已经守在那儿，见到面包车上下来不少陌生人，他们一个个戴着鸭舌帽、穿满身口袋的衣服，年龄二十多岁到四十来岁不等。

"来来来！同志们，我给大家介绍一下，这位是……这位是……"夏炎隆重地介绍集科和丁武。这家伙毕竟是搞文字工作的，把他俩说得跟活雷锋和焦裕禄似的，搞得集科有些不好意思起来。他反问夏炎，你带来的这些新朋友是？夏炎说，他们都是白冰的手下。

原来，白冰从交通电台辞职了，成立了一个文化公司，这是一个摄影团队。该团队的主要业务是拍摄金华本土的美食类、文化类纪录片向电视台和网站出售版权。他们共有六人，相互介绍完毕，就忙着在拦水坝上来回找机位。

"最近几天，我们调集了所有拍摄洄游鱼类的纪录片，太悲壮啦！三文鱼竟然也是洄游鱼，整个过程不吃饭，哎呀！六十天里就靠身上的脂肪和蛋白质扛着，上千公里哪！"白冰说。

"金翅鱼在几十年前是从钱塘江入海口游上来的，跟三文鱼洄游没有多大区别。当然现在洄游的距离已经很短很短了。如果这么短的最后一段河道有一天也断流了，那么你们这次拍摄的纪录片将具有历史意义，是留给我们后代的纪念品。"集科想到金翅鱼洄游的照片，他和李钢都拍摄过，完整影像资料却还没有，自然很期待。

"所以我很荣幸能参与这次拍摄，目送金翅鱼们一程！有什么活儿尽管安排哦！"

"大小姐，下河这种事有我们在呢，你只要领导你的手下抓好镜头，拍出唯美、壮丽的画面就行！"丁武说。

"哼，丁卫士，知道啦！"白冰说着，就去查看几个摄像机机位的情况。

7

中午阳光猛烈，太阳就像超强聚光灯，波光粼粼的深水潭里金翅鱼越聚越密了，河面开始泛出红光。集科蹲守在鱼道口，等着鱼飞跃而上。这次有经验了，通往生态泄水孔的水域，已经用丁武带来的尼龙网隔开，鱼不会去冲击从泄水孔喷出的水柱。他还和丁武在鱼道口的两侧各挂了几把稻草，这样有鱼从水底蹿上来时要是偏离了方向，头和身子就不会被水泥墙擦伤。金翅鱼显然已经知道从哪儿才能游上大坝，它们拥挤在鱼道口下方的流场中，跃跃欲试。

今年的洄游季，金翅鱼显然是幸运的，水电站新投资人徐老板为了配合山乡政府的工作已经停止发电，水源源不断，将整条鱼道灌得满满的。集科不担心金翅鱼不上鱼道，丁武却有些心急，找来若干长竹竿，吩咐志愿者们下河去驱赶，集科制止了他。他认为一定要让它们自己认识到、回忆起洄游的路，自己鼓起勇气游上来，以后才能成为永久记忆的一部分。志愿者们都不太认可这种说法，说鱼的记忆力只有七秒，哪能记得住这些。那么问题来了，既然鱼的记忆力这么差，它们怎么记得每年这个时候就要往龙井洄游？大伙正这么讨论着，集科发现有一条鱼上来了。它比其他鱼都要红艳，体形大，它跃上鱼道的那个动作，不由得让他想起"鲤鱼跳龙门"的传说。

"嘘！看到了吗？有一条鱼已经上来啦！"集科压抑着他又是第一个发现鱼游上鱼道的人的欢喜，将一只手举到半空，抓着他的帽子，往下甩的动作很像打了一个榧子。

摄影师们赶快聚焦。他们因为激动有些慌乱，构图、角度、明暗、清晰度，考验着他们的技术水平。这可是拍山乡这块弹丸之地以外所有人都能收看的影像啊！他们都想从时间和空间中截取震撼人心的画面。而那条勇敢的金翅鱼，仿佛知道此刻，它的一举一动已进入人类制造的机器的精确记录，它游得非常卖力。那片片红色鱼鳞，在阳光下忽闪忽闪的，它在鱼道充足的水流中游得轻盈又欢畅。它的游动仿佛人类跨越110米栏。集科盯着它，激动的心情让他感到呼吸急迫！

当鱼噜噜噜地游到了坝顶，集科知道它要加速了，是的，它像鸟儿一样飞起来啦——那个美丽的、耀眼的腾跃，如此惊心，令所有在场的人惊呼起来——集科虽然已见过数次，但是看着金翅鱼展开鱼鳍的画面，仍然屏住了呼吸，握紧了拳头……

直到滑翔之鱼在空中慢慢下降，重新跌入水中……

他感到头晕。不知为什么，他有一种不祥之感，这一生，不会再有这样幸福至眩晕的高光时刻。因为太美了，简直不像真的，就担心不会再次遇见。

太阳继续在升高，已经悬在头顶，由聚光灯变成了泛光灯。这时越来越多的金翅鱼进了鱼道。它们奋力地游动，溅起水花，集科目不暇接。金翅鱼们到了坝顶，它们接二连三地飞跃、滑翔，集科看到的是阳光下一条条斑斓的弧线，这些弧线把他的魂牵走了。看的时间久了，他有些神思恍惚，不知道这是在做梦，还是在执行任务。如梦如幻的情境，让他觉得看到的不是鱼，而是一种现实生活中不存在的精灵。

必须说明的是，那一年还没有流行平板手机，自然，当年网友们观看直播只能在电脑上看。事实上，随着信息网络技术快速发展，电子媒介蒸蒸日上，那时候传统媒体也已经面临尴尬。相比夏炎回去写新闻登在报纸上，视频直播融合了图像、文字、声音等元素，更能激发网友的兴趣。相比电视新闻节目，视频直播几乎是没有时间限制的。总之，白冰和她的团队在新闻网站、微博等平台直播金翅鱼洄游二十四个小时之后，吸引了几十万人观看，留言不计其数，根本看不过来。而夏炎还在回城路上，想着这新闻该怎么来写，要不要采用集科提供的诸多切入点。

不过，用发展的、辩证的眼光来看，传统媒体也并非一无是处。官方新闻可信度高，把关严格，能保证内容的真实性，而且它的读者当中不乏高居显位者。因此夏炎回到报社后，丝毫不敢马虎。他在办公室门上挂了"工作中勿打搅"的小牌子，除了夜里到传达室领了一份外卖，一直在工作。等第二天他拿着稿子交给报社总编时，他也不知道自己喝掉几杯咖啡，忙了多少个小时了。他两眼通红，胡子拉碴，但是并不觉得困，他能体会到从今往后，保护金翅鱼的工作会慢慢变成政府行为，这无疑是巨大的可喜的变化。

与此同时，更多的新闻媒体记者在夏炎回金华赶稿期间到来了。王乡长显然豁出去了，动用了他所有的关系，邀请到了他所能邀请的所有媒体。马莉在集科的埋怨下，也代邀了两家媒体，一家来自北京，一家来自广州。

那些天，王乡长和集科忙着迎来送往。媒体中，有的也带着摄影团队，已经开始走转型融合之路，往往采取"先网上发布，后见报"的形式，将自身优势和数字媒体优势充分结合。在他们到来之前，集科还以为自己准备充分，对金翅鱼这一物种有发言权，结果各种生物学问题接踵而至，让他这个顾问羞愧难当。

有若干个问题，集科自己也一直无解，仅做过推理。他以为不会有记者提出来，毕竟邀请记者们来山乡的目的是为明年举办旅游节做铺垫，不是来搞科研项目，但仍被问到了。比如，为什么从前那么多洄游到山乡的鱼类，而今唯独剩下了美丽而神秘的金翅鱼？集科的答案是：鲥鱼、刀鲚在山乡水库建成前就基本在金塘河消亡了；不仅仅在金塘河，就连兰江、富春江都难觅踪影。那么，为什么原本需要回到钱塘江入海口才能长大的金翅鱼，被迫滞留山乡后还能繁衍生息，它们不再需要咸水的滋养吗？关于这个问题，集科说他曾经怀疑水库下面有盐矿，或者有食盐仓库被淹在水下了，但毕竟是猜测，不足为凭。所以他只好去找能形成对比的例子，那就是生活在青海湖的湟鱼。这种鱼最早是披着鳞片的黄河鲤鱼，多少万年前青海湖形成了，之后又因地质运动形成闭塞咸水，结果黄河鲤鱼就被迫滞留在青海湖了。它们生长在高寒缺氧的咸水中，为了排出体内的盐碱，褪去鳞片，成了青海湖裸鲤。这种鱼为了寻找合适的产卵地，每年会沿着青海湖的母亲河逆流而上。集科认为金翅鱼也大抵如此，已被迫适应环境。

如果有人问，金翅鱼就不能待在水库里直接繁衍吗？人家湟鱼洄游是因为产卵时水质需要变化，对于金翅鱼，龙井的水跟水库的水有什么区别呢？这时集科就得严肃起来，以一种不容置疑的口吻告诉对方：洄游的意义除了天性使然，也是为了滋养沿途其他生命；金翅鱼在水库里集结时数量庞大，真正能回到龙井的却很有限；死在路上的，就成了鸟类、兽类或其他鱼类的口中食，腐烂的鱼肠为河边的植物提供养料；即便游到龙井的，完成繁衍使命后，尸身还会成为哺育小鱼的最佳食物，小鱼还会被其他动物大量捕食，这是大自然能够生生不息的原因。

"当然，洄游最主要的原因，是为了获得孕育、繁衍后代的能力。这就像人需要锻炼才能身子骨硬朗啊！因为成长于水库环境中的金翅鱼，没有条件在汪洋大海的咸水中成长，现在只有经过急流险滩历练，忍受鱼肚子被河床擦破的痛苦，其性腺才能发育成熟。而且，最重要的一条，金翅鱼的受精卵只有在流动的活水源中才能保持活力……鱼卵在清洁水源中孵化的时间越长，幼鱼的成活率就越高。明白了吗？"

记者们被集科说得一愣一愣的，尽管心底里仍然不太信。这时候就要看王乡长的公关能力了。王乡长酒量极好，农家自酿米酒能喝一斤半。酒过三巡，他就要向记者们灌输一定要好好宣传山乡、帮帮山乡的话。记者们满口答应，因为怕被灌醉。

8

平时不爱讲话的集科在那段日子无疑是讲话最多的。每一拨记者到来，山乡政府都会安排沿途村庄的村委会负责食宿，由乡里掏钱。集科往往要陪王乡长与记者们一起吃饭。吃饭时，不但要解答记者们关于金翅鱼洄游的提问，而且山里特色的土菜端上来了，有的看着品相粗陋、闻着一股臭味，记者们不敢下箸，他作为地道山乡人，还要将山乡饮食文化做一番介绍。"'烂菘菜滚豆腐'，就是用腐烂的陈年腌菜煮豆腐。为什么不用新鲜腌菜呢，因为老坛子里的菜汁里有盐巴，不舍得倒掉……"

事实的确如此，山乡地处金衢盆地边缘，山高林密，因为穷，山里人历来勤劳节俭。有人说重辣是骗嘴下饭的穷人菜，集科基本认同。因为在杭州、苏州，他发现吃食都很清淡。结果就说到了旧时代，确实是穷人先把口味吃重了的。因为穷人没有多少油水吃，又要干体力活，吃点咸辣的菜，能多下几碗饭到肚子里，流汗多也不用补盐水……集科硬是把山乡没有多少文化含量的土菜、野菜，说得头头是道，记者们对报道山乡风土人情的兴趣陡然而增，报道出去的新闻就多了不少信息。

这样忙过一阵，以金翅鱼洄游为观赏点的山乡生态之旅，经过各网络平台生动、直观、不间断地播放，以及传统媒体集中曝光，很快吸引来附近几个城市的游客。尤其周末，很多家长带着孩子来看金翅鱼，要让孩子学习"顽强拼搏的精神"。王乡长提前联系的几所学校，老师们带着学生来春游了，一时之间，山乡车来人往，迎来了一个小小的观光高峰。集科为孩子们讲二〇一〇年是"联合国国际生物多样性年"，讲什么是生物多样性，讲保护金翅鱼与保护生物多样性的意义。集科自己都不敢相信，他手持喇叭，这么善于演讲。讲得认真时，会忘了间歇性头疼。

看着山乡旅游发展势头良好，那些对要不要开民宿、办不办农家乐还犹豫不决的人家，不再瞻前顾后，他们决定壮起胆子投入资金改造房屋，又去塔石乡的同行那里学习服务与经营，他们中就有和尚村那个稻田养鱼失败的青年。得知省里有一个扶持农村青年返乡创业的项目，伟楚帮他填写申报表格，盖上公章送到区团委，等学习归来后他可以领取一万块钱补助。这让该青年对留在山乡创业充满了新期待，走之前他来乡里感谢伟楚，得知集科也在乡里，他握住集科的手，特别感谢他为保护金塘河做出的努力。集科想到有一阵子，他和这个青年一样陷入绝望，如今拦水坝犹在，但是至少保住了金翅鱼，两人见面分外感慨。

送走该青年，集科和伟楚更清晰地认识到，把山乡的生态环境维护好，是发展山乡经济的基础，但是搞生态旅游这条路不是留守的老人和妇女能搞起来的。"问题关键是，要结合实际制订长期有效的帮扶计划，要增强山乡群众自身'造血'能力。"见到王乡长，集科顺便说了自己的想法。王乡长是知道和尚村那个创业青年的，他同样认为一个地方的振兴离不开年轻人的参与。

又过了几天，等记者们采风的事忙得差不多了，来山乡看金翅鱼洄游的孩子们也都回城去了，王乡长终于能把本乡各级领导干部、来山乡挂职的干部、驻村的帮扶干部，全部召集到会议室做工作小结。会议是从早上开始的，说是小结，却开到晚上也没有结束。干部们按职责不同，汇报着各自已经完成和即将开展的工作，以及具体发生的、亟待解决的事情。到了深夜，会议室里仍然灯火通明，大伙讨论着未来的、富裕的山乡该是个什么样子。集科也发了言，特别提出：这几年，那种供游客吃吃喝喝、打牌搓麻将的农家乐旅游基本饱和了；我们的旅游节不能将重点放在为游客提供简单的吃喝玩乐上，而应该吸引有更高文化层次的城里人带着儿童和少年，来山乡认识大自然，观赏金翅鱼洄游，教他们生态知识、传统文化。

听了集科的发言，王乡长带头鼓了掌，然后做会议总结，他指出从刚刚结束的金翅鱼洄游对游客尤其家长和孩子的吸引力来看，以亲子游为抓手的旅游节宣传路子走对了，因为带孩子们出来的，要么是年轻父母，要么是学校的老师，都有一定经济基础或文化基础，而且他们一来就带上一大家子或者一个班级。所以，山乡旅游节在一定程度上能够避免与其他乡镇的旅游项目争夺客源。王乡长还说，下一步山乡要在硬件设施上加大投入，同时，不能忽视软件——人才引进。他认为，农村将越来越缺像陈集科这样的人才。

有了王乡长的铺垫，大伙纷纷建言献策，有的干部谈到山乡除了要建民宿、饭店，还可以种花卉，用紫罗兰、天鹅绒紫薇来代替油菜花；有的干部建议，选一个依山而建的村子，把墙体全部刷成一个颜色，画上3D立体画，把村子变成童话村；还有人提出，中国工农红军挺进师在山乡打过仗，多个地方保留着红军革命标语，可以将它们办成红色教育基地。他们一个个神采飞扬，对明年举办旅游节信心满满。在这个气氛里，只有坐在会议室角落的高峰冷眼旁观，丝毫没有参与讨论的热情。"等着瞧吧！结婚的时候谁不是欢天喜地的，等到离婚的时候就会撕破脸皮，痛心断肠！"高峰毕竟是前乡长，他一发话，大伙就噤若寒蝉了。

集科也觉得会议该结束了。他知道高峰突然冒出这么一句，是因为他还未从失败的业绩与仕途的挫败中走出来。为了避免高老师和王乡长争吵起来，集科站起来说："高老师几年前办油菜花旅游节，在我看来是非常勇敢的壮举，要是坚持到现在可能就创出'生态旅游之乡'的品牌来了。"但是高峰没有买他的账。

散会往外走时，大伙都走得很快，因为多数人还要开车回镇上的家里去住。院子里一时人喧马啸，等重新安静下来，集科回到客房，冷静下来后，突然有些担忧明年旅游节搞砸了怎么办。经过这一番大肆宣传，乡里乡外都知道山乡在筹备旅游节的事了。白冰的团队已经剪辑出五集纪录片初样，据说多个电视台有意购买，央视科技频道也抛来了橄榄枝。但是如果山乡要把旅游节办好，真正需要依靠的还是本乡本土人，不能指望记者。这考验着山乡人的生态观、文明程度、经营理念，他们是怎么看待金翅鱼洄游的。如果把金翅鱼仅仅看作摇钱树，能从树上摇下钱来当然皆大欢喜，如果出现不可预知的原因，投钱进去赚不回成本，那么他们就会砍倒这棵树、毒死这条河，把金翅鱼旅游节发起者活剥也说不定。

"一年打基础、两年见成效、三年树品牌"的发展规划，此时不过是刚刚伸出脚去试水，踩入河中会怎么样，谁也不知道。集科原本就不喜欢做领头羊，此刻只想缩回到壳里。要知道，站在明处永远是最危险的。他目前做的事，不过是给未来画饼，饼画得越大，接下来的压力就越大。这会儿他感到自己并无能力筹备这个与金翅鱼有关的旅游节，后悔被王乡长夸了几句就应承下了这件事。那个晚上，他又做了那个可怕的梦，梦见洪水滔滔……他想醒，却醒不过来。

第二天早晨，他是被一阵拍门声吵醒的。醒来时，赶紧伸手摸了摸自己的头，头还在，但是摸到那块人造头骨的时候，不禁打了一个寒战。他想起昨晚的梦，其实这个梦在他的头被打破之前就做过，没想到头破后仍然折磨着他，每当内心不安就会梦到。

"谁呀?!"他尖声叫道。听见自己的声音，他的心又安定了些，说明自己还能出声。

"集科，起来了吗? 今天起我和小石跟着你一块儿工作啊!"房门外是伟楚的声音。

"我这就起来。"他想起来了，根据前天定下来的工作任务，他从今天起要在金塘河沿岸测定观景台位置，以便来年游客可以有序地、近距离地观赏金翅鱼。

"我已经把测绘工具都准备好了，不就螺旋测微器、游标卡尺、水准仪、经纬仪……共九样仪器吗?"伟楚继续说。

"没错的，就这么几样。你们等我十分钟。"

十五分钟后，集科到食堂领了三个包子一杯豆浆，他和小石坐伟楚的车进山。这车由于随主人下乡扶贫，也跟着受苦了，脏得看不出是一辆上档次的车。伟楚也懒得清洗。他说反正刚洗过进山一趟又脏了。很显然，伟楚已经接受了这样的工作和生活。当然，他能坚持下去，也在于下派基层锻炼之后，再回到原单位就可能得到提拔，所以他珍惜这次机会。

此时天气有点炎热了。车驶过祝村、卷虹桥、延兴寺、乾头垄，水库出现了。车开上了水库一侧的盘山公路，水库平展在青翠的群山之间，湖面呈不规则状，宽的地方有四五公里，窄的地方八九百米，车要在弯弯绕绕的公路上开半个小时才能到达水库上游的旧码头。一路上青山碧水，幽蓝的湖面闪着细碎的金色，和煦的、带着植物抽青气味的风从车窗刮进来，集科欣赏着黛蓝的远山、静穆的水库，想着他向王乡长提出的设想：在山乡造八个观景台，三个在水库边的崖壁上，游客站在观景台上可以俯瞰碧蓝的湖面，其中一个悬挑于水面上，让观者能更充分地感受到烟波浩渺、远近不同的山水画卷；另有五个建在金塘河上，主要功能就是观赏金翅鱼洄游，其中有三个建在三条拦水坝附近，根据地形设计成平视、仰视、俯视的角度；观景台的造型将注重与环境相协调的理念，有平台式观景台、堆叠式观景塔、梯阶式观景台，它们均与自然景观融为一体。乡里召开过会议，已经采纳了这些设想。

这显然是非常重的任务。集科算了一下时间，离当初决定留下来做两个月的顾问，只剩二十天了，这么短的时间他只能完成八个观景台的初步选址、测绘工作，观景台的细节设计须回到北京以后慢慢推进。他们每天肩扛仪器和脚架，日晒雨淋，早出晚归。三个本来已经脱离野外劳作的人，没几日就皮肤黝黑，污垢满面，但是他们都很快乐。有力气的时候他们会多干些活，累了，就坐在河滩上讨论设计什么样的观景台显得好看。集科说的永远是专业性很强的话，伟楚说的永远是成本核算，只有小石比较感性，他说应该在河滩上竖立一些木牌，用油漆刷成红色，上面写上环保警句，然后在每个观景台上挂一些励志的话。

　　中午，他们一般开车到集科家吃饭，这样既可以吃到可口的饭菜，集科也能借这个机会与父母见个面，聊聊天。父母对他没有把孩子带回来一直不高兴，说集科在北京时，尚能通过打电话听听陈金翅的牙牙学语，现在也听不到了。他们让集科打电话给马莉让她带孩子回来住几天。集科答应完，一次也没有执行。他知道马莉很忙，不可能请假回来一趟。另外孩子回来了，他就没有心思安心工作了。他计划测绘工程完成，就回北京。他也有些想孩子了。

第七章

1

陈集科带着母亲张桂芝走得有些匆忙。那是一个大清早，两人坐赖伟楚的车去金华，跟逃难似的。这次连集科都没有想到，还有四个观景台的测绘与选址工作没有完成，就必须得走。跟王乡长告别时他特别惭愧，但是想到马莉和孩子孤零零地在北京，就顾不上山乡的事了。在火车站广场，伟楚说："老兄放心走吧，我们会让市测绘局派一个人来完成剩余的任务。这并不是特别难的事。"集科千叮万嘱，希望伟楚一定要阻止山乡政府开发龙井："不管是观景台还是修路上山，你都要及时通知我！千万不要因为搞旅游把它毁啦！"伟楚答应他："我知道啦！回到北京再联系吧。"

经过一番小跑，集科带着母亲跨越连接各站台的天桥，坐上了北上的火车。这是从南昌开往上海的动车，母子俩搭乘它至杭州，再转乘其他动车才能抵达北京。母亲没有出过远门，动车是第一次坐。她没想到白色的火车里面这么宽敞、这么干净，坐在车厢里感觉不到车的行驶速度快，只有在站起行走时，人会摇晃一下。最终，她还是吐了。幸好他们坐的是F座和D座，而且集科事先准备了塑料袋。

转乘时，母亲已经吐得面无血色，她怪自己真没用。集科身上背两个行李包，一手拉着行李箱，一手搀扶着母亲。由于天气突变，下起雷阵雨，火车离开杭州后集科也有些头晕。他及时关了手机，因为每次听到打雷，都担心雷会打在他头顶。他们两个就这样在头晕与虚弱中离开了浙江。渐渐地，车窗外雨停了，目力所及，三层、四层的小洋楼越来越少，水塘、湿地、漂着浮萍的河汊不见了，集科发现已经离开了他熟悉的江南。

"妈，想吃东西吗？饿的话，等餐车推来时我们买盒饭吃。"

"我哪里还吃得下，感觉自己就要死了。"

"现在快多了，不然得坐一天一夜呢！"

"要不是想看看孙子，在杭州时真想回去。"

母亲趴在折叠小桌上，趴到了北京。下车后，她还在后悔应该让老头子来带孩子。她害怕乘车，这一整天都感觉像被蛇咬了，半死不活。集科倒是觉得头不晕了。到了北京南站，他甚至有点欣喜——终于要见到老婆孩子了。

考虑到行李多，母亲没有气力，集科从车站地下一层直接打出租车回家。母亲头晕，但是胃里已经没有东西可吐，她瞪着两眼望着车流滚滚的三环路，不停地说这路上车怎么这么多，就跟往楼板上倒洋芋似的。

到了十里堡，集科指引着司机将车开到了晨光家园小区的一栋楼下。上了电梯，母亲显得有些紧张，她是第一次坐电梯。为了让她放松，集科特意提醒她，马上就要见到陈金翅了。母亲被人拍了一下肩膀似的，立刻站得直了，还拉了拉衣角。

集科和母亲站在一扇漆成墨绿色的铁门前，都没说话。集科摁了门上一个按钮。

"叮咚，叮咚……"门铃的声音从铁门内传出来。

门开了，马莉一见到集科和婆婆，哇的一声哭了。

集科是在棺材坑测绘与选址时，接到马莉打来的电话的。电话接通后，马莉也是这么一声哭起来。当时集科正在测算一组数据，脑子一下子就乱了。他问马莉怎么了。马莉说她在外地，突然接到妈妈电话，说她和爸爸要立刻赶回湖北去。集科问怎么了。马莉说她家门口要建一条高速路，父母在北京住，一直没有时间回去谈拆迁补偿，昨天村里突然说，来了一帮全副武装的人指挥几台吊车、挖掘机，已经把她家房子的瓦片都扒掉了，一面墙也推倒了。

"现在他们已经买好了火车票，要带着小白马回湖北。你说怎么办呀？"

"你能从外地赶回去吗？"

"你是说赶到湖北去？"

"北京也行呀。"

"我正在往北京赶呢。"

"那你说孩子还让带走吗？"

"我这不就在问你吗？你多久没有关心家里的事啦！"

马莉挂掉了电话，集科再也没有心思测算了。他决定带母亲回北京。

平静下来后，马莉说，她父母坐了一夜火车，今早赶到村里后，看到房屋已经被夷为平地，家里的东西被埋在了瓦砾堆下。父亲借了一辆电瓶车赶到镇政府评理，结果发生肢体冲突，把自己送进了拘留所。母亲快要急疯了。现在，马莉就等着集科到家，好把孩子交给他，她要坐明天凌晨的飞机赶回老家去。

集科没想到事情这么棘手。那个晚上，除了陈金翅，三个大人都未合眼。集科从心底里害怕遇到这种事情，以前类似的事情发生在李钢身上，他还赶到金华奔波一番，现在它发生在了自己的岳父身上，他却有些害怕了。他害怕与权力部门打交道。虽然在山乡政府做顾问的日子，他也算是接触了一些基层领导干部，开过一些气氛严肃的会议，理应不会发怵了。但事实上，正好相反。好在岳父家的事，有马莉在，她是记者，相信她到家后一定能妥善解决。

凌晨三点四十五分，天空一团漆黑，马莉预约的出租车就来了。集科送马莉上车，回到家，头又疼了起来。他很自责。如果岳父母不是在北京帮忙带孩子，而一直待在老家，就能友好地协商拆迁事宜，当地政府就不会把他们家当作钉子户看待。

母亲见集科回来，劝他不要担心，船到桥头自然直。集科没说话。他觉得人活在这世上，真的很渺小。有时候很多人以为经过艰苦的奋斗，最终能够过上安定的生活，事实上在突发事件面前，什么都不是。他担心自己睡着后，又会梦到那个被食人鱼包围、蚕食的梦，干脆就和母亲陪在孩子身边。

孩子睡得很香甜，他是不知道大人世界发生的事情的。母亲看着她的亲孙子，轻轻地捏着他的胖嘟嘟的手，眼神中透露着疼爱，显得慈祥和蔼，还有点诚惶诚恐，仿佛一不小心孩子真的会化了一样。集科看着这一老一少两只截然不同的手，不知道为什么，心里觉得酸。

"我看这孩子，长得还真像你。你爸说得没错，鼻子像你。眼睛、嘴巴嘛，其实也像你。等明天你给你爸打电话，让我跟他说！"

"长得像不像，不都一样嘛，我本人长得一般，倒希望他长得像他妈呢，至少好看些。"

"话是这么说，可你爸还挺在乎这个。他说以后呀，你和孩子肯定都留在城里生活，虽然他有后代了，可后代们都不会回村里去了，迟早要关门闭户。如果后代们还能保留着代代相传的相貌特征呢，他心里多少也是个安慰。"

"我爸这个思想太封建啦！我算是比较运气的了，还能遇到马莉。在大城市，你知道有多少万人单身吗？"

"我哪能知道，我刚到这地方不到一天。"

"妈，要不，你先睡一会儿去吧。"

"那我就跟小金翅一块儿睡了。我也不洗脚了，感觉很累。"

这么聊着，母亲在卧房的床铺上躺下，她的枕头挨着孩子的枕头，她脸朝着他，仿佛随时要睁开眼睛看一看。集科仍然像以前那样在客厅打地铺。不一会儿，集科发现客厅里有毛茸茸的光亮在移动，就像毛茸茸的狗尾巴草，他起身拉开阳台上的窗帘，向窗外一看，赤红的霞光与幽蓝的天空交融，贴近地面的朝霞把正东方向的几幢楼映得格外迷人。此刻太阳还没有爬上那些楼顶，但是金灿灿的光线仿佛给每座楼镶了一圈金边，那金边的纯度是现实生活中的黄金无法比拟的，尤其在明暗对比强烈的情境下，透着华贵、璀璨、无限生机。

集科一看表，时间是四点五十分，他想马莉很可能已经到机场了。给马莉打电话，马莉说刚刚下了出租车。"你不用管我，把孩子照顾好，带妈多出去玩呀！"马莉的声音有些沙哑。

2

母亲还没有从晕车中恢复元气，第二天就马不停蹄地忙起来了。她要带孙子，逗孙子玩，给孙子做好吃的，给孙子洗脸洗脚，给孙子把屎把尿，教孙子说话。她要趁着晴朗的天气，把家里的被褥拆洗一遍，把家里的沙发套、窗帘、桌布都洗一遍。尽管集科告诉她，北京有的是晴天，几个月不下雨是常事，她还是看到太阳就想洗东西。她开始是手洗，在集科的强迫下才学会使用洗衣机。她很快就把家里能洗的东西，趁着孙子睡觉或者集科看护着他时都洗了。然后她开始拿着一块破布，到处擦拭、清洁，卫生间、厨房、阳台、客厅、卧室，每一个角落都被她收拾得干干净净。集科本以为农村妇女到了城市，会往地板上吐痰，不习惯坐抽水马桶上方便，衣服穿得袖口脏了也不洗，事实是当她们换了一个环境，反而更加遵循新环境的生活规则。她甚至跟着电视练起了普通话的标准发音。

一个星期后，当马莉从湖北回到北京，母亲已经认识去金旭菜市场的路，她会趁小翅翅醒来前去把菜买回来。然后开始煮粥蒸鸡蛋，开始一天的洗洗涮涮。她在农村辛劳惯了，清闲不下来，她不觉得带孩子、干家务活是苦差事，总觉得上山挑粮食、下地抢收才是。她一心想把孩子带好，不让陈家的新后代受委屈。她在吴村生活几十年是很节约的，花每一分钱都精打细算，但是为了孙子的健康成长，她在北京舍得买肉买鱼。

马莉回来了，母亲就更忙了。马莉一进家就说她病了。她连续几天发烧、咳嗽，却不愿去医院。母亲用毛巾浸过冷水拧干，敷在马莉额头上，又为她炖鲫鱼萝卜汤、熬雪梨汁，等等。她扶马莉起来吃药喝汤，问家里的情况怎么样，马莉不说话，只默默流泪。后来听集科说，马莉父亲从拘留所出来了，不过没有家可回了，她家变成高速路，只得了不到十万块补偿金，现在不得不借住在一个亲戚家。

马莉回来后，母亲就不方便睡在卧室了，哪有婆婆和媳妇睡在一屋的？她让集科去卧房睡，自己打地铺。这下好了，因为小翅翅没法跟她睡地铺，她睡不好觉。有时睡着睡着，就听到孩子哭了，醒来却发现屋里静悄悄的。她总担心孩子半夜踢被子，尿床后没人给他换尿布，还担心两个大人翻身不注意，把孩子压得窒息了。她当然不可能跟儿媳去说这些担心，但是总归觉得孩子受了委屈。有一次她跟集科说，想在客厅为小翅翅置一张小床，没想到集科批评了她："这房子太小了，这都转不过身来呢！"她不得不打消了念头。

尽管身上还没有多少力气，但马莉又要去上班了。母亲看着心疼，说能不能再请几天假，马莉说这都要挨批评了，哪能再请假。集科知道马莉病恹恹的不纯粹是身体原因，她是因为不能为她家人争得一口气。但是这事能怎么办呢？除非抱定必死之心，来个鱼死网破。那样子，就等于伸出脑袋让人砸洞，后遗症将终生受用。关于这一点，集科是再清楚不过的。

集科的压力很大。自从受了脑外伤，就没有领过高薪。虽然住院期间，夏炎为他发起了捐款，后来法院又为他赢得了部分补偿，从理论上说，集科还没有成为马莉的负担。但事实上，他俩都知道，家里有一张银行卡上的钱不到山穷水尽的地步是不会动用的，那是捐款。这样一来，他们家等于没有存款，而通州那套房子的贷款每个月都要还，他们目前租住的房子每个月要交租金，孩子每个月要吃进口奶粉，一家人已经在靠节省过日子。等到新房子交付使用，还得为房子准备装修的钱。想想未来的日子，马莉的隐忍是理智的，如果她的父母在老家无法立足，势必要到北京来投靠她，她显然无力支撑。

马莉去上班后，集科在家里坐不住了。他自觉以现在的身体状况，若回到原来的房地产公司担任高级建筑设计师，一周上班六天甚至七天，每天对着电脑绘图十二个小时以上，已经无法胜任。去一般的测绘公司，在工地或者野外作业，脑子当然不用不停地转，但是想想在山乡风里来雨里去的日子，为了测一个点在芦苇荡里爬半天，心里也不是特别愿意。当然好工作、好单位肯定有。他看到网上有人说测绘毕业可以进BAT（B指百度、A指阿里巴巴、T指腾讯）、高德等互联网大厂，但是毕业学校得是211或者985大学，专业得是遥感影像或者GIS，同时还得是计算机编程高手，这样的工作说是开发软件或者数据收集更准确。

两个星期内，他去面试了几家单位，均未如愿。最终他决定单干，动用了那笔捐款——买了测绘仪器以及电脑、打印机等设备。这是没有办法的事情，为了在北京生存下去，只能试试。他在网上招聘测绘人员，同时也在网上招揽测绘业务。虽然很多工程类企业都需要工程测量、地质勘查、竣工测量等，某些政府单位也会将一些水利、交通、农林、城建方面的测绘业务外包，但想要在网上承接比较正规的项目，无异于癞蛤蟆想吃天鹅肉。

眼看着时间流逝，自己迈不出第一步，集科很是着急。此时他已经在距离小区不远的八里庄胡同内租下一间二十平方米的平房。之前是螺蛳粉店，屋里残留着一股熏死人的臭味，他简单打扫了一番，几张桌子可以摆放电脑、图纸，空余地方摆放工具。他不断地打电话，接电话。他给自己的期限是，如果一个月内招不到合适的员工，也揽不到一个一万元的项目，他就不得不变卖设备、退掉房子，去原先干过保安的小区学习做物业管理。

那段日子，他经常坐地铁去看项目，有的地方远，回到家已经是深夜，可往往去的时候兴冲冲回来时垂头丧气。母亲知道他的情况，劝他要宽心，可说着说着比他还焦虑："咱就是劳碌的命！当老板的人得有魄力，得是能说会道、朋友多的人。"集科也意识到了这一点，但是他不能永远穷劳碌，他得赚钱养家。

后来他接的第一个单，还是马莉给他拉来的。

"陈老板，你接不接五百块钱的单？"有一天，马莉问他。

"开什么玩笑，哪有几百块的单，测绘一般是工程项目。"

"又不用你多少工夫，就帮我同事测一个住宅建筑面积和一个套内建筑面积。"

"需要测吗？房本上写得清清楚楚。"

"人家不是有怀疑嘛！"

五百块钱，带着设备打车过去就花掉了七十三，好在房主给他打下手，集科戴个鸭舌帽，像导演拍电影一样吆喝、指挥一番，数据就基本出来了。他回到办公室，打开详细的住宅平面图，根据套内使用面积、套内墙体面积、阳台建筑面积，很快就算出了套内建筑面积。以此类推，房屋的公摊面积也很容易得出结果。

很多房主之所以觉得面积有误，首先是因为拿卷尺拉在地面上测距离，其次是墙体面积不好测绘。正是这个原因，他们总怀疑房本上的面积有问题，也给了集科发挥机会。集科获悉房主们——尤其二手房交易的买主——的疑惑后，开始了与房产中介的合作。只要有买主对房屋面积有质疑，他们就会打电话过来。测绘本身并不复杂，人家看中的是他高级工程师的身份，以及能对买主做耐心而专业的解释。当然，也确实遇到过实际测量面积和原房产面积不符的房子，这就避免了购房者的损失。

第二个月，他招到了一名注册测绘师。为了运送设备之便，他买了一辆电动三轮，车斗上包了铁皮雨棚，让路边广告公司喷了一行广告词。他每天骑着这辆三轮车，就像快递员送货那样，主要往返于朝阳区各小区，平均每天测绘七八套房子。因为接的活都来自房屋买卖个人，他基本不用开发票，实在需要开的，由房产中介代开，他给中介税费。

总之，这钱挣得辛苦，就凭现在的规模也不可能去接大项目。螺蛳粉店原来有块招牌叫"振兴螺蛳粉"，他把"螺蛳粉"三个字用油漆涂抹了，改为"振兴测绘室"。那个跟他一起干的小伙子，来自山东，为了省下房租，晚上就住在测绘室。

3

北京的九月，天气还有些热，但是不会很闷了。过了雨季，也不会频繁下雨了，但是夜里偶尔会打雷。忙过了夏天，集科的测绘生意渐趋稳定，照这个收入应付房贷和一家人日常开支应该没有大问题。他较为真切的愿望是，能在一年内存够十五万，将挪用的捐款重新存入那个捐款卡号，留着以后做公益之用；再下一年存够十五万，一半用于新房子装修，一半给岳父母，帮助他们把拆掉的房子重新造起来。完成这两项，余下的年月他没有定目标。

此时，陈金翅快一周岁了。这孩子已经学会简单的话，大人指着墙上的白菜、西瓜、马、小花猫问他，他也能叫出来。但是走路还不会。一次，听他奶奶说，他能从沙发上滑下来，扶着沙发走两步了。马莉不信，以为婆婆夸大其词，没想到在婆婆的反复诱导下，他果然能自己从沙发上滑下来，并且先用一只脚试试能不能触到地面，等一只脚触到地面了，另一只脚才跟着滑下来，然后用双手牢牢扶住沙发，慢慢地移动双脚，把马莉高兴得笑了。

马莉很爱这个孩子。有了他，晚上尽量不加班，如果有稿子要赶，她会选择凌晨四点起床，写到八点半左右去上班。她每天按时到家，为的是能和陈金翅玩一会儿。她爱逗他玩"嘚嘚虫"。只要她一说"嘚嘚虫"，陈金翅马上把两根食指竖起来，相互碰一碰。有一天晚上，他自己玩得正开心，马莉故意说了声"嘚嘚虫"，他马上放下手中的东西，把两根食指碰在一起，并投给马莉期待的表情，好像做好了被夸奖的准备。时间晚了，马莉陪着陈金翅睡觉。催他快睡，他就皱着鼻子把眼睛眯起来，假装睡着了。早上八点半，如果陈金翅还没有醒，马莉会静静地坐在床前看一看他，然后在他额头上亲一口再走。

一家人的生活，因为陈金翅变得开心有了希望。生完孩子后，马莉的生活重心慢慢从工作转移到家庭，这让集科很欣慰。他自己也是因为有了孩子，才有了艰苦创业的决心。他和山东小伙每天都很忙，白天骑着电动三轮去测量，晚上回工作室绘图。山东小伙来应聘时知道干这行辛苦，但没想到会这么辛苦，第一个月结束就想辞职。集科不得不给他加工资，又做他的思想工作。以自己为例，说进入这行后，基础测绘和航测内外业等工种的业务都干过：一九九五年在杭宁高速公路 1：2000 地形图高程点施测的一天，他扛着标尺在田野跑，被蛇咬了，差点没命。一九九六年在上虞市崧厦镇某围垦基地，扛着设备经过一农户承包的养殖基塘区时被八条狗围攻，他拿着图板打前面的狗却被后面的狗攻击，他蹲下去捡石头又怕遭到狗的四面攻击，他吓得浑身发抖，最后将肩上的三脚架迅速摆开，将眼睛紧紧地盯在经纬仪的望远镜上，慢慢移动、转圈，模仿瞄准射击的动作，狗张牙舞爪、围着他狂叫，却不敢冲上来。就这样与群狗对峙了十几分钟，直到有人来解围。

"说这些什么意思呢？就是说，搞测绘历来是个苦活。我当时也想过放弃，可条件不允许啊，农村出来的孩子好不容易有一份工作。我后来就通过刻苦学习，去考证，才有了新的职业发展的可能。你现在呢，还年轻，不要动不动就想着辞职，测绘属于工程类专业，可以先去考二级建造师执业资格。你明白我的意思吗？"

"我哪有时间学习呢，陈老师？"

"怎么会没有？工作再忙没有超过十三个小时吧。你每天睡觉七个小时，中间还有四个小时。再说我们的工作不像工厂里流水线作业。这不，经常一个上午没活干……"

为了激励自己和山东小伙，集科还从街头一个卖字的老头儿那里买了一幅字，挂在工作室的正中央。

天行健，君子以自强不息。
地势坤，君子以厚德载物。

集科不是特别清楚这两句话出自哪里，只知道大意是"人应效法天地，永远不断地前进"。问老头儿，老头儿说它们出自《周易》，是"乾坤两卦的'大象'"，接着看了看集科的面相，尤其那个鼻子，摇头叹息，说要给集科算一卦。集科担心骗钱，付了字的钱就跑了。

陈金翅过一周岁生日这天，北京天气晴好，气温一到十五摄氏度，风力三到四级。这原本是一个普普通通的日子，因为是陈金翅的生日而变得与众不同。集科一早就去给陈金翅预订了生日蛋糕。

下午，马莉提前回来了。集科也提前下班，已经把生日蛋糕取回来。他还准备做马莉爱吃的西湖醋鱼、龙井虾仁、清炒油菜小花菇、犀县卷卷儿，还有母亲爱吃的腌笃鲜。这几样菜要趁热吃才有味道，见马莉到家了，集科马上打火、开油烟机。孩子生日也是孩子母亲的受难日。集科相信马莉不会忘记去年那个下雪天，她的肚子疼了一天一夜。生第一个孩子时，是女人一生中最煎熬的日子。更何况她选择了顺产，有很多不可控的危险，相当于在鬼门关走了一遭。集科后来才听她轻描淡写地谈起，孩子生下来后，她疼得差点死过去，孩子也跟着受了很大的罪，都不会哭了，憋得快缺氧了。集科心疼她和孩子。她又说，这是为了孩子好，顺产的好处是孩子经过产道挤压，可以帮助肺部保持扩张，有助于血液流向心脏、大脑和肾脏，促进大脑及前庭功能发育。孩子在产道内受到触觉、痛觉的锻炼，对孩子今后性格都有好处。陈金翅出生后，基本没有生过病，也没有整夜啼哭过，这是让集科特别感谢她的地方。

"今天要不要喝点红酒？孩子一周岁了，你是大功臣。"

"你快做菜吧，待会儿我有话对你说。"

会是什么事呢？集科一边做菜，一边琢磨，很是纳闷，菜的味道自然就不能保证了。他勉强做完了菜，叫母亲、马莉赶快来吃。却发现卧房里，马莉的行李箱摆在地上，里面塞了一些衣服。她这是要离婚？单过？他觉得不至于。

吃饭过程中，集科一直观察马莉，她吃得心不在焉。吃完饭，碗盘收走，终于要吃蛋糕了。集科点燃蜡烛，然后把灯关了。"莉莉，你帮孩子许个愿吧！"集科装作轻松地说。

马莉抱着陈金翅，正教他怎么去吹蜡烛。集科看见马莉眼里有泪。

"莉莉，你许愿了吗？"

"许了。"

"那就你吹吧！"

蜡烛吹灭了，屋里一团漆黑，只有开着的电视机亮着，在播报新闻，说第六次全国人口普查开始入户登记。集科把电灯拧亮，陈金翅手里拿着奶奶给的红包，一下子把红包戳到奶油里去了，搞得手上全是奶油。奶奶把他抱到卫生间去擦手，他哇哇哭起来。集科悄悄问马莉今天是怎么啦？马莉让集科到卧房去，然后轻声说她要去山西某县出差，去调查"抢矿"的事，很可能会有危险。

"以前我不觉得这是危险，现在有了孩子，就老是会担心……"

"能不能不去呢？报社不能把暗访任务都交给你。"

"那倒不会，前阵子报社有个记者去云南做卧底，差一点被毒枭暗杀；还有个记者去广西暗访传销组织，受了重伤。既然读了这个专业，选择了这个职业，这都是不能避免的。如果没有孩子，我从不会去想危险不危险。现在做了妈妈，真有点离不开孩子了。"

"那怎么办呢？煤老板都是土大款、暴发户……"鉴于对煤老板的不良印象，集科很为马莉的人身安全担心，很想劝她不要去。可她是记者，这话又该怎么说呢？

"煤炭资源，本应是全民和子孙后代的财富，却沦为少数煤老板和站在他们背后的官员们占有的财富。我跟你说，如果我真有个三长两短，你要好好把金翅养大，找后妈的话，也要找个对金翅好的。听见了没？"很显然，马莉这话是用装作开玩笑的口吻说的。

"你可不要说这种丧气话。"集科有些生气了，"今天可是金翅的生日呢。"

"我不说了。"马莉突然嘟起嘴，凑到集科脸上亲了一口，"我现在心情好了，不担心了。我可能也有点产后抑郁吧。好了，你要忘了我说的话。"

"你……总不会一个人去吧？"

"我们记者是跟随纪检委办案人员一起去的。不说了，我待会儿就走了。"

4

马莉走得很匆忙，只跟孩子一起吃了顿饭，喂孩子吃了一小块蛋糕。奇怪的是，孩子似乎看出了她要走，可能是看到她整理行李了，张开双臂要让她抱，嘴里还喊着"妈妈、妈妈"。马莉再次把陈金翅揽在怀里，眼泪就流出来了。

"好孩子，妈妈出去几天就回来，你要听奶奶和爸爸的话。我回来给你带好玩的、好吃的。好不好？"马莉亲着孩子的腮帮子。"呜呜，呜呜——"孩子抓住妈妈的衣服，不让她走。集科眼圈一阵发热，对母亲说："妈，今晚上你带翅翅睡卧房，我睡客厅。"母亲领会其意，抬起一只手用袖口擦眼睛，对陈金翅说："小翅翅，你该睡觉了，妈妈去上夜班，明天早上就回来了。"母亲把孩子抱到卧房，拿了一本《睡前故事》给他看，马莉趁机走了。集科把墨绿色的房门关上的时候，心脏突然疼了一下。

马莉走后，陈金翅就开始哭，一直把嗓子都哭哑了，整个晚上都在哭。

陈金翅从来没有这样哭闹过。

马莉出差一个星期了，孩子每天醒来仍要哭，喊着要妈妈。集科和母亲开始发愁。孩子不好带，睡了放到床上，半夜又突然闹，要大人起来抱他走走才肯睡。集科要出去接活干，孩子不听话他心里烦，他打过孩子，打完又后悔。他打马莉电话，有时候她会接，有时候提示关机。什么时候才能结束暗访，连她自己都不知道。一家人就这么眼巴巴地盼着她回来。

到了年底，去房产中介买二手房的人明显增多。年初时，房价在市政府出了限购政策后曾出现局部降价，现在突然反弹了。集科不知道北京到底有多少有钱人，房价飙升得越快，买房者反而越多。这阵子他去中介公司，每个工位上都有客户坐在一旁，听销售人员谈房子朝南、坐拥CBD、豪华装修、寸土寸金。

集科与客户的关系，类似犀牛鸟与犀牛。一头犀牛足有好几吨重，它皮肤坚厚头部有角，发起性子来别说是狮子，就连大象也要避让三分。但是这样凶猛的家伙，对个头极小的犀牛鸟很友善。因为犀牛鸟可以帮它消灭害虫。客户对房屋面积重新测绘，就是为了避免被害虫咬噬的损失。

在十里堡周围，从朝阳公园板块到青年路大悦城周边板块，从呼家楼板块到西大望路板块，高端住宅和写字楼因房价重新升温而交易量猛增，集科的业务也跟着繁忙起来。可他太累了。他和山东小伙每晚回到工作室，一般都八九点了，他们还要绘图。每次加班，集科都要请他吃夜宵，还给他加班费。等一天的工作整个忙完，集科回到家往往深夜了，母亲还在等着他回来。

"孩子刚睡。这可怎么办？一天到晚要妈妈。以前他妈妈也出差呀，从没有像这次一样。"

"我也觉得奇怪，金翅以前不爱哭的。"

"我今天拿了一个小酒盅盛满米，给他压压惊。"

"这能管用吗？"

"管用的。"

这个压惊办法是这样的：一般用杯子盛米，把米压实，压得一粒粒米横躺着，然后用布紧紧包裹起来，杯底用绳子扎口，用枕头压住，受惊人呢，枕着枕头睡觉。第二天，如果有效果，那米会一粒一粒竖在布下面，解开布，竖着的米不会倒，但是吹上一口气就全倒了。

　　夜里，孩子依旧哭了两次。集科睡在客厅地垫上，睡得不踏实。他梦见自己一个人走在旷野，不见人烟，他喊着"马莉、马莉"，山谷里回荡着他的声音。大雾笼罩着山谷，潮湿闷热，几乎看不见五米以外的地表植被。他迷路了，心里发慌，拼命加快步伐。突然，大雾中响起各种带着回声的笑，他吓得跑起来，却突然一脚踩空人直往下掉，他尖叫起来，叫声回荡在头顶上方，他感到脑袋冷飕飕的，醒来后，背心都湿了，都是冷汗。

　　"阿科，你刚才做梦了吗？"从卧房里传来母亲的询问。

　　"我刚才梦见掉到一个万丈深渊去了。"集科坐起来。

　　"我这几天也老做梦。"

　　"你梦见啥啦？"

　　"没啥，就是梦见马莉，她在一个什么也看不见的、很深很深的隧道里爬。"

　　"那是煤矿隧道里吧？"

　　"我不知道，我没有见过煤矿。"

　　集科裹着被子倚靠在墙上，他掀开窗帘看看窗外，天还未亮。他想起陈金翅夜里总是哭，会不会也是梦见了他妈妈身处某个恐怖的场景中呢？天亮后，他专门绕道经过上次买字的街角，想让该老头儿给他占一卦，问问孩子为什么哭闹、马莉是否能安全回家，却发现老头儿很久没有出现在此地了。

　　经过一次降温后，寒风把冬天正式交给北京，天气骤然冷起来。住宅小区还好，有集中供暖，平房区得自己想办法，主要使用电油汀和卤素灯取暖。集科和山东小伙在工作室时，得穿着外套工作。这天夜里，他们打印完最后一张图纸，正要下班，却敲门进来一个三十来岁的男人。他穿着脏兮兮的羽绒服，戴一个毛线帽，朝两人笑笑。

"你找谁？"山东小伙不客气地问，因为他怕加班。

"是这样的，我也搞过测绘，刚刚从东北那旮旯儿来帝都，想找一份工作。"

"你以前干过？有证吗？"集科把背包重新放到桌上，问。

"有的，我干的是路桥。东北那旮旯儿太冷了，在屋外撒泡尿都能冻成尿柱子。"

"我这里倒是缺人，基本都在屋内测量。你会制图吗？"

"那还不是基础！不知道贵公司招工吗？"

"我们这是工作室，还没来得及注册公司，你明天带着简历和证书来，我看看。"

"好的。工资待遇要不要……"

"明天你来了再说吧！"

集科送走了那个冒冒失失进屋找工作的人，又叮嘱山东小伙睡觉时不能开卤素灯，那玩意儿危险，然后开电动三轮回小区。这一夜，陈金翅没有哭闹。

第二天，那个东北青年又来了，集科看过他带来的证书等材料，跟他讲好第一个月多少钱、第二个月多少钱后，就让他坐在三轮车的"副驾驶座"上（山东小伙已经买了一辆电瓶车，跟着走），去朝阳区孙河板块的一栋别墅测绘。到了目的地，从他拿器材的动作、摆放技术，就可以看出他是干过这行的。

那栋别墅有三层，上一个房主装修时对墙体有过改造，又私自扩建过，在房本面积以外，新房主想知道到底多出来多少平方米，他好判断买得值不值。集科就让东北青年跟山东小伙跑上跑下，自己站在一旁跟新房主聊天。本来要三个小时的活，不到两个小时就完成了。第二天，新房主收到集科专门送过去的测绘图，对集科的工作很满意，刨除之前付过的五百元订金，给了集科三千元测绘及制图费。

以后的日子，集科就基本留在工作室计算、制图，现场测绘工作主要安排两个年轻人去完成。这样他就不用顶着受过伤的头盖骨风里来雨里去了。随着业务的增加，出图速度加快，集科觉得他快熬出头了。这样一来，他有了更多时间回家帮忙照看孩子。母亲说这几天孩子不会哭个不停了，她自己也梦见马莉回来了。集科很想说，梦是反的，甚至怀疑是马莉的魂魄回来了。他因为担心，每天想起就给马莉打电话，却总是关机。

这样过了一阵子，眼看就要十二月了。集科在工作上老出错，一套房子第一次算是一百五十平方米，第二次就变成了一百四十平方米。他很头疼，一筹莫展。他想去马莉报社问一下她的同事，这暗访行动到底什么时候结束，人身安全能不能保证。去的路上他又试着给马莉打电话，却打通了。

"科科，你知道我现在在哪里吗？"

"啊？我的姑奶奶，你可开机啦！"

"我在回来的路上了。"

"哪里？！是回十里堡吗？"

"去太原机场的路上呢！惊喜不惊喜？！"

"几个小时到？我去机场接你！"

集科问清航班到达时间，返回家中将消息告诉母亲，然后换了新婚时穿的西装奔赴首都机场。到了机场的T2航站楼，他脱下外面的羽绒服，扯直西装，人显得很精神。

飞机却延误了。集科挤在人群中，望穿秋水，整个人空落落的，一会儿猜疑飞机出事了，一会儿担心参与调查的记者被煤老板截留了。他因为紧张尿频起来，再从厕所回到接机口，却发现马莉已扶着手提箱站在人潮之中四处张望。他太遗憾了，本想让马莉一出来就看见自己的，现在却成了一个迟到者。他小跑过去，拍了拍马莉的肩，马莉转身看到他，一把将他抱住了。

5

北京最冷的日子到来了。颐和园、北海、陶然亭、什刹海、玉渊潭等地方，湖面开始结冰，通惠河、永定河、潮白河等河流的水面也出现了冻结。跟北京其他水域不同，在八里庄东里和南里之间有一条无名的小河，天越冷它流得越欢畅，而且升腾起一团团乳白色的雾气。每次经过这地方，集科都会觉得这条小河很不起眼，又很顽强，北方的寒冷没有将它像蛇一样冻僵。集科觉得自己也要像这条河一样，不管身份多么卑微，也要勇敢地流下去。

集科的测绘业务随着东北青年的加入，明显好起来。眼看二〇一一年即将到来，他给两位员工暗示，明年会给他们涨工资，还欢迎他们介绍同学或者同行来振兴测绘室工作。事实上，集科明年的目标是注册一家公司，那样他就可以和各类工程公司或者单位去洽谈业务了。如果有了公司，就能给员工缴社保，应聘人员自然会安心留下来。抱着这样那样的憧憬，集科回到家中，看到陈金翅每天也在进步。他原本只能从沙发上滑到地上站着，现在则能直接从地上站起来，并且跟跟跄跄地往前走了，能一连走上十多步。每次快要走到等在前面的大人张开着的怀抱时，小家伙别提有多高兴了，他会加快最后两步撞到大人怀里去，咯咯咯地笑个不停。集科觉得，他想象中的公司，明年也要像陈金翅一样站起来，迈出第一步。

但是他很快发现，管理人是一件头疼的事，尽管他要管的只有两个人。

东北青年一来就成为测绘工作的主力。最初的日子，集科暗自窃喜，甚至感叹这人一定是上帝派来协助他的。等到马莉顺利归来后，他更有一种否极泰来的错觉。东北青年工作刚满一个月，领到工资后，当晚就带着山东小伙到小饭馆吃了一顿。第二天，他又买了一身新衣服，接着去澡堂洗澡、理发、染发。几天下来，集科都快认不出他了。那几天其实业务挺多，考虑到最近都有加班，大家也该放松一下，所以集科见这两人出去一天完不成既定任务也没说什么。但是又过了几天，他们还是如此，他就有些生气了。他问山东小伙，这家伙支支吾吾说仪器坏了，耽误工作。问东北青年，他说有客户迟到了，等了很久。集科一听就知道他俩在撒谎。

集科开始制定工作规则、任务，以及奖励机制。可是情况很难改观，他俩总有办法破解规则，以正当理由懈怠工作。

半个月后，因为一次争吵，集科一气之下，开除了东北青年。剩下山东小伙，也给他发了工资，说你他妈的要走就赶紧走吧。山东小伙低着头，不敢接工资。等东北青年走后，才跟集科认错，说最近东北青年控制了他，他被逼着每天跟那家伙到另外的房产中介接活干，然后偷偷摸摸把钱分了。

这件事让集科很难相信自己的员工，再带山东小伙出去干活，他总是沉默，山东小伙也觉得别扭。好在干活过程愉快也好，不愉快也罢，他们不过是两只从犀牛的皮肤里寻找食物的小鸟，只管维持彼此的共生关系就行。不过，这件事对他未来要开公司的计划，打击是巨大的。他怀疑自己不具备领导两个人以上的团队的能力。

那个时候，让集科烦心的还有乡里的一堆事。虽然他已经离开，但是作为提出举办首届金翅鱼洄游观光旅游节的人，似乎还有未尽的义务。他和伟楚一直保持着邮件往来，就像当初他和李钢建立联系那样。不同的是，伟楚更喜欢用MSN聊天工具，而且喜欢用语音。很显然，在没有集科陪伴的日子，伟楚在乡政府更孤单了。

伟楚说，自从集科走后，乡里就没有人对旅游节特别上心了，结果旅游节的事就主要靠他和小石在跑。冬天是金塘河两岸种植油菜幼苗的季节，可是不少农户宁愿田地抛荒了，也不愿去种油菜。这是不用多说的，因为种油菜没有多少收益，而且山里人也不爱吃菜油了。关于每村都要开一家民宿的计划呢，也很难保证能完成。主要是投资者缺乏信心，而这种情况又跟山乡政府自身对基础建设的投入严重不足有关。

听了伟楚讲的这些虎头蛇尾事，集科很失落。不管何时何地，人的工作永远是最难做的。他想象得出来，在山乡会议室，高峰肯定用斜睨的眼神看着这一切，而王乡长受制于上级部门不给拨款，民间又无巨额投资，他吞着声饮着气。尽管这事已经跟他没有直接关系，但他终究放不下。他劳累一天，回到家跟母亲、妻子聊过家常，跟孩子玩过游戏，脑子里就开始胡思乱想。他想到在义乌发财的同学张航，在永康搞小冶炼的孙伟，想到去孙伟家吃喝的豪商巨贾们，想到房地产商赵总、建筑工程公司老总孟华，以及牛经理、冯经理等，要是他们都能拿出百八十万支持山乡，这事百分百能成。问题是，这是做梦！他想来想去，有一天想起那个山乡水电开发的新投资人徐老板，此人很少抛头露面，却是目前搞旅游节最大的支持者。要不然，他怎么可能会同意金翅鱼洄游季，水电站全部停工？

集科跟伟楚说了自己的想法，不管山乡最初要搞水电开发，还是现在要搞金翅鱼旅游节，从政府层面看其实是一件事，就是把山乡的经济搞上去。既然如此，为什么不把两个搞活经济的手段合二为一呢？伟楚不明白两者怎么就变成一个事情了，之前不是一直说两个项目是相互冲突的吗？集科跟他一番解释后，伟楚就即刻明白了。于是由他牵头，山乡政府开了一次大会、若干小会，最后王乡长亲自给集科打来了电话，感谢集科这个"高级参事"。他说目前已经跟徐老板达成初步协议，由山乡政府和水电开发公司共同推动山乡旅游节，基础设施比如游客接待中心、观景台、隧道探险步道、停车场、公共厕所等由徐老板投资建设，合同约定：每年旅游节举办期间，门票收入、停车费等双方按一定比例分成；同时徐老板还将参与古驿道、红色教育基地开发，具体合作方式还在商议中。

集科一时无从判断，这样的合作方式是否可行，会不会因为收门票引起负面舆论、游客不满及利益之争，但是总的方向他认为是对的。因为只有把开发和保护捆绑在一起，水电投资方才会把保护金塘河和金翅鱼（乃至整个上游流域的自然环境）放在极其重要的地位，才能保证每年到了金翅鱼洄游季，五个水电站自觉地暂停发电，他们保护金翅鱼的积极性才会比附近村民还高，而不用他人去干预。与此同时，旅游节真的搞起来了，那些投资民宿、农家乐、饮食店的乡亲，那些售卖土特产和工艺品的乡亲，都将受益。

"后续情况是怎样的，只能走一步看一步咯。现在也不好判断会有多少人进山。如果游客特别多的话，比如第一年就能有几万人进山，每人收五块钱门票足矣。"王乡长在挂掉电话前说，"总之，我们会在正式合作方案里规定最高门票是多少，并且送物价局核定，保证不会发生漫天要价的事情。分配比例嘛，也会根据实际情况，一年一调，保证对方的投资回报不会落空，做到分配合理。"

"王乡长，我还请求务必再写上一条，"集科郑重地说，"龙井不准许任何人开发，多少公里之内，不准许乡亲和游客进入。否则，整个金塘河流域最圣洁的一块领地将不复存在，多少钱都无法弥补损失，无疑是缘木求鱼之举！我们都将成为罪人！"

"你放心吧，我记住了。"

集科为自己又替山乡出了一个好主意高兴。情绪高了，人就不再老觉得心口有一股气顶着，跟山东小伙出去干活，态度就宽容了许多。反正干这活赚不来大钱，但是应付房贷和一家人的生活不成问题了。

快过年的时候，他查了工作室的银行卡，已经有了数万块钱存款。他打了两万块给马莉，让她转给岳父母。马莉说："你这是做什么，要给钱的话，给三千买年货就够了。"集科说："他们在北京带了那么长时间小孩，也够辛苦的。"马莉说："你不留着存到给你捐款的卡上去了吗？"集科愣了一下，他竟然把这事忘了，难怪老觉得自己还欠着谁一笔钱呢。不过他并不为此焦虑，只要北京房价不崩盘，房屋买卖继续，他就能把那笔钱攒起来，所以坚持让马莉把钱寄走了。然后，他又让母亲劝父亲来北京过年。

"我担心过些时候，通州的房子交付了，我就没有时间和精力陪你们出去玩了。"

"玩什么呀，天安门长城啥的，我在电视里都看了，带小翅翅出去也不方便。"

"到时我打电话给我姐，让她送爸上火车。就坐K102，保证不会下错站。"

"就怕他不肯来，随你们自己商量！"

于是二〇一一年春节，成了集科成年以后，过得最体面的一个春节。以往，他要么在外地一个人过年，要么一个人回老家陪父母过年，要么口袋里没钱，要么下岗，要么因保护金翅鱼处境狼狈，总是抬不起头。这个春节大不一样。他有了小家庭，有了事业的起步，即将拿到新房钥匙，而且第一次和父母在北京过年。为了让两位老人高兴，他从银行取了一笔现金，从超市往家里提各种吃的穿的用的，还带一家人去北京胡同里吃烤鸭、火锅。腊月二十六，他早早放了假，关了工作室，专心陪父母游览北京。

6

父亲一到北京，就跟集科说，他最想去天安门看升国旗。准备去的头一天晚上，父亲拿出了一套旧军装、一双解放鞋、一顶旧军帽。父亲没有当过兵，这是他当民兵时穿过的。这身行头，在他平常生活里基本没有派上过用场。母亲说，你穿这身旧衣服要做啥，又不是让你来北京闹革命。父亲穿上旧军装，因为人瘦衣服显得很大，帽檐遮住了眉毛，他一脸严肃地说，到这把年纪了，能有机会完成夙愿，必须穿着这身民兵装去。

为了次日能早起，集科早早哄孩子睡觉，一家人不到九点半都睡下了。凌晨四点，客厅布帘后面的灯就亮了，父母已经窸窸窣窣准备起床。集科在卧房听到，轻手轻脚地下地穿衣。他穿好衣服出了卧房，父母已经把地铺收起来，泡了三盒方便面在桌上。他们呼噜呼噜吃完方便面，就下楼到十里堡北里坐上126路公交车出发了。此时天还未亮，路上几乎见不到行人，车上也只有七八个人坐着。公交车在雾蒙蒙中兜兜转转，一共经过了十五站，到天安门东站下车时，头顶有了一点点天光。

走了一程，人流都往一个地方聚集，突然就像溪水一样涌入地下通道，经过安检后，再从通道呼啦啦涌出来，人已经站在广场上。父亲没想到广场如此之大，往前门方向看，几乎看不到尽头，而天安门却离他这么近，就在身后。这时的天安门在灯光和晨曦的映照下，显得巍峨雄伟、光彩夺目。集科掏出相机，让父母看向自己，他给父母拍照。父亲因为激动，要么站姿僵硬，要么表情死板，再加上宽大的衣服和压住他额头的帽子，让集科忍俊不禁。终于拍出几张理想的、以天安门为背景的合影，再看观旗区，好位置已经被里一层外一层的游客占据了。母亲有些埋怨父亲刚才不好好配合照相，父亲也不辩驳，就像犯了错，后悔不该先拍照。好在挤在十层人墙之外，也能看到前方有一座汉白玉雕刻而成的升旗台。突然，父亲戳戳母亲的胳膊，喊道："出来啦！出来啦！"集科急忙伸长脖子往前看，的确，仪仗队从毛主席像下走出来了，通过金水桥走到了长安街上，在一声"正步走"的号令下，仪仗队即刻变齐步走为正步走，军靴踩到地面的声音非常整齐；通过长安街后，又变正步走为齐步走……集科偷偷地看了父亲一眼，他的两只手紧紧抓住旧军装，踮着脚尖，瞪大眼睛，张着嘴，仿佛入了定。

事实上，这也是集科第一次看升国旗。当国旗升到了旗杆顶端时，他发现天空已经出现玫瑰色朝霞。几分钟后，仪仗队原路返回天安门，长安街上恢复了交通，人群也慢慢分散开去。集科提醒父亲该走了，父亲就跟丢了魂似的，一言不发。他们跟着人流往人民英雄纪念碑方向走去。不久，来到了毛主席纪念堂。这里同样人头攒动……

等父母从纪念堂出口处出来，集科看了看时间，已经十点半了，就带着两位老人穿过前门的城楼，到大栅栏街区去吃饭。他本来想带他们去吃北京特色的卤煮和炸酱面，因为天气冷，就想喝羊肉汤。最后在一条小胡同里找到一家羊肉馆，点了一大砂锅羊肉汤，三人喝得身子暖暖的。

玩了一天，回到家已经是晚上六点半，马莉已经把饭做好了。集科在小区门口买了一些熟食，拿回家装盘后，一家人都坐了下来。马莉笑问，今天玩得可好？母亲开心地说，故宫特别好玩，而且老年人的票卖半价。她说到了故宫，才知道古代的人怎么生活、怎么做皇帝。她还注意到，宫殿的门不管敞开不敞开，冬天皇帝待在里面应该都挺冷的。"三大殿也好，后宫也罢，以前没有暖气和空调，就靠木炭生炉子，很难让屋子暖和起来，也容易引起火灾。"她认真地说，"我真不喜欢住这样的地方。"

"嘿！没听旁边的导游说吗，清代有暖阁，暖阁里烧得暖暖和和的，供皇帝、太后、皇后、嫔妃使用。暖阁里有地炕，把热气通进去，室内的地板砖都是热乎乎的，哼！"父亲拿筷子敲敲桌子，"皇宫里的人呀，怎么着都比我们普通老百姓舒服，那个时候还有小炭炉呢，暖手的叫手炉，暖脚的叫脚炉。"

"用火盆烘火，哼，容易引起中毒，这不农村也用吗？"

"我看你呀，就是妇人之见！孩子带你游玩一天，你可真有水平，眼睛就盯着人家冬天冷不冷，皇帝每天吃什么，贵妃怎么洗澡，你看了升国旗，思想没有一点进步吗？"父亲狠狠地批评了母亲。

"我不理你啦！让你来北京过个年，我看你的尾巴翘起来啦！"

"我才不想跟你说话呢，待在山里一辈子，到了城市，眼睛还照样瞧着鼻子尖！"集科父亲扭过头，大概想请集科评评理，见集科和马莉偷偷地笑，就住了口。

接下来的两天，母亲死活不愿跟父亲一块儿出去玩，于是集科只好带着父亲一人去游览颐和园、八达岭长城等地方。除夕那天两人都累了，在家休息。这年的年夜饭也是最体面的。集科买回来的螃蟹、皮皮虾、海螺、海蛏、生蚝，平时基本没买过。就连鱼，他也挑贵的买。他本来已经买了一条草鱼了，路过冰鲜区又买了一条龙利鱼——这是剥过皮、没有刺的，蒸熟了可以给孩子吃。因此，这顿年夜饭可以说创造了历史：蒜蓉粉丝蒸生蚝、香辣蟹、椒盐皮皮虾、清蒸龙利鱼、蒜苗炒海蛏……每一样菜，现学的做法和吃法都与山乡的年夜饭不同。饭后，在集科的鼓动下，一家人还打出租车去了朝阳公园西北侧的"蓝色港湾"玩。这里虽然是一个欧式建筑商业小镇，但是每逢春节都会举办灯光秀。

对于父母来说，要不是集科把他们带到这儿，可能一辈子都没有机会体验从天到地整个被灯光包围的感觉。他们第一次见到那么多灯：所有的树木都装上了霓虹灯，有金色的、蓝色的、绿色的和紫色的，树上还挂着装饰物；往里走，地面、台阶、屋顶、门头、墙体都装着灯，头顶的天幕下还悬浮着一些会发光的"鬼灵精怪"；走到一个小广场，入口处有一只"魔爪怪"挡在前方，它有六只爪，每只爪有两米长，从天空伸向地面，集科抓住它的一只爪，想让陈金翅碰一碰，结果他被吓得"哇"一声哭了，母亲抱着他哄了好久才安静下来。

"哎呀，你这个爸爸！吓你干什么的呀！"母亲拍着陈金翅的背，把自己的脸贴在孩子的脸上，孩子不哭了，但是还有点害怕。母亲将孩子交给马莉，然后走到一边，一把抓住又一次朝地面伸过来的"魔爪"，口中念"南无大慈大悲观世音菩萨，南无大慈大悲观世音菩萨"，一边念，一边将左手掌心向上，高于头部，右手罩住孩子的头顶，接着念："天灵灵地灵灵，世音菩萨保佑你！"然后将右手捂住孩子的眼睛，大声咒骂妖魔鬼怪，骂完，把孩子重新抱在怀里。

"你妈可真神奇，她还相信这种东西。"等老人走在前头，马莉朝集科挤挤眼。

"哈，她就这样，以为这里是山乡呢！"集科拉起马莉的手，就像当年恋爱那样，等走到跟父母很近了才松开。

那个晚上，他们在"蓝色港湾"玩了一个小时，集科意犹未尽，又带父母到亮马桥的燕莎友谊商城转了转。回到家，母亲将孩子抱到卧房睡下，然后拿出集科父亲带来的一袋糯米粉，在厨房里准备明天早上一家人都要吃的汤团。

马莉在卧室跟她父母打电话。

集科陪父亲看电视，但是谁也没有认真看。

父亲问集科城里人需要守岁吗？集科说他也不太了解，应该多数人不会守。父亲又问城里人放不放鞭炮？集科说这个小区肯定不准放，在五环内呢。父亲说不放鞭炮，总感觉不太好。集科理解父亲的意思，放鞭炮不仅仅能增加年味，还能驱邪、避瘟，保佑家人平安吉祥。

看着父亲百无聊赖的样子，集科想找一些可聊的话题，遂想起山乡的一些事。父亲说，观景台已经在建设了，他去看过，基本材料是钢架、砖头和玻璃。集科说那是没错的，观景台要根据地形情况建造，有的是玻璃栈道设计，游客站在观景台上可以透过玻璃看到脚下的河谷。父亲说，这阵子很多村子在搞什么民宿，集宝还托他来问，也想把祖屋改成一间民宿。集科想到集宝背着电瓶，用绑有电线的细竹竿往水里戳，被电流击中的鱼战抖着，心里激起一阵寒流。

"祖屋咱家还有份吗？"

"有啊，搬出来后，我们家的部分让给集宝住着。"

"我担心他会破坏房屋结构。"

"他说保证不会，还说要向你认什么错。"

"哈，他可真能屈能伸！"

"那还不是跟他娘学的，他娘活着时，那叫一个势利。"

"只要他保证不破坏祖屋，我当然没意见。他生活好过了，说不定就不会干鸡鸣狗盗的事了。"

"要我说，我们村最吃亏了，不然陈氏宗祠、五家楼，都可以做民宿。多好的老建筑！"

"如果修缮好了，供人参观也不得了啊！"

"唉，那时候说拆就拆了，就他娘的国羊拍的板。我这几天还想呢，要是解放北京时有人拍板说把故宫也拆了，那么中国就少一个好玩的地方了。"

听到父亲这么说，集科的心酸了一下，他很想说，北京原来有城墙，一九五三年起为了改善交通，陆陆续续把城墙、城门、牌楼都拆了。再想起自己多年前接到父亲电话，为村里要拆宗祠和五家楼的事从杭州赶回去，终究碍于情面和经济实力没能保住，很是感慨。

"我当时太穷了，真是没有底气。下岗后，自身难保……"

"我知道的。包括你保护金翅鱼的事，我以前都没有真正理解，现在越来越理解了。所以说这人啊，还是要出来走走，见见世面。否则有些事，谁能看得明白呢？"

听到父亲这么说，集科的心又酸了一下。

7

有人说，北京的春天是从沙尘暴开始的。往往接连几场沙尘暴过后，整座城市变得脏兮兮的，一片昏黄中行人们戴着口罩骑行时，街边的杨树和法国梧桐就悄悄发芽了。如果能够等来一场雨，将悬浮在这座城市的沙尘洗去，人们将发现所有植物其实都开始抽青。集科对蔽日遮天的黄沙是痛恨的，每次骑电动三轮穿行于带着铁腥味的狂风中，嘴里总会灌进沙子，擤出来的鼻涕是黑的，帽子经常被刮跑，脑袋嗡嗡作响。鉴于此，他让修理铺在三轮车前面加了一块玻璃挡板。

工作室的两名新员工，是在正月过后就招来了的，集科亲自带他们跑了两个月业务。沙尘暴肆虐后，他把山东小伙提拔为领班，就很少亲自带队了。这两个新员工，一个来自河北沧州，一个来自山西吕梁，都是学校刚毕业就出来找工作的。集科将工作室一分为二，在里间摆了两张双层铁架床，这样他们晚上就不用打地铺了。工作上的事捋顺之后，集科就有更多时间做一点自己的事。首先是通州的房子马上要交付了，他去看过一次毛坯房，布局合理，可以称得上真正的江景房。接下来要找什么样的装修队，装修成什么风格，建筑材料到哪里采购，这些事情都要提上日程。其次是首届金翅鱼洞游观光旅游节的事，按照伟楚的说法，已经"万事俱备只欠东风"，基本面已经搭建好。过几天就是世界地球日，王乡长打来电话，想把旅游节开幕式定在这一天，诚挚邀请他这个高级顾问回家乡捧场。他暂时答应了，可是又觉得家里和工作室都离不开他。

马莉今年经常出差，如果自己回山乡，家里就剩母亲和陈金翅，他不放心。如果带着他俩也一块儿回去呢，这是一个不错的主意，可是想到母亲坐火车吐得死去活来，回去住几天又要返回，实在是遭罪。临到最后两天，集科狠狠心放弃了回乡的邀请。王乡长表示遗憾，说开幕式邀请到了市里的领导、区里的领导，还有几位在省里工作的乡贤。集科觉得回去的话，或许能提高一下社交圈的档次，但是自己终究不是走仕途的人，要那些虚头巴脑的光环做什么呢。

让他感到欣慰的是，以金翅鱼洄游为观光对象的旅游节办得很成功。消息从各个渠道传来，水电站全部暂停发电，加上雨水多水量充沛，除了鱼道里灌满水，拦水坝的坡面上也有水顺坡而下，形成了漂亮的披麻皴的水纹景观。游客呢，分好几种类型，附近乡镇的散客一般是一日游；金华城区的散客约有四分之一会选择留下来住宿；从杭州、上海过来的散客，基本上会住上两三天；除此之外，旅游团带来的团体游客，学校组织的社会实践学生，单位开展团建的团建游人员，一般也会住上一晚。总之，旅游节期间每天有八九百人进山，山乡政府的工作人员几乎全部出动，分派在各村安排工作、维护秩序。逢到周末，人数翻倍，各停车场都停满了车，农家乐和民宿的客房都住满了。当然，还有一批"驴友"是带着帐篷进山的，他们到了山乡，不少人成了环保志愿者，跟着李钢、丁武等人在金塘河边驻扎下来。

集科就旅游节的收入情况问过伟楚。伟楚说，农户挣了多少钱还没做统计，但是公家这块的收入比较清晰，目前到游客中心窗口买门票进山的游客已有六万人，预计还会有两万，游客中心卖出的土特产销售额已达三十万元。集科粗粗算了一下，一张门票五块钱，加上土特产销售，一个旅游节下来，山乡政府总收入至少八十万，与徐老板平分的话，成绩也不算差。至于开民宿、农家乐、饮食店的农户就更划算了，挣来的钱都是他们自己的。那些不做买卖的农户呢，有什么农产品要对外销售，都可以交给游客中心代卖，这是多好的增收机会啊。集科庆幸自己在离开山乡前，策划了这样一件事。而最让他高兴的，无疑是在金翅鱼洄游得不到保障的情况下，他通过这个办法暂时解决了矛盾。

六月，集科交了近三年房贷的那套房子终于拿到钥匙。此时通州的房价已经普遍涨到两万左右。按照新价格，集科的新房价值近两百万。正因为涨价了，房地产商才捂着这个小区迟迟不开盘，但集科没有因此抱怨过。试想当年要不是当机立断，又得到赵总和牛经理帮助，现在想买都买不起了。集科很珍视这套房子。这几乎是他奋斗一生的财富结晶，将是属于他的真正的家，所以在装修这件事上，他一改往日勤俭节约的作风，准备倾全力而为之。

　　然而装修是一门复杂的工程，不仅仅是钱的问题，更需要付出精力。集科开始两头跑。这头他要管着三个员工，安排山东小伙带领河北青年、山西青年接活干，那头他要管着装修工。小工头是安徽的，他带来的工人基本是安徽老乡。为了装出自己想要的效果，集科没有找设计师，自己动手画了草图。装修用料都是和小工头商量后，由小工头开出单子，再自己去建材市场购买。这样既能保证质量，也能尽可能地选择环保材料，如此一来，辛苦程度就加倍了。

　　那段日子，集科与安徽工人吵过架，也与建材商家翻过脸。他没让马莉参与装修的事，觉得一个人被扒掉一层皮就够了。到了给小工头结算工钱的日子，房子已经请钟点工清扫过一遍，堆在楼下的建筑垃圾也花钱运走了，他想请马莉去新房看看。

　　马莉已经很久没来通州了，当她再次到了这里，集科开始极富煽动性地向她介绍通州的变化。此时的运河两岸已经今非昔比，绿化面积很大，更值得高兴的是，六号地铁即将开通了，房价还要涨。马莉却有些心不在焉的样子，因为她觉得这里离她的单位挺远的。不过等集科打开房门，她立刻高兴了。她说她喜欢客厅的瓷砖颜色，喜欢电视背景墙的造型。集科打开客厅的水晶灯、射灯、筒灯、灯带，房子立刻变得富丽堂皇了。接着，马莉对集科将主卧室与外面的阳台打通，增加了面积和采光很满意，对儿童房蓝色的墙壁和实用的书桌柜也赞赏有加。

离开通州前，他们去通州家县城看了家具。一路上，集科想象着不久后的日子，他带着一家人在运河边散步，在漕运码头徜徉，等孩子大了，他将带着他在环境优美的河畔晨跑。

搬家的日子选在十月十八日，集科找了搬家公司，不到半天就把东西都搬到了新家。匆匆布置后，一家人就住下了。因为暖气还没有供应，夜里显得有点冷。第二天，母亲关心到哪里买菜，集科和马莉则关心交通，坐几路公交车转几路公交车方便。经过几天尝试，母亲很快找到了小区后的菜市场，物价比十里堡便宜多了。集科认识了这边房产中介的人，想着以后在这边开一家测绘工作室。马莉发现了便宜的美发店，办了一年的卡。陈金翅则喜欢上了去运河公园玩。很快地，他们都适应了新环境。

有一天，集科从通州去十里堡，他推开测绘室的门，发现屋里没有人，两张铁架床上空空如也。他又到屋外看了一下电动车，却还在，说明他们没有去干活。那么他们是出去吃早饭了吗？如果是，怎么行李都不见啦？他即刻警醒，去看堆在屋角的测绘器材，发现都不见了。他顿时明白了是怎么回事，拨打山东小伙的手机，提示该手机为空号。其他两个人的手机也是如此。他立刻打了110，去派出所做了笔录。

没有了测绘器材，集科只好把房子退给了房东。他想办法追踪他们，可是找了几天也找不到。他不敢将事情告诉马莉，怕她回家跟母亲一说，母亲要担心。他顶着上有老下有小的压力，准备重新找工作。现在头晕的毛病已经好了许多。他鼓起很大的勇气，走到原来的公司，保安已经换了，叫住了他。他说他找牛经理。保安说早调到别的公司去了。他又说了一个同事的名字，才被放进去。可是他走在走廊上，他们那么忙，都没有人有时间抬起头看看他。他看到那密密麻麻的格挡间，每个人就像关在笼子里的兔子，他的头又疼了起来。他想他还是应该找那种不用这样整天付出高强度脑力劳动的工作。于是他又想去他做过保安的小区。遗憾的是，物业公司在这段时间，已经招来一个经理——那经理看起来是个善于处理事务的人，他问集科愿不愿意去一个他朋友开的辅导班，教初中生数学、物理。他想想也没地方可去，就去应聘了。

他从此每天早晨出去晚上回来，假装还在做测绘业务。教初中生做数学作业，对他来说好比用宰牛刀杀鸡，没几天，学生都反馈他教得好，老板要留下他，基础工资外，以课时拿提成。他目前无处可去，作为一个过渡工作未尝不可。但是教培公司里都是年轻人，他们有的是北京高校的学生，利用课余时间过来挣学费的，有的是暂时找不到好工作先在这里落脚的，他们都不爱跟他这个大叔说话。这期间，他也往外投简历，却少有人问津。偶尔有高薪的职位通知他去面试，见过面之后，都以年龄为由婉拒了，说什么工程师、主管这类中级岗位，基本年龄要求在三十五岁以下。问题是，简历上他明明写着出生年月，他们这么说，显然是嫌他性格不那么活泼、形象不佳吧。

他觉得自己在某些方面确实不如年轻人了。人到中年，一般情况下，在他任职的公司或单位经过多年摸爬滚打，正是得到重用的年龄，可是他已经错过这样的机会。现在不得不从头再来。问题是，前阵子由于装修已经用掉了他和马莉的所有积蓄，而今眼瞅着房贷都交不上了，心里不免一团乱麻。他是个没有城府的人，母亲看在眼里，问他生意是不是不顺利？集科说，挺好的。母亲说，那你怎么成天皱着眉头，也不带东西回来画图了？集科一时无语。母亲说我知道你在北京不容易，要是有什么困难要跟我说。集科看这事瞒不过去了，只好说了器材被偷，现在去教课外辅导班的事。母亲倒不觉得教学生做作业这工作不好，只是有些为设备被偷可惜。

"我倒不一定还做测绘。今年又出了房价打压政策了，二套房成交量直线下降，我这情况迟早要改行。"集科反过来劝慰母亲。

"要是你能去正式学校教书就好了。"母亲说。

"放心吧，我不会让你和金翅饿肚子的，我骑着驴找马。"

8

北京来暖气的日子，往往在十一月十五日。自从搬到新屋住，就一直冷飕飕的。暖气来了后，屋里终于暖和起来。母亲洗了衣服都挂在暖气片上，很快就干了。陈金翅光着脚在屋里跑来跑去，他走路已经很溜了。说话也能说得很好。每次集科一到家，金翅就要他讲故事。然而马莉总是忙，直到睡觉前，孩子也见不到她回来。

马莉所在的报纸，虽然是全国有影响的大报，但是在互联网的冲击下，发行量照样开始下滑。广告收入减少，员工待遇与前途都受影响，人才就留不住了。马莉的领导，那个周主任，找到合适的下家就调走了。马莉成了报社新闻部的顶梁柱，加班成了常态。她回家时孩子已经睡着了，孩子起床她已走了。母亲本来想带孩子到会走路说话，她就回老家。看着儿子和媳妇都这么忙，也就没有提回家的事。

这天，马莉回来很晚，孩子已经跟着他奶奶睡了。她把孩子抱到自己床上，抱着孩子睡了一夜。集科睡得迷迷糊糊的，问马莉是不是明天又要出去采访，她点点头。她平时准备着两只箱子，任务急的时候都不用临时收拾，随时就可以出发。集科也懒得问她具体到哪儿出差，他担心一问她工作细节，她反过来问他测绘室的情况。

这次出差跟上次一样，陈金翅在早晨时意识到妈妈要走，哭叫不停。妈妈走后，他不爱吃饭，无精打采，总喊着"妈妈回来，妈妈回来"。尽管妈妈没出差的日子每天回来都晚，也没有时间陪他玩，但是他就不会这样哭。这种反常现象，不由得让人觉得蹊跷。

有一天晚上，金翅半夜里惊厥醒了。母亲把他抱在怀里安抚，问他到底怎么回事，梦到了什么。金翅喊着"妈妈、妈妈"，说有人要害妈妈。母亲拍着金翅的背，口中念念有词："天灵灵，地灵灵，世音菩萨保佑你！小孩不惊吓，晚上不哭闹！"一边念咒语，一边拍背驱赶妖魔鬼怪，可是不管用。

母亲让集科找来一张纸，用针尖挑破金翅一根手指的指尖，滴了一滴血在纸上，然后拿到灶台上点着，纸燃烧起来的时候，她让集科叫三遍金翅的名字。纸烧成灰，放入白开水中搅匀、沉淀后，上面的清水喂金翅喝下，金翅才不哭了。

跟上次一样，一家人提心吊胆，总担心马莉出事。一个星期后，马莉平安回来了。与上次不同的是，这次回来没两天，她深入某煤矿秘密调查的大篇幅报道，在她任职的报纸头版头条刊登出来了。这是一篇凝聚了马莉作为一名记者的职责与使命的深度调查报告，第二天，就被新华社、中新社、《南方日报》《北京晚报》等国内知名媒体全文转载，同时由她带回的影像资料在央视新闻频道播放。

通过看新闻集科才知道，马莉深入虎穴，报道了一个因煤炭而闻名的县城诞生的两个极具代表性的"抢矿"老板。一位姓任，他旗下的煤业集团占有四座主体煤矿（产能合计四百万吨）、四座洗煤厂、一座综合购物商厦、一座五星级酒店、一个大型印刷厂，以及一个占地一千多亩的绿色生态农业园区。经调查，任老板累积的财富基本是通过强迫交易、寻衅滋事、故意伤害等一些暴力手段，以及断路、断水、断电等一些软暴力手段，非法夺取煤矿资源所得。而另一位煤老板姓轶，他的资产超百亿元，旗下直属、控股煤矿十五座，年产原煤三百万吨、洗精煤一百二十万吨。与前一位不同，轶老板为人低调，财富累积过程中，轶老板在资助基础教育、修建公路、建造桥梁、绿化荒山荒坡、建设移民新村等方面投入巨大。不过慈善归慈善，商人逐利的本质是不会改变的。据调查，轶老板的发家史起始于二〇〇二年以八千万元的"白菜价"获得了当地最大、储量十五亿吨的国有煤矿的全部股权。

看到这里集科想起来了。就在年初，他还在网上看到网友发的帖子，说轶老板花了七千万巨资为女儿在三亚举办大型婚礼，他租了三架飞机载亲朋好友往返，还邀请了众多大腕名角到场表演助阵。那么，此次奢华婚礼牵出的一大疑点就是，轶老板当年是如何以八千万的"白菜价"收购国营富矿的，为何偏偏他能够收购成功？在该国企改制过程中，是否存在猫腻、涉嫌腐败？马莉采写的报道，之所以能引起强烈反响，恰恰因为回答了诸如此类的疑窦。

集科作为该报道"调查记者"的丈夫，虽然为妻子一次次出差从事侦查式、访问式调查揪心，为她的人身安全感到担忧，但是每次看到妻子回来写成的报道见报后，捍卫了公众利益，为国家挽回了损失，又为她感到骄傲。和马莉生活久了，集科也知道了记者这个行业零星的情况。记者分好多种，有的跑娱乐新闻，有的跑会场新闻，有的跑国际新闻，有的跑突发事件……媒体性质不同，记者的采访信息渠道不同，关注领域也不同。马莉曾跟他说，她作为一个没有家庭背景的应届毕业生，当初之所以能进她所在的报社，领导就是看中了她能吃苦、有社会责任心，一开始，就是按照"调查记者"来培养的。

"现在，跑我们这个口的记者越来越少了，能深入一线独立调查的，全国大概只有两三百人了。加上整个报纸行业订阅量下降，记者到了一定年龄精力不够，以及成了'著名记者'后危险增多、诱惑增多，很多记者前辈都像周主任那样转行，要么从政要么经商。"

"那你是不是到了一定年龄也会改行呢？"

"这个肯定会的。你没看到我自从有了孩子，每次出差都舍不得离开吗？"

话虽如此，马莉出差深入一线的频率依然很高。只要她出差，一家人都提心吊胆的。有时候，看着孩子哭闹，集科也会埋怨马莉几句。可是任务在身，又有什么办法呢？

元旦前几天，马莉终于请了年假，加上元旦放假一天、周末休息两天，合起来她可以休息十天。这么多天该到哪里去玩呢？如果到温暖的三亚去住几天，显然有点奢侈，那里正是旅游旺季，机票和食宿都贵。如果要到张家界、庐山、泰山之类的地方转转，集科都想好了，就他陪着马莉去，毕竟带着孩子爬山不方便。如果是去上海、深圳这样的大城市观光，他则想一家人都去，让母亲也去见识一下现代大都市的样貌。可是作为经常全国跑的记者，马莉最怕的是旅途劳顿，所以那个假期，她选择在家里多陪陪家人。

她每天睡到自然醒，然后陪孩子玩游戏，帮着婆婆做饭洗碗，做家务。当然，也有了更多时间陪集科聊天、恩爱。集科母亲很满意现在的马莉，她没有了当年第一次见面时的青涩，岁月虽然在她脸上留下了一些痕迹，但也为她增添了一份成熟。尤其是她对集科越来越好，不像集科刚带她回吴村那年，对集科一点都不亲密。

"阿科，你以后就好好在北京待着吧，有这样好的老婆、聪明的孩子、这么新的房子，你还有什么不满足的？"母亲趁马莉带着孩子去运河公园玩时，对集科说，"老百姓的日子嘛，就要知足。"

"我这把年纪了，还能到哪里去？以后的任务就是争取多挣点钱。"

"马莉平时就是太忙。她其实做饭洗衣做家务，样样拿得起。她可是有正式工作的人，对你态度算好了：那么贵的仪器被人偷了，她也没怎么埋怨你，你现在工资高低也不问。"

"妈，我可没有说她不好呀，我一直感激她的。"

"孩子再大一点，由你辛苦接送上幼儿园。她出差多，平时多让她睡会儿觉。我看她休息了几天，脸色马上好看多了。"

"嗯。"

那个晚上，母亲做完家务后，坐在沙发上织毛衣。毛衣是织给陈金翅的，她说等以后年纪再大些她就织不了了。集科边看电视边想，要不要在通州自己搞一个数理化辅导班。他心里虽然不喜欢教培这个行业，可他发现相比于风里来雨里去地做测绘，做辅导老师似乎更体面一点，也不需要多少资金投入。中国父母都"望子成龙，望女成凤"，为了这个目的他们舍得报各种兴趣班、作业辅导班。集科估摸了一下，如果在通州城区租一套房子，现在进入这个行业还不算太晚……他正这么琢磨着，电视新闻上出现了一个煤矿采煤的画面。集科一下子坐直了。

"打深打透、除恶务尽，为夺取扫黑除恶专项斗争全面胜利，根据全国扫黑办安排，全国扫黑办第四特派督导组十二月二十四日进驻山西×县，启动二〇一一年第二轮特派督导。十二月二十五日，督导组召开工作座谈会，听取山西省扫黑除恶专项斗争总体情况、省级行业部门工作情况汇报和山西×县有关情况汇报。特派督导组将聚焦重点地区，围绕重点任务落实情况、重点问题整治情况、重点案件督办情况、重点线索复核情况……"

集科眼睛不眨地盯着电视。由于马莉去调查过"抢矿"之故，他现在一听到煤矿就会格外关注。很显然新闻播放中有多个画面，是从马莉带回的影像资料中截取的。果然，画面一角出现了资料来源，当集科看到"记者马莉 提供"的字样时，心里紧了一下。

"随着中国经济腾飞，煤炭价格暴涨。近些年，在国营煤矿改制过程中，腐败现象屡禁不止。全国扫黑办掌握的资料显示，为了达到渔利的目的，部分煤老板勾结当地官员，将国营煤矿有条件破产的就破产，没条件破产的创造条件也要破产。当地一位知情者，用'上买下闹'来概括这些社会蛀虫的财富积累过程。'上买'即行贿上层官员，打通官路，控制官员；'下闹'则是通过收买等手段让村民上访、破坏基层选举，并以暴力侵占手段获得煤矿……"

接着，电视上就出现了警察抓捕犯罪嫌疑人的画面。画面之一是在机场，警察拦住了一名乘客，并将他的双手铐上了。画面之二是在大酒店的客房，警察破门而入，将床上的一男两女控制。与此同时，播音员在播报着："十二月二十八日，三百多名公安干警同时出动，一项针对任××、轶××的秘密抓捕行动已经展开……"

再接着，新闻播报就转移到了其他内容上，说的是徐克导演的《龙门飞甲》一个星期取得多少票房成绩。集科的脑海中，却反复回放着刚才警察抓人的画面。不知道为什么，当他看到马莉参与调查的"抢矿"乱象受到社会关注并被实施打击时，反而有些不安起来。马莉带孩子去运河公园玩好久了——那里有一座东关大桥，桥下的空地晚上很热闹，有溜冰的孩子和跳广场舞的老太太——这会儿已经八点五十了，按理说也该回来了。集科拨打电话，却没人接。怎么回事呢？难道马莉被人跟踪啦？他紧张起来，披了衣服，下楼去找她。

他出了电梯门，往小区门口走去。走着走着，看见一棵树后面站着一个戴黑色毛线帽、黑色口罩的人，他的手插在上衣内侧口袋里，好像随时要往外掏东西。集科没太在意这人，两眼继续搜寻着马莉和孩子。路上有汽车开过，车灯照亮了晚归的人、晚练的人，他走到小区门口，四下里张望，看见马莉抱着孩子刚从运河那边走来。

"你怎么才回来？!"集科走过去接过孩子，没好声气地说。

"我们在运河边看夜景，走出去好远，一个来回半个多小时。"

"以后晚上少出来玩。危险！"

"整天待在家里闷死了。我都有点盼着上班了。"

集科放金翅下来，牵着他的手走了一小段路，有车开来，又将他抱起。快走到自己家所在的楼下，集科看见那棵树后面还站着那个人！他一把抓住马莉，不许她出声，转身就往另一栋楼走去。集科瞧瞧身后，发现那人已经离开那棵树。集科不敢保证那人会不会跟上来，直觉告诉他，暂时不能进自己家的单元门。

"你今天怎么啦？刚批评我不早点回家，现在又不让我回家。"

"嘘，你不知道，刚才那个戴黑口罩的人老早就站在那里了。"

"那又怎么样？"

"你这点职业敏感都没有吗？我怀疑那人是在等你！"

"不会吧！等我做什么？"

集科看见马莉瞪大了眼睛，她迅速靠近集科，抓紧他的衣服。他们保护着孩子快速走入一个刚有人出来的单元门，在里面的廊道里待了二十分钟才出来。他们四处搜寻，没有发现异常情况后才闪进了自家单元门，集科没有摁自己家所在楼层的数字。上电梯后，马莉依偎着集科，集科感到头很疼，就像要炸开一样。电梯达到集科选择的楼层，门开后，他们走了五分钟楼梯才回到自己家。

第八章

1

相比北京市区，作为远郊的通州冬天冷得出奇。仿佛所有进入北京的风，都要吸走包括通州在内的远郊区县的一些热量，才会接着吹进城去。这是集科在买房时没有想到的。这被寒风无休无止吹刮的运河边毫无遮拦的小区，让集科怀念起在朝阳区十里堡居住的日子——城区的气温的确要高于郊区，至少就集科的直观感受而言。

随着气温一天比一天低，加上怀疑马莉被人盯梢，恐怖的阴影笼罩着这个家庭，晚上再也不敢带金翅出去玩了。不论白天或者黑夜，三个大人都留意着小区周边出现的可疑人。马莉去上班，一般跟着集科一块儿走，下班也会相互约一下，在哪个地铁站会合，然后一起回通州。回到家，有时候金翅哭着闹着，要爸妈带他到楼下去玩。这时孩子由母亲带着下去，到了楼下，集科在相隔两三米远的地方，戴着鸭舌帽、墨镜，目光不断地巡视着四周。他的手插在口袋里，里面有一把小巧玲珑的大马士革折叠刀，这是他开测绘室时买来裁纸用的。

作为身经百战的调查记者，其实马莉被人跟踪、威胁过多次，甚至刚入行不久就被河北某奶牛养殖县扣押过，可以说记者生涯的大部分时间就是这么过来的。但她现在是一个孩子的妈妈了，因母性而瞻前顾后的心理由不得自己，她同意集科的看法：那两位靠非法手段暴富的煤老板虽然被抓了，但是他们的黑金帝国并没有就此崩塌，由他们培养扶持起来的部下以及穷凶极恶的打手们，或许还会做最后的挣扎。为了保护自己，事实上更是为了保护孩子，马莉每天都格外注意安全。有时候在单位加班，不能跟集科一块儿回通州，她会在办公室沙发上将就一夜。如果她不得不一个人回通州，坐地铁到通州北苑出站后，会选择让出租车直接开到楼下，下车后还要观察一下是否有异常，做好随时让司机带她离开的准备。

在做实习记者时马莉就学过"反跟踪"，懂得"叫、避、换、甩、报、防"等方法。每天从报社出来，只要有需要，值班保安都会陪记者到地铁站，等他们安全进站后再返回。马莉最担心的是回到通州，家庭住址已被坏人掌握，所以进小区前，她一般会把"110"或集科的号码提前在手机上按出来，免得出了情况来不及拨号。一进电梯，如发现有陌生人跟着进来，她会果断而迅速地撤出。每次进家门前，她都要观察楼道里是不是藏着人，总是担心她和集科不在家时坏人骗开了房门，将老人和孩子劫为人质，所以每次进家看到老人和孩子平安无事，心情都特别欣慰。

那个冬天就这么一天一天提心吊胆地度过，临到农历十二月，集科还没有想好回浙江还是湖北过年。回浙江是首选。前几天李钢打来电话，告诉他，已经租下祝村三岔路口的二层小楼，把母亲和孩子接过去了，如今楼下是汽车修理铺，楼上用来住人，每天都很忙，养活一家人不成问题。李钢希望集科能回山乡一起聚聚。"王乡长、伟楚他们，也都盼着你回来过年呢，他们说今年山乡的春节会非常热闹，很多打工青年准备回乡创业，乡里想利用这个机会搞几期创业培训班，到时候要邀请你回来讲课呢。"

回湖北是马莉的意思。自从她家的房子被强拆，她的父母就一直住在亲戚家，现在新房子的地基已经批下来了，她要回家感谢一下亲戚，并给父母提供一些实际的帮助。问题是，如果集科跟着马莉回湖北，集科母亲怎么办呢，不可能让她一个人留在北京。那么这个年只能分成两个地方来过：一家人都先回浙江，然后母亲留在村里，集科和马莉带着金翅从金华去湖北，过完年，马莉直接从湖北回北京，集科带着金翅绕道金华接上母亲，再回北京。

母亲害怕坐车，想到坐车呕吐就像经历酷刑，但是想到不管选择哪个方案，都能让村里人见到陈家的新一代——她引以为傲的小翅翅，她觉得来回跑一趟也值。于是，集科先买上了一家人到杭州的动车票。到了杭州就不怕了，可以坐汽车也可以坐火车回金华，都很方便。他甚至想，一家人可以在杭州西湖好好玩上一天。这么想过，他又上网查看了合适的快捷酒店，通过支付宝交了两个房间的订金。他觉得不管是马莉，还是母亲和自己，度过劳累且不安定的一年，到了一个他熟悉的、相对安全的地方，都应该放松放松。

于是接下来的日子，就成了回家倒计时，仿佛数字减少一个，离一家人在杭州优哉游哉的惬意就近了一天。集科对杭州的每个景点了如指掌。年轻的时候，他几乎到过每一个值得一去的地方，就连武林广场四周的百货大楼的每一层都去过。那时候，他想不到他会成为下岗工人，想不到有一天会跟北京的一位记者结婚。如今要带着一家人故地重游，只叹流年似水、物是人非。可是，就在集科这么计划时，金翅再次半夜啼哭不止。

如今金翅已是一个两周岁的孩子了，哭起来声音特别响亮，吵得楼上楼下都睡不好。一连两天，他晚上尖声哭闹，白天萎靡不振。集科问金翅怎么回事，晚上看见了什么？他只摇头不说话。母亲想了很多驱邪的办法，旧的新的都不管用。集科带他去医院看儿科，医生问有没有看什么惊悚的动画片或者电子游戏。集科答没有。医生问有没有其他异常表现，肢体的或者是表情的？集科说主要是哭闹，睡到半夜就搂着他妈妈的脖子哭闹。医生说应该不是癫痫，然后又说，要不你带孩子去做个脑电图和颅脑磁共振吧。忙乎半天，医生说可以排除孩子大脑存在器质性的病变，然后给金翅开了定神药品、补钙药品和鱼肝油，建议多晒太阳。

遵照医嘱，集科吩咐母亲在中午太阳照进阳台时，让金翅多晒晒太阳。金翅的脸晒得红扑扑的，就像一个大苹果。药也想方设法喂他吃了，可是到了晚上他照样哭闹。翌日，休息不好的马莉要去上班，金翅醒了，死死抱住她的腿，哭得死去活来。马莉有点烦，觉得这孩子被他奶奶带坏了，这是隔代溺爱造成的后果。果然，她刚训斥了孩子几句，母亲就急忙跑出来拦着。马莉说："妈，你要宠孩子到什么地步？孩子不听话就必须打！"母亲说："我可没有宠着孩子啊！他这几天很反常，肯定哪里不舒服。"马莉说："他现在已经会说话了啊，真不舒服会说出来。我问过他多次，他都没有说。"母亲说："我想来想去，还是去年除夕的事，不该去那个什么篮子湾玩。那次孩子被惊吓后，他有一个魂一直没有找回来。"马莉说："这怎么可能呢。溺爱孩子，处处迁就孩子，导致任性、依赖性强，这才是症结。"

马莉走后，母亲把金翅抱在怀里，哄着他，像金翅被亲妈遗弃了似的。集科说："妈，马莉刚说不让你宠着他，你怎么又去祖护、迁就他呢！"母亲说："这怎么是祖护与迁就呢？你没看这孩子很害怕吗？"集科说："他这是娇气，他妈妈以前经常出差也不见他这样！"母亲说："他绝对是丢了一个魂，可惜我喊它喊不回来。人少一个魂，精神就不会好，睡觉吃饭都不香。"集科说："妈，你真是老糊涂了，净说迷信的话。"说着，集科突然想起，每次出门马莉都是和他一块儿走的，今天她一生气就忘记这事了。其实，他不必这么早去上班，上午几乎没有辅导课可上，之所以每天跟着早起，就是为了陪马莉一程。

看着孩子又哇哇地开始哭，集科也有些烦躁起来："你这个大哭包，你爹本来运气就不佳，这几年不是脑袋被人砸，就是东西被人盗，你再这样天天哭下去，你说我来年的运气能好起来吗？"母亲一听这话，赶紧开始哄孩子。

眼看离回老家的日子只剩两三天了，金翅这么不听话，集科开始犹豫，这种情况还回不回家，还订不订杭州的快捷酒店？他试图劝说自己留在北京过年得了。正这么琢磨，接到赖伟楚的电话。伟楚说的事跟李钢说的差不多，一是询问他具体到金华的时间，山乡政府会安排人去车站接他；二是告知李钢定居山乡开汽车修理铺了；三是山乡渔政管理站正式成立了——"在结束挂职前，站长先由我兼任着。目前已经采取封河育鱼、打击盗捕等措施"。又说，"最终证明，老兄你是对的，金翅鱼洄游让山乡人民富裕起来了"。

刚挂断，集科在想要不要回去呢，可能还是要回去一趟的。在北京过年，怎么过呢，把孩子天天关在屋里，真的跟坐牢差不多。他也想去看看观景台，看看各式各样的民宿，也想让母亲带着金翅跟父亲聚一聚，在村里体体面面地过个年。他这么想着，就准备收拾东西了。他准备收拾好东西再去上班。可是他刚把一只行李箱从大衣柜上取下来，就听到金翅一声尖叫，他跑过去看，见金翅紧紧地抓住奶奶的衣服，在奶奶的怀中战栗。而他自己，就在那一瞬间，后脑勺仿佛遭到电击，差点倒地。

难道是地震了吗？还是都犯了癫痫病啦？他扶着墙，眼前天旋地转。

"阿科，怎么啦?！怎么回事！你和小翅翅?！"母亲紧张地大吼，她抱着孩子想过来扶集科，结果她自己也摔了一跤，幸好没摔着孩子。

"没什么，就是头很晕！现在好多啦！"集科就像走在一架上下颠簸的飞机的过道里。他扶着墙努力地向母亲和孩子靠近。突然，他虚汗淋漓，头不晕了，看见孩子也不战栗了。

"妈妈——妈妈——"孩子被奶奶抱到沙发上，他朝铁门喊着，眼泪哗哗地流。

"你妈妈很快就会回来的，乖孩子！你以后不要惹你妈妈生气，听到了吗？"母亲拍着金翅的背。金翅抽抽搭搭的，轻声喊着："妈妈，妈妈，我要妈妈。"

集科经过刚才莫名其妙的头晕，现在感到浑身无力，他拐进卧室，一头栽倒在床上。他想躺上一会儿再起来去上班。可是手机嘟嘟地响了，他觉得很累，很厌烦。一看来电显示是110，他不想接，以为是诈骗电话。现在很多电信骗子，可以通过软件修改来电显示。可是他担心是真的警察，疑疑惑惑地接了，对方没有一句废话，问清他是"科科"后，直接说："请你火速赶到小区门口来！"集科没有好气地问："有什么事吗？我身体不舒服！"对方说："马莉是你妻子吗？"集科答："是的。"对方吼道："那就别废话啦！她有生命危险！"

集科的脑袋又"嗡"了一声，就像天上真的打了一个雷。

他慌慌张张地赶过去，只见小区外面的一堵围墙下面围满了人，一辆警车闪着红绿相间的灯，在自行车道上呜呜地叫着。集科梦游一样，自报身份后，一个警察说："你总算来啦！"集科茫然地看着警察。警察问："你和马莉是夫妻关系？"集科答："夫妻。——她人呢？"警察说："她躺在绿化带后面，被人用特殊刀具捅伤了内脏，我们接到报警就过来了。这是她的手机，在草地上找到的，看里面的拨打记录里有'丈夫科科'的电话，就第一时间给你打了电话。现在救护车快到啦！"

集科冷得发抖，晕头昏脑，不敢相信这是真的。不敢相信马莉躺在血泊中，等着救护车来救她。他冲进人墙，越过警戒线，跪在湿漉漉的地上，喊着马莉的名字。马莉闭着的眼睛睁开了，集科告诉她："莉莉，是我！是我啊！"马莉面无血色，吃力地说："科、科……一出门就……有人……跟踪我……"集科把马莉的手放在自己脸上，那手比冰还凉，他哭着说："莉莉！你一定要挺住，救护车马上就到啦！"马莉的声音轻得像蝴蝶扇动翅膀，集科将耳朵贴近了才听到她说："我……要是晚走一年……就、就能……把你……的户口迁、迁进……北京，可是……我……活不到……那、那一天了……"

集科哭泣起来，一声声地呼喊着："莉莉！莉莉！莉莉！"

救护车就在这时候到了，它的尖厉叫声和警笛声混淆在一起，集科头痛欲裂，头上的伤口仿佛涌出来很多血，甚至是脑浆。他迷迷糊糊起来，听到警察拨开所有人，并将他也拉到了一边，他听到一个警察对他说："人命关天，先送你妻子去医院！你跟警车一块儿走！"

集科的脑袋轰轰作响，眼前一团漆黑……

2

马莉死了。死在北京最寒冷的季节。尽管那天太阳很大，没有刮大风，但是冷得彻骨。集科在医院瑟瑟发抖，陪着他的是两位警察，他们把他带到医院警卫室，坐定后，就开始询问他和马莉的出生年月、民族、职业、户籍所在地、文化程度、政治面貌、工作单位、家庭情况、社会经历，等等。最基础的问题问完后，开始询问马莉几点出的门，平时有没有与人结下宿仇，等等。那时候，马莉还在手术室抢救中，集科还抱着马莉能被救活的希望，警察询问过程有些啰唆，他精神游离，但是答得还算认真。警察做完笔录，走到外面耳语了几句，再进屋让他签名确认，他们就要离开医院去别的地方。集科急了，一把抓住其中一个，问怎么这就完了，不去追查凶手吗？他们瞪了他一眼，集科只好松了手。等他再回到手术室门口，呆呆地坐着不到五分钟，里面的医生出来告诉他，患者没有抢救过来，已经停止了呼吸。

集科"哇"的一声大哭，直往手术室里奔去，但是有两位医生拦住了他，说得等公安机关鉴定完死因，家属才有权利将尸体领回。集科从来没有经历过亲人在医院死亡，不知道要经历哪些程序，也不知道马莉作为被害人死在医院，下一步尸体该存放在哪里。他等警察再次回到医院，还想着这事怎么通知马莉父母，怎么告诉自己的母亲。他在这方面一点经验也没有。听一个站着围观的老人说，遗体到了殡仪馆，通常要在七十二小时内火化。如家属需要延长冷藏时间，需与殡仪馆工作人员协商，确认遗体冷藏的天数及冷藏的空间，都确定后，前往业务厅办理冷藏、火化及相关手

314

续。老人见集科听得认真，说如果死者是腐变、甲类传染病、炭疽死亡和国家规定的其他传染病死亡的，则不需要冷藏，需及时火化处理。

那时候，集科彻底失去了处理棘手事情的能力，他像一个傻子那样坐着，被几个围观者议论。过了十来分钟，挤到他跟前来"关心"的人更多了。陆陆续续，有四人向他推销墓地和殡仪用品。他们就像辅导班业务员向家长推销辅导课，手中拿着花花绿绿的彩页，介绍殡仪服务项目如同介绍各门课程特点。有年轻人为了让他付下订金，还说赠送遗体整容、人文送别服务。集科一下子火了："你他妈的再说一句，我打死你！"人群并没有散去，不久一个不知哪儿冒出来的胖子，听说被害人就是发生在运河对面的杀人事件的女主，一副兴奋模样，跟旁人悄悄说："听说那女人被人捅了七刀，被初恋情人捅的，所以说女人呀该绝情时就得绝情，就怕当断不断，惹祸上身。"听了这话，集科仿佛看到马莉还有体温，但已经飞来成群的苍蝇，他突然跳起来，将那个胖子扑倒，掐住了他的脖子。

集科哭喊着"莉莉，莉莉呀"，他想掐死那人，他想杀人。好几个人都拉不开他。他们拉了一会儿，有人喊起来："狂犬病！这人狂犬病犯啦！"顿时，手术室外的走廊上，人像影子消失在了阴暗角落。这中间，集科自己也被黑暗吞没了，黑暗就像海水望不到头，也不知深浅，等他感觉自己从深渊浮到水面，他不知道自己为什么倒在地上，目光之上，有两个保安用两个防暴钢叉摁住了他，他无法动弹。他想了一会儿，怀疑他们是把他当作疯狗对待了，他索性闭上眼睛。一闭上眼睛，就看到了马莉，她还在手术室里躺着，正侧过脸看着他，等着他去手术床边将她扶起来，就像当年她生了金翅，她很虚弱……

"莉莉，你再等等我，现在有人叉住了我，我站不起来。"集科用手去抓顶住他胸口的钢叉，那钢叉仿佛重达千斤，他想到自己连走过去扶马莉下床这么简单的事都做不到，眼泪忍不住流下眼角，流进了耳朵。

"嘿！他怎么还待在这儿呢！他女人不是说送到停尸房待检了吗？"一阵脚步声响起，听口音是最初陪他来医院的那个中年警察来了。

"喂！快回家去吧！等法医鉴定完毕，我们再打电话通知你办理后事，不需要在这里等着哦！"这是另一位年纪稍轻的警察的声音。

集科躺在地上，又闭上眼睛，又有了漂浮在海面的悬浮感。

那天起，痛苦、悲伤、懊悔与仇恨，每天折磨着他。他失去了心爱的妻子，也失去了活下去的勇气。自从和马莉恋爱、结婚，马莉在他心中是光的存在，是方向的存在。尽管她年龄比他小，但是在他迷惘的时候，退缩的时候，遇到挫折的时候，恰恰是她的肯定、敦促乃至鞭策，让他坚持下来，让他每天都在努力。从今往后的路，没有了那一双眼睛的关注，失去了那一束光的照亮，做什么都变得可做可不做，就连活着都变得没有什么意义。

他后悔马莉出门的时候，没有跟着她一块儿走。如果那天他俩一块儿去上班，凶手就不会有机会得逞。哪怕凶手要行凶，他也会用自己的身躯挡住刀尖，不让对方靠近马莉。其实金翅接连数天缠着妈妈，不让她出门是母子连心，孩童的天性敏感地意识到了危险。而他作为丈夫，却如此迟钝、麻木！他回忆起马莉出事前，发生在每个家庭成员身上的诸多不祥征兆，甚至在已经知道马莉被人盯梢的情况下，他却还让马莉一个人出门，现在想起来，自己对马莉的关爱实在流于形式，出于应付。现在唯一能做的，就是协助警察找到凶手。

　　警察根据集科提供的线索，调取小区大门口的摄像头查看监控录像，又到报社调查马莉出差的情况，将凶手锁定在煤老板家属及相关利益受损者身上。但是由于作案人每次出现，都戴着帽子、口罩，只露一双眼睛（有时眼睛也用墨镜遮挡），警察只能根据犯罪嫌疑人的身高、脚印、衣着，来比对山西警方提供的相关可疑人员。范围在一步步缩小，最后山西警方传来排查结果，案发当天他们锁定的可疑人员均未离晋。北京警方不得不查看通州区几乎所有十字路口的行人，试图通过这个笨方法截取犯罪嫌疑人的五官特征，但由于犯罪嫌疑人只要出现在公共场合就把自己包裹得严严实实的，而且从不在通州住宿、吃饭，从不在摄像监控区上下车，也没法跟踪到他的交通轨迹。

　　由于缺乏有效的线索，案件不再有什么进展，而马莉一直在医院停尸房的冷柜里放着。马莉的父母来了以后，集科忍着悲痛，将马莉送去了殡仪馆。火化前，看到女儿的遗容，马莉母亲哭晕过去，马莉父亲瘫软在地上，十多分钟都无法站起来。集科跪在地上，一遍遍地打自己的脸，后悔那天没有保护好马莉。殡仪馆的每个火化炉子工作量都很大，每个炉子都有每天必须完成的焚烧任务。穿着白色工服、戴着黑色口罩的工作人员，对活人不愿让死人火化的情况见怪不怪，为了每天能多烧几具遗体，不让后面排队的活人久等，有一个精瘦的，穿着工服、戴着黑色口罩的师傅没有再让集科他们继续悲伤下去，他按了一个脏兮兮的开关后，马莉就被流水线上的一根一根辊筒，速度均匀地传递进了一条黑乎乎的、安检机似的通道，通道尽头就是火化炉。

　　站在墙壁这头也能听到那边点火的声音，是汽油？液化气？这种时候，死者家属听到那边传来呼呼作响的火焰声，一般会有猜想，但是没人会问这个问题。空气中迅速有了这个世界上最难形容的，活人最不想闻到的气味。集科搀扶着岳父，岳父搀扶着岳母，他们离开七号火化炉的告别室，移步到几十米外的等候区等待。等候区里都是跟他们一样刚刚经历了痛哭、告别的过程的人。这些人默默地坐着，一个个无精打采、面如死灰，仿佛朝他们吹一口气，他们就会像压惊过后一粒一粒竖在杯子里的米，全部整齐地倒下去。

等候区里有十个关闭的窗口，连通着背后十三个火化炉，遗体经过火化，将从这些窗口递出来交给死者家属。集科离开告别室时向火化师傅打听过，对方告知火化一般需要四十五分钟到一个小时。这时集科看到墙上有具体说明，说火化时间的长短与逝者生前患的疾病、遗体冷藏时长、佩戴首饰及体格、骨质有很大关系。一般来说，体格大、骨质密的遗体要比体格小、骨质疏的遗体火化耗费的时间长。如果老人生前是肝腹水患者，去世后体内蓄积的水分比较多，这样的遗体火化时耗费的时间比较长；还有遗体在冷藏室冷藏的时间很长，遗体整容时如果解冻不彻底，火化时耗费的时间就比较长。他看到最后一条说明，想到马莉死后，还要让她在短时间内经受冰与火的双重折磨，潸然泪下。

一个小时二十五分钟后，七号窗口打开了。集科先跑了过去，透过窗口他看到一个长方形的非金属容器里，马莉的遗体已经变成一具白骨。并不是人们常说的骨灰，它还具备人体骨架的基本样子。原来，从白骨到骨灰还需要一个人工操作的过程。事实上，该过程完全可以用机械操作，之所以还保留人工操作，可能是要让死者家属看过，放心；也可能是为了尊重死者，毕竟机械操作缺少人情味。因此，等集科和两位老人都看过白骨，工作人员就准备用一个木槌将白骨一点点敲碎了。那个瞬间，人世间最沉痛的悲伤再次汹涌而来，两位老人扶着墙壁低声抽泣，一直没吭声的集科突然疯了一样吼叫起来。集科简直丧失了理智，他拍打窗口，不许师傅用木槌敲击马莉的白骨，哪怕敲击一下都不允许……

"嗐，你说你想直接取走白骨不要骨灰不就拉倒了，嚷嚷个啥呀！"操一口京腔的工作人员没有跟集科过多理论，他让集科掏出之前办好的各类证件，一一看过后，让集科在一张单子上签字，然后开了侧门，递给集科一个骨灰袋、一双白手套，交由他自己处理。

3

马莉的白骨由她的父母带走了。两位老人来的时候头发灰白，走的时候全白了。马莉的白骨存放在一只特大行李箱中，集科将岳父母送上从北京西站开往武汉的动车，将行李箱放在车门附近的行李架上，由于担心被人误提，他用一条自行车铁链锁锁住箱子的提手。他把钥匙交给岳父匆匆回到站台，还没有做好思想准备，火车就驶离了站台。集科看着远去的火车泪眼模糊，回通州的路上几次哽咽。之后一个星期，他把自己关在卧房中，到了饭点母亲轻轻敲他的门，他总说他饿了再吃，可是到了下一个饭点，他并没有吃掉上一个饭点的饭菜。母亲心疼地说："阿科啊，你这样下去我也没法在这儿待了，我不能看着你饿死。你这样做，不就是怪我那天跟马莉拌过嘴让她生气吗？我也后悔没有看出小翅翅不让他妈妈走是要救他的妈妈呀！那天我却说他这是受惊吓后有一个魂没有找回来。我怎么这么糊涂呢！"

那些天，集科要带岳父母给马莉办后事，又要配合公安局破案，孩子就靠母亲带着。自从马莉遇难后，她暴瘦十余斤，整个人失了水分，腮帮子都干瘪了。她为这么好的儿媳突然没了伤心，同样吃不好睡不好，但是她得带金翅啊。金翅夜夜哭天天哭，她得哄着他，熬粥给他喝，她还得照顾集科。加上马莉父母走的时候，突然提出来要带金翅到湖北去，她吓得扑通一声给亲家母、亲家公下跪了，哀求他们看在陈家就这么一个后代的分儿上，让孩子跟着集科过吧，等孩子再大一点，就带他去湖北看望外公外婆。好说歹说，他们都不同意。她担心得浑身发抖。幸好孩子忘性大，他已经跟外公外婆生疏了，他们喊他"小白马"，他都不知道是在喊他，他们见这孩子不愿跟他们走，才没有决意要带走他。

又过了些日子，集科收到通知，前阵子就职的教培公司因他长时间不能到岗，将他除名了。如果不是因为家里还有老人和孩子，他真想一睡不醒，那样他就不用再承受失去妻子的痛苦。马莉不在了，集科对未来的憧憬和规划也都瓦解了。从今往后，一具残留在人间的躯壳，每一分每一秒都无异于在地狱煎熬，所谓的幸福只存在于回忆与幻想中。尽管如此，当他想到马莉生前对他有过的期待："道之所在，虽千万人，吾往矣。这是你留给我最初的印象！"他的内心无法平静。他又想到马莉曾经对他有过的失望："你怎么变成了这样子。你可真有出息。你要是早一年跟我说这样的话，我就不会嫁给你了。"他真想拿脑袋去撞墙。

曾几何时，他和马莉有共同的追求，他们能相互照亮对方，那么艰难的日子都一起挺过来了，如果马莉在天有灵，看到今天的他一蹶不振，她能安心吗?！

"阿科啊，留得青山在，不怕没柴烧。事情既然已经发生，没有别的选择，慢慢接受吧。短时间无法摆脱痛苦是肯定的，但你也要积极走出来。你妈十五岁时你外婆走了，二十八岁时你外公也走了，每失去一个亲人我都撕心裂肺。可是，人总要活着不是吗？你不想想我和你爹，也要想想你的孩子呀!"

　　集科在母亲的反复开导和自我挣扎中，于一个半月后走出家门，在通州八里桥农贸市场找到了一份搬运冰块的工作。他已无意问工作的待遇和环境，只想逼自己走出家门，通过拼命工作忘却悲伤。他每天穿皮围裙、雨靴，戴毛线帽、棉手套，在货车货厢里用一把特殊钳子，弯腰夹住冰块往外拖，拖到车厢口，再使冰块顺着一条简易的铁架轨道滑落到地面，由地面接应的工友将冰块码到一边。等货车开走，他和工友再用板车将冰块拖到市场，分配给那些需要的摊位。他一天要卸七车冰，每车能装一百五十块，算下来，一天经过他的手装卸的冰块至少有一千块。冰块很沉，又硬又冷，他从早上五点半开始干，一直到下午四五点才下班，搬完一天冰，他往往累得筋疲力尽，关节酸痛。母亲看他这么辛苦，又开始心疼他。

　　一天，他在搬运一块冰块时不小心，冰块脱手，把他的一根脚趾砸伤了。他瘸着腿，临时又找不到人替代他跟工友做搭档，只好辞职，结束了这项并不适合他做的工作。

　　第二个月，算他运气好，在通州某区级单位找到了一份相对轻松的工作：协助该单位的正式职工制订全区测绘工作发展规划和计划，负责权限内测绘成果的审核，偶尔也会派他去参加土建工程检查验收。母亲得知他通过区人才服务中心的介绍，终于在国家正式单位找到了一份专业对口的工作，心里一下子踏实了，劝他一定要好好表现。事实上他也是这么想的，人到中年如果能在一个单位稳定下来，就不再折腾了。然而等他上班后，却发现要适应新环境、新同事好难。他虽然有工程师职称，但是人不在体制内，人家招他进去的目的，不像山乡政府是雇他做顾问能给予尊重，到了这里他不过就是一个随叫随到的临时工。那些正式职工不愿干、不想干的活，谁都可以指派他去干。他并不害怕干活，事实上他工作能力强，也明白自己的角色定位。让他略感尴尬的是，在这个陌生环境中，一个能谈得来的同事都没有。

他发现，年轻的男同事喜欢讨论名车名表，还喜欢娘里娘气的影视明星。他看到有男青年无论是说话的语气，还是外在的打扮，尽显女性特征，除了描眉画眼，还往身上喷洒香水。而有的中年男人又太不讲究了。有一个油头、大肚子的男同事，每次出去检查，都要借机大吃大喝一顿，席间到处摸女生，如果对方生气了，他就装醉。还有一位中年妇女，发福严重，平时穿衣戴帽胡乱混搭，客观一点说，毫无鉴赏美的品位。可她对自己的装扮很自信，还经常点评别人的穿着。随着天气转暖，单位有小姑娘穿得稍微暴露一点，她就跳出来指桑骂槐："你在什么样的阶层就应该穿什么样的衣服，穿这么花不知道的还以为在发骚，我觉得在单位穿板正点挺好的。"

而被中年妇女批评了的几位小姑娘呢，她们也不是集科乐意交流的类型。她们好像都工作不久，工资待遇普遍不高，却舍得用一个月的工资让人代购什么奢侈品。这个炫耀一个背包好几千，还是打过折的，那个说她的化妆品来自法国，世界著名品牌，这个说她上周末去参加了一场有型男在场的社交派对，那个说她想请年假去韩国整容。她们走动时过于摇摆的腰部，谈话时为扮性感而过于甜腻的声音，让集科不由得想起马莉。马莉活着时，从来没有买过五百块钱以上的背包，她对化妆和旅行没有多大兴趣，如果她还活着，此刻很可能衣着朴素、素面朝天地奔走在新闻现场——她太忙了，有太多社会事件等着她去调查采访，几乎没有时间关心她自己，也没有时间留在家里多陪陪孩子。他自责的是，他也没有好好地关心过马莉。

自从马莉答应嫁给他，他因为保护金塘河、金翅鱼连遭不幸，人生起起落落，常年在北京、金华和山乡之间奔波，自身难保。后来，终于决心留下来，能够和一家人朝夕相处了，但他照样很少关心马莉。有时她出差了，他甚至一个电话都不打。也不知从何时起，他习惯了马莉一次次地出差，很少为她深入一线调查、关注民生抑或揭发丑恶现象报以掌声，仿佛她在工作岗位上的历练、进步、付出，都是稀松平常的事。想到这些，他越发难过。

在集科上班的某个日子，有两个同事想着办法把一项烦琐的工作推给他去做。他虽然不甘被年轻人使唤，但是并不想多说什么。他心里开始琢磨要不要早点离开，要不要突然发作一通，把这些自以为是的混混好好羞辱一番；或者跟他们一样偷奸耍滑，学得自私自利一点。这时他的手机振动，收到来自通州警方的通知，说杀死马莉的歹徒在保定市落网了。集科浑身一振，立刻放下手上的活，打车去了通州公安局刑侦处，在那里他了解到了更多信息。

杀死马莉的歹徒是保定祁各庄人，他常年在沧州郊区居住，平时过着毫不招摇的生活，偶尔外出一趟，一两个月后回来。为了防止露出马脚，他善于伪装和潜行，利用最不起眼的工具，在目标人物毫无警觉的情况下实施谋杀，案发后迅速撤离。警方说，该案犯在丰县奸污并且杀死一名妇女后，离开作案现场，照例用石头砸碎作案工具，不料玻璃刀具被碎时有一粒碎渣进了他眼睛，逃亡途中可能眼睛疼，他用湿纸巾擦拭眼睛时被街角摄像头拍下了一段暴露五官的视频。徐州警方根据视频发布了通缉令，通州警方根据通缉令上嫌疑犯的身高、步幅、衣着断定，两起案件很可能是同一人所为。

两地警方互通信息，通力合作，专案组成员在一个深夜出现在嫌疑犯面前时，和衣而睡的嫌疑犯没有做任何反抗。突审过程中，他对杀人犯罪的事实供认不讳。

经审问，该案犯杀死马莉的任务，来自煤老板任××的家属——"任二"的委托。但由于该交易经过两个中间人秘密促成，领取报酬采用特别方式，所以凶手自始至终未与委托人有过直接接触。他未去过山西，那边人也没来过河北，这也是案发后，警方虽然怀疑马莉之死与她参与调查"抢矿"乱象有关，但是他们派出警力跑遍山西，访遍从北京到山西国道线上的每一个收费站、加油站、服务区，均没能找到有价值线索的原因。

离开公安局，集科悲喜交加，回家路上几次哽咽，他想对着苍天呼吼，对着马路呼吼，对着运河呼吼。他想倾诉，也想打人，想去复仇。多少天来，他对杀死马莉的凶手心怀仇恨，幻想自己找到凶手并亲手将其千刀万剐，然后自首。他多么希望自己是个有血性的男人。但他想到杀人心里就害怕、战栗……他跌跌撞撞地走着，路过小区外的那堵围墙时，想起马莉躺在血泊中，马莉的手比冰还冷，他哇的一声哭起来，扑通一声跪下，将额头紧紧地贴在吸收了马莉的血的草地上，嘴里喃喃着："莉莉，莉莉……"

他哭累了，回到家一见到母亲，又呜呜地哭了起来。

母亲以为他在单位受欺负了，问他额头上为什么都是土？

集科说："妈，杀死马莉的坏人……抓起来啦……"

母亲立定了，嘴唇一阵抽搐，然后撩起围在胸前的围裙擦泪。

母亲说："人在做，天在看！苍天有眼啊！"

4

通州警方将凶手落网的消息告知集科的同时，也告知了马莉生前就职的单位。

这个消息到来之前，报社只为马莉之死刊登过一则不到一百字的讣告。之所以没有将马莉当作记者的榜样来宣传，存在着马莉是否因公牺牲之顾虑——当时，对马莉之死的社会传言可谓版本甚多，搞不清是谁编造的。如今马莉的死因尘埃落定，报社领导安排编辑刊发了关于此案的官方通报，又派记者兵分两路去做更深入的调查。几天后，报社再次召开会议，领导提出：要举全社之力为马莉举行追思会。

那一天，在报社大楼一楼大厅，工作人员将马莉的遗像摆放在鲜花丛中，除了记者同行，一些普通市民听闻马莉的事迹后也纷纷前往悼念。

在追思会现场，集科第一次见到马莉生前就职的报社的领导班子及各部门负责人，还有其他着素色服装的大小官员。仪式开始后，全体肃立，哀乐声中，所有人向马莉遗像致敬。之后，开始敬献花圈和挽联。在门口排队的人们陆陆续续进来，他们怀中抱着白色百合和黄色菊花，轻轻摆放在马莉遗像周边。集科作为死者家属，对每一个前来悼念马莉的人表示感谢。

报社总编辑在致悼词时说，报社全体同事万分痛惜马莉同志的离去，马莉爱岗敬业、爱民助人的事迹和品质，是她留给报社的精神财富，今后报社的同事们将以她为榜样，践行崇高新闻理想，为创造良好的舆论环境继续努力。一名经常跟马莉一起出差的同事在悼词中说，马莉平时待人客气，懂得体谅别人，每次采访都很严谨，注重反复核实、多方求证；马莉成为新闻部主任助理后，本可以不下一线采访的，但她总是自告奋勇冲在最前线，为老百姓仗义执言。

回忆起马莉的音容笑貌，好几个同事轻轻啜泣。

追思会上，和马莉一起去×县调查过"抢矿"内幕的纪检委办案人员也来了。他们讲述第一次到山西，为了取得信任并且掌握×县官员受贿的核心资料，每个人都要隐去真实身份，各自到任××、轶××的煤矿集团公司入职管理岗，实际上就是做卧底。戏剧性的是，卧底期间他们面对的危险和诱惑堪比电影《无间道》，过程中处处埋设着物质和精神的陷阱。马莉担心纪检委办案人员在这种环境里叛变，每天打秘密电话时反过来向他们强调不能叛变，他们几个暗地里称马莉为"马女侠"。"遗憾的是，马女侠没能看到，国家即将把×县的不法分子和贪官污吏送上法庭宣判的这一天。如果她还在，就能看到邪不压正的这一天啦！"

那天上午，前前后后有六位报社领导、记协官员及若干其他人士致悼词和讲话。马莉的形象在他们的话语、悼词中，变得高大、鲜明起来。在台下，很多女士不停地擦拭眼泪，有男人的眼睛里也闪烁着泪花。集科心里又伤感又骄傲。

那些日子，沙尘暴呼呼地刮个不停，黄沙遮天蔽日，让人感觉白天如同黑夜一样，办公室里都开着灯。集科犹记得去年沙尘暴肆虐时，他还骑电动三轮穿行于朝阳区的住宅小区做测绘业务。那时候他总是忙，每天想着多挣钱。而今，当沙尘暴再次刮起来时，马莉已经不在了。每天中午休息时间，他都会去通州新华大街的邮局门市部翻阅报刊，如果看到上面登有与马莉付出生命代价的"抢矿事件"相关内容，都会购买十份珍藏。

《黑煤矿矿主雇人杀害女记者 该矿主凭什么如此猖獗？》
《曝光中国××报记者采访"抢矿事件"之怪现象遭暗算》
《煤窑黑色利益链揭秘——煤老板抢矿黑幕真相调查之三》
《真正的记者是战士——黑煤矿矿主暗杀"记者"的背后》
……

每读到一篇新的揭露煤矿乱象的文章或者调查报告，集科都会为马莉的牺牲换来更多记者为公众的利益发声而高兴，仿佛这些报道也有马莉参与其中，痛苦似乎也得到了稍许的缓解。

　　当同事们得知集科就是新闻中说的那个在通州运河对岸遇害的记者的丈夫，他们都对他尊敬起来，也帮他搜集着信息。他们看到有消息说：随着"抢矿事件"被更多媒体跟踪报道，国家煤矿安全监察局和山西省公安已经介入调查。

　　果真半个月后，山西警方召开新闻发布会称：×县煤矿矿主雇凶杀人案，主要犯罪嫌疑人"任二"在深圳罗湖区投案自首，目前已经押回×县，等待判刑。至此，通州警方开新闻发布会称，中国××报记者马莉被人杀害致死案，由多地公安部门抽调警力组成专案组展开侦查，在掌握大量的证据后，六名犯罪嫌疑人落网。一时之间，马莉案的破获再度成了当时的社会新闻热点之一。

　　那天集科走在沙尘过后的街头，嘴里可以嚼出颗粒感，天空仍然泛黄，但风止息了。再看地上、树上、车上、建筑物上，都落着一层细细的黄土面儿。因为空气中还充斥着呛人的味道，路上行人很少。集科走着走着，恍惚觉得自己行走在一张老照片里，仿佛看到马莉在浮尘之上轻轻飘移，他紧走几步，喊马莉的名字，马莉转过身来。她的脸色苍白，身上还沾着血迹，他追上去，想告诉她自己掌握的案件最新消息，告诉她杀死她的凶手还有幕后指使者都被缉拿归案了。可是，马莉倏忽不见了，黄土面儿上也找不到她的足迹。

　　集科最初是在"天涯社区"看到《中国××报记者被打死四大疑点仍未解》一文的。该文自称"引用警方的材料"，指出马莉之死的背后，还有更深层的东西尚未得到揭露和证实。主要内容之一，是据犯罪嫌疑人交代，马莉生前曾对煤矿"预谋勒索"，前后收了八十八万元。文章写道："一方面，黑煤矿来钱之多，到了让矿主可以对生命漠视的地步，矿难发生了不过赔点钱，当地政府为了不影响政绩，也是该瞒的就瞒。另一方面，煤矿矿主也遇到了不断前来要求'分肉'的真假记者，这位被'记协'树为榜样的马记者就是其中之一。"

因为网上发帖审核不严，也没有人去证实真伪，大家转帖、跟帖不过凭自己兴趣。所以在一片赞扬中突然冒出一个异样的声音，往往会吸引很多人关注。集科看到这样的跟帖，气得头晕胸闷。他想象不出，这些敲键盘随意污蔑他人的人出于什么动机、什么心理。他仿佛看到电脑屏幕上爬着一堆一堆虫豸，它们长着牙齿，一口一口啃噬马莉的白骨。他联系网站要求删除此文，未得到回应。他打电话给山西警方核实，对方说关于该案已经开过新闻发布会，不会有再进一步的说明了。集科气得大声叫骂。

5

集科已经好几天不能正常上班了。自从看到马莉被人污蔑，网上有类似文章到处转发，他脑袋轰鸣，如万蚁噬心。他有时候整夜不睡觉，在网上注册不同的网名，回击污蔑者，试图还马莉清白。他没完没了地打字，把他的愤怒、悲伤，对马莉的爱，通过一段段文字宣泄出来。经常，他以一当十，抓住对方的逻辑漏洞，打得对方无力招架，这时天往往已经亮了。

由于集科频繁迟到，上班时间不能集中注意力、工作效率低，同事们对他从开始的同情变成埋怨。在这个旱涝保收的单位，除了他，其他人都活得很好，而且还想活得更好，那些谁都不愿干的重活累活，他们还想安排他去做。可这个变成了祥林嫂的男人，现在越来越不能胜任工作。而且他还经常请假，说要去中国"记协"反映情况，要去网络舆情中心反映情况。同事们劝他不要去了，这种网上文章不用去理会。

集科固执己见，到相关部门反映情况，还收集证据报警，期望以侮辱罪、诽谤罪抓捕捏造事实的人。但是相关部门只为他联系网站删除、屏蔽了部分信息，查封了部分损害他人名誉的网络ID。没几天，这些网站上的帖子删了，但又会在其他网站冒出来。这类人就像癌细胞，你切除了直肠，它扩散转移到了肝脏。面对键盘侠强大的攻击力，他承受了巨大压力，得了强迫症一般，有空就要上网去回击。结果正如同事们嘲笑的那样，那些原本可能被遗忘的帖子，又被他顶了上去。

他告诉自己，学会沉默，沉默！可怎么能做到呢，他无法容忍马莉的名誉受到损害，有时甚至怀疑，马莉从事记者这个行当以来，用生命捍卫公共利益，她死得值不值？！

他记不起来自己是什么时候开始不再关注网络上的造谣污蔑的，自从深深地怀疑在这个信息爆炸的时代一个人坚守理想和情怀的意义，他再没有熬夜抨击过"高举正义旗帜"的网络暴民。他关掉社交账号，删帖、注销，最后卸掉了家里电脑上的浏览器，不再看任何网络上的信息。没几天，他瘦了好几斤。

母亲担心他从此一蹶不振，说："你哭也没有用，哭是哭不回来的，不睡觉也没有用，熬夜是熬不回来的，你只有好好地活下去，好好把握现在还拥有的——小翅翅两岁半了，你装也要装得坚强，你得担负起这个家庭的重任，把孩子养大，培养起来呀！"

这些道理集科都懂。看到还不知道妈妈再也回不来、天天喊着要妈妈的孩子，看到消瘦憔悴、在北京陪着他在痛苦中煎熬的母亲，他常常这样劝告自己：人世间的苦需要男人去扛，决不能再意志消沉下去。可是每次想起马莉就这样从他的生命中消失，他照样提不起精神。

同事们都觉得他像得了肝癌的样子，搞得他们再也不好安排他去工地检查土建工程，担心他在太阳直射下体力不支。那几个年轻男同事倒对他很体贴，见他半死不活的，叫外卖时多叫了一杯奶茶、一个冰激凌，放在小碟子里端给他享用："陈哥，您尝尝玫瑰奶茶。野玫瑰的果实做的，含维生素 C。您最近脸色很难看哟！经常喝奶茶，可减少色素沉着、淡化色斑，调理血气。"一听这话，中年男同事把小碟子推了回去，说要请集科去喝酒："什么玫瑰奶茶！都他妈用香精色素勾兑的。要说消除疲劳、调理血气，喝上二两白酒，保管你脸色红润！"集科表示不喝酒，他就说："酒是健忘药。哥们儿，听我的没错！"

下班后，中年男同事经常带集科去喝酒，两人点三个"红星小二"，集科喝一个，男同事喝两个。就是从那时起集科慢慢有了喝酒的瘾头，每次喝了酒，他都感到莫名的兴奋。

在单位，只有发了福的中年女同事没关心过集科。集科死了老婆的消息传开后，每次遇见他，她都要远远地避开。他琢磨不出自己何时得罪过她，后来才听说人家担心他是个鳏夫，会对自己产生兴趣。集科忍不住笑了，这怎么可能呢，先不说男女之间产生感情需要情投意合，更难的是还要志同道合，有共同追求。他虽然是个鳏夫，人生已然失去方向，但不会也不愿跟没有什么追求的女人媾和。

事实上，为了走出痛失马莉的打击，他已经像绘制工程图纸一样，给自己做了重新振作起来的一系列规划。他规定自己几点起床，周一到周五每天吃什么、穿什么衣服，几点到单位、几点完成工作，下班戒烟戒酒，要直接回家陪孩子，晚上九点还要出去跑步。按照这个时间表，他就像一个充足电的机器人，白天忙工作，用努力工作来填满时间空隙，晚上则用跑步消耗体能，促进睡眠。实在睡不着觉，规划里还有补充条例，写着"口服咪达唑仑"。

不久后，母亲见集科逐渐恢复元气，心里暗自高兴。她说来了北京后，生活习惯不同，气候两样，普通话不标准，她都能对付，难以应付过去的是家庭变故。"现在看到你面色好看些了，工作也稳定了，我就放心了。"母亲一边给集科舀肉汤，一边停顿下来，仿佛攒足了勇气才说，"五一劳动节快到了，你们单位放假吧？"集科一边喝汤，一边看着坐在婴儿饭桌里的金翅说："今年很倒霉，五一假不是黄金周了，就放三天假。不过四月二十八日那天是周六，不去上班也没事。"母亲"哦"了一声，没再说话。集科问："妈，五一节你有什么安排吗？要不我带你到天津去玩吧！咱带金翅去吃狗不理包子。"母亲垂着眼帘，低声说："咱要不……看你怎么安排，带我和金翅回家去住一段时间吧。你可以在家待两天先回来，等到九月时再去接我们回来。"集科愣在餐桌前，这虽然不是什么宏大计划，但由于之前从未想到过，所以一时不知该如何接话。

"金翅还没有回过浙江呢。"母亲装作轻描淡写地说，"马莉的事，村里人反正都知道了，你爸说大伙忙着办旅游节、做小买卖，这事情早没人提了。我们回去一趟，实在被人问起来，我会跟他们简单说说，这不是什么说不出口的事。马莉是为国家牺牲的。"

其实，马莉去世的消息上报纸后，老家那边的人很快都知道了。有一阵子，夏炎、伟楚、李钢、丁武、辰前、孙伟他们都打来了慰

331

问电话，还有不少平时不怎么联系的人也给他发了短信，劝他"节哀顺变"。他那时太悲伤了，除了对几个朋友的慰问做了回应，其他的人没有一一回复。他害怕提马莉之死，一提起，就无法克制悲伤、悲愤。或许老家人体会到他不想受到干扰，后来联系他的人很少，有担心他的，往往给他母亲打电话询问。直到前几天，王乡长给他打来了电话。王乡长关心过集科目前的工作和生活情况后，说打这个电话是因为今年旅游节的游客比往年有大幅增加，山乡接待游客的能力今非昔比，心里高兴，就想把好消息告诉他，希望他不是特别忙的话，回老家看看金翅鱼洄游，散散心。集科感谢王乡长的惦挂，说现在这份工作需要天天坐班。事实上，他没有回家的打算。

"还是那句老话，山乡有今天离不开你的努力啊！我特别地感谢，感谢你和马莉，是你们最早呼吁山乡人要保护金翅鱼，现在被保护的金翅鱼又开始回报山乡人民了。目前，山乡渔政管理站采取的封河育鱼、增殖放流和打击盗捕等保护措施效果很明显。前阵子，有上级渔政工作人员下来调查，发现山乡现在石板鱼、红车公、鳡鮍、花鳅、青虾、齐氏鲻、溪鳗、金翅鱼等野生鱼类已经恢复到二十三种，其中栖息在水库和龙井的金翅鱼数量稳中有升。"

王乡长一谈起金翅鱼，集科两只耳朵竖了起来。不过，在金塘河遭到破坏时，他其实并没有想到金翅鱼有一天会成为山乡的名片，与其说他有什么远见，不如说是金塘河——或者说龙井里的龙王——在万人之中选择了他，借他之口来呼吁。的确，假如当年稍有退却，金翅鱼很可能在第一条拦水坝建成后就像村里的古建筑那样消亡了，但是他知道假如没有马莉的帮助，没有李钢他们的帮助，没有刘局长的帮助，没有国家出台相关政策，没有王乡长和赖伟楚到山乡任职，就没有王乡长在电话里说的这一切。

集科想着这些，很想说金翅鱼能从水库洄游到龙井，与其说是他的努力，不如说是大家共同努力的结果。正要开口，他听见王乡长在喊："喂！"集科说正听着呢。王乡长说："你如果生活上有什么困难，一定要跟我们说啊！我们都很牵挂你呢！"集科反复说："没有，没有。谢谢！谢谢！"

王乡长说："对了，伟楚和李钢昨天跟我说，他们拍了一些旅游节的视频和图片，前几天发到你邮箱你都没回信，他们很担心你目前的情况，让我问问你那边到底发生了什么。有什么事若不好意思跟他们说，你得跟我说。我年纪比你大，经历的事比你多，我能帮的一定会帮。再说，你目前还是我们山乡旅游节的名誉顾问呢，你有什么打算，想不想回来工作？山乡永远欢迎你回来！"

集科很久没上网了。自从看到马莉被人污蔑，自己遭到网暴，他有点自我封闭。他不得不向王乡长解释，说家里的电脑坏了，单位里只准上内部网站。

"说实在的，我们都盼你回来啊，哪怕玩几天也好。现在山乡旅游虽然热起来了，但不还是摸着石头过河吗？什么宣传呀、规范服务呀、乡民综合素质养成呀，还都跟不上。所以说，山乡很需要你继续为家乡发展献计啊！事实证明，你一句点拨就能改变状况，可不就是四两拨千斤嘛！"

"好吧，我再想想哈。"

事实上，集科说了"再想想"后并没有去想什么，也没有为这件事重装浏览器，他不过是用单位电脑百度了一下山乡旅游节新闻，大致了解了一下情况。他想，他再也回不到从前的陈集科了，虽然他制订规划想重新振作起来，那不过是强迫自己不放任自流。现在看来，时间不会真正治愈创伤，创伤发生的时候，整个人其实就发生了不可逆的转变。

然而，母亲的提议他是重视的。他知道她想家。马莉去世五个月了，他总不能把所有亲人、他们的生活，都捆在这件事上。他没有理由不带母亲和金翅回去住些日子。五一劳动节放假前一天，他特地请了假，带着母亲和金翅坐上了南下的火车。

　　送母亲和金翅回到金华，集科却没有回山乡。他是车过杭州时突然改变主意的。这让他自己也觉得有些愕然。从北方到南方，与以往任何一次回乡的心情不同，火车经过萧山每向前行驶一里，他的心就被有形无形的"怕"箍紧一圈。这是近乡情怯？不过要比近乡情怯严重得多，他感到在前方，在越来越靠近家乡的铁路两侧，种种复杂的情绪变幻成了密布的乌云。集科最怕打雷天气，真希望火车停滞不前，甚至车尾的动力系统启动起来，将火车倒开。

　　或许自己真的是一个狭隘的人、偏执的人，或许自己真的患上了社交恐惧症？说不清为什么，他开始害怕回到山乡，害怕那熟悉的河流勾起心中压抑的悲伤。那是他一生挚爱的河流，那是他与马莉为保护它一同经历风雨的河流，那是让两个人因为思想理念的趋近而走到了一起的河流。如今马莉不在了，当初他们为了揭露小水电开发破坏生态环境而暗访的种种回忆，那些人那些事又浮出脑海。当时，马莉是一个多么年轻、单纯的小姑娘呀，她那么瘦弱，那么朴素，要是自己不去追求她，她会不会嫁给一个有钱人？会不会每天开着一辆进口小轿车上班，或者压根儿就不用去上班？不，马莉不会去过那样的生活，哪怕嫁给有钱人，也会做好她的记者工作。归根结底，那天马莉出门时，自己要是跟她一块儿走……

　　这是最后一段旅途，车过诸暨、义乌，下一站就到金华了。母亲一路呕吐，金翅一路吵闹，这会儿他们都沉沉睡去了。集科看着窗外，想起自己在这条铁轨上来来回回。从十九岁到三十九岁，离家又回家，回家又离家，闪亮的铁轨见证了他一生的起起落落。他想起那些风光的日子，被乡亲们看作全村最有出息的人；想起那些倒霉的日子，遭人唾弃、被人中伤；想起一次次带着思乡的心情回来，带着受伤的心情离开。此刻，他仿佛又听到了高乡长的判决——你是山乡的叛徒和间谍。这次如果回山乡，乡亲们听说马莉死了，一定会有人问这问那。出于种种矛盾心理，他打电话给在金华上班的姐姐，让她来接母亲和金翅回去。

集兰是打出租车赶来的。在没有见到集科、没有见到母亲和金翅之前，她在车上想起了马莉——她已经不能跟着他们回来了。马莉去世后，集兰哭过很久：马莉那么优秀，她能嫁给集科那是老天爷对集科的眷顾啊，可她的命怎么就这么短呢！

集兰下了出租车，没走两步，就看到了车站出口处不远，集科抱着一个白白胖胖的、鼻子也显得大的孩子，母亲坐在一堆行李上，正东张西望。她跑过去，一边跑，一边流了眼泪。

"妈，我来啦！"

"啊，集兰，集兰来了。"

集兰扶母亲起来，又从集科怀里抱过孩子，孩子沉甸甸的，没有拒绝她抱。她把孩子紧紧地贴在胸口，看到他这么乖、这么听话，心又酸起来。

"金翅，这是你姑姑，快喊姑姑！"集科说。

"姑……姑。"

"哎！真是好孩子！"

集兰抱着孩子，亲了他一口，接着她的嘴唇就哆嗦起来。母亲看着集兰抱着金翅轻声抽泣起来，知道集兰是因为马莉，她被感染，不禁泣不成声。

集科说："你俩怎么回事？怎么一见面就哭了呢！"

集兰说："要是，马莉回来了……该有多好呀！"

集科说："都过去了，咱不提这个。"

集科见到集兰后，把母亲和金翅交给她，送他们坐上出租车，接着就回到火车站售票处买回程车票。刚才，他撒谎说他要回杭州见几个老朋友，看看有没有新发展，母亲和集兰才答应了。可是五一假期车票紧张，这么一来，他只好先买票到杭州，将长途变成短途，坐一站，转一站。他犹如一个游魂，一路飘飘荡荡，于两天后才回到了通州。

6

集科已经很久没有一个人生活了。家里突然没有了孩子的哭闹、母亲的唠叨，没有了马莉的温存乃至她的存在——曾经一屋子的欢声笑语，满脑子未来的发展计划，灰飞烟灭。他一个人在家里，作息时间重新变得不规律，他经常呆坐一天，饿了随便下点面条应付一下。等到恢复上班，他就和中年男同事混到一块儿。以前他只敢喝一个"红星小二"，现在他也要喝两个，喝一次吐一次。中年男同事劝他不要喝了，因为他一喝醉就不会主动去结账，还得打车送他回去，很是讨人嫌。可他已经爱上了喝醉的感觉，喝醉后，就把全部烦恼都忘了。

中年男同事开始选择逃避，每天不等集科下班就先走一步。集科在单位渐渐成了反面教材。他已经基本失去了一个国家单位"劳动合同工"的价值，即他本应该去做那些比体制内员工更累更烦琐的工作，可他完成不了了。领导找他谈话，警告他如果再这样下去，只好解雇他。集科有些麻木，宿醉之后胸口老泛酸水、打冷嗝。领导说:"你不应该这样,你刚到单位时不是挺能干的吗?我当时还想,凭你的能力、学历、职称,或许几年以后可以把你作为人才引进。没想到这才几个月,你好像变了一个人。"集科想说:"这并不值得奇怪,几个月前马莉还活着,现在已经消失了,这理找谁说去?!"可他没把话说完就感觉胸腔里火辣辣的,打出来的嗝就像用硝酸蒸馏出来的气体。

就在那样颓唐的日子,马莉被杀案在太原市中级人民法院开庭审理。那天集科没有去。很显然不是他请不出假,或者故意为难律师,而是他又喝酒了。就在出发前的那个晚上,他看了律师快递给他的材料,不巧的是,睡觉前他无意中听了一首随机播放的歌:"徐徐回望,曾属于彼此的晚上;红红仍是你,赠我的心中艳阳;如流傻泪,祈望可体恤兼见谅;明晨离别你,路也许孤单得漫长……"他已经记不清歌名,只觉得这首粤语歌很熟悉。听着听着,他克制不住自己的悲伤,自艾自怜起来。

他不记得自己是怎么喝起酒来的,为了明天——这个苦苦等来的审判日,他已戒酒好几天。事实上,那个晚上他没有喝醉,理智告诉他只能喝几口,他做到了。上床睡觉前,他调好闹钟,服了安眠药,很快就昏睡过去了。整个晚上他没有梦,一种强烈的嗜睡感仿佛要把人往深渊里拖,他昏迷不醒,就连闹钟的声音都没有听到。睁开眼时,已经是十二个小时以后,早已误了乘车出发的时间。更严重的是,他仍然昏沉,脑子卡壳,无力爬起来。

他努力地摸索枕头底下,想摸出手机,给提前一天到达太原的律师打个电话,可等他再醒来时,已经下午三点了。他想起医生给他开安眠药时说过,酒精和安眠药接触之后会产生双重抑制作用,出现呼吸变慢、血压下降,严重时甚至会出现急性休克。他不知道该庆幸自己还活着,还是该诅咒自己为什么没有死。

他看到手机上，显示有律师打给他的电话，给他发的短信，询问他是否已经到达，很遗憾他都没有听到。现在他要给律师打电话道歉。律师的手机提示：已关机。

律师姓欧阳，北京本地人，比马莉大三岁，是马莉生前所在报社为这个案子专门聘请的。在开庭审理前，集科只与她见过两次，一次在报社领导的办公室，一次在通州北苑地铁口的咖啡馆。在咖啡馆见面那次，她说："一个有正义感的律师，代表一个有正义感的记者出庭维护她的合法权益，我感到非常幸运。我将尽自己所学为马莉女士澄清事实，建立完整的逻辑体系，将被告一一绳之以法。目前我已经取得足够证据。陈先生，我们到时在山西太原法院门口见。"

集科信任欧阳律师的业务能力，更信任报社领导聘请律师、要为马莉讨回公道的决心。此刻，他为自己贪杯延误了行程懊悔。他深深自责。原本的计划是：早上坐动车去太原，不到中午就到了；中午与欧阳律师见面；下午三点开庭。现在显然来不及了。他看看窗外，天已经昏昏沉沉，运河两岸亮起彩灯。集科又给欧阳律师打电话。电话终于打通了，但是打了三遍对方都不接。

集科知道，这是自己的错。他拿着手机在屋里转圈，窗外，天完全黑了。他想，反正事情已经耽误了，无可挽回，再打一次如果还不接，那也只能等她回京后当面向她道歉。没想到这一次，电话那头传来了声音："喂！是马莉的老公陈集科先生吗？"听声音是个男的，集科心虚道："是，是的。"那人的嗓子就高起来："陈先生你怎么回事啊！今天怎么没来呢！哪有你这样做事的！我一个报社的法务专员，只跟马莉老师共事过八个月，我平时懒，但今早五点就出发了！"集科握着手机的手在发抖，鼻子在发抖，嘴唇在发抖，他真想一头撞到墙上去。

"好在案件事实清楚、证据充分，有欧阳律师作为委托代理人出庭，你缺席没影响到如期开庭。"对方顿了一秒钟，"不是我说你呀，下次可得注意啦！这可是全国都关注的案子，记者们都比你积极！当然，不希望有下次了，我们正在回来的火车上。你呀，赶紧地，向可敬的欧阳律师认个错！"

集科结结巴巴，语无伦次，巨大的、翻卷的紧张、悲痛、悔恨、自责，让他心悸，乃至双腿发软，他一只手按压心脏，一只手拿着手机，几乎是跪在地上向欧阳律师道歉。欧阳律师并没有批评他，只说法院审判是相对公正的，这得益于该案件一直被全国媒体盯着，而国家纪检委、国家煤矿安全监察局、公安部联合开展的全国煤矿多项整治行动，业已接近尾声。集科认真地听着，仿佛又看到了欧阳律师爱盯住人看的、审视的眼睛，就像剑一样锋利。

"法院开庭审理只是庭审流程结束了，你作为死者家属，近日会收到法院下达的判决书，然后法院还要依法执行。判决书上面会有详细的、即将发生法律效力的判决、裁定。我只能大概告诉你，原告将依法获赔医疗费、丧葬费、被扶养人生活费、死亡赔偿金等，共计七十八万余元。"

从欧阳律师口中得知，共有七名被告人因故意伤害罪、窝藏罪等，当庭受审。除了保定籍杀手阮×被判死刑，其余人被判十年以上、十年以下不同刑期。

那几天，山西开庭审理马莉被杀案的消息，再次出现在了大大小小的媒体上。马莉的形象和事迹，或者说不该被时代遗忘的调查记者——这个曾经在纸媒的黄金时代不容小觑的群体，再一次被提起。不久之后，全国煤矿多项整治行动落下了帷幕，包括任××、轶××在内的一大批靠非法手段暴富的"涉黑"煤老板，收受贿赂、贱卖国营煤矿的"涉腐"官员，以及违规违法的企业、其他不法分子，纷纷被判刑、处罚。

若干天后，集科收到了法院判决书和七十八万三千二百元的赔偿金。他把马莉的遗照摆在桌子上，他抚摸马莉的脸，告诉马莉，杀害她的人都得到了应有的下场，那些称霸一方、骄奢无度、损害人民利益的有钱人、当官人，最终都受到了法律的制裁。他摊开报纸给马莉看，念给马莉听，眼泪如沸水滚出来。他知道，马莉听到这些消息，一定会很高兴。可是越是想象她会高兴，而实际上她是带着惊恐、疼痛、求救与绝望离开的，就越发伤心。他多么希望自己亲手宰掉那些害死马莉的人啊。

马莉是独生女。集科想到她的双亲远在湖北，接他们来北京照顾或者经常回湖北去看望，都不现实，他决定把法院判的所有赔偿金汇给马莉父母，以此尽"马莉"赡养父母之义务。汇完后，他才把这事告诉岳父。岳父说这么做肯定不行，他们不会拿这钱去花的。集科劝他说，那就当这笔钱是马莉的，在你那儿存着，就当是马莉陪伴着二老。岳父这才没有说什么。不过，马莉父母终究没有全部接受，第二天就汇回来三十九万，让集科为陈金翅存起来，作为今后的教育基金。集科不好再把钱打回去，答应岳父母一定照办。

岳父母告诉他，他们已经快把房子盖好了，只盖了两层，如果带小白马回来，就能住上新房子了。"你在我们眼里就跟半个儿子一样，马莉不在了，还希望你常回来看看。我们也想明白了，小白马姓不姓马，在哪儿长大都一样，只要他对我们亲，你对他好，还记得我们，不要忘了。"

岳父母在挂掉电话之前，还告诉集科，马莉就葬在一块他去玩过的什么山上，那儿面朝东方，视野开阔，听不到高速公路上的噪声。"自从她到外地上学，其实待在家里的时间很少。她长大后，与我们相处最长的一段时间，就是请我们去北京给你们带小白马。那真是我们，相信也是马莉一生中最幸福的时光。如今马莉终于不用再出远门了，她离我们这么近，想她了，我们随时会去她那里坐坐。你就放心吧，我们都没事……"

　　结束与岳父母的通话，集科的心情久久难以平静。

7

　　集科戒烟戒酒了，偶尔还会去跑步锻炼。他按时上班，认真做事，待人谦和。尽管他仍然无法接受法院用钱给马莉之死标了一个价，很多人觉得这个赔偿金"很不错了""这个价公正"，都觉得这事应该过去了，但是他仍然不能接受这事就这样过去了——赔七百八十万元又怎么样！他有时不免幻想，自己是一名侠客该有多好，他要对那个被减刑、很可能还要继续减刑的雇凶者实施死刑。但是他明白，即使他杀了所有参与杀害马莉的人，马莉也回不来了。

　　他在单位的积极表现，正如一棵被红蜘蛛祸害了一遍，被太阳一晒叶子干了，喷药之后又长出了新叶子的月季，同事们都期待着他每月绽放花朵，领导准备给他施肥，他自己呢，已经决定并且正在振作起来。他是学理工科的，虽然深陷悲痛不能自拔，但他对生命的逝去有客观认识。他必须接受这个事实。更何况，马莉为他生了陈金翅——他是两个人爱情的结晶、生命的延续，孩子身上有妈妈的遗传。作为爸爸，家庭的顶梁柱，他有责任给予孩子父爱，还要给予孩子母爱。所以，他每天都自己给自己打气，希望早日回浙江接孩子回来。

决心走出这一步以后，集科更加努力工作。然而，他得到的赔偿金在信息透明的世界，太容易招来是非了。别看在国家单位每个人穿着制服显得生活优渥，事实上刨去生活成本，尤其国家取消福利房分配以后，那点工资就基本都用于还房贷了。所以在同事当中，银行卡上存着几十万的人并不多。最初，中年男同事拐弯抹角地向他借钱，说他儿子成绩不好，想送去海淀找名师补习，借一万块钱，集科没答应。后来又说家里老母亲病了要做手术，借两万，集科仍然没有答应。中年男同事说："我又没有向你借十万八万的，这点钱两个月内就能还上的。"集科跟他解释，这是亡妻的钱，都存了定期的。中年男同事说："那你就请我吃顿饭吧！你不能因为有钱了，就瞧不上穷朋友了吧！"集科有苦难言，就请他去喝酒，点老北京人爱吃的醋熘木须、四喜丸子、烩三鲜、爆肚、豆汁等。

除了中年男同事老纠缠他，还有人要给他介绍对象。这些人里面，有以前仅仅是点头之交的，有一块儿搬过冰块的。集科最怕的是，自从马莉去世后就躲避他，现在又老找他咨询业务的中年女同事。她每次嗲声嗲气地喊他"陈老师"，他都浑身发麻。她平时穿衣就不懂搭配，现在加上了涂脂抹粉，就不由得让人想起《骆驼祥子》里的虎妞了。她嗓门本来很大，刻意"温柔"的结果是每次跟他说话，就像被人掐住了脖子。更让集科崩溃的是，她在深夜给他打电话。深夜是一个人孤独感最强烈的时刻，他听到电话那头传来一声比海绵更柔软的"你睡了吗"，如果不是联想到是单位"虎妞"说的，他真想跟她继续聊下去。

妻子去世后，从法律上来说，男人成为自由人，法律赋予了他重新选择伴侣的权利。但是集科害怕自己有一天会走上这条岔路。至少在金翅成年之前，他不允许自己这么做。事情的发展让他深深焦虑。有一次他看过同事传给他的照片，听说女方会做饭、爱收拾家，对孩子特有爱心，他竟隐约心动了。很显然，那些图片是经过精心修饰的，女方的性格谁都得这么说，总不至于说这女人脾气暴躁、爱打孩子吧！然而，他发现自己有时候确实希望有一个像从前一样其乐融融的家。现在的家脏兮兮、乱糟糟的，而且冷清。

这是思想的危险性，他必须时刻警惕。遗憾的是，集科最终尝到了意志薄弱的苦果。

集科抵制住了单位同事和其他好心人给他介绍对象，以及单位女同事的暧昧、暗示。他没有让别的女人走进他的心中，他的心仍然由马莉占据着。然而，他没有挡住对酒精的依赖。多年以后他才明白，一个人只要喝醉过三次，酒精这种精神活性物质，就会在大脑内形成一种病理性的依赖。要命的是，酒在生活中不像毒品普通人接触不到，酒随时可能出现在一个人精神脆弱的时候。

集科是在参加一个土建工程验收的日子重新喝起酒来的。那个时候，很多单位在工程验收合格之后，会设宴招待验收人员。热菜上来后，大家纷纷举杯。集科作为工程师，在这样的场合一样受到施工方的尊重，他们端着酒杯来敬酒，集科说他不喝酒，每来一个就要解释一通。后来他解释得烦了，不得不将酒杯放在唇边象征性地抿一抿。走的时候，施工方把他们几个送到车上，又给每人送了两瓶茅台酒。集科说他不喝酒，他的不用给了。这时一个同事扯扯他的衣服，朝前面的座位挤挤眼。他懂了，如果他不接受，无疑让主任也不好意思收了。他接过酒，当作什么都没有说。

或许这就是命吧，集科在酒宴上没有喝醉，却在家里喝醉了。

对这种情况，他没有任何心理准备。如果一定要找一个理由，那就是在这个不幸的日子，原本已经戒酒的他，这一天因为嘴唇抿过酒而浑身难受，从而导致他有一种不醉难休的冲动。他本来已经躺下准备睡了，这时又走到客厅看了看放在桌上的酒。这么高档的酒他是不舍得喝的，他想到了一个办法：将酒寄走，寄给父亲，放在老家招待客人。这么想过，他找来一个牛奶箱垫了些泡沫，将酒放进去，用透明胶封好。如此一来，他一下子束手无策，只能回到床上，再次准备入睡。

然而，他习惯性地想着马莉，回忆他们甜蜜的过去时，他回忆得很吃力。如果在往常，他回忆不起什么时，也就意味着困意袭来了。但是他发现自己并不困，他不过是想喝酒，酒瘾发作了。他为两瓶酒被封存起来了略感沮丧，又觉得英明。最终，他在床上辗转反侧一个小时，不得不起来。他对自己说：这个晚上恐怕要失眠了，唉，下次完成验收任务就该马上回家。问题是，这肚子里火烧火燎的怎么办呢。他倒了一杯水，喝完之后反而觉得更口渴了。那就喝上一小杯酒吧，喝完就睡。不，不！绝不能喝，酒是魔鬼啊陈集科！

他在屋里兜圈子，喃喃自语，就像一只笼中困兽。

妈的，那就喝口醋吧。他想。

他倒了一小杯醋，喝了一口，酸得起鸡皮疙瘩。他用饼干蘸着吃，感觉很恶心。后来他想到了厨房里的料酒，前几天刚买的，跟醋瓶放在一起。在老家，从来没有料酒一说，炒菜直接用黄酒去腥增鲜。料酒不过是在黄酒的基础上发展起来的新品种，看说明书，至少有一半黄酒作为其原料，又加入了一些香料和调味料。他于是将醋倒掉，不知不觉喝了几口料酒。实在说不出这味道，酒味非常淡……如果说用不同水果加入酵母发酵而成的果酒是甜的，那么就可以想象这料酒应该加入了盐、味精、大料、肉豆蔻、甘草、茴香、丁香等，反正这是一种咸酒，味道有点怪。

不知不觉，他喝光了大半瓶料酒，躺到床上以后，太阳穴上的血管突突突地跳个不停。他瞪着眼睛，看到吸顶灯有点飘飘忽忽。然后，在这种状态下，他看到了马莉——她自然而然地在卧房门口出现了，分明是刚认识时的样子。他高兴得嗓音都变了，大声地叫她的名字，可她似乎没有听见。他再叫的时候，马莉就神秘地消失了。

第二天，他从门口小超市特意买了一瓶料酒、一些时鲜蔬菜，回家蒸了米饭，做了三个菜，给自己倒上了一杯料酒。与昨天喝晕后不同，这天他喝了几杯后，马莉在天旋地转中再次出现了，他喊她，她没有消失，只不过一副神色匆忙的样子，就像又要去哪里出差。他担心她出门，担心她在幻觉中消失，酒就下得更快了。他喝完料酒，碗筷也不收，就将灯关了，躺到了床上，呼唤着他心爱的妻子。突然，房间里出现了一团白光，马莉没有离开，她浑身披着一圈白色的光……他看着圣洁的、飘浮在地面上的马莉，激动得说不出话……

渐渐地，他对酒精有了很深的依赖。他发现，只有在喝得微醺或浅醉的状态下，才能看到马莉的复活。于是他一次次地喝酒，等待出现幻觉、幻听，等待着马莉再一次朝他走来。然后在第二天醒来，发现自己躺在床上或者沙发上，怀里搂着一只酒瓶，被褥或者地上吐了一堆秽物。

二〇一二年十二月四日，中央"八项规定"出台了，其中有一项：各类会议活动要厉行节约，反对铺张浪费……严禁以任何名义发放纪念品。自从有了"八项规定"，集科所在的单位再出去验收工程什么的，施工方只提供自助餐，不再赠送包括酒类在内的任何纪念品了。很显然，各单位的接待工作都得到了简化。然而那时候，集科已经无法控制饮酒。

一个晚上，集科喝得醉醺醺的，这次他不是喝了料酒也不是喝了啤酒。相对而言，集科对料酒、黄酒、啤酒、葡萄酒，已慢慢适应了它们的脾性，哪怕晚上在家里自斟自饮，喝多了，也不影响第二天上班。但是他始终驾驭不了白酒。白酒酒精浓度高，喝上一口辣嗓子，喝上两口有强烈的灼烧感，不胜酒力的人喝到三口、四口就会出现头晕。集科曾经有过喝"红星小二"的糟糕经历，每次喝醉都情绪波动大，头疼难忍，就像要炸开一般。最难受的是第二天，四肢绵软无力，特别想吐又吐不出来，只能承受那一阵又一阵的恶心，不停地打嗝。

但是茅台酒不一样，据说喝醉后一般不会出现上头现象。以前集科日子过得顺时，在房地产公司的某些宴会上很多人喜欢喝这东西，一提到这东西两眼放光。那时候集科不喜欢喝酒。今非昔比，在没酒可喝的情况下，他把那个原本要寄走的牛奶箱打开了。他挺担心喝醉，故用了感冒糖浆的量杯来斟酒，每次只倒五毫升。这种酒的味道他谈不上喜欢，喝下去，喉咙和食道能感到明显的辣味，另外就是它的确有一股豆类发酵时的酱香。这种味道可不算好闻，甚至让他有些反感。在他读初中、高中时，由于家里穷，每次回家都会带霉干菜和豆酱到学校，两个搪瓷大菜筒，一吃就是两个星期。他不太明白这酒为何这么贵，为何要搞这种豆酱味进去，到底图什么呢！他似乎要努力地喝出它的特别来，抿、呷、咂、呵，调动眼、鼻、口、舌头、食管、胃、肠等器官，让身体各部位集体品尝量杯中的美酒。他一会儿五毫升，一会儿五毫升，让酒通过舌尖进入口腔，从舌尖慢慢地滑到舌根，然后轻咂嘴巴，在慢慢品味中将酒慢慢咽下……的确，每一次酒落肚之后，他似乎感受到酒的口味在层次上是交织变化的，但总的来说吞咽后虽有苦味，但苦中似乎又有那么一丝丝甘甜。

他这个酒盲，他自以为已经尝出这款名酒的妙处来了，是的，就这么回事儿，他对得起这款名酒了，他劝诫自己不能再尝下去，得省着点喝，遂在心里呼唤起马莉来，想早点儿上床休息。然而，就在他要站起来时，突然感到头晕，接着就步履不稳，眼前发黑。他为了避免直接栽倒在地，不得不往沙发走去，但是腿想多迈一步都困难。他感到有一股巨大的、要把人往深渊里拖的力量，就跟几个月前耽误了去太原庭审的那个晚上的情况一样，那股力量要将他拖进昏昏沉沉、四肢无力的深渊。他挣扎着，爬也要爬到沙发上去。爬着爬着，他看到沙发上坐着一个人，那人不是马莉，而是一个戴黑色毛线帽、黑色口罩的人，他的手里握着一根玻璃锥子，就像挂在平房屋檐下尖利的、亮晶晶的冰凌。

"你是谁?!"集科哆嗦了一下。

"我就是杀死马莉的阮某人。哈哈哈哈哈哈。"

"好啊，阮某人，不共戴天的冷血杀手！我一直想为马莉报仇，你竟然自己送上门来啦!"

集科说着，努力地站起来，可是快要站起来时，重心不稳摔倒在地。他不得不重新爬向餐桌，扶着餐桌腿和椅子腿站立起来。接着他东倒西歪地往厨房去，他要去拿菜刀，他要劈死这个罪恶的家伙，但分明觉得被巨大的力量推了回来，他再次倒地的一瞬，似乎听到屋中响起一片"哈哈哈哈哈哈"的声音，那是很多人发出的笑声，他在毛骨悚然的笑声中抓不住任何可抓住的东西，急速地下坠，扑通一声之后，他才发现：他掉在了一个伸手不见五指的矿井里，矿井深处到处是隐隐约约的人的眼睛，在黑暗中发出蓝莹莹的光。

"喂，这是在哪儿，你们是谁?!"集科非常害怕，不知道黑暗中的是恶人还是好人，他浑身无力，脑袋疼得厉害，很可能裂开了，他想伸手去捂住脑袋，不让脑浆流出来，却无法动弹。这时，他看到有人朝他走来了。他看不清那人的面孔，只看到一双白色的眼睛，还有他手中发光的铁器——似乎是一把镐子。

"科科，科科啊，真的是你吗？"声音响起来的时候，那人已经离自己很近。是的，这是一个女人的声音。伴随声音出现的，是黑暗中一明一灭的幽光，那是她的牙齿的光。

"科科，你怎么也到这儿来啦？"

他听出来了，是马莉的声音。

"莉莉，真的是你吗？"

"嗯。是我。"

"这是在哪儿呢？"

"在地下四百米。"

"是……在地狱吗？！"

"不，这是一个永远也爬不出去的矿洞。科科，你怎么也掉下来了呢？"

"我也不知道。我被看不见的力推下来了。莉莉，我现在还活着吗？"

"你还活着，应该还活着！我们都还活着啊，在地下四百米！他们命令我们挖煤，挖永远也挖不完的煤。我们没有白天，没有黑夜，在黑暗中挖呀挖呀……记不清是活着还是死了。"

听到这儿，集科害怕得想哭，他想自己一定也遭到了报复，但是想到以后就能和马莉在一起了，又有些欣慰。马莉的手很粗糙，此刻在他脸上轻轻地擦拭，帮他擦去默默流淌的眼泪。他听见马莉说："熬吧，熬吧，必须熬到金翅长大的那一天！"

次日，集科发现自己躺在卫生间的地板上。他的记忆断片了，不记得怎么回事。他爬不起来，全身无力，胃部有灼烧感，肾脏也疼。大半个小时后，他才逐渐恢复记忆，发现马桶里有呕吐物，说明自己是来卫生间呕吐接着倒地上昏睡了。可他记得，自己明明被酒推进了一个煤矿的矿井中，见到了日思夜想的马莉。他想到马莉没有上天堂，反而被扔进了地下四百米的矿井里挖煤，那么深，那么暗，那么阴冷，永远也别想爬出来！他浑身震颤，绝望得哭了。

他扶着墙壁、门槛和家具，忍着一身令人作呕的酒气，有一种想吐的感觉。早餐他吃不下。已经早上九点零五分了，如果赶去上班已经迟到，领导虽会批评他两句，但是不会有大问题。他进房间换干净衣服，又干呕起来，顿时满头大汗，完全支撑不住，就想往那儿一躺，彻底解放。这样，他就躺到床上想缓一缓，他给自己的时间是三分钟，结果又睡着了。

第九章

1

集科小时候跟大人们干过农活，虽然不能说样样上手，至少都接触过。可以说，那时候他看到了父辈们耕耘土地的艰辛，最大的理想便是逃离土地。如今他仿佛又回到了那个年纪，曾经的锄头换成了铁锹，铁耙换成了花铲，镰刀换成了修剪刀，斧头、砍刀变成了手持电锯，手摇喷雾器变成了自动喷雾器。最大的变化是，父辈们在土地上劳作是为了产出粮食，集科在土地上劳作是为了产出花卉、绿植、绿地，为城市居民们奉献园艺之美。

最初，集科干这个工作是迫不得已，跟他在北京干任何工作一样，都是为了生存下去。但是随着季节转换，看到自己培育的花卉开出鲜艳的花朵，看到经过修剪的树木与绿化带相映成趣，他多少有了一种成就感。相比于做建筑工程师或者测绘师的严谨，做园艺师要简单得多，却更为充实。土地与植物的关系，不像人与人之间的关系，大自然有它亘古不变的定律，季节到了，绿植们、花卉们、盆景们，从小区到运河边，草本、藤本、灌木、乔木自然长势苗壮，集科发现所有植物都有不屈不挠的生命力。

集科是被单位开除后，第三个月找到这份工作的。由于他经常酗酒耽误上班，性格又因为神思迷离变得孤僻，加上他在工作中出了两次差错，领导没有提前找他谈话，也没有罗列他的种种不是，有一天直接让人事部通知他收拾东西走人。他迟疑了一会儿，有点反应不过来，负责人事管理的同事就多说了几句，说这是领导的慎重决定。他没有为自己争辩，收拾东西时，负责财务的同事告诉他，按照相关法律，单位会给他多发一个月工资。集科说了声谢谢，努力不让自己流露出委屈，不显得狼狈。

集科失业后没有去找工作，但也没有因此酗酒。他几乎每天都在睡觉。事实上，这是他时刻在与酒瘾做着斗争，这是比失业更痛苦的精神折磨。自从戒酒后，他就没有一点精神，酒瘾上来时他通过掐自己来保持清醒。他时刻提醒自己，如果一个人失去对自己的控制，和动物又有什么区别。但是对酒精的依赖，让他好几次想下楼去买酒。好在做出戒酒的决定时，他已经清理了家中所有含酒精的物品，包括两包含酒精的湿纸巾。他在无酒可喝的情况下，翻箱倒柜，真想像疯狗那样去咬桌角。他只能逼自己去睡觉，尽管睡不着，躺在床上出虚汗，在压抑狂躁的过程中他想哭、想喊、想发泄。幸运的是，在两个月滴酒未沾的情况下，他最终战胜了自己。他于是换上了干净的衣服，在镜子面前，看到里面的那个人眼窝凹陷、皮肤暗黄，瘦得不成人形。

他像初来乍到的北漂那样出去找工作。此时，他的形象、年龄、闯劲均大不如前。那双浑浊的眼睛，瘦削的脸，细长的脖子，那个惹眼的鼻子，似乎综合成了一个大大的"丧"字。每次去应聘，都在最后的面试环节被婉言拒绝。眼看工资卡上的钱要被每月自动扣除的房贷扣光，他才着急起来。他想过卖了通州的房子，怀揣大笔现金回金华去创业，那样子就能和孩子经常在一起。但是想想在这套房子里，每一寸空间都残留着马莉生活过的气息，他舍不得卖。他留下来了，在自己小区的物业公司做了一名园艺师。他以为，能在失业后找到这份工作算是缘分之一种。那天是周六，他心情不好，在小区里瞎溜达，无意中看到一个快六十岁的园艺师在移花接木，他站一旁看，与他聊了几句。得知物业正在为那人找助手，集科毛遂自荐，第二天就上班了。

集科的师傅叫老韩，看起来是个老好人。集科拜他为师之后，老韩从教集科怎么翻地、怎么配营养土做起。集科来北京好多年了，大大小小的公司与单位都待过，都没有跟老韩在一起干活自在、放松。作为从农村努力跻身城市的一员，集科跟大多数农村娃一样，多少年来总是试图拍掉沾在裤管上的泥土，摆脱农村人的土气，到头来却发现他其实喜欢与土地打交道。他不怕脏不怕累，跟着老韩植树栽花种草，每天忙得腰酸背痛，但是比起频繁地和人打交道，每天培育花草的过程，无疑更让他觉得舒服。老韩手把手地教他园艺技术时也曾说过："植物是有灵性的，你对它好，它对你就差不了，不管是花还是树或者草，都如此。"

集科把这份工作看作了他一生最后的一份工作，他不想再有其他的奢望了。他觉得他只要戒酒成功，干这份工作，把孩子养大，好好赡养老人（如果条件允许，马莉的父母他也将负责到底），一生的任务就基本完成了。所以他想好好地钻研园艺，了解每一种植物的习性与花期；他想与泥土为伍，为小区居民多种一些蔷薇、月季、玫瑰，多种一些梅花、樱花、桃花、杏花，多种一些三色堇、百合、郁金香，还有蜀葵、香草和毛地黄。

当然，他决心从事这个职业还有一个重要原因，他要维护小区围墙外，马莉失去生命的那块绿地。是的，他没有忘记马莉是在那块绿地遭遇歹徒袭击的，那里的土中渗透着马莉的血。他在那个地方用砖石砌起了一个花坛，种上了玫瑰、月季、牡丹、金鸡菊、郁金香等花卉，在花坛中心位置种了一棵白玉兰、一棵石榴。在他看来，玉兰花开在早春，绽放在绿叶还没长出来的枝头上，朴素、端庄、高贵，那一树洁白的花瓣，很像马莉穿着白色连衣裙站在春风里。而那棵石榴的花期要晚一些，那是他为自己种的。他想象满树石榴花开了，那小红灯般的、含苞欲放的花骨朵缀满一树，微风吹过，恰似红色的金翅鱼结群游动，陪伴着白玉兰树。

　　集科干这份工作一干就是一年多，这期间他只回去过一次，照样没有回吴村。集科本来是想回去接孩子到北京上幼儿园的，还想接母亲到北京接送孩子上幼儿园，没想到母亲生了一场病，而金翅被送到了集兰家小区隔壁的幼儿园。这时候，集兰夫妇已经在金华郊区买了一套二手房。集兰说以后就让母亲和金翅住在她这里得了。集科有些犹豫，如果母亲不跟着来北京，他把金翅接走，自己接送孩子没大问题，问题是孩子在老家待久了，跟爷爷奶奶感情很好。金翅还说，他在幼儿园有三个好朋友了，还说老师对他也很好。言下之意，他并不想离开奶奶和这里的幼儿园。考虑到母亲坐火车要晕吐一路，金翅到北京上幼儿园费用要多三倍，集科就又一个人回来了。

　　他回到北京跟着老韩日复一日地工作，生活渐趋稳定。自从戒了酒，决定做个普普通通的园艺师，他就想把自己曾经是个工程师的身份忘掉，把曾经拿过高薪的事情忘掉。他想象自己六十来岁的时候，可能跟老韩相像，收入虽然不高，但是不至于生活困难。他们每天不到八点就开始忙了，移栽花苗，培育绿植，灌溉绿地，修剪绿化树。

春夏两季是园艺师最忙的时候，他俩总是忙个不停，他们栽培的各式各样的植物生机盎然、摇曳多姿，引得人们驻足观赏。这正是对劳动者最好的褒奖。可是到了冬天，就基本没啥可干的了。按照老韩的说法，冬闲是大自然发给园艺师的福利，就像植物需要休养生息，园艺师也要好好休息。一闲下来，集科的日子反倒有些不好过了。他不爱跟老韩、保安和其他闲人打牌、下象棋，他有些闷闷不乐。他已经习惯在土地上劳作，在被钢筋水泥包围的绿地上侍弄花草。现在他整天坐在沙发上，既不爱看电视，也不想上网。闲得无聊，他会想起那个醉酒的晚上，被一股强大的力量推进一个矿井。地下四百米，他在黑暗、污浊、恐怖的深渊，见到了马莉。"熬吧，熬吧，必须熬到金翅长大的那一天！"马莉对他说的话犹在耳畔——可是，就算他能熬下去，在地下四百米，马莉怎么熬下去啊！

他盼着马莉能早日脱离苦海。他想过给马莉烧一些钱，就像所有活人为死人做的那样，希望能贿赂阴间的官员们。但是他没有这样做，行贿，哀求，走后门，不是他擅长做的，也不会是马莉愿意的。所以他给马莉烧了一些衣服、鞋袜，一些粮食，一些照明工具，还有用于自救的工具，其中有一份《矿工应急自救、互救基本原则》，有十多页内容，他复印了二十份，希望马莉手持一份后，能将多余的分发给矿井里的工友们。

事实上，他最想烧给马莉的是一个太阳。北京冬天寒冷，但是太阳照常升起，金光灿灿，每天他看到太阳，就会想到马莉在黑暗的矿井里。他用彩铅画了很多很多太阳，每次要点燃太阳时又有一些犹豫。他小时候听大人说过，鬼是怕见太阳的……想到鬼，集科流泪了。马莉与鬼，他无法将二者统一起来。

他盼着冬天早一点过去，天气转暖，大自然重启开机，万物复

354

苏，白玉兰悄然开放。而此刻冬天正凛冽。运河结冰的日子，透过窗户，他看到有人在冰面上滑冰、玩耍。有一对恋人，手牵着手一起滑冰，就像专业运动员那样跳跃、旋转，动作配合协调。他不由得想到有一年，也是寒冷的冬天，他和马莉还没有正式确立恋爱关系，正处于相互有好感阶段——在什刹海冰场他们租了一辆双人冰车，集科让马莉坐在前面把控方向，由他拼命地向后推动手中的铁棍，冰车在冰面上越滑越快，马莉咯咯地笑个不停。

集科决定利用空闲的日子，去重游和马莉一起游玩过的地方。

故地重游，难免触景伤情。当他走到一处景点，就会想到这是他和马莉来过的地方，他们在这里合过影，他久久地伫立。当他走过一家小餐馆，想到这是他和马莉吃过饭的地方，他悄悄地说："还记得吗？我们曾经路过这里，在这里吃饭。"当他见到一棵古树，又悄悄地说："你看到这棵千年银杏树了吗？我们在这棵树下一起许过愿！"

集科沉浸在他和马莉恋爱时期的回忆里，有多少甜蜜涌上心头，就有多少心酸让他难以承受。每次游玩或者说追寻马莉踪迹回来，路过那棵在寒冬中傲然挺立的玉兰树，他都要驻足一会儿。尽管春天遥遥无期，玉兰树上却悄悄冒出许多米粒般大、毛茸茸的花芽了。而与玉兰树相伴的石榴树，虽然还光秃秃的像棵枯树，但是他知道，它并没有冻死。这两棵树，必将"根，紧握在地下；叶，相触在云里"。他看着这两棵树，强烈地感受到它们站在一起，就像他和马莉生活在一起。

2

等到惊蛰，运河边的迎春花开放了，这是一种枝条下垂的落叶灌木，开的花很小很碎，但是开得密密麻麻的，远看就像一畦畦的油菜花。从运河到小区土壤开始变软，草地开始返青，玉兰树枝条上的花芽已经长成了卵圆形的花骨朵，迎风摇曳，探头探脑的。

惊蛰是一年中的第三个节气，在南方有"惊蛰春雷响，耕种从此起"的说法，在北方尽管仍有春寒料峭之感，但是集科和老韩已经开始忙碌起来。对集科来说，劳动是让日子充实起来的重要手段。老韩年纪大了，很多重活集科抢着干。那天，老韩教他如何刮除老粗皮、挖除虫蛹，他学会以后手就没有歇下来一分钟。等到他干累了，将附带着许多病菌、虫卵的老树皮集中起来烧毁，然后像往常一样来到种植了玉兰树和石榴树的花坛边休息时，他看到玉兰树上的一根树枝，不知被哪个调皮的孩子或者没有教养的大人折断了。不用说，肯定是为了摘走树枝上含苞待放的花骨朵。集科看到断枝上的伤痕，气得脸都白了。他向小区门口气冲冲地走去，没一会儿，看见保安向他招手。他以为保安抓住那个折断玉兰树树枝的人了，怒气在胸口冲撞。

"喂，兄弟！陈工程师！"集科看见一个干部模样的人朝他走来，那是个消瘦的半老头子，年龄跟老韩相仿。他想不起这人是谁，奇怪的是，他怎么知道自己是工程师？

"我可找到你啦！没想到你住得这么远！北京太大啦！"

等那人走近了，集科惊喜又愕然。

"啊，刘局长……您老怎么会在这儿？"

是的，集科看清来人是刘局长，又确认了一遍，是他。

"怎么，兄弟你不欢迎我到你家做客？"

刘局长一上来就握住集科的手，握得紧紧的。集科有些拘谨起来。

"不，不，不是这个意思。"

"你在做啥呢，浑身是土。"

"我呀，嘻——怎么说呢，我改行了。"

刘局长笑眯眯的，轻轻地拍了拍集科的肩膀。

集科让保安跟老韩说一下他有事先回家了。路上，可能看到集科又瘦又黑又落魄的样子，刘局长眼神中充满怜惜。他询问集科怎么工程师不做，做起了园艺师。集科有些为难，这个问题不是一句两句能说清的。走到楼下，他更加为难起来。因为一个人居住之故，加上他要刻意保留马莉生前生活过的气息，很少打扫卫生，可以说家里乱得一塌糊涂。

"刘局长，上去看一眼我家，然后我请你出去吃饭啊。"集科尽量掩饰着心中的恐慌。

"好啊，我也就中午吃饭这一会儿有空，待会儿就得走。"

"怎么，大老远来了，有公务在身？"

"是啊，这个我待会儿跟你讲。咱要不这样吧，楼上就不去了，下次我专门来你家住吧。我已看到这个小区挺不错的，虽然离城里远了点，但是环境真不错，挺好的地方。"

"还是上去坐坐吧。喏，我家就在前面那个单元里。"集科暗自松了一口气。

"我看到你住这么好的小区就放心了。走，我请你吃饭去！"

"刘局长您是客人，请吃饭的话，哪有反客为主之理？"

"哪来的反客为主，兄弟，我是有事来求你啊！我从城里花一百二十多块车费找到通州，第一，要请你吃顿饭；第二，我跟你商量一件事情。"

"刘局长不要吓我，我现在不想回山乡了。你们不是把旅游节办得挺好的吗？"

"是办得很好，这也是我格外珍惜你这个人才的原因。"

两人这么说着，在集科的带领下，从一个侧门走出了小区。那里有一个菜市场，母亲帮带孩子的时候最爱来这儿买菜。集科比较了一下几家外地人开的小饭馆，特意找了一家装修好一些的走了进去。两人找了个靠窗的位置坐下。

集科点了几个相对比较贵的菜，有孜然羊肉片、爆炒肚丝、熘肥肠、炸灌肠，另加两碗羊杂汤。他记得在赤骑镇，他和刘局长一块儿吃过饭，刘局长爱喝啤酒，就点了啤酒。

"兄弟，我来北京开会，特意找了这个时间过来看你。地址是问你爸要的，他只记得小区名字。没想到一进你们小区，向保安一打听他知道你。"碰杯之后，刘局长说。

"刘局长，谢谢您惦记我啊。没打我手机吗？"

"手机打了，一直关机呢。"

集科掏出手机看看，说抱歉手机在干活时掉地上，自动关机了。他给刘局长倒了一杯啤酒，自己本不想喝，担心不喝显得不礼貌，就给自己也倒了一杯。

"我听说了你的一些事，很不放心你。"

"有什么不放心的？"集科愣怔了一下。

"听王乡长说的，你的爱人去世了，这事对你打击很大。"

"现在好多了。最初的日子，是有点难过……"集科没想到对方说话一点都不拐弯抹角，心里其实有点不愿谈这个。为了破除尴尬，集科给刘局长敬酒，说："来，喝酒吧！我其实已经戒酒了，今天难得刘局长来看我，我要向您敬酒！"

"来，那我先干了这杯，你随意！"刘局长仰头干了杯中的酒，随之换了话题，"对不起呀兄弟，你看我——这直性子，藏不住话。我是真的为你担心，今后怎么办。"

集科喝了口酒，沉默不语。啤酒的味道显得苦。

"我听王乡长、赖伟楚、高峰、李钢，都说起过你。乡里想留你做副乡长你没有同意。"

"来，刘局长，喝酒，喝酒！"

"喝酒不急啊兄弟，我这是很诚恳、很郑重地征求你的意见哩，待会儿，只要你点个头，我就去给你跑调动。"

"调动啥？刘局长，算了吧，马莉不在后，我数次回金华都没有回山乡。我不想回去啦！"

"你这就不对啦！山乡是你的老家，不管怎么说它养育了你，你怎么能这样做呢！"

"一言难尽，喝酒，喝酒吧。"集科举杯，朝刘局长示意了一下，然后一饮而尽。他已经很久没有喝酒了，尽管今天喝的不是白酒，仍然将他呛着了。

"兄弟你酒量小，悠着点儿。我待会儿有正事要跟你商量。在商量这个事情之前，我还想谈谈家乡人对你的感情。我不骗你，家乡人都很惦挂你，可不像你想的那样，什么'最最不受欢迎'。这事以后不提了，好不好？你对山乡旅游事业发展贡献这么大，老乡们怎么可能不欢迎你？老高现在也在转变哩，人都是需要进步的。现在到山乡看金翅鱼洄游已经成为著名旅游品牌，山乡基本实现了以旅游促发展、以旅游带脱贫的发展路径，加上开发森林古道探险游、红色教育爱国游、乡村民宿体验游、时令果品采摘游等旅游项目，直接带动了十多个贫困村一千余名贫困户脱贫增收……"

集科静静地听着，也不知道该说点什么，不知道这官员的葫芦里卖的什么药。这个人的口才他是领教过的。他有些担心，他是帮山乡政府来劝自己回去的——当然，也不是说绝不可能回去，问题是，现在再也没有当初要为金塘河赴汤蹈火的那股心劲。那时候他可以顶着那么大压力，为了保护母亲河甘愿流血流泪，被人唾骂，被人误解。现在想想，似乎不可思议。

　　"实话说，人的观念的转变很难，但是我们必须坚定一个信念，这个世界在转好，社会的文明程度和人的素质都在提高。我本人也有过迷茫时期，特别是刚从杭州调回金华的最初几年，既要面对现实又要仰望理想，内心难以平衡。所以那时候，我听到你写的《金翅鱼之歌》，很受鼓舞。不瞒你说，我还记得其中几句：

> 这是一条神秘的路，是谁在冥冥中指引？
> 从大海到大江，从大江到浅滩，
> 在千百个岔口，寻找答案。
> 这是一条艰辛的路，
> 在岩石激流中穿越，鳞片掉落，头破血流。
> 金翅鱼啊飞起来，这是一条逆流之路，
> 沿着祖辈的足迹，只为完成使命，
> 将爱与生命延续。

　　——是这么唱的吧？"

　　集科拼命忍住发烫的眼泪，红了眼圈："这歌最初是没有普通话版本的，实话说，汤溪话歌词比较粗糙，当然也可以说比较质朴。旋律呢，没有这么流畅，因为我没有学过谱曲，旋律与歌词都是跟着情绪直接唱出来的，有些仓促。所以你唱得比我好，真的，歌词翻译得也很工整。"

"哪里哪里，兄弟谦虚了，这已经不是你一个人的歌了你知道吗？这是我们所有游子的励志歌啊！"刘局长喝了一口酒，清清嗓子，继续唱道：

> 金翅鱼啊，金翅鱼啊飞起来，
> 这是一次冒险之旅，
> 向着神山与圣水，只为回到故乡……
> 洄游，洄游！
> 金塘河哺育过每一个勇往直前的游子；
> 洄游，洄游！
> 每一条鱼都能创造大自然奇迹……

——这两句怎么样？"

"好像……第一次听到。"集科说。

"呵呵，这是我根据你那个旋律仿写的。因为，我们都是金塘河哺育过的孩子啊……"

集科终于没能忍住，眼泪涌出，他假装头晕，一只手摁住太阳穴，另一只手偷偷擦了眼泪。

"来，我们再干一杯！"集科说。

"你能行吗，兄弟？"

"没问题，我酒量其实……早就练出来了……"

那个天气转暖但仍然寒凉不散的中午，两个来自浙江的男人在一个北方的小饭馆，喝完五瓶啤酒，一个脸色铁青一个脸色发红。这就是南方人和北方人的区别，假如换作北方人，喝下三瓶白酒才会有这效果。集科发现长时间不喝酒，酒量真的下降了，就几杯啤酒就刺激了他的大脑中枢神经，让他感到愉悦、兴奋，他又要来两瓶啤酒，刘局长夺下他手中的酒起子，又收走了两人的杯子，说："咱不喝了，就坐着说会儿话吧！"

集科盯着刘局长，他感到身体暖融融的，胃充实了，他催刘局长快说，听着呢。他感觉身体有些飘飘然，虽然喝醉是可怕的，但喝醉之前的感觉让他很享受。刘局长被他盯得局促起来，说："集科，你被雷震富和他助理打伤一事，我是后来才听说的，感到很抱歉，没赶上去医院看你。我当时生了一场大病，正好在杭州做了一个手术，住了三个月，后来我回到岗位，听说你已经回北京了。"

"嗐，这事都过去了。我当时脑袋上被人砸出一个洞，差一点成了植物人。幸好命大！"

"所以说，你为保护金塘河和金翅鱼付出了很多，你是好样的！我不敢说我能代表金南区环保局，但是我总能代表我自己吧，我来见你——就是为了向你以及马莉致敬！在保护金塘河和金翅鱼这事上，你俩都出了很多力。甚至可以说，没有你的坚持，没有马莉写报道刊登在全国性报纸上，就没有后来的治理方案出台。说得明白些：这个世界不需要旁观者，需要的是行动者、问题解决者，你和马莉都是这样的人。因为有你们，山乡才有了今天的发展！"

"刘局长，您这话说得……我都不好意思了。来，喝酒……我代表马莉感谢您！咦，酒杯呢？"

"酒不喝了，我待会儿就回去了。我跟你说没两年我就退休了，治理环境的任务还非常重。我家人都劝我这个岁数了可以办个内退，无论如何不让我再回赤骑。因为他们怀疑我的病跟我常回赤骑有关。可那是我的家乡，环境再差我得去呀……"

"那是自然的，你能这么想……真好！"

"我不得不坚持下去！群众对环保部门怨气大，环境监察、一线执法工作危险多……"接着，刘局长说了一些他为赤骑治理水污染所做的具体事例。比如，限期完成工业小作坊的升级换代，打出"铁腕治污"组合拳，曾在一年内关停取缔小作坊三百零五家，刑事拘留二十七人……

集科没有接话，他听得有些吃力。他突然有点累了。酒精的作用让大脑兴奋变成麻痹，他听刘局长说话，耳蜗里嗡嗡作响，就像听到电池不足的收音机发出来的声音。刘局长看看表，他准备走了。集科做出挽留的姿态，刘局长似乎说他下午还有个会议，十五分钟后就得走。集科想留他继续喝，遭到拒绝，集科又问开什么会议，刘局长犹豫了一下，说："是一个表彰会。"他的声音很轻，就像说的是不体面的事，又补充说："你和李钢、丁武，还有马莉等人，都没有领过保护环境的奖吧？嗐，你们没评上，我却评上了，这，说起来很惭愧。这是环保系统内部的一个奖，奖励我治理赤骑镇的水污染比较拼命吧。"

集科的头好像被一个锤子敲击，砰砰砰！他听刘局长说话只听了个大概，他努力地捋直舌头，说："太、太好了刘局长，就、就应该奖、奖励你……那、那个赤骑镇再不治理，真、真要成一个超级大污水池啊！"集科站起来，又要去拿酒起子，可他东倒西歪的。"为、为刘局长的功德干一杯！我很久没有……这么高兴过了……"他用尽力气，竟然拿到了酒起子，打开了一瓶啤酒，但是倒不进杯子里去。

"集科啊，你喝多啦！不要倒啦！"刘局长再次夺下集科手中的酒杯，严厉道，"在中国，不缺一个建筑设计师，也不缺一个园艺师，更不缺一个酒鬼！来京之前，我去山乡看过你父亲，他跟我讲你是村里第一个大学生。现在，我为你感到骄傲也为你惆怅，你应该有更大的作为你知道吗——你不该这样的，你的理想与信念动摇了呀！"

如果在家里的话，集科就会一头栽倒在沙发上睡了。刘局长后来说的苦口婆心的话，他只听进去几个词，他嗯嗯啊啊地应付，努力地想清醒过来，可是已经做不出一个回应。他感觉自己在下坠，他害怕坠入暗无天日的深渊……

刘局长叫来老板付过账，搀扶着集科出了门。集科走路就像踩在棉花上。刘局长满头大汗，本想将集科送到他家再打车进城去领奖，但是拍拍集科面颊，问他住哪栋楼记得吗？集科努力地睁睁眼，摇摇头。刘局长搀扶集科到了保安室，问保安集科家的门牌号。他后悔去喝酒前没有先上楼看看。

保安说："你就让他睡在里面的折叠床上就好，他平时就爱来我这儿睡午觉。"

刘局长把集科扶进去，让他躺下，他吐了，吐了一些东西在刘局长身上。保安扔给刘局长一包纸巾，又用一畚斗土盖住秽物。集科哼哼哈嘿地胡言乱语，不久发出了粗鲁的鼾声。

保安说："他待会儿醒了，我让他自己清理。他家你都不用去，比这儿还乱。"

刘局长到水龙头处将衣服清理干净，看着集科，再看看时间，已经下午一点半，主办方发来群发短信，通知下午两点十五务必正装到场。他给主办方打电话，说担心迟到，问能让人代领吗？对方批评他："你怎么回事？这么重大的奖项，由环保部领导亲自给你们颁发呢！"

刘局长想了想，问保安要来一张纸一支笔，给集科写了留言："集科同志，我这次来找你，不是要劝你回山乡，我想问的是，你能否为全国的河流设计鱼类洄游通道？等你酒醒了，你打我电话

136931……或者到宾馆找我。我想把你介绍给我的一个同学，他在水电水利规划设计总院任职。刘，即日。"

刘局长把纸条塞进集科的衣兜，打车奔往北京城。

3

在刘局长的引荐和三番五次的开导劝说下，二〇一四年七月起，设计和建设鱼类洄游通道成了集科的新职业。尽管由于人事政策限制等原因，刘局长说的调动无法实现，设计院只能与集科签订劳动合同，工资待遇要比正式职工低一些，但是他觉得能够专门参与鱼类洄游通道的设计、建设，这工作比起做园艺师更能体现他的人生价值，他准备迎接挑战。无论如何他已下定决心，他是要告别自我麻痹的日子，不能再沉湎于失去爱人的悲伤中不能自拔了，他必须顽强地活下去，做个对社会有用的人——这是刘局长为他出力的初衷，事实上，也是九泉之下的马莉生前期待的。

到了这个年纪选择一个新职业，集科要付出的努力显然比年轻人多许多。他虽然在金塘河上成功设计出了若干条鱼类洄游通道，但毕竟是小打小闹，将他的经验复制到其他江河溪流之上显然过于简单，这就迫使他要跟着水电水利规划设计院的专家们从头学起。这些专家参与过全国很多大型电力、水利和清洁可再生能源工程的设计和建设，在水电、风电、太阳能光伏发电建设领域发挥着不可替代的作用，但由于鱼类洄游通道是一个新事物，是属于水利工程的附属设施，专家们的主要精力也没放在这上面，所以他们只能在工程的可行性研究方面给予理论指导，具体到建设过程中遇到的困难与实际效果，只能由集科负责。

这时候的集科已经不再是一个能被人叫作"小陈"的年轻人，他长相显老、性格不活泼，加上有点儿驼背，乍看上去像个小老头儿。设计院的几个女博士听说他还单身，是个老光棍，收入也没有她们高——虽然她们自己已经称不上俏丽，甚至被社会上的人称作"剩女"了，她们对集科的态度与通州那个单位的中年妇女如出一辙，见到集科就有意无意地避开，或者不愿与他探讨什么鱼道。尤其集科的普通话带着浓重汤溪口音，在她们敏感得有点儿神经质的思维里，集科说"鱼道"时就像听到"阴道"一样尴尬，说"洄游鱼道"时就像听到"幽会阴道"一样让人面红耳赤。事实上，这完全是一个误解，集科也搞不清到底是怎么回事，每次想把鱼道设计得更完美、更节约成本，得到的支持却有限。后来他发现她们每次提及鱼道都习惯用英文来说，他及时学会了这几个英文单词，情况才有所改观。

　　当然，在设计院，给予集科帮助最大的要数刘局长的老同学柳一青了。这是一位为中国水利事业特别是治江事业做出了重要贡献的水利专家。他参与、负责过很多全国著名的水利枢纽工程的规划设计工作，这些工程建成后获过全国优秀工程设计奖金质奖、国家质量奖银质奖章、水利部科技进步一等奖等，他本人获得过全国五一劳动奖章、水电系统劳模等荣誉。柳老师与刘局长虽然是大学同学，但他入选过科学院院士候选人名单，身份地位比刘局长高，看起来却像个农民。他总是穿一身有些过时的、褪色的夹克衫，老式的皮鞋，深蓝裤管有时候还会卷起一道边。他的头发很粗，因为理板寸又不经常修理，一根根直立着，只有后脑勺那儿是平的。他说话速度极快，带着湖南口音，如果不仔细听，很容易以为他在自言自语。生活在北京这样的大都市，集科见过太多时尚的红男绿女，精致打扮的CEO，庄重得体的公务人员，经常为自己穿着打扮土气、没气质感到自卑，等见过柳一青后，他就不再觉得自己有什么问题，更加领悟到人不可貌相的真谛。

遗憾的是柳老师平时工作很忙，到了快退休的年纪还要经常出差，驻守工程一线解决技术难题，集科见到他的机会并不多。好在人类的通信手段已经发展到了滑屏时代，随着智能手机及平板电脑的普及，柳老师和集科也跟着同事们买了华为荣耀X1，两人经常在微信上沟通和交流。柳老师视集科为自己的正式弟子，他愿意将他毕生所学所得、一线指挥的现场经验、解决水电工程疑难问题的实用方法，教给这个并非水利专业出身的浙江人。柳一青的口头禅是："做水利工程就一定要肯吃苦，要多去工地。我感觉你能行。"

集科接手第一条鱼类洄游通道的设计与建设，是他入职设计院半年后的事。那是在长江上游的赤石江上，为一座建设中的水电站建鱼道。赤石江跟金塘河的遭际相同，大坝的建设眼看着要将这条水流量比金塘河大二十倍的大江截断，大坝前后流域的鱼类首当其冲地成了牺牲品——其实，对于长江流域许多稀有鱼类而言，因建设大坝带来毁灭性的打击，并不是第一次发生，比如因葛洲坝的拦截，长江白鲟最终灭绝；三峡的建设，使中华鲟、白鱀豚、胭脂鱼等鱼类的族群锐减。据柳老师讲，早在二十世纪八十年代，鱼类洄游问题就引起过相关专家的关注。葛洲坝水电站建成后，专家团队曾开展过水轮机过鱼试验，并得出"50cm以下鱼可以正常通过"的结论。这一结论，解决了上游的鱼向下通行问题，可是下游的鱼回溯仍"卡脖子"，所以后来就有了网捕过鱼、升鱼机等补救措施，但这些措施一定程度上存在瑕疵，比如人工干预过多对鱼类造成损伤，体形较大的鱼类难以通过这种方式实现洄游，对于体长超过一米的中华鲟来讲，无疑被彻底阻断了回归故乡之路。

而今长江上游的赤石江段要建大坝的时候，国家已经非常重视鱼类资源保护的问题。相关部门的及时干预，在一定程度上为鱼类洄游做出了补救措施，即必须建设鱼道。集科在柳老师的参谋、帮助下，接到任务后，开始北京、赤石两地跑。经过数次实地踏勘，无数次演算、碰撞和论证，他完成了《赤石江赤石水电站水生生态影响评价专题报告》，很快得到上级部门批复："绕大坝岸线布设鱼类洄游通道是一劳永逸打通阻碍、让所有鱼类一路畅游的手段。下阶段深化鱼道水工模型实验研究，优化鱼道设计方案。"

这就意味着长江上游第一条鱼类洄游通道呼之欲出。

报告通过后，集科和两位年轻同事小贾、小苏，有一半时间奔忙于赤石江水电站工地。该水电站地处苦寒之地，两岸都是岩石，集科白天实地调研、记录素材，晚上查阅资料、设计方案。在当时，国际国内同类大坝建设中，鱼道普遍通过暗涵穿坝，那样做省力是省力了，但是效果不佳。尤其对于趋光鱼类，因涵洞内没有光线，致使它们停滞不前。鉴于此，集科根据他在金塘河上将金翅鱼成功引到上游的经验，在报告中提出了"绕坝开槽"，即鱼道将采取沿大坝下游向大坝顶部布设的方式，蜿蜒而上两百米至大坝，然后穿过坝顶部至上游近三百米处作为鱼道出口。当时论证会上有专家指出，最担心的是在江面宽、流量大、流速高的赤石江，大坝下游那个仅一米多宽的鱼道入口，能不能吸引鱼类找到它。集科根据专家建议，联系当地科研人员一起用水力学模型模拟各种流场，努力找出最合适赤石江中鱼类游泳的流速。他们在赤石水电站河段收集到六十三种鱼，经过模拟流场实验，得出最佳流速为0.3~1米每秒。根据这个数据，集科又结合河势、大坝阻水等方面因素，决定在左岸下游设计三个鱼道进口，每个进口的水流速不同，这样就能适应大多数鱼类的游泳特性。

接着，集科和大坝施工人员在建设鱼道过程中细化了很多仿造自然河道样态的方法，比如在倾斜的鱼道内计划每隔3.5米就安装一道竖缝效能隔板，在一千七百五十五米的鱼道内计划共安装三百八十多道竖缝效能隔板，将水槽上、下游的水位差分成若干个小的梯级，使得水的流态处于不断翻涌之中，形成鱼类喜欢的流场。同时，为了减少占用河道岸线资源，鱼道两端三次折叠迂回，以满足鱼类溯游爬坡需求。

　　那段日子，集科和两个助手每天守在工地上。毕竟这是一项大工程，一旦设计不符合实际或监管不力，报废的钱可不是小数目，责任谁也承担不起。但由于头部受伤留下的后遗症，集科患有轻度恐高症，这份工作对他是一次艰难的考验。他每次爬上简易的临时爬梯、几十米高的脚手架，就会感到晃晃悠悠的。有几次走到爬梯口，他正想说他有恐高症就不要上去算了，话还没出口，他的手已经搭在爬梯上。

　　那是个炎热的夏天，热浪扑面而来，整个工地好像蒸笼一样。两个年轻人都是在城里长大的，他们跟着集科上爬梯、下斜坎，看到集科每走一步都要紧紧抓住钢管，时而捂住胸口，时而大口喘气，他们并不知道这位"陈哥"头晕得厉害。他们感到的永远是委屈。当他们与施工人员进入隧洞，偶尔一条蛇啪的一声掉在自己头上，或者收工回来发现腿上趴着一条蚂蟥，都会吓得哭爹喊娘。作为鱼道技术的负责人，集科不忍心看着小贾、小苏每天愁眉苦脸，或者说让两位名校高才生在如此恶劣的环境受苦。不管怎么说，他们比起之前那个单位往身上喷香水的技校毕业生坚强多了。时代在变化，这时候刚刚参加工作的年轻人都是独生子女了，不像自己小时候生活条件差，从小懂得吃苦。但是为了完成任务，甚至可以说为了祖国的需要，他不能答应两个年轻人当逃兵。

他给他们讲了一个柳老师跟他讲过的故事。讲的是柳老师在二十世纪八十年代初研究生毕业刚分配到设计院的时候，就赶上吉林省卡岔河大水过后沿岸防护堤被毁严重。秋后，柳老师被单位派到卡岔河一带，先测量防洪堤，后算土方量，带领当地群众对防护堤进行加高培厚。一天，到一户百姓家吃派饭，家中大叔大婶给他做饭，柳老师在灶台下添柴火，眼神不好的大婶一边做饭，一边从腰带什么地方掏出个东西，一咬嘎嘣脆，他以为是瓜子，但她不吐皮，猛然醒悟，原来是虱子，这饭哪能吃得进去呀，但是不吃又饿……

　　集科讲述这个故事时，想起柳老师慈祥的面孔，想起他说起"腰间有特殊食品的大婶"时的宽容与幽默，不免感慨现在从事水利水电这个行当，其实比以前的情况好多了。问题是，作为从两所名校出来的高才生，小贾、小苏被学校推荐到水电水利规划设计总院工作时，都没想到在办公室屁股还没有坐热，就会被派到这样的鬼地方锻炼。他们既不理解为什么让这个大鼻子的浙江人负责这个项目，也不认为他设计出来的鱼道真会有效果，因为在他们眼里，他不过是个靠关系进来的文凭不高的"临时工"。他们最想跟的师傅，是院里那些负责过葛洲坝导截流设计、主持过三峡工程设计、领衔南水北调工程现场勘测的院士、准院士。

　　赤石江两岸山高坡陡，水土流失严重，加之长期干旱，放眼望去，全是裸露的红土和裸岩地。有人说，沿江两侧植被稀少，是由于林木遭受非法砍伐，但是也有人说，这是低纬度高原大江两岸的横断山脉深度切割的特殊地貌。总而言之，八月的赤石水电站工地，中午地表温度可达六十五至七十摄氏度。集科和小贾、小苏每次去工地，好比去了一趟焚烧炉。没错，焚风是这里奇特的自然现象。

顾名思义，这是可以让燥物燃烧一般的风。一旦有焚风过境，气候将变得像干蒸桑拿一样。焚风是气流越过光秃秃的高山后下沉造成的，当一团空气从高空下沉到地面时，迅速增温会让河谷地的作物蔫巴造成减产，让戴着安全帽的工人顿时汗如雨下，头昏脑涨。

这天集科在完成工程监测后，回到办公室摘下安全帽时感觉烫手得很，他站在空调风口下大口地喘气，两眼翻白。等体温慢慢降下来，他看到小贾和小苏正在电脑上玩游戏。他们也满头大汗的。"怎么样，根据物理模型上设置的不同坡度和鱼类克流能力，我将鱼道从可研一千七百五十五米优化到一千四百八十六米，是不是可行？"集科问。

"应该……都差不多吧。"小贾懒洋洋地说。

"怎么能这样说呢？如果这个方案可行，仅这一项，我们就能给国家鱼道建设减少五分之一的投资。在满足鱼儿洄游条件的前提下，尽可能将鱼道设计得更短。"

两人被集科批评后一声不吭。集科知道他们压根儿就没有去过鱼池蹲守、统计数据。

第二天，六点多钟，集科就把小贾、小苏叫了起来。他让他俩收拾行李，戴上草帽、拿上水，半个小时后跟着他走。他们愣住了，不知道这么早起来做什么。集科指指大坝，说送他们去江对岸的攀枝花市坐火车回北京。他俩满脸不悦，嘀嘀咕咕想说什么，集科让他们闭嘴，并且告诉他们，昨天已经帮他们订好了车票，也向设计院反映了这边的工作进展情况。他俩见集科动了真格的，面面相觑。

"一定带上身份证，我已让大坝指挥部安排好车辆了，到火车站凭身份证取票就行。"

"陈哥，这、这不合适吧？你这是要让我们回去挨批吗？"

"我压根儿就没有跟领导说你们怕吃苦，只说这边工程进展顺利，不需要三个人都耗在这里了。他们说，那就让你们先回去。"

"就算回去也不能坐火车呀，要坐一天一夜加十七个小时，我都坐怕了。"

"那好办，去机场先飞成都，再飞北京，机票钱自己掏。"

"那还是算了。"

"工地食堂已经开了，快去吃点东西。你们身上有现金吗？没有的话我借给你们。"

两人沉默，似乎在思考该不该走。集科让他们打电话给各自的主任确认，他们不吭声。

一个小时后，集科和两位助手坐上了一辆五座布局的皮卡车，车行峭壁上，峡谷深不见底，集科的恐高症又犯了。拐过一道又一道弯，汽车尖厉的刹车声响起的频率减缓，终于见到稍稍开阔起来的土地，公路两侧出现了房屋和工厂的烟囱。中年司机脸上的表情松弛下来，很显然，最难驾驶的路段已经安全翻越了，他把一路播放、撕心裂肺的刀郎的歌换成了周杰伦的，哼哼唧唧的歌词和说唱性质的旋律，让他的头轻轻摇晃。两个年轻人先是跟着周杰伦哼唱，接着谈起了回到北京后，他们想去哪儿大吃一顿，因为在这鬼地方饭菜简陋不说，还辣得要死、麻得要死、咸得要死。

"陈哥，你吃过食堂免费供应的鱼腥草吗？"小苏探头问坐在前座的集科。

"当然吃过，这东西我们浙江人也不爱吃。"集科说。

"太可怕啦！真不知道这边的人为什么爱吃这玩意儿。"小苏伸出舌头，仿佛鱼腥草的怪味还在烧灼着他的味觉。

"折耳根是一种让云贵川渝人民听到名字就眼睛发光的美食啊，我一次可以吃一盆。"司机插嘴说，"一盘凉拌折耳根端上来，下酒开胃，清爽脆嫩，麻辣十足还有嚼劲。"

"豆花是吃甜还是吃咸，兴许有商量余地，但是，鱼腥草我坚决不吃！"小贾说。

　　围绕这个话题，车上人叽叽喳喳争辩起来。末了，司机摇摇头，车上音乐换成了汪峰的歌。除了司机，其余人都皱起了眉头，司机可能不太了解这呼吼之人早已成了走霉运的象征，即该歌手每次想冲击媒体头条，到关键时候总会被莫名其妙的其他新闻热点刷下来。可是贸然提出让司机换歌，似乎又显得刻意。可能为转移注意力吧，小贾、小苏和集科聊起了闲天，听说集科若干年前在北京著名的赵氏房地产公司当过建筑设计师，都显得很吃惊。这在他们看来是不可思议的。集科也不谦虚，说当初低价买了通州一套房子，还是赵总亲自批示的。

　　"在那么好的房地产公司工作，工资一定很高吧?"小贾的目光发亮，口气向往。

　　"工资肯定要比在设计院高。"

　　"那你为什么要出来呢?"

　　"怎么说呢，我比较理想主义吧。尤其那时候，好像没想过个人得失。我曾经长时间为保护家乡的一条河流、一种珍稀鱼类，跑来跑去，最后搞得丢了工作。反正发生了很多意想不到的事吧。没想到会进了设计院，跟你们做了同事。"

　　"你刚来设计院，一定不知道要到工地上耗着吧? 哈哈!"

　　"这个多少能猜到。"

　　"我们两个菜鸟都没想到，以为要下派的话，也得是去三峡大坝总指挥部那样的地方。"

　　"就个人而言，到哪里都能得到锻炼。"

　　"那可不一定。我还是觉得在有些地方耗着是没多少意义的。我们的专业是江河水患治理、水利枢纽工程设计，又不是动物保护。"

4

送小贾、小苏坐上火车后，集科回到工地心情郁闷。作为一名努力工作的无编制人员，他在设计院没有任何权力，不可能把话说得过重，或者强迫他人一定要认可他的观点。不过想到年轻人对鱼道建设或者说对水域生态保护表现得这么淡漠，他有些后悔自己只在生活上照顾他们，在思想引导上基本没有上心。好在一个月后，小苏又背着行李回来了。集科问他为什么要回来，小苏的脸红了，轻声说离开这里后悔了。

集科更加细心地照顾小苏的生活，就像真正的大哥那样。为了让他热爱上这份工作，他觉得在工作之余有必要让年轻人了解赤石江及其相邻的金沙江的人文地理。这两条江的流域范围包括青藏高原东部和横断山脉区，向南至滇北高原，向东至四川盆地西南边缘的广阔地区。神奇的是，尽管它们同样发源于青海省唐古拉山主峰各拉丹冬雪山，却在流经治多县、曲麻莱县、称多县、玉树县后分道扬镳，然而遵循着水往低处流的定律，两江仍然朝着大致相同的方向流淌，穿行于川、藏、滇三省区之间，时而距离很近时而距离较远。经过漫漫征程，赤石江与金沙江最终在赤石水电站下游一百公里处汇合在了一起。

集科决定带着小苏游历这条下山猛虎一般呼啸而出的赤石江，尤其要让他接触赤石江流域的百姓生活，调查农民家庭收入，体验民间疾苦。集科自己是从大山里走出来的，知道一个人只有真正热爱上脚下的土地，才愿意为它做一些事情。假如小苏对赤石江沿岸的百姓生活无动于衷，甚至对这片贫瘠的土地深深厌恶，他怎么可能安下心来建设水利工程呢？建设水利工程的出发点和落脚点是要让人民群众过上好日子，如果建设者意识不到这一点，把它与人民群众的利益分开，远大的抱负就会被世俗的功名利禄所取代。

集科不是党员，平时没有人教他该如何对待群众，但是接到任务后，他自觉地在每天的工作实践中，自然而然地把群众利益放在心上。甚至可以说，在这个荒凉的，夏天刮焚风、冬天看不到绿色的苦寒之地，他才体会到了工作的快乐、知识的价值，找到了自己的位置。

他和小苏出行，往往搭乘工地上工人的摩托车。他们大多数是附近乡镇的农民，平时住在工地，周末才回家去住——他们知道集科想带小苏出去走走，很愿意捎他俩一程，有时候给他俩做向导，还会带他俩回家住宿。集科和小苏利用周末时间走访了很多地方。他俩见识了横断山区地形地势的剧烈变化，摩托车行驶在万丈悬崖边，危险随时存在。而且他们发现，只要前方出现一片缓坡，这缓坡肯定会被当地人开垦为庄稼地，见到庄稼地——荒凉背景中让人赏心悦目的风景，就能在附近找到藏匿于峡谷中的村庄。生活在这里的人，如同长在这片水土流失严重的土地上的庄稼，如果没有顽强的、吃苦耐劳的精神，是生存不下来的。

春节期间，为了不耽误工期，小苏和集科一样坚守在岗位上。赤石江的冬季很冷，风从峡谷穿过像鹤唳，极其难听。但是在施工现场，是听不到风声的，千余名建设者各自忙着手中的活，有土方爆破声，机械打夯声，搅拌、浇捣混凝土声，大型运输车辆来回穿梭和挖掘机作业声，还有工人们的各种敲打、撞击声，它们掩盖了风的呼啸、人的呼喊。此时，他俩已经学会了吃鱼腥草，他们的工作也不仅仅专注于鱼道建设，也给整个工程做些规划设计方面的改进。每到周末，他们仍然会抽出一天时间到赤石江沿岸了解风俗与民情，除了东走西瞧，也跟当地扶贫干部一起做些力所能及的事情。比如小苏教老人认汉字、教孩子学英语，集科带着笔记本电脑，教中青年们学技能。其实，集科掌握的、能运用在脱贫致富实践中的技能有限，好在赤石水电站工地指挥部有2G信号，他往往提前在网上下载好各类教学视频，然后按通俗易懂的方式剪辑一遍，打上字幕，再连接到家用电视机上去播放。内容有养殖技术、种植技术，还有劳动仲裁、劳动安全等务工常识。

　　集科和小苏决定做这些事，起因是有一天看到一个农户家，一夜间冻死了十头小猪崽。地处高山的小山村冬天格外寒冷，而这里的养殖户养猪多采用散养的方式，结果因缺乏防寒技术或者说这方面的意识，造成了比较大的损失。还有的人家养牛养羊，每年陆陆续续要死一半，不知道怎么给牲畜看病打药、怎么营养搭配，男人急得只知道发火，女人只知道伤心掉泪。那时候赤石江沿岸的农民家庭包括村委会基本没有条件配备电脑，有电脑也无法实现上网，所以给老乡们下载一些相关课件再做些通俗易懂的讲解，是举手之劳。

　　这样，两人的工作和生活变得越发忙碌了，有时候集科也会感到累，深夜直挺挺地躺在床上，问自己为什么要辗转来到这样一个地方，过着远离亲人、远离安定的生活，他不知道怎么回答。有一次，一个平时并不怎么联系的中学同学加他微信，两人顺便聊了几句，对方告诉他夏炎马上要调到市委宣传部当副部长了，伟楚下基层锻炼结束也可能会调到领导岗位上。意思当然是，与你要好的同学要当官了，他们发展得这么好，你回来发展算了。这种消息最让他心慌。还有一次，大学时期的一个同学可能刚刚安装了微信，手机通讯录上的号码就自动加上了，对方发消息来问候，以为他还在北京房地产公司当建筑设计师呢。他也不好从头解释自己怎么会在一个偏远地区的工地上，就嗯嗯啊啊应付一通。结果对方说，下个月到北京开会见个面啊，集科顿时傻了，因为对方要来开的会级别很高。后来看朋友圈，发现对方果然已是局级干部了。

他和小苏继续不畏酷暑奋战在一线。事实上，在工程完工之前，所有人都没有任何理由停下手中的活。他们必须加入这个建设大坝的集体奋斗中，因为只有大坝建成了，鱼道才可能穿过大坝顶部，等到水库蓄水之后才可能有充足的水流进鱼道，这条被截断的河流才可能为鱼类提供一条可游上游下的通道。从这个意义上说，他们必须坚守在岗位上。尽管相比那些真正在钢筋水泥堆里摸爬滚打的工人、操作大型机械的师傅，那些头戴墨镜护面具挡住电花飞溅的电焊工，集科和小苏不过是"摇摇笔杆子、动动嘴皮子"的技术人员，是令人羡慕的。然而，相比他们曾经的生活，相比那些到了周末就带上家人外出郊游或者与亲朋好友相聚一堂，或者捧本书、喝杯咖啡的城里同学，差别还是很大的，他们在微信朋友圈偶尔发一条从工地上下来、浑身溅满泥浆、脚上磨出了血泡的照片，顿时就会引来数十个惊讶与悲催的表情。尤其小苏的朋友圈几乎炸锅了，他的发小和同学、朋友，都拿他的照片开涮，以为他是作秀、装×。总之，他们在忙忙碌碌中亲眼看着工程一点点建了起来，等到柳一青从外省赶来赤石江，水电站主体工程大部分坝段已结顶，输水系统、放水系统已完成至检修层平台，溢洪道溢流面和闸墩基本完工，下游河道挡墙、堰坝大部分也已完工。

大坝工程验收那天，工程指挥部来了很多官员、专家、记者，大坝上停了很多车。专家组实地察看工程现场，观看了水库工程声像资料，听取了水库工程建设管理、设计、监理、施工、质量抽查、质量监督等参建单位的汇报后，专门留出时间讨论鱼道的预验收。轮到集科做设计汇报时，他满脸通红、声音颤抖，胆子小是原因之一，事实上，紧张中也掺杂着骄傲与兴奋。那是很难形容的感受。这样大型的鱼类洄游通道，他是第一次接触，多少个日日夜夜，他像艺术家构思作品一样从无到有，又像科学家一样一次次模拟、实验。工程启动后，结合现场实际、施工遇到的问题一个数据要修改，他就要连夜加班到天明。工程完工后，鱼道将方便鱼类游上游下，但同时他到现在都不能肯定，三个鱼道进口到底能吸引多少鱼上来，担心模拟实验的数据、鱼道坡度与水的流速，是否纸上谈兵……当他念着一组组数据，讲述一个个为鱼类爬坡设计的细节时，他越发心虚，鱼们能理会一个设计师的良苦用心吗？

此刻，他仿佛爬上了一个很高很高的脚手架，在轻度恐高状态下为鱼道建成倾注了非同一般的付出，任务完成后却发现没有梯子让他下来。他担心鱼道起不到应有的作用，国家投资的钱打了水漂，更担心赤石江流域的土著鱼种因无法回到上游产卵，濒临灭绝。想到这些，他的语气迟迟疑疑起来，他的鼻子酸胀，头疼得厉害。他想逃跑，像小贾那样做个逃兵。——他不知道，尽管他讲得磕磕巴巴，所有人仍然被他的汇报吸引了，看过他展示的PPT，专家组一致认为，长江流域第一座鱼道符合设计和规范要求，顺利通过预验收。当他突然听到掌声，抬头看到柳一青老师站起来为他叫好，他悲喜交集、手足无措，简直要晕倒在地。

赤石水电站大坝及过鱼工程通过预验收，即标志着该大坝具备下闸蓄水条件，正式进入初期蓄水利用、调度运用阶段。赤石水库容量大，蓄水需要一些时间，集科送柳老师回京后，他也准备利用这个时间差回金华去看看父母和孩子。

一转眼，马莉去世好几年了，送母亲和孩子回老家也有几年了。孩子在金华上幼儿园后，和母亲就一直住在姐姐家，虽然时不时跟他们通电话，能够了解各自的生活，但毕竟隔着遥远的距离。他查了火车票，从赤石江出发到昆明，有直达金华的Z288次列车，坐一天一夜卧铺就能抵达。在网上订票后他开始睡不着，想到自己是一个年幼孩子的父亲，但孩子妈妈去世后，自己的心思就没有放在孩子身上，他感到愧疚。他曾经讨厌那样的新闻报道，说某个人为了公众利益，家里人生病了或者遭灾了他不回去帮忙，家里人死了他不回去参加葬礼，等到多年以后回到老家跪在坟前哭泣或者与亲人相拥，这场景最终成了被摄像机拍下的、抓人眼球的新闻点。他没想到有一天，他也成了这样一个为了公众利益而几年不见父母和孩子的人，尽管他的情况跟新闻里播放的不完全是一回事。

　　"如何解决高坝大库过鱼问题一直是世界性难题，在我国也是刚刚开始研究。我现在老了，没有过多精力放在这上面了，所以很高兴你在这个领域迈出了一大步。我前几天从参会领导那里了解到，总的说来以后建大坝，恐怕都会把过鱼问题、修建过鱼设施作为一个重要检验项目，这无疑是水利工程的一个进步。我有时候也后悔，我们这一代水利人造了太多没有考虑生态的高坝，希望后来人能引以为戒。鱼道建设之路还很漫长，希望你和小苏把这件事继续做下去！"这是柳一青在离开工地时对集科的叮嘱。上车前他还特意打电话给刘局长，向他说了陈集科在这边的"重大成就"，感谢老同学为设计院推荐了一位特殊的人才。这让集科很惶恐也很感动，他答应柳老师一定好好干。然而，当大坝上的机械作业的噪声消失之后，当成百上千的施工人员陆续离开为之流下汗水的工地之后，当压在一个男人肩上的担子能够慢慢放到地上、能够逐渐抽身出来坐到窗前眺望星辰的时候，他想到家中的老人和孩子，他很难过。他觉得自己不如洄游之鱼。它们不论走多远，在特定时间都要溯流而上，无论途中遇到多少困难处境多么艰难，有多少虎视眈眈的捕食者等着它们，也要遍体伤痕地回到故乡。

启程前一天，他开始收拾行李，把几块在江畔捡到的五彩石擦得一尘不染，那是他准备送给金翅的礼物。这孩子前阵子在幼儿园积攒了很多小红星，然后老师发给他一张奖状，他很高兴地把这件事告诉他，第一时间与他分享喜悦。他当时承诺也要给他奖励，但是奖什么呢，工地上什么礼物都买不到，他就捡了这些五彩石。想到两天之后就能见到孩子，他眼前不断地出现这孩子的面容。这孩子从小失去了母爱，又长期缺失父爱，他一定特别期待他的回去。每一次通话，他都大声地喊"爸爸、爸爸"，唯恐他听不到。他总是骗孩子"快了，快了，下个月我就买火车票"。孩子信以为真了，以至于每次放学路上看到火车，就会问集兰："姑姑，你看火车！我爸爸是不是在这火车上面？"集兰被孩子反复问，有时候就骗他："这火车是从北方开来的，怎么会有你爸爸在呢，你爸爸在西南方向呢。"于是孩子又问："那会不会有我妈妈坐在上面呢？"——集科想象不出，在孩子幼小的心灵里，他的爸爸、妈妈是怎么样的形象，是不是已经成了两个符号。

那天晚上，他早早地上床休息，从赤石水电站到昆明很远，明天的火车始发时间是上午十点十五分，他得四点四十分就起床。工地指挥部为他安排了车辆。问题是，大坝下闸蓄水后拆掉了很多临时用房，他现在和小苏挤在一间宿舍里住。这时他听到小苏在噼里啪啦地敲打键盘。

小苏这小伙子算是很不错的了，自从重回工地，就任劳任怨，满腔热情地投入建设中。工作忙时，他跟着自己加班，周末如有空闲，就跟着自己到附近乡镇游历，还跟着做了一些公益活动。如今他终于有整块时间跟女朋友在网上聊天了。集科是过来人，了解网络聊天比面对面还放得开，尤其对于刚刚建立恋爱关系的青年男女，所以他没有责备小苏的意思。他拽紧被角，闭上眼睛，准备入睡。然而，闭上眼睛后，感觉铁皮柜子那边的噼里啪啦声越发响了。这是他和小苏共事以来，第一次想朝这家伙发火。

集科躺在床上，满脑子都是明天赶火车的奔跑画面，键盘敲击声吵得他神经衰弱，那声音就像慌乱的马蹄声响彻在大坝上，又像一阵阵疾雨打在集装箱铁皮顶上。他试着用卫生纸塞耳朵，根本没用。他心里烦躁，逼着自己做深呼吸，可小苏一直敲个不停，他想到明天如果误了火车他将没法回家，心情糟糕透了。可是他知道，他没有权利要求人家晚上不准上网聊天，人家没有做错什么呀。他只好想象这声音是金翅在奔跑，金翅在向他跑来呢。他想着想着还是睡不着，只好起来去了一趟屋外的厕所。等他回来时，发现小苏没有坐在电脑桌前了，他坐在床上呆呆的，两眼发直。

"怎么？想睡觉啦？"集科暗自高兴。

"嗯。哦。"小苏一副心不在焉的样子。

集科重新躺下，重新拽好被角，想了想说："小苏，你也早点睡吧——把灯关了啊。"

"好。"小苏起身把灯关了。

集科再次强迫自己入睡，可是邪乎得很，耳朵能听到屋外的虫鸣，听到风从坝底刮上来，听到水库里的水吸着堤坝石一微米一微米地往上涨……可是，前阵子工地上机器的轰鸣比这些声音大几千倍，那是让整个集装箱房子震颤的巨响，他照样睡得着。想通了这个问题，他就没有再刻意回避"噪声"。

可是那个晚上集科最终没有睡成。那时集科已经有了睡意，却听到桌子上的暖瓶吱吱作响——只能是它，响得没有规律，带着气息，时而声音大时而细微如丝，但听着又有点像黑暗中有人在轻轻抽泣——是不是轻轻抽泣呢？还是从瓶口与软木塞的缝隙里冒出来一股股热气？他的耳朵又竖起来了。

他一下子坐起来，叫道："小苏！"

黑暗中有一个声音回答他："嗯。"

集科从声音响起的方位判断，小苏还坐在床上，遂问："你怎么还没有睡？"没想到这一问，把一个千真万确的哭声问出来了，那哭声的爆发好比暖瓶中的热气"砰"一声，把软木塞完全顶开了。

"陈哥，我和小米……要分手啦！"

"啊？怎么会这样！"

小米是小苏的女朋友，集科之前听他说过，好像是在他和小贾第一次从北京来赤石江工地的火车上认识的，女孩在上海某外企工作，可能是到德钦看"金沙江大拐弯"的，至于她怎么没看上小贾偏偏看中了小苏，集科不是很清楚。总之那个晚上小苏一味地哭，集科也不知道该怎么劝说，男女之间的事牵扯不清，事实上他没有多少经验可谈。但是对小苏来说，这事却搞得他要死要活的——这世上总有一些人或者一个人的某个阶段，会把爱情看得比命还重。集科没办法，只好陪着小苏说话，听他倾诉。小苏说，他们已经到了谈婚论嫁的地步，女孩给了小苏一个期限，如果三天内不赶到上海当面向她求婚的话，她就无法原谅他。集科无法继续躺着了。他在心里骂那个女孩这样做不对，爱情哪能靠威胁来维持。不过，他劝完小苏"天涯何处无芳草"云云，已经下定决心由自己留下来观测水库蓄水后的鱼道状况，并且在小苏躺进被窝后，打开手机将车票悄悄退了。

第二天，更确切地说次日凌晨五点，集科不容分说地将沉睡中的小苏叫醒了。他让小苏赶紧收拾东西，又让按时来接他的司机送小苏去昆明机场。他知道去上海时飞机票好买并且常有打折，当天购买不成问题。小苏说："陈哥，昨晚你不是说今天一早要回老家的吗?"集科说："你别废话，你就在路上用手机把飞机票订了。"又说："记住，一定要向小米真诚道歉，单腿下跪，把婚求啦!"小苏的眼圈红红的，答应他一定照办。

小苏走后，天还未大亮，集科一个人走在雾气笼罩的大坝上，水库里的水已经漫过整个河床，两岸的山因为有了浩大的、静止的水面，显得秀丽起来。他走到大坝的左岸，看着自己设计的鱼道犹如一条长蛇从下游蜿蜒而上，他看了很久。

他突然有一种感觉，他其实害怕回家。他想，如果现在赶往昆明的人是他的话，他仍然担心见到金翅，担心他会问起妈妈。

是的，由于种种原因，马莉在一家人的生活中消失后，他和母亲就一直告诉孩子：你妈妈在外地采访、出差。时间久了，金翅大了，现在大家都不知道该怎么告诉孩子：你妈妈是因为参与调查社会丑恶现象遇害了，而不是永远活在出差中。集科矛盾的是，他不希望马莉作为孩子的妈妈，在孩子心中是一个可有可无的形象，那是不负责任的行为；但是，每回听见金翅在电话里问起"妈妈为什么不来看我"，他总会紧张——他没有勇气告诉他真相。他担心马莉之死会给陈金翅的幼小心灵留下不可磨灭的阴影，甚至在疏导不畅的情况下产生复仇的心理。他希望这没妈的孩子，将来也能像马莉那么阳光、积极向上。

或许，要等儿子长大，长到他能够承受丧母之痛的那一天，他才能告诉他马莉去世的真相。至于具体是哪一天，怎么措辞、解释，要不要隐瞒死因，他仍然是茫然的。

5

高峡出平湖。

赤石水电站水库内的水上升到一定高度后，开始有水进入鱼道，水完全按照事先设计的路径、速度往大坝下的鱼道流去。集科在鱼道的出口与入口之间来来回回地跑，多日来的焦虑、烦躁、虚无，一扫而空。第一个晚上他没有睡觉，整夜都在水电站的鱼道观察室盯着电子屏幕看，想知道会不会有鱼进入鱼道。

就在前几天，他听到金翅在电话那头哭泣，因为他答应回去又没回去，他有一种万念俱灰的伤感。他甚至觉得自己该死，质问自己离家千里为鱼类的生存所做的自我牺牲值不值得。那时候他决定放弃接下来的工作，也要早点离开这儿。然而，当他看到赤石江的水流进鱼道且被他的设计驯服，看到由他负责的第一条大型鱼道从图纸变成真正启用的实体工程，瞬时忘掉了金翅的哭泣。

第二天正午，他终于观察到摄像头监测下的第二个鱼道入口，有一条鱼游上了鱼道，在鱼道观察室，他高兴得呼喊起来。那种心情，让他想到小时候看到耀眼夺目的金翅鱼扭动尾鳍，从棺材坑蹿上吴村河段那惊心动魄的一跳。他守在电子屏幕前瞪圆眼睛，出去吃饭和上厕所回来，也要回播看一下记录。让他欣慰的是，二十四小时内进口和出口的过鱼量接近了 1:1，证明鱼道设计是合理的，也说明赤石江的水跟金塘河的水是不一样的。金塘河的水太清澈，因此新建鱼道的钢筋水泥味能影响到鱼的嗅觉，而赤石江的水原本就浑浊，泥沙俱下，有一股很重的泥腥气，或许它能掩盖掉钢筋水泥味。

三天下来，监测数据显示，共有三百六十条鱼通过鱼道。这个过鱼量相较一条江的总鱼量而言，几乎是微不足道的，但是从环保角度考虑，如此长距离的鱼道能够建成并且促成平均每天一百二十条赤石江土著鱼类——白甲鱼、圆口铜鱼、赤石裂腹细鳞鱼、赤石鲈鲤、短须裂腹鱼等通过，是值得庆祝的成绩。相信再过一个月，从长江下游跨越种种阻碍抵达赤石江的洄游性鱼类将大批游上鱼道，过鱼量将大幅增加。尽管这些洄游性鱼类游到赤石江的前提是先得游过葛洲坝、三峡大坝，但是不可否认，即便排除已经无法回到长江上游的中华鲟、长江鲟、白鲟等大型鱼类，从三峡水库到赤石江，这个距离内的鱼类品种也很繁多。

又过了几天，小苏从上海回来了。此时集科已经非常疲惫，正想好好休息几天。没想到啊，小苏从上海带回来的不仅仅是一个好消息，还带回来一个大活人——正是那位威胁说小苏不怎么样就要跟他分手的姑娘。

在集科的潜意识里，上海姑娘都是非常精致、聪明、娇气的，但是这位姑娘与想象的有所不同，可能是喜欢户外运动的缘故，看上去甚至有点儿野气。那姑娘一见到集科就喊了一声"陈老师"，集科答应之后，她说小苏老向我夸你，品德高尚、淡泊名利。集科趁机也回夸了小苏几句，说小苏是新时代好青年，志存高远、坚忍不拔。姑娘就咯咯地笑了，说她正是因为觉得小苏这人有某些优点才愿意嫁给他的。又说这次她"逼"小苏去上海，就是决心嫁给他，要带他去见自己父母，要不然父母就要把她嫁给一个从小看着长大的富商的儿子了。集科听了姑娘坦诚的话，不免有些感慨，想到一句谚语："人以群分""良禽择木而栖"。

等到上海姑娘要去大坝上走走，观察室里只剩两个男人的时候，集科对小苏竖起大拇指，说："你这次去上海去对了，收获很大。你是北方人，小米是南方人，从生物学的角度来说，两个生活区域离得很远的男女所生育的子代在遗传方面相对会有一些优势，也就是说，你们结合所生的孩子会很聪明、健康。"

小苏不禁被逗笑了："陈哥，你不要绷着脸开玩笑好不好。"

集科说："这是科学，通常情况下，生物界存在着'远缘优势'的现象，这一原则在人类和鱼身上同样适用。当然我最想说的是，这姑娘着实不错，让我想到了我的妻子马莉——当初她就说是因为看中了我的人品。"

小苏听集科这么说，突然想起了什么似的，有些不好意思地说："陈哥，你知道当初我为什么又从北京回这儿来了吗？"

"不是说你后悔了吗？"

"其实我并不是真的后悔，是被我导师骂了一顿。"

"你导师？"

"是的，他知道我当了逃兵，毫不客气地批评我：既然要搞水利这一行，就得吃苦，要有实事求是的态度，要有集体合作的精神，要出去实践。他说任何工程都不是一个人在办公室里靠理论就能完成的。"

"那你自己是怎么想的呢？"

"我没有办法啊，只好又回来了。"

"你导师是？"

"柳一青。"

"啊，设计院也带学生吗？"

"嗯。不是拿文凭那种，是我们新员工都要由导师按一对一的形式进行培养。柳老师说你人品好，让我跟你先干，但他怕你知道我是他学生会额外照顾我，所以不让我说。"

"幸好我没有让你闲着！"

"其实我回来后，也不知道自己能不能坚持到工程完工。最后不得不说，是你鼓励了我，教育了我。我绝没有恭维陈哥你的意思。你爬到稍高的地方就头晕，你还特别怕打雷，我都看在眼里。这鬼地方打雷下雨都是突然的，有时候来不及躲避雷就打下来了，你吓得扔掉钢盔、牙齿打战、迈不动腿，可你从来不抱怨……"

集科在工作和生活中，基本不会这么说话，他有点受不了这种，觉得煽情，好比是坐在台上做报告的人讲的话，不由得摇了摇头。

"陈哥，难道不是这样吗？"

"打住，打住吧。算我俩互学互勉共同进步好了。没有你在这儿，我可能也跑了。"

"你其实很了不起的。稻盛和夫就说过啊：活着就是为了在死的时候，灵魂比生的时候更纯洁一点，或者说带着更美好、更崇高的灵魂去迎接死亡。我很幸运能跟着你干，在酷暑高温和三九严寒中倾注心血建造了这么一条鱼道，我感觉我的灵魂已经变得纯洁一些了。"

"算了吧，你小子不要因为有了个未婚妻就变得虚头巴脑的。你如果爱说这些话学理科就亏了，应该去学中文专业，去做文学评论家，在各种研讨会上夸夸其谈。你听柳老师说过这种话吗？"

小苏挠挠头，他已想不起自己为什么会跟集科扯起这些。印象中，是集科先把一对男女自然而然的相爱说得那么玄乎、文绉绉的。

"好啦，你和小米吃饭了吗？"

"吃过了。"

"接下来几天，我跟你说，我就住在这间小屋了，由我一个人监测过鱼效果。你带着小米出去玩几天吧！"

"陈哥，那可不行，我知道你想家，让我在这里，你回老家去！"

第十章

1

浙江山乡：保护野生鱼资源见成效 金翅鱼洄游诠释生命意义

[原创] 夏炎　浙江生态旅游

　　农历三月，草长莺飞，百花盛开，最适合驱车去乡村旅行。每年这个时候，金华市山乡独有的金翅鱼便要离开山乡水库，陆续回到它们的出生地龙井产卵。这是金塘河乃至浙江最重要的生态现象之一。虽然这段"返乡旅程"无法与昔日金翅鱼从钱塘江千里迢迢洄游山乡相提并论，但是金翅鱼儿们依然保持着精诚团结、勇往直前的信念，捍卫自己种族繁衍的权利。为了确保金翅鱼洄游通畅，最近几天，以李钢、丁武、老诚等人为代表的环保志愿者们，已经在金塘河边驻扎下来。

　　图片1：金翅鱼洄游现象吸引了众多游客

　　"金翅鱼是山乡的特殊鱼类，目前我们正在申请将其纳入《国家重点保护水生野生动物名录》。随着山乡渔政管理站的建立，我们为保证金翅鱼洄游季河水不断流，已制定该月内水电站用水停止，政府给予经济补贴的政策。同时注重宣传，加强沿途各村主要河道巡护。"山乡渔政管理站负责人赖伟楚告诉笔者，"去年到山乡旅游的人次达三十五万，旅游收入三百七十三万元，预计今年将突破四百万元。为了方便游客进山观赏金翅鱼洄游，每条拦水坝上都修建了观赏走廊，各村也开办了农家乐和民宿。"

图片2：数以万计的金翅鱼逆流而上

眼下山乡水库上游河段，正迎来今年的旅游高峰期。笔者在黑水潭拦水坝下看到，河中已经聚集了成群的金翅鱼，正奋力游上"之"字形鱼道，同时也见到大量外地游客来到沿途各村。位于吴村下游的"官财坑"拦水坝，作为金翅鱼"逐级飞越鱼梯"的最佳观赏区，每天都吸引不少游客来此倚栏远眺，有的带着摄影装备。阳光照耀下，金翅鱼身形敏捷、游动迅速，每跃上一级台阶，鱼鳍张开如飞鸟展翅，在空中借助风力滑翔。每出现一条金翅鱼"飞翔"，均会引来游客们一阵惊呼。

图片3：每天上演的鱼鸟大战

"山乡之所以能发展好旅游业，与金翅鱼洄游的壮烈景象吸引来金华本地、杭州乃至上海的游客有关。以前我们乡的领导，对保护金翅鱼认识不够，甚至有过将龙井瀑布开发成水电站的计划，幸好从吴村走出去的第一个大学生陈集科先生及时阻止，并且设计出了合理的鱼类洄游通道，金翅鱼集体上演'鱼跃龙门'，才吸引来了八方游客。"吴村村主任国羊是土生土长的山区农民，他说，"现在，全乡种植油菜花、桃花，封山育林，我们村还要申请国家基金，希望能在村中建成龙王庙以及仿古徽派建筑一条街，振兴乡村旅游……"

确实如此，乡村振兴不仅要让农民富起来，还要让农村美起来，要注重乡土文化的发掘和延伸，还要尽可能维系人与自然和谐统一的生态关系。如今，美丽山乡以"民居＋生态"引来城市客，成了金南区脱贫增收的榜样。今年五十四岁的陈集宝如今已顺利完成脱贫奔向小康，他利用祖屋开了一家精品民宿，心里充满了展望更美好生活的底气。"新的一年，我儿子也要回乡创业，还要扩大民宿规模，提高服务水平，收入还会增加，生活还要更好！"陈集宝脸上满是幸福和憧憬。

图片4：环保志愿者在河道内协助金翅鱼洄游

笔者以为，山乡之所以发生了翻天覆地的变化，离不开好政策、好机遇。过去，这里的乡亲主要以传统农耕和外出务工维持生计，如今各村各组因地制宜，调整产业结构，几乎家家户户都搭上了金翅鱼洄游这列乡村旅游致富快车。回想这一切改变，不得不提到被山乡人交口称赞的那位从吴村走出去的建筑工程师、金华大剧院设计者之一、被誉为"金塘河之子"的陈集科先生的努力。十多年前，正是由于陈集科写成了献给家乡的《金翅鱼之歌》，金翅鱼这一珍稀物种才引起了世人的关注。

图片5：近十家全媒体在金塘河畔开展网上直播

古人云："天将降大任于是人也，必先苦其心志，劳其筋骨，饿其体肤，空乏其身。"金翅鱼洄游之所以能感动和鼓舞慕名而来的游客，就在于它们明知前进路上充满艰险、布满荆棘，但九死其犹未悔，依旧勇敢地面对；在于其奋勇向前的执着精神。今天是4月21日，世界地球日的前一天，也是一个非常冷门的关于鱼类的纪念日——世界鱼类洄游日。在这个日子里，金翅鱼洄游观光旅游节正式开幕，具有特别的意义。
……………

　　以上内容是集科在手机上，用手指滑动页面读完的一篇微信公众号文章。时间是二〇一九年四月二十二日。读完这则由夏炎撰写、丁武转发给他的，介绍金翅鱼保护情况、助推山乡旅游的文章，集科久久地看着窗外的运河。如今夏炎已经是金华某市级文化单位的副局长，虽然没有去当市委宣传部副部长，但是在小地方当个副局长是相当大的官员了，他仍能亲自下乡撰写文章为旅游节、为保护金翅鱼鼓与呼，很不容易了。而丁武，这位一直默默资助环保志愿者搞公益活动的生意人也很了不起，保守估计，他经年累月的资助，合计起来能在金华郊区购买一栋别墅。李钢在祝村发展得也不错，他白天开维修部，晚上打开电脑自学制作网页，利用网店帮乡亲们销售土特产。他孩子的病，自从来山乡居住后有所改善，已经不再无缘无故地"嗷嗷"号叫了。更值得期待的是，附近村子有一个女子愿意嫁给李钢，那女子的丈夫几年前在建筑工地上出事故去世了，两人经介绍都愿意重组家庭。

　　在这些老朋友老同学中，大概只有赖伟楚比较"惨"，因为他在山乡待足两年，第三年本应该回城的，却没有接到回城通知。那时候山乡刚刚搞旅游节，很需要他留下来做些实际工作。到了第四年，他觉得情况不太妙，回去找领导，才发现领导违背当初的口头承诺，在几次人事变动中有意把他"遗忘"了。这事搞得伟楚很郁闷。他只好继续在山乡待着。上次通电话，听他的口气婚姻也快完了。他那个妖艳美丽的妻子，跟一个小官员好上了。集科觉得是山乡把伟楚拖累了，心里很过意不去，问伟楚接下来怎么办。伟楚说："在山乡也不是太糟嘛，欲事立须是心立，修业必先修德。现在乡村振兴战略是大形势，我作为已经在一线的干部，遇到了一次难得的人生机遇。相信我吧，老兄！你能跑到偏远地区去修鱼道，我就不能在山乡实现自己的人生价值？"

这倒是真的。回想起来，从自己第一次由北京赶回山乡保护金翅鱼、反对建小水电站算起，十多年过去了，自己不也是在磕磕绊绊中，一步一步地歪歪斜斜地走过来的吗？

经过多年的探索与实践，凭借扎实的专业功底和全身心的投入，此时的集科已成为水电水利规划设计总院里鱼道设计的业务骨干，在人才济济的设计院站稳了脚跟。目前他的团队已从两人增加到五人。该团队能够根据不同河流的地理、水文情况，拦河大坝高度，以及不同鱼类的逆水能力、溯游习性，设计出不同高程、流速、轨道的鱼道。团队最大的贡献，是为正在建设的大江大河上的枢纽大坝设计多种不同样态的洄游鱼道。当然，集科本人尤其擅长在原先没有考虑修建鱼道的大坝上进行鱼道补建工作。

集科曾经设想"绕坝开槽"的大型鱼道设计方案同样适用于山乡水库，他花了很多时间画草图，想象金翅鱼有一天重回衢江、兰江、富春江、钱塘江，顺流而下直达阔别已久的大海。但是这个设想他始终秘不示人，因为他知道，从山乡到钱塘江再到东海路途太遥远也太艰险了。当这小小的、劫后余生的种群游入山乡下游的金塘河，沿途像赤骑镇那样还在恢复水质的乡镇有多少？即便克服万难游到了衢江，得以在大江大河中畅游，但它们能够逃脱天敌、挖沙船、渔网、诱捕、机动船螺旋桨、船舶噪声的伤害吗？

就在前几天，他做了一个梦。梦见山乡驻地锣鼓喧天热闹非凡，拥堵着很多人。集科向人群走去，走到乡政府门口看到红地毯从院里面延伸出来，地毯两边摆满花篮，大铁门里侧站着一排穿旗袍的礼仪小姐，一个个婀娜俏丽、面带微笑，与站在她们前面凶神恶煞的保安形成鲜明对比。集科还注意到由他设计的办公楼被贴上了五彩瓷砖，楼前有一个同样铺着红地毯的小舞台，上面站着几个穿西服挂领带、官员模样的人。

"站住嘞！侬找谁?!"保安一声喝令。

"我找王乡长。"集科答。

"有邀请函吗?"

"我是山乡旅游节顾问啊。"

"啊?侬是陈集科?"

"正是在下。"

"哇，陈顾问，您终于来啦！欢迎陈先生、陈工程师！"

集科被礼仪小姐前簇后拥，在软绵绵的地毯上行走，就像来到了云端，王乡长、高老师、赖伟楚、小石从台上飘下来迎接他。告诉他，今天金华市、义乌市、龙游县、金南区、汤溪镇、赤骑镇都派来了干部代表，就差你这个保护金塘河的功臣了。集科被他们领到台上，刚跟另一些干部模样的、戴着小红花的人站成一排，高音喇叭里突然就响起了巨大的咳嗽声："喀喀，安静。现在——由我——宣布，第七届——金翅鱼——旅游节，开幕！"飞升的红气球、成群的鸽子、沸腾的欢呼，仿佛一锅开水煮沸。领导们开始致辞，院外探头探脑的人群陆续进入大院，掌声此起彼伏。集科想着待会儿就要轮到自己到演讲台前去演讲，正琢磨该讲点什么，突然看见李钢像小偷一样溜到了他身后。

李钢蹲着跟他说："不好了集科兄！不要参加这个旅游节。"

集科很吃惊："为什么?我是正式嘉宾，还没发言呢。"

李钢说："每年有成千上万人拥到山乡，不是来看金翅鱼的，而是来吃金翅鱼呀！"

集科有点蒙了："不会吧！！"

李钢拉拉他的裤脚："你还不明白吗？山乡的旅游节兴起来了，但是山乡人的野心也大了，每家饭庄、农家乐和民宿，都靠消费金翅鱼和野生鱼、野生动物招揽游客赚钱呀！"

集科张着嘴，霎时脑袋要炸开那般："怎么成了这个样子？！吃金翅鱼会中毒的呀！"

李钢说："兄弟我得赶紧跑啦！"逃跑之前又说，"金翅鱼倒霉了，有特级大厨破解了它的毒素，按照一套严格程序烹饪怎么吃都没事！"

集科极其愤怒，哭着醒了。

2

事实上，不管金翅鱼洄游观光旅游节办得多么红火，集科仍然有他的忧虑。他始终担心金翅鱼在金塘河上游消亡：当有一天乡村旅游热度消退，城里人和外地人都不来玩了，山乡人民还会继续保护金翅鱼吗？金塘河还能保持上下游流水通畅吗？如果有一天老百姓致富的目的不存在了，或者有人真的将金翅鱼开发成了名贵佳肴，他相信任何可能都会发生。当然，在种种可能没有发生之前，他这不过是杞人忧天。这就好比人总有一天会死，难道有人会因为这个提前停止呼吸吗？他想起小苏在赤石水电站跟他引用过的那句话，似乎说的是人活着就是为了在死掉之前，让灵魂更纯洁一些，更崇高一些。虽然小苏已经不跟着他干，去负责更大的水利项目了，但这句话他始终记得。

为了让大地上更多原本流淌着的江河，免于因开发、切割而断流、休克，为了将人类活动对江河中的水生生物的影响降到最低，集科每年有一半时间奔波在大大小小的水利工程的建设工地上。繁忙的工作，急迫的任务，常常需要他长途跋涉。水利工作的特性，使他成了一只风雨兼程、奔走于全国各地的候鸟。区别仅仅在于，集科因脑部损伤留下了后遗症，每次迁徙他无法从空中启程，因为乘坐飞机会引起耳鸣、头痛欲裂，而只能乘坐地面上的火车或长途汽车出发。但是出行的不便，却没能阻挡他，他的足迹踏遍长江、黄河、塔里木河、雅鲁藏布江、松花江、黑龙江、澜沧江、嘉陵江，也遍布在很多不知名的小河小溪上。甚至可以说，他的生活除了工作、出差，就只剩下最基本的日常作息。

　　他已经不再年轻，额头上有了很深的皱纹。他记得年轻时候在杭州国营企业工作，同样忙碌，要背着测绘仪器在全省跑来跑去，可他从未想过四十五岁以后还要过这样的生活。相比之下，那时候他精力好，再忙再累业余时间还有兴趣自学吉他，偶尔还去酒吧听人唱歌，爱买一些闲书看，现在则什么兴趣爱好都没有了。他有很多年没有摸过吉他了，至于唱歌、写歌、看文艺作品，仿佛是上辈子的事。随着年龄增大，他越来越不爱热闹。逢到节假日，工地上也会组织会餐，几个项目部的人聚在一块儿，大家一起喝酒一起吃肉，他因担心酒瘾再犯不敢碰杯子，所以每次参加会餐都感到时间过得特慢。如果一定要说这样的日子里有什么快乐时刻，就是能在短时间内制作出水力学模型模拟各种流场、设计出适合不同目标鱼种游速的仿自然鱼道，尤其是能看到目标鱼种游上去的那一刻。

　　在若干年前，那个草地返青、玉兰待放的日子，刘局长打车到通州找他，刘局长一定没想到水电水利规划设计院的工作这样繁重，要经常出差，住板房，睡上下铺的床。事实上，集科自己也没想到干这一行如此辛苦——哪怕是那些全国著名的工程师、工程院院士，他们德高望重，一旦接到任务，照样要日复一日地忙碌，住坝区简陋的工房——如果用世俗的眼光来看，他们读了那么多书，奋斗了那么多年，早该拥有享受的资历了，却还在工作。让人敬仰的先辈们令他感到从事的工作是崇高的，但是想到未来他要跟他们一样心里只有工作，几十年如一日爬孔洞、下基坑，又让他觉得自己特别没有志气——因为不论在工地还是在北京，他最渴望的其实是回到家乡，能经常和孩子在一起。

现在，陈金翅九岁了，由于从小没了妈，集科又要经常出差，无暇照顾他的生活，他由奶奶、姑姑带大。一转眼，他已经在集兰家附近的学校上小学三年级。姐姐说："你就放心吧！由咱妈接送孩子上下学，有我每天给他做好吃的，一放假，咱爸就来接他回山里玩。他冻不着饿不着，长得健健康康的！"姐姐反馈，陈金翅虽然不在集科身边，也没有妈妈照顾，但是性格方面没有受到负面影响，甚至比城里某些孩子还要懂事一些。

"这孩子跟你小时候很像，文文静静的，爱读书，对人有礼貌，也从没见他耍过坏心思。"

在老家，说一个人不做坏事，就是褒奖了。

"就是有个坏习惯，每天要搂着一小袋石头睡觉。你下次可不要再给他带石头了，你真是无聊，石头又不能吃，也不是翡翠玛瑙。他倒好，每一块石头都要当作宝，没事就放几块在口袋里，晚上再放回袋子里。夏天还好，凉快，冬天睡觉冷啊，吸人的热气！"

集科不知道怎么跟姐姐解释，他现在习惯每到一个工地就捡一块好看的小石头带给金翅。这些来自天南海北、被江水雨水冲刷过的石头，寄托着他对孩子的爱。他是很疼爱孩子的，但他从没有跟孩子直接说过，他不会用语言向孩子表达。应该说，孩子也是这样的情况。

"你今年还休年假吧？孩子问好几次了。今年他长得快！简直像春笋一样长，我说你不能光长个儿不长肉呀！瘦得跟麻秆一样！"姐姐、姐夫一直没能生育，也不知问题出在谁身上，反正能看出来，姐姐是把金翅当作自己孩子带了。这份辛苦不仅没有让集科流露出感激，听了姐姐对孩子的疼爱，他反而有那么一丝嫉妒。

随着时光流逝，失去马莉的痛楚已经不会再让他想跟着去死，他对马莉的思念开始一点点地转移到孩子身上。而他是对不起这孩子的，毕竟孩子的监护人是自己，他没有为孩子穿过衣服，没有亲自送孩子走进校门，学校开家长会也没能代表家长去过。他的计划是，等金翅再大一些，当他出差在外金翅一个人也能照顾自己时，就去接他回通州上学。那得是他十三四岁以后的事了。

每年金翅鱼洄游季，是集科规定自己必须回家一趟的日子。不论工作多忙，在北京或者外地，他都要请十天年假回山乡看孩子，与父母、姐姐姐夫、同学朋友好好相处一段时间。当然，他也曾想，利用年假带金翅回湖北外婆家玩一趟，带他去吃武汉的热干面，带他去看黄鹤楼，向他讲述他和他妈妈怎么认识、怎么相爱、怎么一起为保护金塘河和金翅鱼奔走呼号的——但终因马莉已经去世，大人们还没想好怎么让孩子知道她的死因而作罢。

这次回乡，为了预防金翅见到他就问妈妈为什么不来看他，当然也是为了预先消除彼此的陌生感，他在头天晚上特意和金翅通了视频电话。视频里儿子真的长高了，长得很秀气，说话条理清晰，说完自己的学习生活情况，又问爸爸你忙不忙，又为哪条河设计了几条鱼道？集科心中暗自高兴，儿子似乎也是理工科脑子，同时兼具他妈妈的聪慧。集科不等金翅问起妈妈，就提早说你妈妈出差了，我这些天一个人在北京很孤单，所以明天就回金华看你。

金翅听到他要回来，高兴地说："爸爸，你真的明天回来吗？"小孩子毕竟单纯，这么一打岔就没接着问妈妈怎么不回来。他高兴地说："爸爸，等你到了金华站，我和姑姑去车站接你，然后，我带你去爷爷家看金翅鱼洄游好不好？"

"好呀，我除了看你，也要去看金翅鱼洄游呢。"

"爷爷打电话跟我说了，金翅鱼又要游到咱吴村去了呢。爸爸你知道吗？李伯伯和丁叔叔已经答应我了，今年一定带我一块儿去保护金翅鱼……"金翅兴奋地说着。

3

很快，出发时候到了。集科拖着行李箱，从通州运河站坐上六号线地铁去往北京站。尽管火车不断提速，高铁取代了动车，从北京南站坐高铁六个半小时就能抵达金华，但是他仍然选择去坐那趟老式火车。因为这是一列与他的人生休戚相关的火车，他第一次来北京找工作坐的是它，他和马莉第一次从报料者与记者的关系跨越到恋爱的关系，其转变就发生在这趟老式火车上。

当他从二号线地铁站出来，从地下转到地上，熟悉的车站广场与候车大楼让他感到亲切。在喧闹的二楼候车室他没有等很久，通过检票口走上一条廊道，再下去就到了站台上。

绿色的K101次列车，早已停在轨道上等着乘客，心急的乘客们沿着它往火车两头跑。

他不敢想象在这儿，曾经有多少人经过，发生过多少分离或者重逢的故事。他跟着旅客们小跑起来，觉得没有必要跑，又慢慢地走，他是最后几个找到车厢和自己铺位的，将行李归置好后，突然之间就有了一丝伤感。他想起自己到杭州求学，十九岁，第一次坐火车就是坐这样的老式火车。接着工作、谋生，几乎每年都要坐这样的火车往返于家乡与异地。那时候，他最爱坐在火车车窗前看沿途的风景。看着窗外的建筑、树木倒退着，更多树木、高塔、电线杆扑面而来，他会有一种浪迹天涯的豪迈与悲怆。多年以后，他更是如同条件反射一般，每次坐火车都要坐靠车窗的座位。

此刻，K101次列车已经缓缓启动，哐当、哐当、哐当，集科坐在卧铺车厢靠窗一侧的座位上，那些具体的、与马莉两人在一起生活的场景，像电影画面徐徐展开。涌动在集科内心的不仅仅有对亲密爱人的缅怀，还期待着她的复活。他仿佛看见似曾相识的场景，他和马莉刚认识的时候，马莉还是一个实习记者，那么年轻那么单纯，最初她连她自己家乡的小河遭到破坏都不敢报道，谁能想到她会在其后几年，从一个文弱的小姑娘迅速成长为报社的骨干记者，为了捍卫社会的公平与正义，置生死于度外？

马莉去世后，有人说科学家推测出七年时间足可以彻底忘记一个人，然而集科总感觉她还在。满世界仍然都是她的影子。他并不是那种三天不见女人、五天不抱女人就浑身难受的人，那种人很可能心理有缺陷，但是到头来，他发现自己是同一个类型。他痛苦、绝望、身不由己，很长时间不得不靠酒精麻痹自己，在思念爱人与仇恨凶手的心灵折磨中度日。他曾经给马莉的邮箱写过很多信，给她的QQ留了很多言，每天等待她的回复。绝望的时候，他会去翻看他俩曾经的书信来往、QQ聊天记录，看一次哭一次。

这些年他走南闯北，也曾遇到过年龄合适、物质条件合适的女人——毕竟他自己的条件并不好，择偶标准自然不会很高。然而，每次在介绍人牵线或者两人自然认识之后，他就退缩了。他发现他的生活中缺少的不是女人，他已经没有年轻时动物本能般的欲望或者像大多中年男人的性瘾，他需要的是一种精神的激励、价值的认同。

他记得有同事给他介绍了一位大龄姑娘，见过两次面。她也是南方人，在一个出版社工作，她对集科很满意。集科也有些心动了，毕竟对方是文化人，那家出版社主要出版"红色经典""中学生必读书目"什么的。遗憾的是，对方提出结婚的条件是让集科换一个不用经常出差的工作，至于孩子，她主张继续在金华读书，遭到集科的婉言拒绝后，对方就把他拉黑了。之后还遇到过一位单身妇女，是在火车上邂逅的，那女人跟马莉长得有点像，说是离婚后"独自出来走走"。跟她恋爱后，集科知道了什么是"三观不同"——集科敬畏天理，认为自己的工作虽然苦，但它是崇高的，他和同行们是在用微薄力量汇聚成涓涓细流，让那些被大坝阻隔的鱼儿还能繁衍下去，等到分手时，对方给出了分手的答案：狗屁工程师，工资待遇不高，一脸苦相，跟民工有何区别，有什么了不起？

那之后集科再不敢动这方面的心思。是的，他和马莉的爱情，虽然不像某些人的爱情那么轰轰烈烈，但是再次沉浸其中就会发现，他们在一起，不仅仅是爱人关系，更是两个灵魂的相处与携手并进。这种超越爱情的爱是微妙的，很难在其他女人身上再现。

哐当，哐当，火车越开越快。火车仿佛是一个能够让时光倒流的载体。在这特定场域中，集科闭着眼睛默默地呆坐，在有节奏的晃动与哐当哐当作响的声音里，想象他和马莉面对面地坐着。他一遍遍地回忆起他和马莉当初在K102次列车上的彻夜长谈；忘不了自己最穷酸的时候，是马莉的不离不弃让他有了一个温暖的家；在他颓废的时候，信念动摇的时候，是马莉严厉的批评让他重新振作起来——马莉看着他的目光，依然那么温柔，但也严厉。她死了，但是那束光仍在。

"莉莉，你说你曾经把我看作金塘河上游在鱼群最前面的金翅鱼。我曾经不喜欢被你这样看待，担心让你失望，担心活得太累。现在我明白，你不过是不希望我活得没有意义，希望我向金翅鱼学习。"这么想着，集科的眼眶发胀，一睁开眼睛就有眼泪流了出来，"我想告诉你，我虽然没有成为你希望的样子，甚至差一点被酒精毁掉，被悲伤与仇恨毁掉，但这一切都过去了。"集科本想说，他现在也成了一个对社会有用的人，但是没好意思说出口。

"唉！这些年，我见到了很多江河在建坝，不少鱼类的生态通道被切断了，我的工作就是在无法阻挡建坝的情况下，为这些地方的鱼儿修建鱼道。你知道吗？我去过你的家乡湖北，为两条江河补建过鱼道。除了本职工作，我还努力呼吁相关部门将建设鱼道作为大坝建设的标配。我利用业余时间，积极参加环保部门组织的公益活动，做一个环保宣讲志愿者，教育更多孩子从小懂得保护环境和珍稀资源。我用图文并茂、生动具体的例子，给孩子们普及地理、自然、环保知识，孩子们很喜欢听……

"每次出去讲课，为了让孩子们相信每一个普通人都能为社会贡献力量，我会以你为例子，讲你参加工作不久就被派去汶川地震灾区，几年后又冒着生命危险调查国有煤矿资源流失，最终将不法分子绳之以法。当然，我也会以山乡的金翅鱼如何得到保护作为案例。看着孩子们求知的眼神，那一双双明亮清澈的眼睛，我能感受到他们热爱大自然的天性、对善恶的判断力……可是，你知道吗？我从来没有跟任何一个孩子说到你去世了。我不想让孩子们为你伤心，不想让他们对美好理想产生恐惧。关于你的情况，甚至连我们自己的孩子也不知道。面对金翅，我不安、内疚，我没有勇气跟他讲……莉莉，我仍然不愿相信发生在你身上的杀害，总幻想这是一场噩梦，梦醒了就可以见到你啦！"

集科默念着马莉，在幻觉和想象中与马莉同在。他怀念他俩一生中最美好的那些时光：怎么认识，怎么相爱，怎么一起为保护金塘河和金翅鱼奔走呼号……当他累了，思想松懈下来，鼻子就闻到了方便面和烧鸡、火腿肠的气味。他被这些气味熏得有点饿。他睁开眼睛，发现车窗外的天不知不觉黑了，他将视线从窗外移到车厢，发现小餐桌对面坐着一位染过头发的大妈，小餐桌上摊着一个塑料袋，里面有各种吃的。很显然，晚饭时间到了。

大妈一手抓着半只卤猪蹄，一手拿着一双筷子，她见集科醒了，打量打量集科，问，这位大哥你带吃的了吗，要不要一起吃点？集科尴尬地笑笑，他是带了方便面和饼干的，但是一想起刚才对面坐着的明明是与他深情对望的马莉……就兴味索然地爬到他的铺位上去了。

代表中国速度的高铁开通后，人们出行的选择更多元了，但是不得不说，喜欢坐绿皮火车的人并没有减少。集科买的是中铺，一是能够避免下铺总被人"蹭坐"，二是爬上中铺非常方便。他在中铺躺下后，越发觉得车厢里吵闹得不行，有人打牌，有人嗑瓜子，有人谈天说地。更让他不适的是，自己铺位的毛毯里的浊气，以及从下铺飘上来的脚臭和呼噜。他把毛毯从身上掀掉，塞到枕头底下，掏出4G手机。

微信上有好几条留言。有李钢发来的最新的金翅鱼洄游图片，告知第一批金翅鱼已经到达黑水潭。然后又看到王乡长发来的电子邀请函，邀请他"拨冗回山乡"参加旅游节。他点开邀请函，网页播放的音乐正是《金翅鱼之歌》："这是一条神秘的路，是谁在前方为我指引？从大江到浅滩，在千百个岔口，寻找幸福……"

熟悉的旋律刚一响起，他一激灵，立刻摁了暂停。戴上耳机后，他才安下心去听。很显然，这是又一个被改写歌词的版本，演唱的是一个甜美的、清亮的女声，大概是为了烘托旅游节气氛专门制作的："……这是一条艰苦的路，在岩石激流中穿越，不畏险阻，奋勇前进。金翅鱼啊飞起来，这是一条团结之路，沿着祖辈的足迹，为了家乡发展，将爱与富裕撒播……"

集科没有想到多年前写下（准确地说，是用汤溪方言直接哼唱而成）的这首歌能流传这么久，出了这么多版本——有民歌歌手用汤溪方言唱的，有通俗歌手用普通话唱的，也有地摊歌手用金华话唱的，以至于市教育部门把《金翅鱼之歌》作为本地民歌收入音乐教材时，误以为这是一首自古有之的民歌，词曲作者署名"佚名"。集科听说后，从未想过去谈什么版权、署名权，只希望有更多人听到、听懂这首歌，有更多人关心、保护金翅鱼。

这么想着，他循环播放着这首曲子。

可能是脑外伤后遗症所致，也可能是那个甜得发腻的声音所致，当集科再听《金翅鱼之歌》的时候，没一会儿他就感到犯困，迷迷糊糊地睡着了。

集科又梦到了那一天：山乡政府驻地锣鼓喧天，王乡长等人将他请到了台上，要让他做演讲。不同的是这次李钢没有在后面偷偷地拽他的裤脚。大会开得很顺利，隆重得就像赶集日。然后也不知道怎么的，就被前拥后簇着来到台下，这时一排小轿车出现了，就像某些婚礼上的婚车一样，扎了彩带挂了大红花。集科被请进其中一辆，定睛一看，司机竟然是国羊。这个家伙戴一副墨镜，扬扬得意道："集科，感谢你回来保护金翅鱼哈！"集科非常讨厌这个家伙，

"哼"了一声。

国羊一边摁喇叭逼人让路，一边说："你的奋斗为山乡带来了巨大商机哩！常言道，物以稀为贵，捕获金翅鱼后，清蒸、油炸、红烧，现做现吃，每斤值上千元。"

集科愣了一下，顿时气填胸臆道："让我下去——你这个浑蛋！"

国羊嘻嘻笑了："我这是专程来接你回去看看的。咱村这几年变化可大了，建成了仿古一条街，非常漂亮！"

集科牙齿打战道："人在做天在看哪，你——你们——迟早要遭到报应！"

国羊给集科扔了一支烟，说："俗话说，福报之树只要扎根在家乡的泥土中，就会结出丰硕的果实。咱村现在是真富裕了，你是咱村的大恩人，全村人都等着你回去呢！午饭你一定要尝尝金翅鱼，太鲜美啦，我担心你要把舌头都一块儿吞啦！我们以前真傻，都不敢吃……"

集科脑袋疼痛难忍，大声地叫着："停车，停车！"

集科知道自己做梦了，睡去，又醒来。但是梦分好几重，往往醒来还是在梦中。他醒来后发现自己已经到了第一座拦水坝附近。只见坝上坝下都是人。他不想看见的一幕出现了：洄游鱼群游到拦水坝下时，人群拥挤在河滩没命地挤，很像爷爷曾经描述的山乡水库大坝建成时附近村民哄抢洄游鱼的情形……河滩上到处是鱼的血迹，遍地鱼鳞、肠子、啤酒瓶。拦水坝上，有桌子凳子，有遮阳伞，摆设如城里的大排档。原来乡亲们和游客们在黑水潭中抓住金翅鱼后，就像国羊说的，马上就被有钱人买走了。接着他们就把鱼交给懂烹饪的厨师开腹剖膛，收拾干净，扔进油锅，吱吱地冒出香味。

游客们口水直流，都等着尝鲜。围观人群乌泱泱的。

集科大喊起来："住手！住口哪！！"

集科的胸腔要裂开一般，抑制不住身体的战栗……

这时卧铺车厢还没有熄灯，正是乘客们吃饱了饭、睡前娱乐的时候。睡在集科上铺的，是个上了车未说一句话的年轻人，耳朵里塞着耳机，他在动作麻利地打游戏。睡在集科对面的，是一个搽脂抹粉的妇女，正在卸妆，听到集科嗷嗷的叫声，吓得去拍上铺的床板。她的丈夫被拍醒后，探出头，以为听到了丛林中传来的一声声狼嚎。睡在他们下铺的，是两个三十来岁的农民工，他们暂时挤在一张床上打牌赌钱，他们不关心中铺为什么有人号叫。所以当集科在梦中发出呼吼的时候，只有对面铺位的那对夫妻瞪圆眼睛瞧着他。

"这个大鼻子肯定做噩梦了。"半头白发的中年男人对下面的妻子说。

"那你还不下来把他拍醒？"中年妇女不满地说，"吓死我啦！"

"拍醒他干吗？人家做个梦你也管？管多了吧！"那男人其实刚才也做着一个梦，梦到一个年轻貌美的姑娘，正想与她接吻。被叫醒后，美梦就此中断。

"你不帮我拉倒，我自己把他推醒好啦！"中年妇女生气了，说着从卧位上探出身子，伸长戴金手镯的手臂去捅对面的集科。集科受到干扰，"啊"一声，醒了，但是意识虽然醒了，全身还不能动，四肢僵直，连眼睛都睁不开。最可怕的是，耳机里那甜腻的歌声还在唱着：洄游，洄游，一条鱼创造千古的神话……洄游，洄游，让我们回到美丽的山乡……

被叫醒后，集科咂了几下嘴，死人一般，躺了好一会儿。

4

老式火车之所以慢，除了速度，还在于很多小站也停。集科在昏沉中努力推开压住他的那些噩梦，当身体恢复知觉后，那些噩梦就像黑色绸缎纷纷从身上滑落。

火车开开停停，仿佛前路没有尽头，又仿佛处处是尽头。

夜深了，卧铺车厢熄灯了。车厢里安静下来，乘客们纷纷睡去。他想再入睡，却再也睡不着。火车在一个站点停靠，又重新震动起来，集科拉开枕边的窗帘，探头往外看，透过车窗他看到大地被黑暗笼罩，铺展在大地上的一条条铁轨就像是黑暗中的一条条河流。远处有灯光像一颗颗颤动的星星。他突然饿了，肚子咕咕叫唤，他摸索着放在铺位另一头的行李，从塑料袋里掏出一桶方便面，轻手轻脚地爬下铺位，凭借着车厢走廊底部的暗灯走到两节车厢连接处。那里有开水供应，灯是亮的。

泡好方便面，他重新回到车厢坐在走廊靠窗的座位上，默默地望着窗外。在等方便面软熟时，他想起带来的一本书，又去掏行李。他掏到了，这是一本读过无数遍、人类环保史上的经典著作《寂静的春天》。他热爱这本书，每次远行都要带着它。他敬佩该书作者蕾切尔·卡逊，以及她那惊世骇俗的关于农药危害人类环境的预言：

> 从那时起，一个奇怪的阴影遮盖了这个地区，一切都开始变化。一些不祥的预兆降临到村落里：神秘莫测的疾病袭击了成群的小鸡，牛羊病倒和死亡。到处是死神的幽灵。农夫们述说着他们家庭的多病，城里的医生也愈来愈为他们病人中出现

的新病感到困惑莫解。不仅在成人中，而且在孩子中出现了一些突然的、不可解释的死亡现象，这些孩子在玩耍时突然倒下了，并在几小时内死去。

　　一种奇怪的寂静笼罩了这个地方。比如说，鸟儿都到哪儿去了呢？许多人谈论着它们，感到迷惑和不安。园后鸟儿寻食的地方冷落了。在一些地方仅能见到的几只鸟儿也气息奄奄，它们战栗得很厉害，飞不起来。这是一个没有声息的春天。这儿的清晨曾经荡漾着乌鸦、鸫鸟、鸽子、樫鸟、鹪鹩的合唱以及其他鸟鸣的音浪；而现在一切声音都没有了……

　　集科一边吃着方便面，一边随手翻着《寂静的春天》，昏暗之中他看不清文字，但是他其实并不需要去看。这些文字已经刻在他的脑海。

　　此时，火车正迎着浓得化不开的黑暗前行，就像轮船驶在无边的大海上。只有等到迎面有火车驶来，两车交会之际，那些阻挡火车前进的黑暗才会被瞬间撞飞。那短暂交会的几秒钟，给人的感觉是火车突然飞起来了。眨眼间，窗外犹如闪电划过，亮得晃眼。

　　哐当，哐当，在两车短暂交会之后，车轮和铁轨继续发出有规律的摩擦声，继续驶向南方。集科合上书，看看窗外。窗外黏稠的黑暗早已回流、聚拢。可能由于夜晚车内外的温差大吧，也可能刚才吃方便面时有热气飘到了玻璃上，他发现车窗内侧玻璃上出现了一层薄雾。集科掏出一包纸巾，抽出一张，在玻璃上擦了擦。他愣了一下，他看到刚刚擦干净的车窗玻璃上，出现了一张熟悉的、清秀的面孔，面孔的主人微笑着。

　　集科的心激烈地跳动，因为那是马莉的面孔。

在烛光照耀下，穿着雪白婚纱的马莉，就像披上了一层圣洁之光……

"莉莉！"集科大叫起来。又很快捂住了自己的嘴。

可是被他擦拭干净的玻璃上很快就有了一层新的薄雾，马莉模糊了，不见了。

集科再次擦拭，再仔细地看，马莉的面容和她的微笑，再没出现。

他不相信这是错觉。接下来的旅途，他的注意力全集中在车窗玻璃上。可是，不论他眼睛一眨不眨地盯着看，还是假装闭目偷偷地看，他都没有再见到她。

"莉莉！！"

他一遍遍地擦拭，擦着擦着，感到一股酸劲从胸口涌上鼻头，就这么一酸，眼睛蒙上一圈泪，想哭。等他擦去眼泪，看到火车正在驶过一个小镇，黑夜里突然出现了一大片光亮，车窗外成排的路灯一盏盏地闪过，就好像一双双明亮的眼睛——一盏一盏，除了马莉的眼睛、父亲母亲的眼睛、儿子的眼睛，还有李钢的眼睛，丁武的眼睛，夏炎的眼睛，刘局长的眼睛，老诚的眼睛；王乡长的眼睛，赖伟楚的眼睛，小石的眼睛；柳一青的眼睛；小苏、小米的眼睛……还有许许多多一起合作保护过金塘河或者修建其他河流的鱼道的建设者、志愿者的眼睛；那些在他脑干受损、昏迷不醒的日子，为他捐款的、关心他的人的眼睛；那一群群听过他环保讲座的孩子的眼睛——他们多么渴盼着从大人们身上获得知识，获得榜样的力量。而他的爷爷，此刻在更高更远的夜空看着他，爷爷的眼睛好亮好亮——

集科感觉脸上痒痒的，一摸脸颊，发现自己又流泪了。

他明白：他不是一个孤单的个体，他能够从一个埋头画图纸的建筑设计师，一步步成长为一个付诸实际行动的环保志愿者、一个鱼类洄游通道设计者，是冥冥之中有一股力量在推着他前行。这股力量如此强大，就像大自然召唤着普天之下的洄游之鱼在特定时间、特定地点集结，它们跨越江河湖海，飞跃一道道瀑布，历经千难万险，勇往直前……

这会儿，窗外的天还黑着。车厢里响着粗细不一的鼾声，就像鼾声也会传染一样，它们组成了一支奇怪的曲子。但是他知道，太阳这个永不熄灭的火球，很快就会从东边的地平线上冉冉升起，将光芒洒满大地。他一直坐在走廊靠窗的座位上。他等待火车在天明之后抵达故乡，在车站的出口，有陈金翅踮着脚尖在那儿等他。

"爸——爸！"

"爸——爸——！！"

他仿佛听到陈金翅激动地呼唤他了。

初稿2021-3-21　北京
二稿2022-3-21　北京

图书在版编目 (CIP) 数据

金翅鱼之歌 / 陈集益著. — 北京：北京十月文艺
出版社：作家出版社，2024.2
ISBN 978-7-5302-2316-1

Ⅰ. ①金… Ⅱ. ①陈… Ⅲ. ①长篇小说—中国—当代
Ⅳ. ① I247.5

中国国家版本馆 CIP 数据核字 (2023) 第 112643 号

金翅鱼之歌
JINCHIYU ZHI GE

陈集益　著

出　　版　北京十月文艺出版社
　　　　　作　家　出　版　社
地　　址　北京北三环中路 6 号
邮　　编　100120
网　　址　www.bph.com.cn
发　　行　新经典发行有限公司
　　　　　电话 010-68423599
经　　销　新华书店
印　　刷　河北鹏润印刷有限公司
版　　次　2024 年 2 月第 1 版
印　　次　2024 年 2 月第 1 次印刷
开　　本　880 毫米 ×1230 毫米 1/32
印　　张　13
字　　数　320 千字
书　　号　ISBN 978-7-5302-2316-1
定　　价　59.00 元
如有印装质量问题，由本社负责调换
质量监督电话　010-58572393